Dans l'ombre d'une autre

Une femme à l'épreuve

MARIE FERRARELLA

Dans l'ombre d'une autre

éditions Harlequin

Titre original : COLTON'S SECRET SERVICE

Traduction française de CHRISTINE BOYER

Photos de couverture

Femme : © BEAUTYARCHIVE / JUPITER IMAGES
Maison & paysage : © DIANE COOK AND LEN JENSHEL / GETTY IMAGES
Silhouette : © MELANIE LELEU / FOTOLIA
Ciel : © ROYALTY FREE / HARLEQUIN
Arbre : © ROYALTY FREE DIVISION

83-85, boulevard Vincent-Auriol 75646 PARIS CEDEX 13.

Service Lectrices — Tél. : 01 45 82 47 47
www.harlequin.fr

ISBN 978-2-2808-1075-3 — ISSN 1950-2753

1

A force de rester immobile, Nick Sheffield commençait à s'ankyloser. Des courbatures envahissaient peu à peu ses épaules et sa nuque.

Il s'étonna de constater que, après dix ans à gravir un à un tous les échelons de la hiérarchie, passant des fonctions de simple policier à celles d'inspecteur avant d'accéder au rang d'agent secret, il se retrouvait à faire exactement la même chose qu'à ses débuts : le planton. Il n'y avait pas d'autres mots pour qualifier son travail, qui consistait à attendre sans bouger pendant des heures que l'auteur d'un délit se montre enfin — en espérant que le type en question se déciderait à apparaître, ce qui n'était jamais certain.

Nick avait toujours détesté effectuer les surveillances. Même lorsqu'il était gosse, la patience n'avait jamais été son fort. Il préférait largement l'action, plutôt que de demeurer aux aguets en ayant l'impression de prendre racine…

Cependant, il savait cette corvée indispensable pour parvenir à résoudre cette sombre affaire. Il n'y avait pas d'autre moyen de coincer sa proie, pas d'autres pistes à suivre. Son enquête l'avait conduit jusqu'à ce ranch isolé.

Il considérait la rapidité avec laquelle son équipe avait

localisé l'endroit comme une victoire personnelle. Après tout, vingt-quatre heures plus tôt, il n'avait pas la moindre idée de l'origine des lettres et des e-mails de menaces adressés au sénateur Joe Colton, l'homme dont il était chargé d'assurer la sécurité. De nos jours, tout le monde et n'importe qui possédant un ordinateur et ayant accès à internet, il était très difficile de retrouver leur trace. En réalité, c'était un véritable défi. Heureusement, Nick était plus qu'à la hauteur lorsqu'il s'agissait d'enquêtes de ce genre, d'autant qu'il savait pouvoir compter sur l'aide précieuse d'un pirate informatique repenti, Steve Hennessey, qui travaillait à présent pour lui.

La tâche de Nick consistait à trier ses hommes sur le volet puis, après les avoir formés, à les diriger de façon qu'ils fonctionnent de concert, comme une machine bien huilée. Nick se plaisait à penser qu'il contribuait ainsi à aider le sénateur à accéder aux plus hautes responsabilités du pays.

Il était certain que, à moins d'un événement dramatique totalement improbable, Joe Colton deviendrait sous peu le prochain président des Etats-Unis. De son point de vue — et il faisait partie de la garde rapprochée du sénateur depuis près de dix ans —, personne n'était mieux qualifié que lui pour assumer ces fonctions.

Nick ne se contentait pas de travailler pour lui, il admirait cet homme charismatique, ce qu'il représentait comme ce qu'il comptait accomplir dans le pays, une fois élu. Au cours des derniers mois, il avait vu Colton aux prises avec des situations qui n'avaient pas été toujours faciles à gérer ni favorables. Mais le sénateur avait affronté vents et marées sans que rien ni personne ne réussisse à entamer sa droiture ou sa détermination.

Nick n'aurait sans doute pas passé les dernières heures dissimulé derrière une porte d'écurie entrouverte, à épier les alentours d'un ranch à moitié en ruine et provisoirement vide, pour quelqu'un d'autre.

« Bon sang, que fabrique ce salopard ? » se demandait-il. « Va-t-il finir par se montrer ? »

Patienter une heure de plus lui semblait une véritable épreuve et, à la perspective de devoir rester une journée supplémentaire à attendre, il se sentait bouillir.

Il se faisait tard, le temps était à la pluie et les moustiques ne cessaient de le harceler. Du revers de la main, il frappa son cou pour en éliminer quelques-uns. Des gouttes de sueur dégoulinaient dans son dos, sa chemise lui collait à la peau. Il n'était vraiment pas à la fête !

Frustré, il poussa un gros soupir.

Pourquoi le fou qu'il cherchait à coincer n'habitait-il pas une grande ville ? Dans un appartement situé en haut d'un gratte-ciel, par exemple ? Pourquoi fallait-il que ce type vive en ermite ?

L'adresse IP que Steve avait par miracle réussi à décrypter avait conduit Nick jusqu'à un petit village qui figurait à peine sur les cartes. Il s'agissait d'un lieu perdu au fin fond du Texas, nommé Esperanza.

Esperanza. Le nom semblait incongru. Même s'il ne connaissait que des rudiments d'espagnol, Nick savait que ce mot signifiait « espoir ». Or il était certain que, vu la taille et le peu d'activités de la localité, les seuls à pouvoir espérer un sort meilleur étaient ceux qui parvenaient à s'en échapper. Si Esperanza n'avait pas été une des banlieues de San Antonio, son GPS aurait sans doute été incapable de la localiser.

Et la personne qu'il recherchait n'y vivait même pas. Elle habitait un ranch délabré à plusieurs kilomètres de son plus proche voisin, et encore plus loin du « centre-ville ».

Oui, pensa Nick, dans ce genre d'endroits loin de tout, n'importe qui pouvait confectionner des bombes en toute quiétude, sans que personne ne s'en doute.

Personne sauf lui, rectifia-t-il. Son travail consistait à repérer les fous de cet acabit, à les traquer et à tenter de les neutraliser avant qu'ils ne mettent en danger le meilleur des hommes.

La veille, lorsque Nick l'avait mis au courant des dernières avancées de l'enquête, le sénateur avait froncé les sourcils.

— Etes-vous sûr d'avoir réussi à déterminer l'origine de ces courriels ? avait-il demandé.

Le spécialiste du piratage informatique était en effet parvenu à localiser l'endroit d'où avaient été émis ces e-mails et lui avait donné l'adresse exacte.

En règle générale, Nick ne prenait même pas la peine d'informer le sénateur des appels anonymes ou des lettres de menaces qui parvenaient au quartier général de campagne. La plupart des gens qui travaillaient dans la fonction publique, surtout s'ils occupaient un poste en vue, devenaient fatalement à plus ou moins brève échéance la cible de mauvais plaisants ou d'aigris voulant donner libre cours à leur mécontentement. Cela faisait partie des risques inhérents à leur métier.

Mais, cette fois, la situation était différente. Ces e-mails et ces lettres émanaient de quelqu'un de dangereux, quelqu'un qui cherchait à « liquider » le sénateur, comme l'en avertissait un des derniers messages reçus.

Depuis longtemps, Nick avait appris à considérer avec sérieux tout ce qui ressemblait de près ou de loin à une menace. Le risque était trop grand pour être pris à la légère.

Il avait dit à Joe Colton que le corbeau vivait dans les environs d'Esperanza, au Texas, et qu'il avait l'intention d'aller lui demander directement des comptes sur ses agissements. Aux Etats-Unis, menacer un candidat à la présidentielle était illégal.

En réponse à la question du sénateur, Nick avait hoché la tête.

— Oui, l'ordinateur émetteur de ces mails a été formellement identifié par Steve. Je ne serais pas venu vous en parler si je n'en étais pas certain.

Des documents que Nick venait de tirer d'une enveloppe en papier kraft jonchaient le bureau. Pour l'essentiel, il s'agissait de lettres arrivées ces dernières semaines. Toutes provenaient de la même source et devenaient de plus en plus virulentes. Il n'était plus possible d'en faire abstraction, même si Nick aurait préféré les jeter au panier.

— Nous avons retrouvé sa trace, avait répété Nick. Et, à moins que vous n'ayez quelque chose de particulier à me confier ici et que je sois la seule personne capable de s'en charger, j'aimerais aller faire un saut là-bas pour m'assurer que ce fou n'a pas l'intention de mettre ses menaces à exécution.

Il n'avait aucun scrupule à laisser le sénateur. Certes, il était à la tête de l'équipe chargée par les services secrets de veiller à sa sécurité, mais il n'était pas le seul à être prêt à donner sa vie pour Joe Colton. Hathaway et Davis étaient tout à fait capables d'assurer sa protection jusqu'à son retour.

— Tous ces courriels émanent-ils d'une seule source ? s'était enquis le sénateur.

Comme Nick hochait la tête, Joe avait considéré l'épaisseur de la pile de documents.

— Il est clair que ce zèbre a passé beaucoup de temps à laisser libre cours à sa hargne…

Il s'était emparé d'une feuille de papier, mais Nick l'avait empêché d'un geste d'en prendre connaissance.

— Inutile de lire ces torchons, monsieur. Cela ne vous apportera rien, croyez-moi.

Il préférait lui épargner le dégoût que lui inspirerait fatalement la lecture de ces lignes.

Joe avait reconnu qu'il y avait peu d'intérêt à lire une ribambelle d'insultes et d'accusations haineuses. Il avait reposé la feuille.

— Alors pourquoi me les avoir apportés ?

D'après Nick, le nombre de mails anonymes reçus était en lui-même une indication. Aucune personne équilibrée ne perdrait autant de temps et d'énergie à envoyer des messages de cette nature. Or, il était malheureusement difficile de prévoir ce dont était capable un détraqué. Il ne faudrait pas grand-chose pour qu'il devienne véritablement dangereux. Quoi qu'il en soit, Nick estimait qu'il relevait de son devoir de s'en assurer,

— Pour vous prouver que ce type ne plaisante pas et vous fait courir un risque, avait-il répondu. J'aimerais avoir la possibilité de l'arrêter avant qu'il ne mette ses menaces à exécution.

Avec le temps, Joe Colton avait appris à connaître, à apprécier et à se reposer sur l'homme qui dirigeait l'équipe d'agents secrets chargée de sa protection. A de nombreuses reprises, Nick Sheffield l'avait impressionné. Le sénateur reconnaissait en lui un grand travailleur, un homme honnête et intègre sur qui il pouvait compter en toute circonstance et qui avait à cœur que le travail soit fait. Par ailleurs, Nick ne briguait pas les honneurs ou les compliments. Joe Colton avait une confiance absolue dans ses intuitions et son instinct.

Il aimait également que Nick le regarde toujours en face en s'adressant à lui.

— Quand partez-vous ? lui avait-il demandé.

— Cette nuit.

A la lueur de surprise qui était passée dans les yeux du sénateur, il avait expliqué :

— Je devrais être revenu dans un jour ou deux, une semaine au plus tard, avait-il promis, espérant en réalité que sa mission serait plus courte encore.

Il avait l'intention de localiser l'expéditeur des mails, de l'arrêter et de le ramener pour le confier aux autorités fédérales qui prendraient alors le relais.

Joe Colton avait hoché la tête. Depuis qu'ils se connaissaient, les deux hommes éprouvaient un profond respect l'un pour l'autre. Le sénateur savait pouvoir totalement compter sur Nick, non seulement pour veiller sur sa vie mais surtout pour protéger sa famille, son bien le plus précieux. A ses yeux, ses proches l'emportaient sur tout, même sur ses espérances d'accéder aux plus grandes instances de l'Etat.

— Très bien, avait répondu le sénateur. Allez-y si vous le jugez utile.

Nick n'avait pas hésité un instant.

— Cela me semble indispensable, monsieur.

— Alors je vous laisse carte blanche.

Puis le sénateur avait souri de ce sourire qui avait le don d'effacer toutes les barrières, toutes les différences sociales et politiques.

— Mais revenez le plus vite possible, avait-il ajouté. Je me sens plus en sécurité lorsque vous êtes à votre poste.

Nick savait que son interlocuteur ne se contentait pas de le flatter avec des formules creuses. Les compliments du sénateur étaient toujours sincères. L'homme avait un charme qui opérait en toutes circonstances et qui lui permettait d'attirer à lui des gens de tous les bords, mais il ne parlait jamais pour ne rien dire. Contrairement à beaucoup de politiciens, il ignorait la langue de bois.

— Je serai de retour sous peu, lui avait promis Nick en s'en allant.

A ce moment-là, il le pensait…

Georgeann Grady — Georgie pour les intimes — s'efforçait de garder les yeux ouverts. Depuis une bonne demi-heure, elle se demandait si elle ne ferait pas mieux de s'arrêter sur le bas-côté pour éviter de s'assoupir au volant. Mais elle n'était plus qu'à quelques kilomètres de chez elle et la perspective de retrouver son lit après cinq mois passés sur les routes était si alléchante qu'elle lui donnait des ailes.

Aussi continua-t-elle à conduire.

Pour lutter contre le sommeil, Georgie s'enfonça les ongles dans les paumes des mains posées sur le volant et ouvrit la vitre. Le vent s'engouffra dans l'habitacle, fouetta son visage et souleva sa chevelure rousse. Tout en réprimant un bâillement, la jeune femme jeta un coup d'œil dans son rétroviseur pour s'assurer que sa petite passagère dormait bien.

Mais elle croisa alors deux grands yeux verts, bien ouverts.

Georgie réprima un soupir. Elle aurait dû deviner que l'enfant ne relâcherait pas sa vigilance, même si elles avaient bavardé des heures et que, épuisée, la petite avait fini par se taire pendant quelques instants.

— Pourquoi ne dors-tu pas ? demanda-t-elle à la fillette de quatre ans.

— Je suis trop excitée à l'idée de rentrer à la maison, répondit Emmie.

Elle s'exprimait toujours comme quelqu'un de deux fois plus âgé qu'elle. La petite avait beaucoup de maturité, elle était ce que les psychologues appelaient une « enfant précoce ».

Emmie semblait presque plus heureuse qu'elle de retourner au ranch. Parfois, Georgie avait l'impression que les rôles étaient inversés, qu'Emmie était l'adulte et elle, la fille. Seules dix-huit années les séparaient. Elles auraient pu être sœurs.

Mais, puisqu'il s'agissait de la chair de sa chair, Georgie n'aurait pu imaginer une petite fille plus parfaite. Elever Emmie était un enchantement, même si elles menaient une vie peu orthodoxe. La fillette avait passé une bonne partie de son existence sur les routes, comme un enfant de la balle. En effet, Georgie gagnait son pain en participant à des concours de rodéo, comme sa mère et son grand-père l'avaient fait avant elle.

Au cours de ces compétitions, elle visait toujours le grand prix, le trophée final qui serait remis au vainqueur. Il ne s'agissait pas pour elle de remporter une vulgaire récompense qu'elle se dépêcherait d'oublier dans un coin mais d'amasser le plus d'argent possible pour qu'elle et sa fille puissent un jour s'installer définitivement au ranch, se sédentariser et mener enfin une vie normale.

Elle le devait à Emmie.

Un beau matin, sa mère, Mary Lynn Grady, avait abandonné cette existence au sein des circuits pour se consacrer à ses trois enfants. Mais elle avait quitté le monde du rodéo avec comme unique bagage une collection de médailles et de coupes. Georgie, elle, s'était montrée plus prévoyante. Pour que ses rêves puissent devenir réalité, elle avait besoin d'économies.

Emmie grandissait. Dans une semaine, elle fêterait ses cinq ans. Elle atteignait l'âge de fréquenter l'école maternelle, ce qui marquerait un tournant vers davantage de stabilité. A présent, il lui fallait vivre dans un foyer fixe, entourée de ceux qui l'aimaient et qui la protégeaient, et non plus sur les routes. Georgie avait ce projet pour sa fille depuis sa naissance et elle était décidée à ce qu'il se concrétise.

Chaque centime qui n'avait pas été utilisé à les nourrir ou à les habiller avait été consciencieusement placé sur un compte d'épargne à Esperanza. D'après ses relevés bancaires, la jeune femme pouvait à présent tabler sur de coquettes économies, d'autant que la dernière compétition de rodéo à laquelle elle avait participé lui avait permis d'amasser plus d'argent qu'elle ne l'avait espéré. Désormais, elle pouvait envisager l'avenir pour sa fille et elle avec sérénité, et prendre le temps de trouver un emploi qui ne l'obligerait plus à faire des sauts périlleux sur un cheval lancé au triple galop.

Quel que soit le métier qu'elle embrasserait, il lui paraîtrait terne par comparaison avec le précédent, mais cela ne l'ennuyait pas. L'accident dont elle avait été victime quelques mois plus tôt aurait pu être catastrophique. Il lui avait fait prendre conscience que la vie était fragile. La jeune femme tenait à changer d'activité avant qu'un drame ne l'y oblige et, maintenant, elle en avait la possibilité.

L'indépendance avait une saveur délicieuse, songea-t-elle.

L'excitation d'Emmie à la perspective de retourner vivre au ranch ne faisait que renforcer sa décision. Il n'était pas question de s'arrêter au bord de la route pour dormir alors qu'elles étaient si près du but.

Se penchant en avant, Georgie alluma l'autoradio. Le dernier tube d'un chanteur à la mode emplit l'habitacle. Derrière elle, Emmie entonna le refrain de sa voix cristalline et, avec un petit rire, Georgie le reprit en chœur.

Tout était relatif et une surveillance de huit heures n'était pas, en soi, la mer à boire, mais, lorsque ces heures s'étiraient comme si elles ne devaient plus finir, elles devenaient très pénibles.

Nick avait envie de revenir à l'action au lieu de lutter contre l'impression désagréable d'avoir été transformé en statue. Mais il n'osait même pas retourner à sa voiture, qu'il avait cachée derrière la grange, pour ne pas risquer de manquer le retour de ce misérable. Il allait fatalement rentrer chez lui à un moment ou à un autre. Depuis des semaines, les e-mails avaient été envoyés avec la régularité d'un métronome, presque quotidiennement. Comme aucun courriel n'avait été adressé la veille au sénateur, Nick avait la certitude que l'homme s'en chargerait aujourd'hui.

Il sortit la barre chocolatée qu'il avait glissée dans la poche de son jean avant de quitter Prosperino en Californie — là où vivait le sénateur — pour sauter dans le premier avion pour San Antonio. En arrivant à destination, après avoir fait le point par téléphone avec l'équipe pour vérifier qu'il n'y avait rien de nouveau, il avait loué une voiture et avait roulé jusqu'au ranch.

Se rendant compte que la porte d'entrée n'était pas verrouillée, il était entré. Si des signes prouvaient bien que quelqu'un y vivait habituellement, la maison était vide et Nick avait pu en faire le tour sans être inquiété.

Puis il s'était mis à surveiller les alentours. Et il attendait le retour du propriétaire depuis maintenant huit heures, quinze minutes et quelques secondes… Sa patience commençait à être mise à rude épreuve.

Ce serait sympa, se disait-il, si son suspect se décidait à montrer enfin le bout de son nez, ce qui lui permettrait de l'appréhender et de retourner au monde de la civilisation.

Comment diable les gens parvenaient-ils à vivre dans des endroits aussi reculés que celui-ci ? Si la lune n'avait pas été pleine, il n'aurait même pas pu voir la maison de là où il se trouvait, encore moins la porte d'entrée, et il aurait dû se tapir quelque part près du bâtiment pour guetter sa proie.

Cela dit, la situation aurait sans doute pu être pire encore.

Nick déchira l'emballage de sa barre chocolatée et croquait dedans à pleines dents lorsqu'il entendit soudain le bruit d'un moteur.

Tendant l'oreille, il reconnut le ronflement d'une voiture et, au bruit qu'elle faisait, il comprit qu'il ne s'agissait certainement pas d'un petit modèle ni d'un véhicule neuf.

Bon sang, ce vieux tacot faisait un vacarme propre à réveiller les morts ! Quel que soit le conducteur, il ne cherchait pas à passer inaperçu, en tout cas. Cela dit, il ne s'attendait pas à ce que quelqu'un soit à l'affût à l'entrée de sa propriété.

Parce qu'il mourait de faim, Nick mordit une nouvelle fois dans sa confiserie avant de glisser le reste dans la poche de son pantalon.

Les sens en alerte, il plissa les yeux, tentant de distinguer le véhicule qui approchait. Par crainte de se faire repérer, il ne voulait pas ouvrir davantage la porte de la grange. Il ne pouvait pas prendre le risque que le conducteur repère sa présence.

Il se rendit soudain compte que si ce dernier décidait de se garer derrière la maison, il serait découvert. Bêtement, il y avait laissé sa propre voiture.

Croisant les doigts, il retint son souffle.

Un moment plus tard, il poussa un soupir de soulagement. Le véhicule, une vieille Chevrolet en mauvais état, apparut dans son champ de vision et se dirigea vers l'avant du ranch.

Nick comprit pourquoi il avançait si lentement. C'était une véritable antiquité.

Il essaya d'apercevoir le conducteur, mais la nuit tombait et l'intérieur de l'habitacle était plongé dans l'obscurité. Nick ne parvenait même pas à savoir si le type était jeune ou vieux. A la vague silhouette qu'il discerna, il eut pourtant l'impression que l'homme n'était pas très épais, à moins qu'il ne s'agisse que d'une illusion d'optique due au jeu de lumière sous le clair de lune.

Prêt à passer à l'action, Nick se redressa, la douleur de son dos ayant miraculeusement disparu. Au moins, sa mission serait-elle bientôt terminée, se dit-il.

La Chevrolet s'arrêta devant la maison dans un grincement de freins effrayant. Le tintamarre était tel qu'on aurait cru que le véhicule rendait l'âme. Ecarquillant les yeux, Nick devina plus qu'il ne vit le conducteur ouvrir sa portière.

C'était maintenant ou jamais, pensa-t-il.

— Ne bougez plus ! cria-t-il en sortant de l'ombre de la grange.

Tirant son portefeuille de sa veste, il tendit son badge. Comme il doutait que ce dernier soit facilement identifiable dans la pénombre, il ajouta pour lever toute ambiguïté :

— Je fais partie des services secrets.

Pour toute réponse, l'homme se retourna et se précipita vers son véhicule, et Nick cria :

— Non, ne faites pas ça !

Champion sportif depuis le lycée, Nick n'eut besoin que d'un instant pour parcourir la distance qui les séparait et saisir le conducteur par les épaules.

— Lâchez-moi ! hurla ce dernier.

Nick eut le temps de se dire que sa prise avait une voix curieusement féminine avant que l'arrière de son crâne n'explose, le plongeant dans le noir absolu.

2

Ce n'est qu'au prix d'un effort surhumain que Nick parvint à s'accrocher aux limites de la conscience, à retenir la lumière qui cherchait à lui échapper et à recouvrer ses esprits. Il savait que s'il laissait l'obscurité l'engloutir tout pouvait lui arriver, il ne maîtriserait plus rien.

L'expérience acquise au cours des dix dernières années lui avait appris que la mort était susceptible de surgir n'importe où, à tous les coins de rue, et de le surprendre au moment où il s'y attendrait le moins. Et qu'en conséquence il ne devait jamais relâcher la garde.

Un instant déséquilibré par la violence du choc, il réussit pourtant à se redresser d'un coup de reins, tenant toujours miraculeusement son portefeuille et son badge.

Auquel personne ne prêtait attention.

— Frapper un agent secret est un crime passible d'une lourde peine de prison, lança-t-il à son assaillant.

Se retournant pour faire face à la personne qui lui avait presque brisé le crâne, Nick eut du mal à en croire ses yeux.

Tout lui semblait flou, les images se démultipliaient à l'infini dans son cerveau embué, le sang battait à ses tempes et un insupportable bourdonnement hurlait dans ses oreilles. Pourtant, même s'il voyait trouble, il resta un instant sans voix en découvrant son agresseur.

Etait-il victime d'hallucinations ?

Debout devant lui, les jambes écartées et fermement plantées sur le sol, avec à la main un cric d'automobile aussi grand qu'elle, se tenait, se tenait…

— Une enfant ? s'exclama Nick d'un ton incrédule lorsqu'il récupéra enfin l'usage de la parole. J'ai été presque assommé par une petite fille ?

— Je ne suis pas petite ! protesta l'intéressée. Et ne t'avise plus de t'approcher de ma maman !

Haute comme trois pommes, elle était montée sur la voiture, et serrait si fort le cric que les jointures de ses doigts en blanchissaient et elle levait le menton comme un combattant d'une autre époque, mettant Nick au défi de la toucher.

Le coup qu'elle lui avait donné à la tête lui provoquait une horrible migraine et avait semé le trouble dans son esprit. Il ne savait plus très bien où il en était.

« Concentre-toi, Nick, concentre-toi ! »

— Ta maman ? répéta-t-il.

Tout s'expliquait, son ouïe ne lui avait pas joué des tours. Le conducteur de la Chevrolet sur lequel il s'était jeté avait une voix efféminée pour une bonne raison. Il s'agissait effectivement d'une femme.

Il regarda la mère de la fillette et, maintenant qu'il pouvait l'observer à loisir, il se rendit compte qu'elle était dotée de formes aux bons endroits et qu'elle n'avait vraiment rien d'un garçon. Elle avait posé une main sur l'épaule de l'enfant. Dans la bagarre, la jeune femme avait perdu son ridicule chapeau de cow-boy, trois fois trop grand pour elle, et Nick s'aperçut alors qu'elle avait les cheveux roux, de longs cheveux roux qu'elle avait tressés en une longue natte qui lui chatouillait les reins.

Visiblement, cette rouquine au tempérament bien trempé ne pesait pas bien lourd et sa petite sorcière de fille non plus. Il aurait dû réussir à les neutraliser l'une et l'autre sans problème, au lieu de se retrouver à moitié assommé et à leur merci.

Le raconter dans son rapport ne serait pas du meilleur effet…

La femme prit le cric des mains de la petite. Mais au lieu de le laisser tomber à terre, comme Nick l'espérait, elle le brandit à son tour comme une arme tout en tentant de repousser le petit démon derrière elle. La fillette ne resta pas très longtemps à l'abri de sa mère. La scène rappela à Nick un tableau qu'il avait vu au musée de Washington, une peinture à l'huile traitant du courage des femmes de pionniers au cours de la conquête de l'Ouest.

Un peu déstabilisé par son mal de crâne, par la confusion de son esprit et par la colère qu'il éprouvait à s'être laissé frapper par derrière comme un débutant, il se surprit à la trouver magnifique… avant de se rendre compte que ce genre de jugement de valeur personnel n'était pas de mise.

D'ailleurs, au cas où il serait tenté de l'oublier, la jeune femme planta son regard sur lui.

— Qui êtes-vous ? demanda-t-elle en tapant le cric dans sa main pour scander chacun de ses mots. Que faites-vous à fureter sur mes terres sans autorisation et de quel droit vous attaquez-vous à deux femmes sans défense ?

— Je vous ai déjà dit qui j'étais, lui rappela-t-il avec

brusquerie. Par ailleurs, je trouve difficile de vous qualifier de « femmes sans défense ».

Tout en le disant, il se frotta le menton. Lorsqu'il l'avait empoignée par les épaules, elle lui avait aussitôt envoyé un crochet du droit en plein visage. Sans doute avait-il de la chance d'être encore en vie, même s'il n'aurait voulu pour rien au monde que sa mésaventure ne vienne à se savoir. Nick Sheffield, agent des services secrets chargé de la sécurité du futur président des Etats-Unis, mis à terre par une femme et sa fille qui, à elles deux, ne devaient pas peser plus lourd qu'un berger allemand… Cela risquerait de nuire fortement à sa réputation.

Il désigna le cric qu'elle tenait à la main.

— Je plains votre mari.

— Je n'en ai pas, rétorqua-t-elle.

Il y a longtemps, elle avait alors dix-sept ans et était encore pleine de rêves merveilleux et naïfs, Georgie s'était imaginée avec un foyer, un époux, une famille. Et dans sa bêtise, elle avait cru que Jason Prentiss était le prince charmant qu'elle attendait. Grand, intelligent, séduisant, le jeune étudiant de Dartmouth passait ses vacances à Esperanza dans la ferme de son oncle. Au premier regard, Georgie était tombée folle amoureuse de lui. Il avait les yeux de la couleur du paradis et une bouche au goût de miel.

Malheureusement, il avait également un cœur de pierre. A la fin du mois d'août, il était retourné à l'université, et — Georgie l'avait découvert par la suite — dans les bras de sa fiancée. Apprendre que cet amour d'été avait eu pour effet la conception d'un enfant n'avait servi qu'à faire fuir Jason plus vite. Il avait plié bagage en lui promettant vaguement de lui écrire avant de disparaître de sa vie pour toujours. Dans les mois qui avaient suivi son départ, il n'avait pas essayé une seule fois de prendre contact avec elle et les deux lettres qu'elle lui avait envoyées lui étaient revenues, intactes.

Georgie avait beaucoup mûri cet été-là, et à plus d'un titre. Dix-huit ans était peut-être l'âge légal pour devenir adulte, mais cela n'avait pas toujours été simple. Pourtant, la jeune femme ne regrettait rien. Emmie et elle s'en étaient plutôt bien sorties. Bien sûr, elles avaient parfois eu à affronter quelques difficultés, mais n'était-ce pas le lot de tout le monde ?

Avec une profonde inspiration, destinée à tenter de calmer sa douleur, Nick frotta l'arrière de son crâne, là où la fillette l'avait atteint.

C'était un miracle qu'elle ne lui ait pas brisé la tête, songea-t-il. En tout cas, il aurait une grosse bosse à l'endroit où elle l'avait frappé.

— Vous n'avez pas de mari ? Vous l'avez tué, je suppose ? demanda-t-il d'un ton sarcastique.

Il vit les yeux de la jeune femme briller de colère. Manifestement, il avait touché un point sensible. Avait-elle vraiment fait passer son malheureux époux de vie à trépas ?

Les mains sur les hanches, la rouquine lui lança :

— Je ne sais pas ce que vous êtes venu faire ici, mais j'exige que vous quittiez immédiatement mon ranch. Sinon, j'appelle le shérif, le prévint-elle.

Nick tint bon, même s'il surveillait du coin de l'œil le petit démon que la femme essayait en vain de garder derrière elle. Il se méfiait bien plus de la petite que de la mère. Cette gamine semblait prête à lui sauter à la gorge et à le mordre.

— Appelez-le, répliqua-t-il.

Il vit que sa réponse ennuyait son interlocutrice et il eut l'impression de marquer un point.

— Cela m'évitera de chercher son numéro, ajouta-t-il.

— Parfait.

Visiblement, elle ne le croyait pas. Penchant la tête vers sa fille, elle lui dit sans quitter Nick des yeux :

— Emmie, va me chercher mon téléphone portable dans la voiture, s'il te plaît. Nous n'aimons pas les intrus sur nos terres.

Nick commençait à en avoir assez de jouer les doublures dans cette mauvaise série B aux accents de western.

— Ecoutez, je vous ai déjà dit que j'appartenais aux services secrets…

Il ne put poursuivre.

Levant les yeux au ciel, la rouquine poussa un ricanement devant ce qu'elle considérait manifestement comme un énorme mensonge. De nos jours, il était facile de se procurer un badge via internet et de fausses cartes d'identité.

— C'est ça ! Et moi, je m'appelle Bond, James Bond.

— Eh bien, mademoiselle Bond, répliqua Nick avec sarcasme, je suis au regret de vous avertir que vous empêchez un agent du FBI de mener à bien une enquête et que vous pourriez avoir à en subir les conséquences.

Sur le terrain de l'ironie, Georgie ne craignait personne. Ayant grandi sans père et sans rien savoir de ses origines, elle avait vite appris à se servir de la dérision pour éviter de souffrir.

— Et de quelle affaire s'agit-il exactement ?

Bien que Nick n'ait pas l'habitude de se justifier, il décida d'accorder à cette femme le bénéfice du doute. Peut-être ne faisait-elle pas l'idiote, après tout, peut-être cette séduisante sorcière ne comprenait-elle vraiment rien à la situation.

— Vous vous êtes rendue coupable d'obstruction à la justice, lui répondit-il. Par ailleurs, vous hébergez un criminel.

— Quel criminel ? lança-t-elle avec colère.

Cet homme commençait vraiment à l'énerver et Georgie regretta de ne pas avoir son revolver avec elle. Armée d'un simple cric, elle ne se sentait pas très rassurée.

— Un certain Georgie Grady.

Peut-être ignorait-elle tout des activités de l'homme qui opérait de chez elle, songeait Nick. Cela dit, si elle vivait ici comme elle le prétendait, il lui était impossible de ne pas être au courant des agissements de son compagnon. Pourtant, Nick préféra assurer ses arrières et essayer de lui faire confiance.

— Ecoutez, votre petit ami — ou quoi que représente pour vous ce Georgie Grady — a des ennuis, et si vous tentez de le protéger, de le cacher, cela risque de vous en attirer aussi. Aimeriez-vous que les services sociaux soient obligés de prendre votre fille en charge ? Il est clair que si vous êtes derrière les barreaux d'une prison, vous ne pourrez plus vous occuper de la petite, ajouta-t-il, cherchant à frapper là où cela ferait le plus mal.

Il désigna du menton la fillette qui revenait avec le téléphone demandé.

— Si je voulais, il me suffirait d'un coup de fil pour vous arrêter et envoyer votre gosse à l'assistance publique.

— Vraiment ? Je devrais être terrifiée mais, bizarrement, j'ai du mal à le croire.

Il bluffait, Georgie en était persuadée.

— Maman ?

La peur qui perçait dans la voix d'Emmie raviva les instincts maternels de Georgie. Elle posa un bras sur les petites épaules de la fillette pour la réconforter.

— En revanche, je ne supporte pas qu'un imbécile bouleverse ma fille en racontant n'importe quoi devant elle, ajouta-t-elle, les yeux étincelants de fureur. Cela me met en colère et je vous préviens que, lorsque je suis en colère, ce n'est pas beau à voir. A votre place, je ferais attention.

Que diable faisait-il, ici, au milieu de nulle part à tenter de discuter avec une harpie rousse, bornée de surcroît ? se demandait Nick. Il en avait assez.

— Bon, dites-moi où je peux trouver Georgie Grady et j'oublierai cet incident.

Emmie tira sur la chemise de sa mère pour attirer son attention.

— Il est bête ou il le fait exprès, tu crois ? demanda-t-elle, essayant de chuchoter mais en vain.

Sa mère réprima un petit rire.

— Je n'en sais rien, chérie.

Nick n'était pas venu amuser la galerie et n'apprécia que très modérément d'être la cible de leurs plaisanteries. Il n'avait jamais aimé être le dindon de la farce.

— Ecoutez, appelez ce putain de shérif qu'on en finisse.

A la grande surprise de Nick, la rousse s'avança vers lui, le menton relevé, dans la même posture que la petite un instant plus tôt.

— Je vous serais reconnaissante de ne pas utiliser ce genre de vocabulaire devant ma fille.

« Quelle hypocrisie ! » songea-t-il.

— Vous venez de m'injurier, lui rappela-t-il.

Georgie haussa négligemment les épaules.

— C'est différent.

« Ben voyons ! »

— Bon Dieu, comme je déteste les provinciaux !

— Et cessez d'insulter le nom du Seigneur ! cria Georgie, sans chercher à lui dissimuler le mépris qu'il lui inspirait.

Nick comprit qu'elle n'allait pas appeler le shérif et qu'il fallait maintenant cesser cette conversation absurde qui ne le mènerait nulle part.

— Donnez-moi le numéro de votre shérif, je vais le contacter moi-même. Finissons-en, ajouta-t-il en prenant son téléphone portable dans la poche de sa chemise.

Craignant qu'il ne soit en train de chercher une arme, Georgie brandit le cric d'un air menaçant.

— Les mains en l'air ! ordonna-t-elle.

Nick obtempéra.

— Je ne peux pas composer un numéro avec les mains en l'air, protesta-t-il.

Il n'était plus contrarié, à présent, mais franchement exaspéré.

La jeune femme parut se détendre et baissa de nouveau la manivelle. Lorsqu'elle leva le visage, il aurait pu jurer qu'un sourire narquois était peint sur ses lèvres. Quand elle reprit la parole, ses propos ne furent pas de nature à dissiper cette impression.

— Vos recherches n'ont pas été très approfondies, on dirait, monsieur l'agent secret…

Il avait beau essayer de toutes ses forces, il ne voyait pas du tout ce qu'elle voulait dire et il était las de son petit jeu. Elle cherchait manifestement à gagner du temps. Il aurait juré qu'elle essayait de donner à son petit ami la possibilité de s'enfuir — sauf que Nick savait déjà que le Grady en question ne se trouvait pas dans le ranch.

— De quoi parlez-vous ?

Elle hésita à le faire mariner un peu plus longtemps mais, au fond, elle avait surtout envie qu'il s'en aille. Et il n'y avait qu'une seule façon d'y parvenir.

— Eh bien, monsieur l'agent secret — il n'y a pas très longtemps, elle avait vu des badges mieux imités dans un magasin de jouets —, apprenez que *je suis* Georgie Grady.

— Non, sûrement pas.

Si quelqu'un ne ressemblait ni de près ni de loin à un homme, c'était bien cette femme dans son jean étroit qui la moulait comme une seconde peau et sa chemise en coton qui laissait deviner les charmantes rondeurs de ses seins, songea Nick.

Avec un soupir, Georgie secoua la tête. Cet individu était borné. Dommage qu'il soit si pénible parce qu'il était plutôt beau gosse dans son genre — enfin, il le serait s'il renonçait à s'habiller en costume et à se mettre du gel dans les cheveux.

— Alors les gens qui ont mis ce nom sur la coupe que j'ai remportée à la dernière compétition de rodéo vont se sentir vraiment idiots, répliqua-t-elle.

Nick dut faire un effort pour ne pas en rester bouche

bée. Il la dévisagea, incrédule. C'était tellement énorme que cela pouvait être vrai.

— Vous êtes Georgie Grady ? répéta-t-il, abasourdi.

— Absolument. Comme vous n'avez pas l'air d'avoir l'esprit très vif, je vous répète encore une fois que je suis Georgie Grady. Faut-il vous l'écrire ? Je pense que non seulement vous avez été très mal élevé, mais aussi que vous avez des problèmes d'audition. Il faut plaindre les gens comme ça, Emmie, ajouta-t-elle à l'attention de sa fille. Il ne le fait pas exprès.

Nick avait chaud, il était fatigué et sa tête le faisait horriblement souffrir. Il n'était pas d'humeur à discuter de manière stérile ni à supporter les plaisanteries douteuses de cette gamine ou de sa mère, surtout si cette dernière s'appelait réellement Georgie Grady.

— Ecoutez, c'est très amusant mais je n'ai pas de temps à perdre à rejouer un épisode de *Friends*…

La jeune femme le considéra comme une grille de mots croisés. Il était évident que le nom de cette série télévisée pourtant très populaire ne lui disait rien.

— Bon, conclut-elle. La sortie est par là, je vous suggère de monter dans votre véhicule et de vous en aller au plus vite.

Il avait toujours les mains en l'air.

— Puis-je baisser les bras ?

Elle fit mine d'y réfléchir.

— Seulement quand vous aurez commencé à marcher vers votre voiture.

— Cela me semble normal.

Il s'éloigna de quelques pas, laissa tomber ses mains

avant de se retourner brutalement. Cette fois, au lieu de sa carte d'identité, il brandissait une arme.

Qu'il pointait sur la jeune femme.

Surprise, Georgie serra plus fort le cric qu'elle tenait à la main. A la vue du revolver, Emmie se mit à hurler et, terrifiée, elle se cacha d'elle-même, cette fois, derrière sa mère.

— Lâchez immédiatement ce cric, ordonna Nick. Immédiatement ! cria-t-il, comme elle n'obtempérait pas.

Georgie laissa échapper un juron qui aurait choqué le cow-boy le plus endurci. Elle aurait dû se douter que cet homme n'était qu'un fourbe. Cela lui apprendrait à prendre en pitié les pauvres types sous prétexte qu'ils étaient beaux gosses. Quand allait-elle enfin comprendre que les beaux gosses étaient toujours et partout une source d'ennuis pour elle ?

— Je ne possède rien qui vaille la peine d'être volé, lui apprit-elle, les mâchoires serrées.

Elle voulait seulement qu'il s'en aille. Il terrifiait Emmie et elle avait envie de lui arracher les yeux.

Nick se rapprocha d'un pas. Il avait honte de lui. Il n'aimait pas menacer une femme et encore moins une enfant, même si la petite fille lui semblait pénible, mais la folle qui prétendait être sa mère ne lui laissait pas le choix.

— Et, ajouta-t-il, puisqu'elle n'avait pas l'air d'avoir compris la raison de sa présence, je suis là pour arrêter Georgie Grady et le ou la conduire en prison. Les mains en l'air.

Georgie obtempéra. Du coin de l'œil, elle vit Emmie l'imiter.

« Vous me le paierez », se promit-elle *in petto*.

Son cerveau fonctionnait à toute allure, cherchant le moyen de sortir de ce mauvais pas.

— Donc, vous êtes vraiment agent secret ? commença-t-elle lentement.

— Je ne cesse de vous le répéter.

Georgie hocha la tête, comme si elle le croyait, finalement.

— Et pourquoi un agent secret voudrait-il me mettre en prison ? demanda-t-elle, tentant de garder son calme.

Comme il avait une arme à la main, hurler sur lui ne semblait pas judicieux.

— Il va te tuer, maman ? s'enquit Emmie, qui paraissait soudain avoir quatre ans et pas un jour de plus.

— Non, chérie, il n'est pas bête à ce point-là, assura-t-elle à sa fille. N'est-ce pas, monsieur l'agent secret ? ajouta-t-elle.

Au cours de sa carrière, Nick n'avait tiré sur quelqu'un que trois fois et jamais dans ce genre de situations. Mais le dire pourrait être perçu comme un aveu de faiblesse. Qui était capable de prévoir la réaction des détraqués ?

— Pas si vous acceptez de coopérer.

La jeune femme se redressa mais, cette fois, elle ne leva pas les mains en l'air. Elle tenait Emmie dans ses bras, déterminée à rassurer la fillette, même si elle était consciente que sa propre colère angoissait également l'enfant. Georgie ignorait qui était ce malade, mais elle doutait fortement qu'il soit agent secret comme il le prétendait. Les agents secrets ne venaient pas dans des endroits comme Esperanza, et encore moins pour y menacer des innocents.

A présent, elle regrettait de ne pas avoir fait halte chez son frère comme elle en avait eu initialement l'intention au lieu de rentrer directement, cette nuit. Certes, elle ne se sentait pas chez elle dans le ranch de Clay, mais il avait l'électricité, quelque chose dont elle serait privée ce soir. En effet, par souci d'économies, elle avait fait couper le courant avant de partir sur les routes.

Et surtout, chez Clay, ce fou armé d'un revolver ne l'aurait pas attaquée.

Elle se raidit pour protéger Emmie.

— Et comment espérez-vous que je coopère ?

— En me laissant vous emmener en prison.

Nick commençait à avoir l'impression de s'être fait piéger et d'être obligé de répéter en boucle les mêmes phrases.

Il l'avait déjà dit et se sentait encore plus ridicule maintenant que la première fois.

— Et pourquoi souhaitez-vous m'y conduire, nom de Dieu ! s'enquit-elle.

— Je croyais que vous ne supportiez pas qu'on insulte le nom de Dieu ?

— Si c'est moi, ça va, répliqua-t-elle froidement. Dieu n'a rien contre moi. Je ne menace pas d'une arme des petites filles, moi.

Bon sang, comment cette femme parvenait-elle à retourner la situation à son avantage et à le faire passer pour un salaud de la pire espèce ? Après tout, c'était elle la criminelle, pas lui ! Elle avait une fâcheuse tendance à l'oublier.

— Je vous menace, vous, de mon revolver. Pas elle.

Il vit la petite fille nouer les bras autour du cou de sa mère comme pour essayer de la protéger. Les deux faisaient vraiment la paire.

— Et je le fais parce que vous ne me laissez pas le choix, ajouta-t-il.

Georgie en avait assez. Elle voulait des réponses, à présent.

— Et d'après vous, qu'ai-je fait qui justifie qu'un agent secret soit à mes trousses ?

Elle le savait très bien. Nick était certain que Steve lui avait transmis de bonnes informations. Il était le meilleur dans sa partie.

— Ne jouez pas les innocentes.

— Désolée mais, comme je n'ai pas l'impression d'avoir commis le moindre crime, je ne vois pas pourquoi je prendrais l'air coupable.

— Envoyer des lettres de menaces au sénateur Colton est un crime.

Georgie eut l'impression que quelqu'un venait de la frapper par derrière.

Le sénateur Colton ?

Nick vit la lueur qui brilla dans son regard. Elle connaissait le sénateur. C'était bien elle qui avait envoyé ces lettres de menaces et lorsque, un moment plus tôt, elle avait tenté de le nier, ce n'était qu'une comédie.

Curieusement, il en éprouva une certaine déception. Il ne comprenait pas pourquoi. Cela avait peut-être un rapport avec le coup qu'il avait reçu sur la tête ?

— Oui.

— Le sénateur *Joe* Colton ? répéta Georgie d'un ton incrédule.

Pourquoi s'exprimait-elle ainsi ? Que voulait-elle démontrer ? Ou faire ? s'interrogea-t-il d'un air suspicieux.

— Oui.

Georgie serra plus étroitement Emmie contre elle.

— Vous êtes complètement cinglé, c'est une évidence, conclut-elle enfin.

3

Nick se hérissa sous l'insulte.

— Je suis sain de corps et d'esprit. De toute façon, ce n'est pas la question.

Georgie mourait d'envie de lui lancer qu'il fallait être fou pour croire qu'elle voudrait avoir quoi que ce soit à faire avec un Colton après l'expérience désastreuse de sa mère. Mais le lui dire susciterait chez l'agent secret une ribambelle d'interrogations auxquelles elle ne souhaitait pas répondre.

— Alors, quelle est la question ?

Il planta ses yeux dans les siens.

— Allez-vous continuer longtemps à nier que c'est vous qui avez envoyé ces e-mails menaçants ?

Si Georgie n'avait pas eu Emmie dans les bras, elle l'aurait sans doute giflé.

— De quels mails menaçants parlez-vous ? Depuis cinq mois, j'ai été tellement débordée de travail que j'ai à peine eu le temps de passer un coup de fil à mon frère. Alors si vous pensez que j'en aurais perdu à pianoter sur un écran d'ordinateur…

A vrai dire, Georgie n'appréciait que modérément

l'informatique et elle n'était pas du genre à se connecter pour un oui ou pour un non. Pour elle, internet poussait les gens à perdre le contact réel avec leurs semblables et à se fondre dans l'anonymat. Certes, sous la pression de son entourage, elle avait fini par céder, par acheter un PC et par s'offrir un abonnement au réseau. Elle ne voulait pas se couper complètement du reste du monde. D'ailleurs, quand Emmie commencerait à fréquenter l'école, l'accès à internet pourrait se révéler très utile. En moins de temps qu'il ne faudrait pour le dire, les ordinateurs allaient remplacer les livres et les cahiers, Georgie en était persuadée. Et elle avait envie d'aider au maximum sa fille au cours de sa scolarité, pour que l'enfant n'ait pas honte de sa mère, même si cette dernière ne connaissait pas grand-chose à l'informatique.

Mais cela ne signifiait pas qu'elle était une adepte d'Internet.

Les protestations de Georgie tombèrent dans l'oreille d'un sourd. En effet, Nick estimait qu'envoyer ces mails haineux n'avait pas dû demander des heures. D'ailleurs, leur auteur les avait visiblement rédigés à la hâte, sans prendre le temps de relire sa prose ni de corriger les nombreuses fautes d'orthographe. Ils avaient été écrits par quelqu'un qui maîtrisait mal les règles de grammaire et plus mal encore la conjugaison.

— Mon expert informatique vous a démasquée grâce à votre adresse IP.

Georgie ne savait pas du tout de quoi il s'agissait, mais elle préféra ne pas lui montrer son ignorance, surtout devant sa fille. De toute façon, elle était certaine d'une chose :

— Votre expert informatique a fait erreur.

— Il ne se trompe jamais.

Ce qui était à la fois l'avantage majeur et le principal inconvénient de Steve, ses résultats ne pouvant jamais être remis en question, songea Nick.

Impassible, Georgie refusa de se laisser déstabiliser. Avec une mère qui avait, des années durant, été en butte aux critiques et aux plaisanteries cruelles parce que ses trois enfants avaient été conçus avec un homme marié à une autre, elle avait appris depuis le plus jeune âge à se défendre. Subir de tels comportements pouvait forger ou détruire une personnalité. Georgie avait toujours refusé d'être une victime.

Elle secoua la tête.

— Manifestement, sa réputation est usurpée et il a perdu les capacités que vous lui attribuez. Il fait erreur, je le répète, et s'il prétend de surcroît que ces e-mails ont été émis de mon ranch il a doublement tort parce que je ne suis pas revenue chez moi depuis cinq mois.

Une petite voix souffla à Nick qu'il aurait dû enquêter sur Georgie Grady avant de s'embarquer pour San Antonio, mais le temps lui avait manqué et il avait préféré sauter dans le premier avion en partance pour neutraliser le malfaisant le plus vite possible.

Il planta ses yeux dans ceux de la jeune femme.

— Est-ce vrai ?

— Absolument. Sachez par ailleurs que je n'apprécie pas du tout vos manières de brute.

— Ecoutez, vous m'avez sauté à la gorge et votre fille a failli m'ouvrir le crâne avec un cric. Si quelqu'un a été brutalisé, c'est moi.

Il vit un petit sourire passer sur les lèvres sensuelles de la rouquine.

— Est-ce la raison de votre colère ? Parce que vous avez été mis au tapis par une femme deux fois moins grosse que vous et par sa fille de quatre ans ?

Non seulement elle ne manquait pas de culot, mais elle n'était pas très observatrice.

— Vous ne faites pas la moitié de mon poids, et si je suis en colère, c'est parce que j'en ai assez de perdre mon temps dans ce trou perdu à tenter de faire entendre raison à une demeurée que j'ai attendue plus de huit heures alors que j'avais mieux à faire en Californie avec le sénateur.

Rehaussant Emmie contre sa hanche, Georgie adressa un geste à Nick de sa main libre.

— Eh bien, allez-y, filez le rejoindre, je ne vous retiens pas. Personne ne vous a demandé de venir à Esperanza pour tourmenter des innocents.

Exaspéré, Nick leva les yeux au ciel.

— Cette conversation ne nous mènera nulle part.

— Nous sommes enfin d'accord sur un point.

Georgie poussa un gros soupir. L'un d'eux devait se montrer raisonnable et comme, manifestement, il ignorait le sens de ce mot, c'était à elle de l'être.

— Vous appartenez réellement aux services secrets ?

— Oui.

— Pourriez-vous me remontrer votre badge ?

Il sortit son portefeuille de sa poche.

— Vous êtes particulièrement méfiante, non ?

Nick avait toujours cru que les gens qui vivaient à la campagne étaient, au contraire, plutôt crédules. A vrai dire, il les considérait presque comme des retardés. Lui se méfiait de tout et de tout le monde. Grandir dans une famille où il ne vous est pas possible de vous fier à vos propres parents laissait des traces.

Elle planta les yeux sur lui.

— Ai-je tort de l'être ?

Après tout, elle ne le connaissait pas. Il était peut-être un tueur en série. Qu'est-ce qu'elle en savait ?

Il la regarda avec attention. Une femme aussi séduisante avait en effet intérêt à rester sur ses gardes. Beaucoup d'hommes devaient perdre la tête à la vue de son joli minois et de son corps de reine.

— Non, sans doute pas.

Ouvrant son portefeuille, il lui montra de nouveau son badge et ses papiers.

Emmie toujours sur la hanche, Georgie se pencha pour examiner la carte d'identité qu'il lui présentait.

La petite fille l'imita. Elle fixait le morceau de carton avec une telle intensité que Nick se demanda un instant si elle savait lire. Mais n'était-elle pas un peu jeune pour ça ?

Reculant, Georgie le dévisagea d'un air résigné. Les papiers de cet homme avaient l'air authentiques.

— Oui, vous semblez être ce que vous prétendez être. Vous êtes en costume sombre, vous avez glissé des lunettes noires dans la poche de votre chemise, ajouta-t-elle avec un petit sourire ironique. Et vous avez mis du gel dans vos cheveux pour qu'aucun ne dépasse. Bref, vous avez la panoplie complète de l'agent secret tel qu'on se l'imagine.

A la manière dont elle le décrivait, il eut l'impression d'être une caricature.

Un peu déconcerté, Nick se gratta la tête, veillant à ne pas toucher la bosse que lui avait faite l'enfant.

Il vit la rouquine l'observer, la mine songeuse.

— Vous êtes plus séduisant avec les cheveux en bataille. Le gel donne l'impression qu'ils sont collés.

Il savait ce qu'elle était en train de faire. Elle tentait de le déstabiliser. Mais elle n'allait pas y arriver.

— Si cela ne vous ennuie pas, nous discuterons coiffure une autre fois, répliqua-t-il d'un ton sarcastique.

Au lieu d'en être vexée, la réponse parut amuser la jeune femme.

— Vous êtes susceptible, on dirait ! Vous n'aimez pas les critiques ?

Elle pencha la tête comme pour le jauger et tenter de décider ce qu'elle allait faire de lui. A sa façon de se comporter, un observateur extérieur aurait juré que c'était lui qui avait des comptes à rendre, pensa Nick avec gêne et colère.

— Quand vous étiez petit, les autres gosses avaient-ils l'habitude de se moquer de vous ? s'enquit-elle. Vous étiez un peu leur bouc émissaire, non ?

C'était exactement le contraire. A l'école, Nick avait longtemps été une vraie terreur et il s'était beaucoup amusé à maltraiter ses camarades. Que ceux-ci soient plus grands ou plus forts que lui ne le dérangeait pas. Il se battait avec tous et il s'était vite forgé une réputation de petit dur. Dans la rue, il avait l'impression de maîtriser quelque chose. Alors que, chez lui, un père violent et une mère alcoolique faisaient de sa vie un enfer.

Pourtant, un jour, pour des raisons obscures qu'il n'avait toujours pas élucidées, Nick s'était brutalement reconnu dans les yeux de ses victimes. Tétanisé, il avait relâché le gosse qu'il était en train de frapper et s'était éloigné. Après cet épisode, son existence avait radicalement changé et il s'était mis à protéger les plus faibles au lieu de chercher à les écraser.

— C'était le cas, non ? insista Georgie, même si elle avait du mal à l'imaginer comme un souffre-douleur.

Il n'avait pas le physique de l'emploi.

— Non.

Les bras de Georgie commençaient à s'ankyloser, lui rappelant que si ce fou n'était pas sorti de l'ombre pour lui sauter à la gorge, elle serait déjà sous sa couette. Il était tard et elle était épuisée.

Elle décida de faire appel à son humanité, même si elle doutait qu'il en soit pourvu.

— Ecoutez, cela vous ennuierait-il que je mette ma fille au lit ? La journée a été longue.

— Je ne suis pas fatiguée ! protesta Emmie.

Manifestement, l'enfant ne voulait rien perdre des événements. A cause de la vie qu'elle avait menée jusqu'alors, la petite réagissait comme une adulte miniature. Georgie était certaine que si elle avait décidé de passer son existence sur les circuits de rodéo, Emmie en aurait été ravie. La fillette adorait vivre sur les routes, côtoyer les cow-boys, suivre les compétitions depuis les gradins, encourager les participants. L'enfant était leur mascotte et la plupart l'adoraient.

— Moi, je suis exténuée, ma puce, rétorqua Georgie.

La petite fille la dévisagea alors avec gravité.

— Alors va te coucher, lui conseilla-t-elle enfin.

Georgie glissa un œil vers l'agent secret. Elle était épuisée, mais n'aurait jamais pu trouver le sommeil avec ce bel homme dans les parages, elle le savait.

— Pas maintenant.

Elle attendait toujours qu'il réponde à sa question et l'autorise à mettre la petite au lit. Elle ne pensait pas qu'il refuserait.

Et, effectivement, il lui montra la maison d'un mouvement de menton.

— Allez-y.

La jeune femme posa la fillette par terre pour chercher sa clé dans sa poche.

Comme elle l'introduisait dans la serrure, il lui indiqua :

— La porte n'est pas fermée.

Elle lui lança un regard accusateur. Agent secret ou pas, il ne manquait pas de souffle.

— Vous l'avez forcée ?

— Non, je l'ai trouvée ouverte.

« Tu parles ! songea-t-elle, furieuse. Il me prend vraiment pour une idiote. »

— Je l'avais fermée à clé avant de partir, insista-t-elle.

En son absence, personne ne l'aurait cambriolée. Les gens du coin savaient qu'elle n'avait aucun objet de valeur chez elle. Seul *lui* l'ignorait et était entré par effraction, elle en était certaine. Avait-il vraiment cru qu'elle allait avaler ses sornettes ?

Prenant la main d'Emmie, elle pénétra à l'intérieur.

Nick les suivit.

Comme la jeune femme passait devant un interrupteur sans y toucher, il demanda, étonné :

— Vous n'allumez pas la lumière ?

— Le courant est coupé, répondit-elle.

Les ombres dans la pièce commençaient à s'allonger

sur le plancher de chêne, jouant à cache-cache avec les reflets de la lune.

Georgie le vit fermer la porte d'entrée et elle lui dit en se hâtant vers la cheminée :

— Laissez-la ouverte jusqu'à ce que j'aie fait un feu.

Obtempérant, Nick la regarda s'agenouiller devant l'âtre pour y mettre du branchage et des feuilles de papier journal roulées en boule avant d'y lancer une allumette.

Il fronça les sourcils.

— Au cas où vous ne l'auriez pas remarqué, nous sommes en juin. Il fait un peu chaud pour faire un feu, non ?

— Pas si vous voulez du café.

Quand elle eut terminé, elle jeta un coup d'œil par-dessus son épaule. L'agent secret se tenait toujours dans l'embrasure de la porte. Le clair de lune soulignait sa haute silhouette et il lui parut presque irréel. Malgré son costume, cet homme dégageait une certaine puissance, se dit-elle. Elle devait sans doute s'estimer chanceuse qu'il ne lui ait pas cassé le bras lorsqu'il l'avait empoignée dans la cour.

— Dans les films, les types comme vous passent leur temps à boire des litres de café, reprit-elle, tentant d'instaurer un climat amical.

Sa mère lui avait toujours répété qu'on n'attrapait pas les mouches avec du vinaigre.

— Cela dit, j'espère ne pas violer le règlement du FBI en vous en proposant, ajouta-t-elle. Le « jamais pendant le service » ne concerne peut-être pas que l'alcool…

Cherchait-elle encore à se moquer de lui avec cette remarque ? se demandait Nick. En tout cas, après l'avoir attendue pendant des heures, il avait si faim qu'il aurait mangé un bœuf. Un café l'aiderait à combler le vide de son estomac.

— J'en prendrais volontiers une tasse.

Comme le feu éclairait à présent la pièce, il referma la porte avant d'appuyer sur l'interrupteur.

Rien ne se produisit.

Se mettant sur pied, Georgie s'immobilisa, une main sur la hanche. Plutôt que de se mettre en colère, elle trouva visiblement très drôle de voir ce spécimen un peu trop bien habillé de l'espèce masculine jouer les gamins mal élevés.

— Vous avez envie de vous amuser avec tous ceux de la maison ? Cela vous ferait-il plaisir ? Il y a trois autres interrupteurs dans la cuisine. Et aucun ne donne de la lumière.

Cela devenait de plus en plus bizarre.

— Pourquoi n'y a-t-il plus d'électricité ?

— Parce que je n'ai pas d'argent à jeter par les fenêtres. Le téléphone a été coupé pour la même raison, alors inutile de décrocher le combiné. Si ça peut vous rassurer, ajouta-t-elle, l'un et l'autre seront rétablis dans la matinée. Je n'aurais dû revenir que demain, je suis rentrée à la maison un peu plus tôt que prévu.

« Un peu plus tôt que prévu »... Ce qui signifiait qu'il aurait pu l'attendre toute la nuit ! songea Nick.

Cette prise de conscience intensifia les courbatures qui cisaillaient les muscles de ses épaules.

Bien sûr, peut-être avait-elle inventé toute cette histoire. Peut-être revenait-elle avec la petite terreur d'un simple dîner chez des voisins.

— Vous persistez donc à prétendre que vous étiez loin de chez vous depuis des mois ?

— C'est la vérité, intervint la fillette avec colère, les mains sur les hanches, la tête penchée sur le côté. Maman ne raconte pas d'histoires. Elle dit toujours qu'il est très vilain de mentir.

Georgie lui tournait le dos. Il regarda la manière dont sa longue natte bougeait tandis qu'elle s'activait devant le feu.

— Parfois, on est obligé de mentir, répondit-il à l'enfant.

Georgie se redressa pour aller chercher la cafetière dans la cuisine. S'il essayait de la déstabiliser, il perdait son temps. Parce qu'il ne s'adressait pas à la bonne personne. Plus vite il s'en rendrait compte, plus vite il repartirait s'occuper de ses affaires.

Elle sentait la chaleur des flammes colorer ses joues.

— Demandez à n'importe qui du coin, lança-t-elle. Tous vous diront la même chose. Depuis cinq mois, je suis sur les routes pour participer à des compétitions de rodéo. Par ici, tout le monde sait ce que fait son voisin.

Dans le passé, ce constat l'avait souvent ennuyée. Mais plus maintenant. Au contraire, il lui donnait le sentiment d'appartenir à une communauté.

— Et que faites-vous au cours de ces compétitions de rodéo ? s'enquit Nick.

Il ne la croyait pas. Les hommes qui pratiquaient le rodéo avaient de grands chapeaux et marchaient les jambes arquées, comme s'ils étaient nés sur un cheval. Ils n'avaient rien en commun avec ce petit bout de femme à la langue bien pendue.

— Je rafle les premiers prix, répondit-elle de la cuisine en faisant couler de l'eau. J'espère que vous aimez le café noir, ajouta-t-elle, parce que je n'ai pas de lait sous la main. Le dernier litre qui me restait a servi à faire passer un gâteau au chocolat un peu lourd, n'est-ce pas, ma chérie ?

Elle dévisagea sa fille et se mit à rire, se remémorant leur pique-nique improvisé sur le bord de la route. Au cours de ce petit goûter, elle s'était efforcée d'égayer la fillette qui avait été terriblement attristée à l'idée de quitter le rodéo. Pour lui changer les idées, Georgie lui avait longuement parlé du ranch, lui rappelant que près de cette propriété vivaient tous ceux qui l'aimaient et qui avaient hâte de fêter avec elle son cinquième anniversaire. Quand elles avaient fini le gâteau, la petite fille avait oublié sa mélancolie et se réjouissait de retourner à la maison.

— Noir, c'est parfait, dit-il.

En voyant la jeune femme se hisser sur la pointe des pieds pour essayer d'attraper la vaisselle en haut d'un placard, il la rejoignit dans la cuisine, s'empara de deux tasses et les déposa sur la table. Georgie les rinça avant de retourner dans le salon, Nick sur les talons.

Il sentait le regard d'Emmie sur lui. Elle suivait chacun de ses mouvements d'un air suspicieux, comme un faucon à l'affût.

— Cela ne changera rien, vous savez, dit-il à Georgie, faisant référence à ses efforts pour faire preuve d'hospitalité en lui offrant à boire.

— C'est du café, pas une potion magique, répondit-elle d'une voix résignée. Je me doutais que cela n'allait pas vous transformer en prince charmant. J'essaie seulement de me montrer amicale.

— Je ne suis pas votre ami.

— Et je vous en serai éternellement reconnaissante, lui dit Georgie.

Elle reporta son attention sur sa fille.

— Maintenant, chérie, il est temps d'aller au lit.

Mais Emmie secoua la tête. Ses grands yeux verts fixèrent l'étranger dans leur maison avant de revenir se poser sur Georgie.

— Maman, je t'en prie…

Au ton employé par la petite, Georgie comprit sans avoir besoin d'un dessin. Elle lisait en elle comme dans un livre ouvert. Epuisée ou pas, Emme ne s'endormirait pas dans sa chambre. L'enfant était trop agitée pour rejoindre les bras de Morphée. Mieux valait la garder près d'elle pour le moment.

Elle ordonna, sans élever la voix :

— D'accord, alors allonge-toi sur le canapé.

Avec un sourire de soulagement, la petite fille s'exécuta aussitôt.

— Merci, maman.

Depuis qu'il était majeur, Nick n'avait pas approché beaucoup d'enfants. Il n'avait aucune expérience des petits, ne les fréquentait pas et leur compagnie ne lui manquait pas, d'ailleurs. Il estimait que les gosses avaient une logique qui leur était propre, et lui n'avait pas de temps à perdre à tenter de les comprendre.

Mais, instinctivement, il sentit que l'éducation que prodiguait la jeune femme manquait de discipline.

— Vous la laissez toujours décider ?

Un long moment, Georgie le dévisagea, se demandant si elle devait lui expliquer ou l'envoyer promener. Mais cette dernière réaction ne serait pas un bon exemple pour sa fille.

— Non, mais, ce soir, je n'ai pas envie de me battre sur un point somme toute mineur.

Et pour être honnête, elle préférait qu'Emmie ne soit pas trop loin d'elle. Agent secret ou pas, cet homme ne lui inspirait pas confiance.

— Ergoter sur tout ne mène nulle part, conclut-elle.

— Vous pourriez me raconter des histoires.

— Je n'ai aucune envie de vous raconter des histoires, monsieur l'agent secret…

— Je m'appelle Nick Sheffield.

Il savait que la précision était inutile. Après tout, elle avait vu sa carte d'identité. Si elle l'avait lue.

— Je n'ai aucune envie de vous raconter des histoires, monsieur Sheffield. J'aimerais seulement que vous vous en alliez.

Lui aussi en rêvait mais pas comme ça.

— J'ai bien peur que ce ne soit pas possible, lui dit-il.

Georgie poussa un soupir.

— Manifestement, la chance a fini par m'abandonner.

Derrière elle, la cafetière était pleine. Elle s'en empara et remplit les deux tasses du breuvage noir. Puis elle lui en tendit une.

Il la lui prit des mains, d'un air un peu méfiant, et elle se mit à rire.

— Ne vous inquiétez pas, je ne vais pas en renverser sur vous. Même si l'idée m'a traversé l'esprit, ne put-elle s'empêcher d'ajouter.

« Heureusement qu'elle s'en est abstenue », pensa-t-il.

Mais sa réflexion avait éveillé sa curiosité.

— Et pourquoi y avez-vous renoncé, finalement ?

— Parce que si j'avais cédé à cette pulsion, répondit-elle après avoir avalé une gorgée de café, vous auriez pensé que j'étais coupable. Or je ne le suis pas.

— Et si je vous disais que je suis certain du contraire ?

— Alors je vous répondrais que vous êtes idiot, répliqua-t-elle simplement. Parce que cela signifierait que vous ne voyez pas les preuves qui vous crèvent pourtant les yeux.

Non, songea-t-il en entourant la tasse de ses mains. A cet instant précis, il ne cherchait pas de preuves. Il regardait Georgie.

Et — que Dieu lui vienne en aide ! — il la trouvait très belle.

Oui, elle lui plaisait beaucoup.

4

Revenant près de la cheminée, Georgie s'empara du tisonnier pour remuer les bûches, et Nick l'entendit demander :

— Cela vous plaît ?

Elle ne se donna même pas la peine de se retourner ni de regarder par-dessus son épaule pour lui poser la question.

Pris au dépourvu, Nick se sentit blêmir. Avait-elle compris qu'il la lorgnait ? Le lui reprochait-elle de cette manière ironique ?

Affreusement gêné, il balbutia :

— Quoi ?

— Le café.

Et se tournant enfin vers lui, elle lui désigna d'un mouvement de menton la tasse qu'il tenait à la main.

— Vous convient-il ? Est-il à votre goût ?

Perdu dans ses pensées, des pensées qui lui étaient pourtant interdites, Nick n'avait pas encore goûté le breuvage. Du coup, il en prit une gorgée et se rendit compte qu'il devait pratiquement mâcher le liquide pour parvenir à l'avaler. Habitué aux cafés aseptisés des machines, il était déconcerté par celui qu'elle lui avait confectionné. En tout cas, celui-ci aurait réveillé un mort.

Après avoir dégluti, il s'éclaircit la gorge. Il la regarda d'un air incrédule.

— Il est un peu fort, non ?

Georgie parut étonnée par son commentaire.

— La plupart des hommes que je connais l'aiment fort.

— Vous n'en êtes peut-être pas consciente, mais il y a une différence entre le café fort et le goudron.

Tout en sirotant le sien, Georgie haussa les épaules.

— Vous n'êtes pas obligé de le boire si vous ne l'appréciez pas, dit-elle en tendant la main pour récupérer sa tasse.

Mais il refusa de la lui rendre, devinant que s'il renonçait à l'avaler il se dévaloriserait lui-même aux yeux de Georgie.

— Ça va, je vais le boire.

Nick vit un petit sourire ironique glisser sur les lèvres de la jeune femme. Il avait la désagréable impression d'être transparent pour elle.

— Personne ne vous y force, monsieur l'agent secret, euh, je veux dire, monsieur Sheffield, se reprit-elle. Si vous n'aimez pas ce café, laissez-le.

Il s'accrocha pourtant à sa tasse.

— Il me faut simplement un peu de temps pour m'y habituer.

« Comme avec vous », ajouta-t-il *in petto.*

Promenant les yeux autour de lui, il changea de sujet.

— Vous avez réellement demandé qu'on vous coupe l'électricité ?

« Décidément, ce Sheffield est vraiment lent à la détente », songea Georgie.

Mais gardant cette réflexion pour elle, elle répondit :

— Comme je vous l'ai déjà dit, oui.

Alors, comment avait-elle fait pour envoyer ces mails ? s'interrogea-t-il.

En la regardant avec attention, Nick comprit qu'il n'y avait qu'une seule explication.

— Aviez-vous emporté votre ordinateur avec vous ?

Elle songea à l'appareil qu'elle avait acheté six mois plus tôt, quinze jours à peine avant de prendre la route avec Emmie. Elle avait prié le vendeur de venir le lui installer chez elle mais, ensuite, elle n'avait même pas eu la curiosité de se connecter. Pour elle, ce PC appartenait à un autre monde et il lui faisait presque peur.

Elle le dévisagea comme s'il perdait l'esprit.

— Pourquoi aurais-je fait ça ?

Il fallut un moment à Nick pour comprendre qu'elle parlait sérieusement. Si lui ne se séparait jamais de son ordinateur portable et ne laissait jamais passer une journée sans consulter ses mails, s'il avait l'impression que grâce à internet le monde était plus accessible et qu'il pouvait le maîtriser, ce n'était pas le cas de tous, en particulier à la campagne, et il ne devait pas l'oublier.

— Pour garder le contact, répondit-il finalement quand il devina qu'elle attendait une réponse.

Elle fronça les sourcils. Manifestement, cet agent était un bon à rien. Dommage, mais pourquoi s'en étonner ? Il travaillait pour le gouvernement. C'était un fonctionnaire sans imagination.

— Pour garder le contact avec les gens que j'aime, il y a le téléphone, Sheffield.

Se rendant compte que sa réponse n'impressionnait pas l'agent secret, elle essaya de s'expliquer.

— Comme je vous l'ai déjà dit, je me méfie des ordinateurs. Je ne me vois pas m'asseoir devant un écran pour envoyer des messages à des inconnus. Maintenant, il est possible de bavarder de tout et de rien avec des gens du monde entier sur des forums de discussion, paraît-il. Quel est l'intérêt de ces chats ? Dites-le-moi. Je vis ma vie, elle est riche et passionnante, je n'ai pas besoin de la raconter à des personnes que je ne rencontrerai jamais. De plus, mon ordinateur est beaucoup trop gros pour être transportable, ajouta-t-elle avec le sentiment que cet argument était indiscutable.

Il était temps de cesser d'ergoter avec cette femme, songea Nick. Et de commencer son enquête. D'ailleurs, il excellait dans ce domaine.

En arrivant sur la propriété, il avait déjà inspecté la maison de fond en comble.

— L'ordinateur que vous avez dans la chambre est le seul que vous possédiez ?

— Oui, pourquoi ? Vous en avez combien, vous ?

« Actuellement, trois. » Celui du bureau, installé au quartier général du sénateur, un autre fixe branché dans son appartement et, bien sûr, celui qu'il emportait toujours avec lui et qui avait en mémoire les copies de ce que contenaient les deux autres et davantage encore. Mais il n'avait pas l'intention de le lui dire.

— Il ne s'agit pas de moi, lui rappela-t-il.

Sur la défensive, Georgie releva le menton. Chaque fois

qu'elle commençait à se laisser aller à penser que ce Sheffield était peut-être humain, finalement, il lui sortait une réflexion qui l'en faisait douter. C'était un peu comme tirer sur un élastique et se le reprendre en plein visage chaque fois.

— Ni de moi non plus, répliqua-t-elle. Quelle que soit la personne que vous cherchez, ce n'est pas moi.

« Que sait-elle dire d'autre ? » se demanda Nick. Il rit sèchement.

— Excusez-moi, mais je n'en mettrais pas ma main au feu.

— J'aimerais prétendre que je m'en moque, que je me fiche de votre opinion, mais — elle regarda le canapé où Emmie dormait, elle le devinait au silence de l'enfant — ce n'est pas le cas. Cela m'ennuie beaucoup.

— Vous avez peur de ce que je pourrais découvrir ?

Il se dirigeait déjà vers la chambre. Le fait qu'elle ait installé l'ordinateur loin des regards — et non dans une pièce commune — lui indiquait qu'elle tentait sans doute de tenir sa fille éloignée de l'appareil. D'après ce qu'il avait vu, elle se comportait en adulte responsable.

— Non, j'ai peur que vous le trafiquiez, que vous y mettiez quelque chose pour me faire porter le chapeau.

Posant précipitamment sa tasse, elle lui emboîta le pas.

— Avez-vous un mandat de perquisition ? s'enquit-elle soudain, se remémorant une émission de télévision qu'elle avait regardée un jour.

Les gens demandaient toujours aux policiers s'ils avaient un mandat avant de les laisser entrer chez eux pour tout mettre sens dessus dessous.

Secouant la tête, Nick entra dans la chambre.

— Cette affaire relève du *Patriot Act,* répliqua-t-il. Comme vous le savez, depuis les attentats du 11 septembre 2001, le Parlement américain a donné davantage de moyens au FBI pour lutter contre le terrorisme et lui permettre ainsi d'assurer une meilleure sécurité au pays. Une loi antiterroriste a donc été votée, qui autorise, entre autres, les agents du gouvernement à contrôler la circulation des messages électroniques et la navigation sur internet de toute personne suspectée de terrorisme. Menacer un sénateur candidat à la Maison Blanche est assimilable à un acte terroriste, inutile, je pense, de vous le préciser. Autant vous dire que je n'ai pas besoin de mandat et que j'ai tous les droits pour me renseigner sur vous. Grâce au *Patriot Act*, j'ai même le pouvoir de récolter des informations hors de toute enquête officielle et d'effectuer une surveillance de votre ordinateur sur le réseau sans en référer à mes supérieurs.

Beaucoup considéraient l'existence de cette loi comme une atteinte aux libertés fondamentales des citoyens américains, mais Nick se félicitait de son existence. Depuis qu'elle avait été votée, il lui était beaucoup plus facile d'effectuer son travail.

Les yeux de Georgie s'écarquillèrent de stupeur.

— Vous me soupçonnez de terrorisme ?

Cela devenait franchement grotesque.

— Il y a beaucoup de façons de définir le terrorisme, répliqua-t-il en ouvrant la porte de la chambre. Il ne se réduit pas à la fabrication artisanale de bombes, poursuivit-il. Un terroriste est quelqu'un qui sème et utilise la terreur.

La petite pièce était seulement éclairée par le clair de lune. Cette fois, en y pénétrant, Nick remarqua quelque chose qui avait échappé à son attention la première fois.

Le moteur de l'ordinateur et l'écran étaient posés sur une table de bridge, près d'une chaise. A première vue, il n'y avait rien d'extraordinaire. En revanche, ce qui détonnait était l'objet rectangulaire installé en dessous et relié aux deux autres composants du système informatique.

— Qu'est-ce que c'est que ça ? demanda-t-il.

— Quoi « ça » ?

Parlait-il de l'ordinateur ? Il fallait être aveugle pour ne pas voir qu'il s'agissait d'un PC. Mais posséder ce genre d'appareil ne signifiait pas qu'elle s'était rendue coupable d'envoi de mails menaçants au sénateur Colton.

Clay lui avait dit de garder une arme dans la maison et elle aurait dû écouter ses conseils. Elle ne l'avait pas fait à cause d'Emmie. Non que l'enfant eût joué avec — la petite était loin d'être idiote —, mais Georgie connaissait sa fille. Comme dans la cour, à leur arrivée, si la fillette se trouvait dans une situation qu'elle jugeait dangereuse pour sa mère, elle utiliserait tout ce qui était à sa portée pour la défendre. Tout à l'heure, elle s'était emparée d'un cric mais, si Georgie avait possédé un revolver, Emmie n'aurait pas hésité à s'en servir. Elle se croyait chargée de la protéger en toute circonstance.

Elle vit Sheffield se saisir d'une boîte rectangulaire posée sous la table de bridge.

— Ça.

Georgie considéra l'objet puis, en le regardant en face, secoua la tête. C'était la première fois qu'elle le voyait.

— Aucune idée.

Il l'examina à la lueur du clair de lune.

— Moi, je sais très bien de quoi il s'agit.

— Alors pourquoi me le demander ?

Ignorant la question, il se mit sur pied en époussetant son pantalon.

— C'est un générateur électrique.

— Pas du tout, rétorqua-t-elle. Il y en a un dehors — qui ne ressemble ni de près ni de loin à ce truc-là —, mais il est cassé, ajouta-t-elle avant que Sheffield ne sorte précipitamment.

Le faire réparer faisait partie des choses dont elle devait absolument s'occuper au plus vite. La liste des tâches prioritaires devenait presque aussi haute qu'Emmie. La maison avait besoin d'être rénovée, mais ayant décidé de vivre désormais à plein temps chez elle et étant très douée de ses mains, elle s'imaginait qu'elle s'en sortirait sans trop de difficultés. Mais peut-être se faisait-elle des illusions.

Avant tout, il lui fallait se débarrasser de ce Sheffield.

Mais l'agent secret ressemblait à un chien de chasse sur une piste.

— Celui-ci est un générateur électrique « portable », précisa-t-il.

Et pour le lui prouver, il le mit en route. Pendant un petit moment, l'appareil émit une sorte de chuintement, comme quelqu'un s'éclaircissant la gorge en se levant le matin.

Puis, quand toutes les petites lumières sur la machine s'allumèrent et cessèrent de clignoter, Nick se redressa et démarra l'ordinateur.

Avec une colère croissante, Georgie le regardait faire. Il était évident pour elle que Sheffield avait installé ce générateur électrique portable chez elle avant son retour. C'était la raison pour laquelle il était entré dans la maison.

— Ce truc n'est pas à moi.

Nick ignora la remarque. Ce matériel était accroché à

son PC, dans sa chambre, dans son ranch. A qui voulait-elle faire croire qu'il n'était pas à elle ?

L'ordinateur continuait à se charger, ronronnant comme s'il retrouvait ses marques.

— Vous devriez vraiment penser à acheter un portable, dit-il.

— Je devrais surtout m'offrir une arme pour tirer sur les gens qui s'introduisent chez moi sans autorisation.

Nick n'écoutait pas. Assis sur la chaise, il commença à pianoter sur le clavier. Très vite, il se rendit compte qu'il pouvait accéder aux dossiers et programmes sans problème. On ne lui demandait ni codes ni mots de passe. La jeune femme ne prenait vraiment aucune précaution.

— Et quand vous aurez votre appareil portable, poursuivit-il, pensez à le crypter.

Georgie le dévisagea avec intensité, persuadée qu'il allait faire quelque chose avec cette machine qui la désignerait ensuite comme coupable.

Elle espérait parvenir à l'en empêcher mais, étant donné qu'elle ne voyait pas du tout ce qu'il cherchait à faire, elle avait peu de chances de réussir à l'arrêter à temps.

— A « le crypter » ?

— Oui, dit-il en lui jetant un bref regard. Vous devrez introduire un mot de passe afin d'empêcher le premier venu d'accéder à votre ordinateur.

Visiblement, elle ne comprenait pas de quoi il parlait, ou alors elle jouait très bien la comédie.

Georgie avait lu quelque part que si quelqu'un était vraiment décidé à s'introduire dans un système informatique il y arrivait toujours.

— Mais vous, vous y réussiriez, non ?

Nick ne put réprimer un sourire de fierté. Depuis l'école, il avait fait son bonhomme de chemin.

— Oui, répondit-il. Moi, oui, de toute manière.

Elle croisa les bras, regardant les mains de l'agent secret virevolter sur les touches. Il n'était pas normal qu'un homme puisse taper si vite, c'était louche.

— Les gens contre qui je devrais me protéger avec un mot de passe pourraient quand même contourner celui-ci et pirater mon ordinateur, c'est bien cela ?

— C'est le terme exact, oui. « Piratage. »

Il sourit. Elle mimait l'innocence à la perfection mais, si elle croyait le duper, elle se faisait des illusions.

— Vous avez raison, ajouta-t-il. Un mot de passe ne servirait pas à grand-chose.

Un malaise croissant s'empara de Georgie en écoutant le cliquetis du clavier.

— Il ne vous empêcherait pas de fourrer votre nez dans mes affaires, n'est-ce pas ?

Tout à coup, Nick sentit un frisson lui parcourir l'échine.

Bingo ! Il avait décroché le jackpot. En effet, il venait d'accéder au serveur internet de la jeune femme et à l'historique répertoriant ses derniers passages sur les différents sites du réseau. Tout était là.

— Regardez ça ! s'exclama-t-il.

Se levant de sa chaise, il tourna l'écran vers elle afin qu'elle puisse voir ce qui apparaissait, et qui lui était familier, il en était certain. Il malmena tant l'appareil que la table de bridge se mit à trembler.

Il la cala en réprimant quelques jurons.

Eh bien, il ne lui avait pas fallu longtemps, se disait-il

d'un ton sarcastique. Et alors qu'il commençait juste à se faire à l'idée que peut-être elle lui disait la vérité, que peut-être ce n'était pas elle qui avait envoyé ces mails menaçants au sénateur ! Alors qu'il se laissait aller à la croire, comme au cirque on se laissait embobiner par les rubans et les effets de manche du magicien. Souvent plaisants à regarder, d'ailleurs…

Oui, très plaisants, se répéta-t-il. Les gens comme Georgie Grady dupaient leur monde grâce à leur bonne mine.

Et dire qu'il avait failli tomber dans le panneau !

Se tournant vers elle, il tapota l'écran et il lui demanda :

— Savez-vous ce que c'est ?

Georgie serra les mâchoires avec colère.

— Un coup monté.

— C'est le site Web du sénateur. Et ça, ajouta-t-il, ce sont les mails que vous lui avez envoyés il y a deux jours.

Georgie s'obligea à fixer l'écran. Les courriels que lui montrait Sheffield étaient particulièrement agressifs et grossiers. Ils étaient tous signés « Lone Star Girl », mais rien ne prouvait qu'il s'agissait d'elle.

Cette histoire était surréaliste, pensa-t-elle, luttant contre un sentiment de désespoir. Ce n'était pas possible. Elle devait dormir et elle était victime d'un mauvais rêve, voilà tout. Elle s'était assoupie au volant, sa voiture avait peut-être fini dans un fossé. Et elle était en plein milieu d'un cauchemar dont elle n'allait pas tarder à se réveiller.

Oui, il ne pouvait s'agir que d'un cauchemar.

Malheureusement, c'était la réalité.

Ce Nick Sheffield était réel. Et il mentait. Elle ignorait comment il avait réussi ce tour de passe-passe, mais, d'une façon ou d'une autre, il avait introduit ces e-mails dans son ordinateur.

— Non, ce n'est pas moi qui ai rédigé ou envoyé ces messages.

Et il était exclu qu'il mette sa parole en cause.

Fini de jouer, pensa Nick. Il était temps d'en finir.

— La preuve est sous nos yeux. Il s'agit de votre ordinateur et de votre adresse internet.

Fatiguée de son ton accusateur, elle secoua la tête.

— Peut-être, mais je n'ai pas écrit à votre sénateur et, d'ailleurs, je n'ai pas d'adresse e-mail.

— Et ça, c'est quoi, à votre avis ?

Elle leva les mains.

— Une erreur, un bug, je l'ignore. Les machines se trompent parfois. La preuve. Il faudrait être un imbécile pour en douter.

Il eut un rire sec.

— M'insulter n'arrangera pas vos affaires.

Mais l'étrangler y parviendrait peut-être, se dit-elle avec colère.

Luttant contre la fureur qui la gagnait et s'efforçant de garder son sang-froid, elle reprit :

— Ecoutez, je ne vais pas me répéter. Voilà cinq mois que je n'ai pas mis les pieds chez moi. L'ordinateur, par contre, est resté ici. Quelqu'un…

Georgie s'interrompit brutalement en songeant à ce qu'elle s'apprêtait à dire. Bien sûr ! Ce n'était pas Sheffield qui avait mis ces e-mails sur son PC. Quelqu'un d'autre s'était introduit dans son système informatique et, pour y parvenir, cette personne était forcément entrée chez elle par effraction. Il devait y avoir des traces de son passage. Des objets avaient sans doute été déplacés, volés, des tiroirs ouverts… A présent, elle devait impérativement les montrer à l'agent secret, lui prouver que quelqu'un avait pénétré illégalement chez elle et avait usurpé son identité.

Une sourde angoisse s'empara d'elle, la secouant de la tête aux pieds. Peut-être exagérait-elle et prenait-elle la situation au tragique. Mon Dieu, elle l'espérait.

Sans un mot Georgie tourna les talons et sortit à la hâte de sa chambre. Une fois dans le couloir, elle se rua vers la cuisine.

Pris par surprise, il fallut quelques instants à Nick pour se rendre compte que la jeune femme tentait de lui fausser compagnie. Il s'élança derrière elle.

Incapable de lui prouver son innocence, elle essayait de prendre la poudre d'escampette, pensait-il. Mais il n'allait pas la laisser lui filer entre les doigts. Pas après avoir passé des heures dans ce trou perdu à l'attendre.

— Vous ne m'échapperez pas ! cria-t-il.

Elle ne prit pas la peine de lui répondre.

Certain qu'elle se dirigeait vers le salon pour y récupérer la petite, Nick fut étonné de la voir se précipiter dans la cuisine.

Y avait-il une porte à l'arrière de la maison ? Allait-elle abandonner sa fille pour s'enfuir ?

Nick courut à sa suite et, alors qu'elle atteignait la table, il s'empara de son poignet pour l'arrêter.

— Lâchez-moi ! cria-t-elle, exaspérée, tentant de se libérer de son emprise.

Pour une femme aussi menue, elle ne manquait pas de force ni d'énergie, constata Nick. Etait-ce les rodéos auxquels elle prétendait participer qui l'avaient musclée ainsi ? De toute façon, même si elle n'avait rien d'une femmelette, elle ne pouvait rivaliser avec lui.

— Il serait plus simple que vous vous rendiez, dit-il.

— Il n'en est pas question !

Depuis l'enfance, Georgie détestait le mot « soumission ». Pour elle, il était synonyme de faiblesse et elle refusait de reconnaître qu'elle ne faisait pas le poids.

Tentant toujours de se débattre, elle leva d'instinct le genou, comme son frère le lui avait appris, déterminée à infliger à Sheffield une douleur à l'endroit le plus sensible de son anatomie pour le paralyser pendant un bon moment.

Mais Nick para le coup à temps.

— N'essayez pas ! cria-t-il.

Lui tordant le bras, il parvint à la déséquilibrer et à la plaquer contre le mur. Pressé contre elle, le souffle chaud de la jeune femme caressant son menton, Nick se rendit compte soudain que son corps réagissait au sien, l'entraînant dans des endroits où il n'avait pas le droit de s'aventurer en service.

Il aurait donné beaucoup pour pouvoir embrasser cette bouche et la réduire au silence.

Mais, s'il avait cédé à la tentation, le prix qu'il aurait eu à payer aurait été exorbitant et il le savait.

— Je ne vous laisserai pas vous enfuir, lui dit-il, tentant de recouvrer son souffle.

— Je ne tentais pas de m'enfuir, j'étais seulement venue chercher une lampe de poche ! cria-t-elle.

Elle tremblait de tous ses membres. Et la colère n'en était pas la cause.

5

Les mots de Georgie se heurtèrent à un mur d'incompréhension dans le crâne de Nick. Il s'était attendu à tout sauf à une explication de ce genre et il ne parvenait pas à y croire.

— Une lampe de poche ? balbutia-t-il.

S'efforçant de ne pas penser à l'émoi dans lequel il la jetait, Georgie leva les yeux vers lui. Comment pouvait-il la mettre autant en colère et la troubler à ce point en même temps ?

— Oui, répéta-t-elle. Une lampe de poche.

Nick la relâcha et recula — ce qui valait mieux pour elle comme pour lui. Il n'était pas homme à jouer avec le feu, et encore moins à succomber à la tentation mais, dans l'immédiat, il devait reconnaître que le corps de la jeune femme le rendait fou de désir, et prendre conscience de ses pulsions l'irrita.

— Pourquoi ne pas l'avoir dit ? grommela-t-il.

Elle releva le menton, tentant de calmer les effets que ce corps masculin si proche provoquait en elle.

— J'ignorais que j'avais besoin de votre permission pour prendre quelque chose dans ma propre maison.

— Les agents secrets sont prompts à la réaction, lui dit-il sèchement. Les mouvements brusques les rendent nerveux.

Un long moment, elle le dévisagea en silence, incapable de deviner s'il parlait sérieusement ou s'il se moquait d'elle.

— J'en déduis que vous ne devez pas assister souvent à des rodéos, remarqua-t-elle enfin.

— Je n'en ai jamais éprouvé l'envie.

Même s'il commençait à ressentir une certaine curiosité pour cette activité qu'elle prétendait exercer à titre professionnel — si toutefois elle lui avait dit la vérité à propos de son métier, ce qui restait à prouver.

Mais Nick préféra lui poser une question plus en rapport avec la situation présente.

— Pourquoi avez-vous besoin d'une lampe de poche ?

Georgie ouvrit un des tiroirs et en sortit l'objet recherché. Elle l'alluma, faisant jaillir un faisceau lumineux assez faible.

Les piles devaient être usées, pensa-t-elle. Encore une chose dont elle devrait s'occuper dès le lendemain. La liste s'allongeait…

— Pour raconter des histoires de fantômes, répondit-elle en plaquant un instant la lampe sous son menton pour éclairer son visage de manière étrange. A votre avis, pour quelle raison en ai-je besoin ? ajouta-t-elle d'un ton sarcastique.

Il se mit à rire. Cette femme était hallucinante.

— Avec vous, je m'attends à tout.

Mais Georgie n'avait plus envie de s'amuser, pas avec lui, en tout cas. Elle détourna le faisceau de lumière.

— Je veux regarder dans la maison si certaines choses ont été déplacées ou volées.

Elle ne parvenait toujours pas à imaginer pourquoi quelqu'un aurait voulu s'introduire chez elle, sauf peut-être pour se mettre à l'abri d'un orage. Elle n'avait pas d'argent dissimulé dans un coin, pas de cache secrète creusée dans le mur, aucun bijou de valeur sous son matelas ni même d'appareils électroniques dernier cri qui vaillent la peine d'être emportés. Emmie mise à part, tout ce qu'elle possédait, elle l'avait acheté d'occasion ou on le lui avait donné.

— Parce que vous pensez que quelqu'un est entré sans y avoir été invité, en votre absence ?

A son ton, elle comprit qu'il ne la croyait toujours pas et répondit sèchement :

— Oui, quelqu'un est venu chez moi. Pour la énième fois, ce générateur électrique n'est pas à moi.

— Donc, pour vous résumer, quelqu'un s'est introduit chez vous mais, au lieu de vous dévaliser, ou en tout cas de vous prendre quelque chose comme c'est l'usage chez les cambrioleurs, il vous aurait gracieusement déposé cet appareil après l'avoir branché afin que l'ordinateur puisse fonctionner, même si vous aviez demandé que le courant soit coupé. C'est bien cela ?

Il se moquait d'elle. Elle savait que ses propos paraissaient stupides, mais elle n'appréciait pas qu'il le souligne. Elle serra plus fort sa lampe. Un instant, elle regretta de ne pas avoir l'âge d'Emmie, ce qui lui fournirait une bonne excuse pour laisser libre cours à ses impulsions. Elle adorerait frapper cet homme au rire moqueur.

Mais, se maîtrisant, elle parvint à faire appel à la logique et à la raison, même si ce soi-disant espion était totalement dépourvu de l'une et de l'autre.

— Vous m'avez dit que la porte n'était pas verrouillée, n'est-ce pas ?

— Exact.

Pour Georgie, toute cette histoire était limpide mais, visiblement, il n'en était pas de même pour Nick Sheffield.

— Quand je quitte la maison, je la ferme toujours à clé.

Elle le vit la dévisager d'un air de doute et sut qu'il allait émettre une généralité ridicule sur la confiance aveugle qui était censée animer les gens à la campagne. Refusant de l'entendre, elle le coupa aussitôt.

— Les temps ne sont plus ce qu'ils étaient, dit-elle. Je n'ai aucune raison de me méfier de mes voisins mais, comme vous venez de le prouver, certaines personnes de passage s'introduisent également sur mes terres. Et voilà pourquoi je ferme la porte à clé en partant. Cela dit, j'aurais aussi bien fait de m'en abstenir. Tenter de protéger ma maison n'aura servi à rien, en définitive, ajouta-t-elle dans un murmure dépité.

Puis elle poussa un gros soupir avant d'inspecter les lieux à l'aide de sa lampe.

Nick s'apprêtait à répondre, lorsqu'il la vit soudain se pétrifier.

— Qu'y a-t-il ?

Elle pointa le faisceau lumineux sur ce qui avait capté son attention. Sans être une fée du logis, Georgie aimait que sa maison soit propre et rangée, surtout quand elle s'en allait plusieurs mois.

— Il y a un journal sur la chaise, près de la fenêtre.

Comme elle s'en approchait, Nick lui emboîta le pas.

— Et alors ?

S'emparant du quotidien, elle en examina la première page avec attention à l'aide de sa torche.

— Il date de la semaine dernière, dit-elle en le laissant retomber sur le siège.

Nick ne voyait toujours pas où elle voulait en venir.

— Et alors ? répéta-t-il.

Allait-elle vraiment être obligée de le frapper pour qu'il commence à se servir de ses neurones ? se demanda Georgie.

— Je n'étais pas là la semaine dernière…

De nouveau, Nick secoua la tête d'un air sceptique.

— En tout cas, vous le prétendez…

Georgie était fatiguée de ces accusations à peine voilées, fatiguée de protester et de répéter toujours la même chose.

— Je peux vous donner la liste des villes par lesquelles je suis passée. La plupart du temps, je suivais la caravane du rodéo. Je suis allée partout où se produisaient les championnats. Des gens m'ont vue. Ma fille me pare de beaucoup de qualités, mais je n'ai pas encore le don d'ubiquité et je ne sais pas comment j'aurais pu me trouver à deux endroits en même temps.

Si cet argument ne lui clouait pas le bec, rien ne le pourrait.

Un petit sourire se dessina sur les lèvres de Nick.

— Vous l'auriez voulu ? Cela vous aurait plu d'en être capable ?

Que signifiait cette question ? Essayait-il sciemment de l'ennuyer ? Certainement, mais elle n'était pas du genre à se laisser marcher sur les pieds, il allait vite s'en rendre compte.

Relevant le menton, elle lui assena une réponse qui lui rabattrait son caquet, du moins l'espérait-elle.

— Toutes les mères aimeraient avoir la capacité d'être à deux endroits à la fois, elles rêvent toutes d'élever elles-mêmes leur enfant tout en exerçant leur métier. Elles ont toutes envie de profiter de leur progéniture à temps complet tout en trouvant celui de gagner de quoi élever leurs gamins.

En tout cas, elle le ressentait depuis la naissance d'Emmie. Dès qu'elle avait vu sa fille, Georgie était tombée amoureuse de ce petit bout de chou. L'emmener avec elle dans les rodéos lui permettait d'être avec elle tout en amassant de quoi les faire vivre.

Cette femme avait une passion, il devait lui en faire crédit, songea Nick. Et malheureusement pour lui, elle lui plaisait de plus en plus.

Avec effort, il revint à son interrogatoire.

— Cette remarque est-elle censée me convaincre de votre innocence ?

— Non. Le fait que je suis innocente devrait suffire à vous convaincre que je le suis.

Au lieu d'émettre le moindre commentaire, Nick la dévisagea d'un air songeur. Elle semblait réellement sincère.

— Au cours des compétitions auxquelles vous avez participé dernièrement, vos prestations pendant le rodéo duraient combien de temps en moyenne ? s'enquit-il. Un quart d'heure ? Un peu plus ? Un peu moins ?

Elle haussa les épaules.

— Je ne sais pas. Cinq ou six minutes, peut-être.

Cela dit, lorsque son cheval était tombé, l'année précédente, elle avait eu l'impression que le moment avait duré une éternité, comme au ralenti.

— Cinq ou six minutes ? répéta-t-il. Alors vous n'êtes pas tenue de rester sur place toute la journée si vous n'en avez pas envie, n'est-ce pas ? Vous faites votre numéro puis vous pouvez partir. Personne ne vous oblige à applaudir ceux de vos concurrents.

Georgie devina où il voulait en venir. Manifestement, il pensait que les rencontres sportives se succédaient sans temps morts. De toute façon, comment aurait-elle pu retourner chez elle et revenir entre deux épreuves ? Elle ne possédait pas de cheval ailé. D'ailleurs, si elle en avait possédé un, elle l'aurait vendu un bon prix et n'aurait pas eu à concourir dans des compétitions de rodéo !

Mais, au lieu de le lui dire ou de lui faire remarquer qu'il était borné, elle lui répondit quelque chose qu'il comprendrait certainement.

— Il y a des gens qui peuvent se porter garants de moi, attester la véracité de mes propos.

Elle vit Sheffield lever un sourcil sceptique.

— Des amis ?

— Exactement ! Des amis, oui.

Il ignorait sans doute le sens de ce mot !

Mais il resta impassible.

— Les amis mentent pour protéger un des leurs.

Avec cet individu, il n'y avait pas moyen d'avoir le dernier mot ni de raisonner de façon cohérente. La frustration de Georgie grimpa d'un cran. Mais elle s'efforça de rester calme pour ne pas éveiller Emmie.

— Avez-vous l'intention de m'arrêter ?

Il tenta de paraître impartial, même si, pour le moment, tout accusait la jeune femme.

— J'ai pour mission de faire cesser les menaces adressées via internet au sénateur et d'arrêter la personne qui en est l'auteur parce que, je le répète, il est illégal dans ce pays de menacer un candidat à la présidence des Etats-Unis.

Georgie ne goûta que modérément la remarque. Il la traitait comme une idiote qui ne connaissait pas les lois. Manifestement, il méprisait les gens de la campagne et les prenait pour des incultes. Pourtant, Esperanza n'était pas si loin de San Antonio, et même si la jeune femme n'avait pas été à l'université, elle avait été une élève très brillante au lycée.

— Je le sais, dit-elle. Et encore une fois, je n'ai ni rédigé ni envoyé ces mails. Comme vous l'avez fait, quelqu'un s'est introduit sur mon ordinateur et est allé sur les sites que vous avez repérés…

— C'est ce que vous prétendez.

— Qu'importe ! cria-t-elle, perdant son sang-froid. Quelqu'un a écrit ces e-mails et, d'après vous, l'a fait d'ici. Je sais que ce n'est pas moi donc, par élimination, c'est forcément quelqu'un d'autre. Quelqu'un qui est entré illégalement chez moi. J'ignore qui et pourquoi, mais ce n'est pas moi. Je ne sais pas dans quelle langue vous le dire. Ce n'est pas moi, répéta-t-elle pour la énième fois, articulant chaque mot pour qu'il n'en perde pas une syllabe. Par ailleurs, il y a sur la chaise, près de la fenêtre, un journal que je n'ai pas apporté et, sous la table, un générateur électrique que je n'avais jamais vu avant ce soir. Quelqu'un est venu ici sans y avoir été invité. Maintenant, que vous me croyiez ou pas, je m'en fiche mais j'ai l'intention de tirer au clair cette histoire parce que ma maison a été visitée en mon absence et que cela ne me plaît pas.

S'écartant de lui, elle retourna dans le salon pour récupérer son téléphone portable.

Nick bondit derrière elle.

— Qui voulez-vous appeler ?

Voilà près de quatre ans que Georgie n'avait eu de comptes à rendre à quelqu'un. Subir un interrogatoire en règle l'exaspérait et avoir à y répondre plus encore.

— Quelqu'un qui sait que je n'ai pas l'habitude de mentir, dit-elle. Et qui me croira.

Elle se mit à composer un numéro.

— Le shérif, ajouta-t-elle. Eh ! Qu'est-ce que vous faites ?

D'un geste autoritaire, Nick coupa la communication.

— Il n'est pas question de vous laisser faire ça, lui répondit-il.

— Et pourquoi ?

Dans la cour, lorsqu'elle l'avait menacé de contacter le shérif, il l'avait priée de le faire. Pourquoi ce revirement, tout à coup ?

— Vous m'aviez dit que je le pouvais. Vous avez changé d'avis ?

— Il y a un petit problème de juridiction.

— Mon ranch se trouve sur la commune d'Esperanza et dépend donc de la juridiction du shérif, rétorqua-t-elle. Il est responsable de toute la région.

— Les mails en cause menacent un sénateur des Etats-Unis, lui rappela-t-il. Cette affaire relève donc du FBI.

Frustrée et muselée par cette logique implacable, Georgie réprima à grand-peine une envie de hurler.

— Je parie que vous êtes capable de démontrer que toutes les affaires relèvent du bureau fédéral.

Nick ne tomba pas dans le piège qu'elle lui tendait et ne répondit rien.

Désespérée, ignorant ce que cet agent allait faire mais certaine que cela ne lui plairait pas, Georgie tenta de faire appel à ses bons côtés — en supposant qu'il en ait.

— Ecoutez, Sheffield, j'ai besoin de l'aide de quelqu'un qui me connaît, quelqu'un qui pourra vous prouver que je ne mens pas, quelqu'un qui pourra vous faire comprendre que je n'ai jamais envoyé ces mails, que je ne suis pour rien dans cette histoire.

Faire preuve de mansuétude ne pouvait pas faire de mal, se dit Nick. De plus, même s'il n'y croyait pas, elle disait peut-être la vérité. C'était une éventualité peu probable mais pas impossible.

— D'accord, admettons que vous ayez raison — mais c'est une hypothèse d'école que je ne retiens que dans le but de faire avancer la discussion et d'être constructif —, dit-il. Vous êtes innocente, ce n'est pas vous qui avez rédigé ces courriels.

Il s'interrompit, mesurant l'impact de ses propres mots. Si ce qu'elle disait était vrai, si elle n'était pour rien dans l'envoi de ces menaces, alors toute l'affaire changeait radicalement d'aspect. La victime de cette machination pourrait alors être Georgie elle-même et non pas le sénateur, comme Nick l'avait initialement supposé.

Cela dit, peut-être était-ce uniquement ce qu'elle souhaitait qu'il croie.

Il réfléchit à la première question.

— Pourquoi quelqu'un serait-il entré par effraction

chez vous pour que vous soyez accusée d'en vouloir à la vie du sénateur ?

— Je n'en sais rien, répondit Georgie en articulant chaque mot. Si j'en avais la moindre idée, je vous l'aurais dit depuis longtemps, n'en doutez pas !

L'esprit en ébullition, il l'écoutait à peine.

— Avez-vous des ennemis ?

Elle haussa les épaules.

— Je l'ignore. Tout le monde a des ennemis, non ? Mais personne n'aimerait m'envoyer en prison, pas même Kathy Jenkins.

L'intérêt de Nick fut tout de suite en alerte.

— Qui est cette Kathy Jenkins ?

— Je l'ai battue à plate couture au cours d'une compétition de rodéo. Il s'agissait d'une épreuve décisive pour le résultat des championnats.

Le sursaut d'adrénaline disparut aussi vite qu'il était apparu. Nick ne pensait pas que cette Kathy soit la coupable.

Il fit une nouvelle tentative.

— Personne n'a de dent contre vous ? Un ex-mari ? Un petit ami que vous auriez salement plaqué ? Une fille à qui vous auriez piqué le fiancé ?

A chaque question, il guettait sa réaction mais, manifestement, il s'adressait à un mur.

— Vous voyez toujours le pire côté des gens ?

— C'est mon travail.

— Si ma fille n'était pas là, je vous dirais où vous pouvez mettre votre travail.

Avec un gros soupir, elle reprit la liste qu'il venait d'énoncer.

— Je n'ai pas d'ex-mari, répondit-elle, évitant son regard pour ne pas voir de la pitié dans ses yeux. Je n'ai plaqué aucun petit ami et la seule chose que j'ai volée n'était pas un homme mais un paquet de bonbons quand j'avais six ans. Maman m'a obligée à aller le rendre, à présenter mes excuses et, pour réparer ma faute, j'ai dû ranger les étagères de l'épicière pendant un mois.

Il voyait le tableau. Au même âge, elle avait dû ressembler à sa petite fille.

— Votre mère semblait très à cheval sur les principes, remarqua-t-il.

Georgie fut aussitôt sur la défensive.

— C'était une très bonne mère.

Visiblement, il s'agissait d'un point douloureux, pensa-t-il. Il se demanda pourquoi.

— Je n'en doute pas et cela n'était pas une critique.

Il la considéra un long moment, le bons sens luttant contre une intuition naissante — à moins qu'il ne s'agisse encore de désir mais sous une forme différente.

— Je vais le vérifier, déclara-t-il finalement.

Tant de temps s'était écoulé entre les deux réflexions que Georgie ne savait plus très bien de quoi il parlait.

— Pardon ?

— Votre alibi.

Georgie détestait ce mot, qui impliquait qu'elle était *a priori* coupable. Elle n'avait pas d'alibi, elle avait une vie. Mais, dans la situation présente, avoir un alibi était sans doute une chance.

— Alors vous me croyez ?

Nick avait toujours joué cartes sur table. A de multiples reprises, il avait constaté que cela valait mieux. Pour tout le monde.

— Disons que j'essaie de garder l'esprit ouvert.

Il ne ressemblait pourtant pas à quelqu'un à l'esprit ouvert, se dit-elle.

— Le coup de cric qu'Emmie vous a envoyé vous a sans doute fait du bien.

— Ne poussez pas le bouchon trop loin, répliqua-t-il d'un ton sec. Je veux seulement m'assurer que je ne fais pas fausse route.

— Je préfère également qu'il en soit ainsi, lui dit-elle.

Une question traversa brutalement son esprit.

— Cela signifie-t-il que vous allez rester ici ?

Nick hocha lentement la tête. Cela ne l'amusait pas, mais cette petite enquête allait lui prendre un jour ou deux, pas davantage, du moins l'espérait-il.

— Pour le moment, oui.

— Il y a une chambre d'amis à l'arrière.

Il le savait. Dès son arrivée, il avait inspecté la maison de fond en comble, dans l'espoir d'y trouver le suspect.

La chambrette en question était pleine de cartons remplis de vêtements usagés.

— Vous vous en servez d'entrepôt.

— Mais il y a un lit, vous pouvez l'utiliser.

Il comprit qu'elle tentait de se débarrasser de lui.

— Ici, ça ira très bien.

Ici ? Avait-il l'intention de dormir sur le sofa ? se demanda Georgie. Bien sûr, elle pouvait installer Emmie ailleurs, en espérant qu'elle ne se réveillerait pas dans la manœuvre. Contrairement à Ryder, un des frères de Georgie, qui continuait à ronfler même lorsqu'on le secouait comme un prunier, Emmie avait le sommeil léger.

S'approchant du canapé, elle prit la petite.

Comme pour l'histoire de la lampe de poche, Nick la saisit aussitôt par les poignets.

— Que faites-vous ?

Georgie aurait préféré qu'il cesse de la toucher.

— J'enlève Emmie pour vous libérer le canapé.

— Laissez-la où elle est, je m'installerai dans le fauteuil.

Georgie regarda le fauteuil en question. Autrefois, il avait appartenu à son grand-père, le célèbre roi du rodéo. On lui avait donné son prénom et elle avait emprunté une partie du nom de son aïeul — George Rattlesnake Grady — pour concourir. Pendant plus de quinze ans, le vieil homme s'était assis sur ce siège. Georgie adorait ce fauteuil mais il n'était pas très confortable, elle devait le reconnaître, et les règles élémentaires de l'hospitalité lui interdisaient de laisser Sheffield passer la nuit dans de telles conditions.

— Vous n'allez pas beaucoup dormir là-dedans…

— Je n'ai pas l'intention de dormir.

Ce qui signifiait qu'il avait l'intention de la surveiller, pensa-t-elle, soupçonneuse. Et de nouveau, elle se sentit son ennemie.

Cela dit, il ne lui avait pas encore passé les menottes, ni déclaré qu'elle était en état d'arrestation. C'était sans doute déjà beaucoup.

Et le lendemain matin, dès qu'elle aurait déposé à la banque l'argent que lui avait rapporté le rodéo, elle trouverait le moyen de se débarrasser de lui.

Une fois cette question réglée, sa vie pourrait reprendre son cours normal.

6

— Pardon ?

Georgie regarda l'employé de la banque assis derrière son guichet comme s'il lui parlait dans une langue étrangère.

9 heures sonnaient à l'église du village et elle venait d'entrer dans le hall de la First Western, un des deux établissements financiers d'Esperanza, le plus ancien. C'était d'ailleurs pour cela qu'elle l'avait choisi au départ. La stabilité et la sécurité avaient toujours été des éléments très importants pour elle.

S'y rendre ce matin était une demi-victoire de sa part. Une victoire parce que l'agent secret qui envahissait sa vie depuis la veille n'avait pas voulu, au départ, qu'elle se rende en ville. Mais une demi-victoire seulement parce que, pour le faire céder, elle avait dû accepter qu'il l'accompagne. Il lui avait fait comprendre en termes très explicites qu'il ne la laisserait pas sortir de son champ de vision plus de cinq minutes. En clair, cela lui laissait à peine le temps de prendre une douche. Si elle avait renoncé à lui faire remarquer que tout ce cirque était ridicule, c'était uniquement parce qu'elle avait hâte d'arriver à la banque et d'y déposer son argent.

Comme elle était pressée, elle avait également accepté de le laisser les conduire, Emmie et elle, dans sa voiture. Manifestement, il tenait à prendre le volant

Mais, maintenant, Georgie craignait d'être malade. Son estomac était noué et d'insupportables nausées lui montaient aux lèvres.

Elle ne parvenait pas à en croire ses oreilles. Pourquoi rien ne se passait-il comme prévu ? Normalement, elle aurait dû arriver, saluer l'employé d'un signe de tête, il lui aurait pris ses chèques avec un grand sourire... au lieu de lui assener ce qu'il venait de lui dire.

Elle avait mal compris, il n'y avait pas d'autres explications.

Javier Valdez la regarda par-dessus ses petites lunettes rondes et répéta :

— Nous allons donc devoir vous rouvrir un compte.

Cela n'avait aucun sens.

Un sentiment de désastre imminent saisit la jeune femme à la gorge, mais elle lutta pour en faire abstraction.

— Mais j'ai déjà un compte chez vous ! s'exclama-t-elle.

Pour lui montrer qu'elle n'était pas folle, elle lui mit sous le nez les relevés bancaires qu'elle avait pris la précaution d'emporter avec elle avec l'argent qu'elle avait gagné depuis cinq mois.

— Truly Miles l'avait ouvert pour moi la veille du jour où elle est partie en retraite, lui rappela-t-elle.

C'était une semaine après la naissance d'Emmie.

Elle avait alors pris conscience qu'elle n'était plus une enfant. A l'époque, elle n'avait peut-être que dix-huit ans mais elle était devenue mère, une mère avec des responsabilités. Clay lui avait offert trois cents dollars et elle les avait déposés le jour même à la banque. C'était un cadeau de son frère pour Emmie. Il avait préféré lui donner de l'argent parce qu'il ne s'y connaissait pas en puériculture et avait peur de commettre un impair en lui achetant quelque chose, lui avait-il expliqué.

Georgie se souvenait encore de l'émotion avec laquelle elle avait porté cette somme au guichet.

A présent, les larmes menaçaient une nouvelle fois de la submerger mais pour une tout autre raison.

Javier fronça les sourcils.

— Mais vous avez fermé ce compte, répondit-il gentiment. Il y a une semaine environ. L'avez-vous oublié ?

C'était impossible. Voilà plus de cinq mois qu'elle n'avait pas mis les pieds à Esperanza.

— Vous m'avez *vue* ? demanda-t-elle, incrédule.

Derrière elle, elle entendit Sheffield s'approcher. Sans doute se préparait-il déjà à lui passer les menottes et à l'embarquer, songea-t-elle. Elle regretta de tout son cœur qu'il ne soit pas ailleurs, de préférence au diable.

— Tout le monde vous a vue ! s'exclama Javier en riant. Les rouquines comme vous ne passent pas inaperçues, vous savez, ajouta-t-il avec un sourire. Vous êtes la seule du secteur à arborer cette chevelure de feu, ravissante au demeurant.

Javier était veuf. Il avait toujours eu un petit faible pour Georgie et ne s'en cachait pas.

— Mais ce n'est pas possible ! insista-t-elle.

En écoutant l'échange entre l'employé de banque et Georgie, Nick ne put s'empêcher de penser, non sans étonnement, que la détresse et l'angoisse qui teintaient la voix de cette dernière semblaient sincères. Manifestement, elle était une excellente actrice. C'était d'ailleurs le cas de la plupart des escrocs patentés et il commençait à voir à qui il avait affaire.

Pourtant, le ton de la jeune femme le troublait.

Il se mit à son côté et apostropha l'employé aux cheveux bruns.

— C'est vous qui avez fermé son compte ?

Les yeux noirs de Javier se posèrent un instant sur Georgie, comme s'il voulait lui demander silencieusement s'il devait répondre.

— Il est avec vous ?

Des gouttes de sueur perlèrent le long de l'échine de Georgie tandis qu'un frisson la parcourait. La voix de Javier résonnait dans sa tête et il lui fallut un moment pour saisir le sens de sa question. Elle fit de son mieux pour réprimer le fou rire qui la menaça en comprenant ce qu'il voulait dire.

— Dans l'immédiat, oui, malheureusement, répondit-elle à contrecœur.

Les yeux de Javier revinrent sur Nick.

— Non, pas moi. M. Welsh s'en est occupé.

— Pourriez-vous prier cet homme de venir ?

Malgré le choix du verbe, il ne s'agissait pas d'une prière mais bien d'un ordre, et il était manifestement exclu de refuser cette requête. Nick aimait être obéi et le faisait savoir.

Cette assurance rendait visiblement Javier nerveux, remarqua Georgie. Sheffield avait sûrement l'habitude de commander, songea-t-elle, son ton le laissait penser. La jeune femme n'en voulait pas à l'agent secret de s'exprimer avec une telle autorité, si cela pouvait l'aider à tirer au clair cette sombre histoire.

Javier secoua la tête.

— J'ai bien peur que non, monsieur.

Georgie sentit Nick se redresser de manière intimidante, presque menaçante.

— Et pourquoi ? s'enquit-il.

— M. Welsh est en congé, annonça Javier sans quitter des yeux l'homme qui accompagnait Georgie. Sa fille se marie dans le Colorado, alors il s'y est rendu avec son épouse.

« Voilà qui est bien pratique », songea Nick.

— Et quand est-il parti ?

Javier le dévisagea comme s'il était soudain devenu stupide.

— Il y a quelques jours, balbutia-t-il enfin.

— Pourriez-vous lui téléphoner ? insista Nick du même ton sans réplique.

Avait-il vraiment l'intention de l'aider ? se demanda Georgie.

En tout cas, il en avait l'air et cette perspective la réconforta un peu.

Javier ouvrit et ferma la bouche plusieurs fois sans parvenir à prononcer quoi que ce soit de compréhensible. Finalement, rouge comme une pivoine, il poussa un léger couinement et jeta un regard éperdu par-dessus son épaule, vers les petits bureaux alignés contre le mur.

Sa voix tremblait lorsqu'il prononça le nom de son supérieur.

— Monsieur Collins ? Pourriez-vous venir un instant, s'il vous plaît ?

Un homme grand et massif d'une trentaine d'années ferma un dossier et se leva. Se rapprochant d'eux, il décocha à Georgie un grand sourire.

— Heureux de vous revoir, Georgie. Ça va, Emmie ? Alors, vous avez changé d'avis à propos de votre compte bancaire ?

Georgie avait l'impression d'être en plein cauchemar.

— Je n'ai pas fermé mon compte, je n'étais pas là, j'étais sur la route. A gagner ça, ajouta-t-elle en poussant vers lui la pile de chèques. Il doit y avoir une erreur.

Elle priait pour que cela soit le cas.

Les yeux de Nick passaient du visage du directeur de la banque au profil de Georgie. Les propos d'Allen Collins confirmaient ses soupçons et la désignaient comme l'auteur de ces mails menaçants. Rationnellement, la situation lui paraissait claire. Pourtant, ses instincts lui soufflaient de ne pas se fier aux seules apparences, les choses n'étaient pas forcément si simples. Le regard de la jeune femme semblait réellement perdu et, du coup, Nick en venait à mettre en doute ses propres théories.

— Non, il n'y a pas d'erreur, assura Collins.

Devant l'insistance de Georgie, il paraissait un peu mal à l'aise. Mais soudain, levant la main pour la prier de patienter un moment, il retourna dans son bureau pour y ouvrir un placard métallique. Il fouilla un instant dans un tiroir et, s'emparant d'une fiche, la ramena vers le petit groupe, l'air plus assuré qu'en le quittant.

Il posa le rectangle de carton sur le comptoir et le tourna vers Georgie.

— Vous voyez, c'est bien votre signature.

Elle fixa la fiche d'un air stupide. Le document datait de

la semaine précédente et, en effet, la signature ressemblait à s'y méprendre à la sienne, jusqu'au petit rond sur le *i* de Georgie.

Perdait-elle l'esprit ? Ou quelqu'un lui jouait-il un très sale tour ?

La jeune femme ne parvint qu'à répéter ce qu'elle savait être la vérité.

— Ce n'est pas moi qui ai signé ce papier.

— Mais c'est bien votre signature, n'est-ce pas ?

A présent, le sourire du banquier avait tout d'un rictus.

Georgie avait peur de regarder Sheffield, peur de voir son visage, peur d'y lire ses pensées, peur de son expression triomphante. Les propos du directeur de la banque la faisaient passer pour une menteuse en contredisant ses affirmations à propos de l'endroit où elle s'était trouvée ces dernières semaines. L'agent secret allait fatalement en déduire qu'elle avait tout le temps été à Esperanza, à mener sa vie habituelle. A vider son compte bancaire et à envoyer des mails menaçants au sénateur Joe Colton.

Mais ce n'était pas vrai. Cette histoire de fou n'était pas vraie.

D'un air têtu, elle secoua la tête.

— Quelqu'un a dû l'imiter, je n'ai pas signé ce papier. Je n'étais pas à Esperanza, répéta-t-elle en articulant chaque mot.

— Maman était avec moi aux championnats de rodéo, intervint Emmie. Quelqu'un nous a volé notre argent, conclut-elle avec logique.

Puis elle se tourna vers l'homme qui les accompagnait.

— Tu vas nous aider à le retrouver ?

Emmie n'avait certainement pas quatre ans, songea Nick. Sans doute était-elle naine. De nos jours, ce mot était prohibé, il était politiquement plus correct de la qualifier de « personne de petite taille », mais le résultat était le même. Il s'agissait d'une adulte miniature, pas d'une enfant. Et elle le poussait sur le devant de la scène, sans lui demander son avis.

Plutôt que de lui répondre — il n'avait aucune idée de la manière de parler à quelqu'un de son âge —, Nick se tourna vers le directeur de la banque.

— Avez-vous des caméras de surveillance dans votre établissement ? lui demanda-t-il.

L'homme parut prendre la question pour une insulte personnelle et son sourire disparut totalement de son visage.

— Nous travaillons peut-être au sein d'une structure modeste et dans une petite ville, mais cela ne signifie pas que nous sommes arriérés, répondit-il d'un ton offusqué.

Nick ne retint que l'essentiel.

— J'en déduis que vous êtes équipé de caméras. Cela vous ennuierait-il de me montrer les images archivées datant du jour où Mlle Grady a fermé son compte ?

Collins releva les épaules.

— Je crains malheureusement de ne pouvoir satisfaire votre requête. La procédure normale prévoit que…

Sortant son badge et sa carte d'identité qu'il lui mit sous le nez, Nick l'empêcha de poursuivre.

Les yeux sombres de l'homme s'écarquillèrent et lurent plusieurs fois le document avant de se poser enfin sur le visage de son interlocuteur.

— Vous faites partie des services secrets ? balbutia-t-il, manifestement gêné.

Nick resta impassible.

— Oui.

Collins et Javier se tournèrent d'un air incertain vers Georgie. Le directeur de la banque fut le premier à recouvrer l'usage de la parole.

— Il s'agit d'une affaire d'Etat ?

— C'est plus compliqué que cela, répliqua Nick.

— Non, cela n'est pas une affaire d'Etat ! intervint Georgie en se tournant vers lui.

Son compte bancaire n'avait rien à voir avec le gouvernement.

— Quelqu'un a volé mon argent, reprit-elle.

Elle pensa aux mails qu'elle n'avait pas envoyés. Y avait-il un rapport entre les deux événements ? Quelqu'un avait-il vidé son compte et menacé un sénateur dans le seul but de lui nuire ? S'agissait-il d'une attaque au hasard, gratuite ?

— Et mon identité, ajouta-t-elle.

Javier la dévisagea d'un air soucieux.

— Georgie, vous n'avez pas l'air en grande forme, remarqua-t-il. Aimeriez-vous vous asseoir ? Souhaitez-vous que je vous apporte un verre d'eau ?

— Non, ce que je veux, c'est mon argent ! répliqua-t-elle, tentant de ne pas perdre pied.

Elle était en plein cauchemar. Avec ce qu'elle venait de gagner, plus les économies accumulées sur son compte en banque, elle pensait posséder trois cent mille dollars. Une somme plus que suffisante pour s'offrir un peu de bon temps avec l'esprit tranquille en attendant de décider quoi faire du reste de sa vie. Au lieu de quoi, quelqu'un avait imité sa signature et usurpé son identité pour la dévaliser. Il ne lui restait plus que ce qu'elle avait remporté au rodéo. Heureusement, ce n'était pas rien.

Comme si cela ne suffisait pas, une angoisse traversa soudain l'esprit de Georgie, et elle poussa un gémissement.

— Oh, Seigneur, non !

Elle dut faire appel à toute sa volonté pour ne pas trembler mais elle parvint à sortir son portefeuille de sa poche et à en tirer ses cartes de crédit. En tout, elle en possédait quatre. Elle les agrippa comme si, d'une certaine façon, cela pouvait les protéger.

En la regardant faire, Nick fronça les sourcils.

— Qu'y a-t-il ? Que faites-vous ?

Georgie avait de plus en plus de mal à respirer mais elle tenta de se maîtriser. Si elle cédait à la panique, elle risquait d'angoisser Emmie. Mais elle était tétanisée par la peur. Les ennuis lui tombaient dessus comme une armée de sauterelles. Avant de répondre, elle étala les cartes une par une.

S'emparant enfin de la première, elle chercha dessus le numéro vert de la société qui la lui avait délivrée.

— J'aurais besoin de passer un coup de fil, dit-elle, espérant qu'elle se trompait.

Malheureusement, le goût métallique qu'elle avait dans la bouche lui soufflait qu'elle était dans le vrai.

Le directeur de la banque la dévisagea d'un air plein de compassion.

— Le téléphone est à votre disposition, Georgie. Venez dans mon bureau.

Avec un hochement de tête, elle le remercia et lui emboîta le pas.

Il l'entraîna à l'autre bout du hall et ouvrit une porte pour permettre à la jeune femme d'entrer avec Emmie.

Georgie avait l'impression de se mouvoir au ralenti, comme dans un cauchemar dont elle ne pourrait se réveiller. Pourtant, elle ne cessait de se répéter que ce n'était pas possible, que ce n'était pas vrai. Au cours de sa vie, elle avait souvent été mise en grandes difficultés, mais elle s'était toujours relevée. Si le pire était à venir, elle s'en sortirait de nouveau. Pourtant, cette fois, ce serait plus ardu, d'autant que sa fille était assez grande pour comprendre ce qui se passait.

Nick la suivit, levant la main pour empêcher le directeur de lui fermer la porte au nez.

— Les bandes des caméras de surveillance, exigea-t-il.

Le visage de Collins devint rouge écarlate.

— Oui, bien sûr. Par ici.

Il le conduisit dans une petite pièce où étaient stockés tous les documents archivés.

Georgie se rendit à peine compte que Sheffield était sorti. Lentement, comme si elle était très âgée, elle agrippa les accoudoirs et s'assit dans le fauteuil du directeur. Avec une profonde inspiration, elle s'empara du téléphone posé sur le bureau.

— Tout ira bien, maman, assura Emmie en lui décochant un grand sourire chaleureux.

Georgie faillit fondre en larmes.

Elle regarda le petit visage de sa fille. C'était elle la mère, elle l'adulte, elle censée rassurer l'enfant. Ce n'était pas à Emmie de l'empêcher de s'effondrer.

Faisant de son mieux pour paraître forte et confiante, elle pressa l'épaule de la fillette.

— Bien sûr, chérie. J'ai juste quelques coups de fil à passer pour m'en assurer, voilà tout.

Elle espérait paraître convaincante.

— Il s'agissait bien de Mlle Grady, répéta le directeur en entrant dans la petite pièce, Nick sur les talons. La bande le prouve.

Il l'avait déjà dit. Mais plus il le répétait, moins Nick pensait que Georgie avait réellement fermé son compte bancaire. Pourquoi aurait-elle insisté pour venir ici séance tenante si elle avait su que son compte était clos ? Quel aurait été son intérêt à se faire passer pour une menteuse ?

Les morceaux du puzzle ne collaient pas ensemble.

— Voyons cela, répondit-il sobrement.

Il nota que Collins semblait de plus en plus nerveux. Parce qu'il avait commis une erreur ? Ou parce qu'il était coupable de quelque chose ? Nick n'avait aucun moyen de répondre à ces questions pour le moment, mais la situation devenait de plus en plus trouble.

— Très bien, dit le directeur de la banque comme s'il se forçait à paraître chaleureux.

Ouvrant un grand tiroir, il fouilla dedans.

— Quelqu'un a mis le désordre là-dedans ! s'exclama-t-il avec un soupir.

Puis il s'empara d'une cassette, lut la date écrite au feutre et sourit. Soulagé, comme s'il avait l'impression que la bande allait le mettre hors de cause, il la brandit d'un air triomphant.

— Enfin, la voilà !

Ne recevant en réponse qu'un visage de marbre, il cessa vite de sourire.

Nick lui désigna le magnétoscope.

— Passez-la, je vous prie.

— Bien sûr.

Mais Collins continuait à serrer la cassette dans sa main, comme s'il ne savait pas comment fonctionnait l'appareil.

— Abby ? appela-t-il. Auriez-vous la gentillesse de venir afin que M. Sheffield puisse visionner ces images ?

La secrétaire entra, vêtue d'une jupe bleu turquoise si étroite qu'elle ressemblait à un garrot. Ses yeux se posèrent sur Nick, le parcoururent de la tête aux pieds et, très vite, un sourire appréciateur se peignit sur ses lèvres.

Elle l'avait jaugé, se dit-il. Expert en langage du corps, il comprit qu'il lui plaisait beaucoup.

Sans quitter Nick du regard, elle prit la cassette des mains du directeur.

— Avec grand plaisir, répondit-elle.

Elle s'installa devant le magnétoscope, veillant à se mouvoir avec lenteur afin que Nick puisse admirer à loisir les moindres détails de son anatomie. Croisant les jambes, elle se pencha pour glisser enfin la bande dans l'appareil. Après avoir jeté un coup d'œil derrière son épaule pour recevoir l'assentiment de Nick, elle appuya sur une touche.

— C'est parti, annonça-t-elle.

L'heure affichée dans un coin de l'image indiquait qu'il était alors 9 heures du matin, la banque ouvrait ses portes.

Nick n'avait aucune envie de suivre l'activité de la journée entière.

— Mettez en mode accéléré, je vous prie.

De nouveau, la blonde pulpeuse se tourna vers lui, un sourire particulièrement engageant sur les lèvres.

— Tout ce qu'il vous plaira.

Et au ton sur lequel elle prononça ces paroles, Nick comprit qu'elle ne faisait pas allusion aux seules activités professionnelles.

Nick ignora royalement ses invites à peine voilées, se concentrant sur l'écran. Il regarda les clients défiler au guichet. Ils ressemblaient à des personnages de films muets se hâtant vers le comptoir avant de regagner la sortie à une vitesse ridicule.

Et, soudain, il la vit. Georgie. Vêtue d'un jean étroit, d'une chemise de travail, des bottes aux pieds.

— Ralentissez la bande, s'il vous plaît, ordonna-t-il.

Abby obtempéra aussitôt. Il était manifeste qu'elle ignorait ce qu'il cherchait à repérer et s'en moquait complètement.

Nick retint son souffle.

Sur l'écran, la jeune rouquine qui entrait, sa natte dansant dans son dos, était bien Georgie Grady…

7

— C'est elle, déclara Collins d'un ton sans réplique en pointant inutilement du doigt l'écran où se tenait la seule cliente du moment. Je vous l'avais dit, ajouta-t-il, manifestement soulagé.

Nick l'ignora. Il était focalisé sur le poste, à regarder la rousse — qui était effectivement le portrait craché de Georgie — s'avancer vers le guichet et y poser un attaché-case.

— Continuez, demanda-t-il à Abby lorsqu'elle leva les yeux vers lui.

Sur la bande, l'employé disparut un instant. Quand il revint, il avait une fiche à la main — celle permettant de vérifier l'authenticité de la signature, pensa Nick. Le temps que la rouquine la signe, la transaction était faite. La femme reprit sa mallette, à présent pleine de billets de banque, avant de gagner à la hâte la sortie.

Nick suivit la scène avec une attention soutenue.

— Repassez-moi ce passage, ordonna-t-il.

Comme Abby s'exécutait, il fit arrêter la bande au même endroit pour la visionner de nouveau. Il le lui demanda deux fois de suite.

Désarçonné, Collins finit par l'interroger.

— Que cherchez-vous ?

Sans quitter l'écran des yeux, Nick poussa un gros soupir.

— A comprendre.

Cette fois, ce fut l'employée qui leva les yeux vers lui et lança :

— A comprendre quoi ?

— Pour commencer, pourquoi « Georgie » évite-t-elle de se tourner vers la caméra pendant tout l'entretien ?

S'agissait-il d'une coïncidence, ou la femme avait-elle une bonne raison de ne pas vouloir que son visage soit filmé ?

Quelque chose n'allait pas, mais il ne parvenait pas à mettre le doigt dessus. Pas encore. Une nouvelle fois, il demanda à Abby de repasser la scène.

Tentant de se rendre utile, Collins intervint.

— Vous savez, la plupart des gens ne s'aperçoivent même pas qu'une caméra les espionne à cet endroit, dit-il. Mlle Grady était peut-être pressée d'effectuer cette opération et songeait sans doute à la façon dont elle allait dépenser ses économies. Voilà pourquoi elle a retiré son argent et clos son compte aussi vite.

— A sa place, j'aurais pris des vacances… et pas en solitaire, commenta Abby.

Son sourire était aguicheur tandis qu'elle regardait l'agent secret.

Perdu dans ses pensées, Nick grommela une réponse inintelligible avant d'ordonner :

— Repassez-moi la bande une nouvelle fois, je vous prie.

Peut-être en faisait-il trop, songea-t-il en visionnant la cassette pour la cinquième fois. Peut-être cherchait-il la petite bête alors que l'explication évidente sautait aux yeux.

Après tout, le directeur de la banque était certain que la rouquine sur la bande vidéo était Georgie Grady, ce qui confortait d'ailleurs sa propre théorie initiale, selon laquelle la jeune femme avait bien été chez elle ces dernières semaines et avait envoyé des mails menaçants au sénateur, même si elle ne cessait de le nier.

Finalement, il avait le corbeau désigné à portée de main. Tout accusait cette Georgie Grady, elle faisait vraiment la coupable idéale.

Et pourtant, quelque chose ne collait pas.

Rationnellement, il n'avait plus qu'à l'arrêter et à l'interroger en bonne et due forme.

Alors pourquoi hésitait-il à le faire, pourquoi renâclait-il à lui passer les menottes ? s'interrogeait Nick.

Parce que son instinct lui soufflait que la situation était sans doute moins simple qu'il n'y paraissait ? Ou parce que la jeune femme lui plaisait et qu'il n'avait pas envie qu'elle soit coupable ?

Non, songea-t-il, refusant cette dernière hypothèse. Il n'était pas du genre à laisser ses sentiments personnels interférer dans son mode de jugement. Quelque chose ne collait pas dans cette histoire, il en était certain. Son flair d'agent secret ne l'avait jamais trompé. Pour la énième fois, il regarda la bande et comprit enfin ce qui n'allait pas.

Un bruit derrière lui lui fit tourner la tête et poser par réflexe une main sur le revolver qu'il portait à la ceinture.

Georgie se tenait sur le seuil de la porte, le visage défait. Pas à cause de son mouvement vers son calibre — elle avait dû grandir au milieu d'armes à feu. Non, elle était livide pour une tout autre raison. A moitié effondrée contre le chambranle, elle semblait avoir du mal à se tenir debout.

— Vous êtes sur la vidéo de surveillance, lui apprit Nick, guettant sa réaction.

Elle ne parut pas l'entendre. Ou, si elle l'entendit, les mots ne s'imprimèrent manifestement pas dans son cerveau. Elle n'émit aucun commentaire.

Comme si son esprit était ailleurs, elle bégaya d'une voix étranglée :

— Des dépenses ont été effectuées à l'aide de mes cartes de crédit.

— C'est logique. Elles servent à cela, à financer des achats, lui fit-il remarquer.

Un peu de couleur ranima ses joues. Elle s'accrocha au chambranle pour ne pas tomber.

— Ce n'est pas moi qui les ai faites.

L'impensable s'était produit, quelque chose qu'elle n'aurait jamais imaginé, même dans ses pires cauchemars. Elle avait lu des histoires pareilles dans les journaux mais, maintenant, c'était elle la victime.

Quelqu'un avait usurpé son identité.

Son identité, son argent et sa vie.

Et celle d'Emmie, songea-t-elle en regardant sa petite fille.

— Quelqu'un m'a tout pris, tout volé.

Ses quatre cartes de crédit avaient été détournées, y compris les deux qu'elle gardait pour faire face aux imprévus et qu'elle n'utilisait jamais, en réalité.

Nick fut aussitôt en alerte.

— En êtes-vous sûre ?

Georgie sentit une vague d'hystérie la submerger. La nuit dernière, elle s'était sentie riche, assise sur trois cent mille dollars. Ce matin, elle apprenait qu'elle avait été piratée, qu'elle avait des dettes et qu'elle allait sans doute être arrêtée avant d'être jetée en prison. Comment était-ce arrivé ? Comment la situation avait-elle pu dégénérer à cette vitesse ?

— Bien sûr, j'en suis certaine.

Croyait-il que c'était un jeu ? Que cela l'amusait ? Pourquoi lui raconterait-elle des histoires ? Qu'aurait-elle à y gagner ?

Georgie sortit de sa poche le feuillet qu'elle avait utilisé pour prendre des notes lorsqu'elle s'était adressée au service Consommateurs des différentes compagnies qui avaient émise ces cartes.

— Des dépenses ont été effectuées via des sites internet, payées à l'aide de mes cartes de crédit : des chaussures à talons aiguilles, des vêtements de luxe, de la lingerie… J'ai soi-disant aussi acheté des CD de chanteurs dont je n'ai jamais entendu parler, des DVD de films que je n'ai jamais eu envie de voir, poursuivit-elle.

Lorsqu'elle évoqua les talons aiguilles et les soutien-gorges en dentelle, l'esprit de Nick s'enflamma mais il n'était pas question pour lui de s'aventurer dans cette direction. Il n'en avait pas le droit. Pourtant, un instant, il ne put s'empêcher d'imaginer la jeune femme dans ces tenues affriolantes.

— Vous aviez un rendez-vous galant en perspective ?

Georgie le fusilla du regard.

— Je vais étrangler de mes mains celui ou celle qui est responsable de cela.

Un long moment, Nick la dévisagea avant d'endosser le rôle de l'avocat du diable.

— Vous persistez à prétendre qu'il ne s'agit pas de vous… ?

Georgie releva les épaules, comme si cela pouvait lui donner de la force.

— Je le hurlerai jusqu'à mon dernier souffle, répondit-elle fièrement. Même si vous ne me croyez pas, ajouta-t-elle avec colère.

C'était bien le problème, songea Nick. Il commençait à la croire…

Il jeta un coup d'œil au directeur de la banque qui se tenait toujours dans le bureau. L'homme ne perdait pas une miette de leur échange tout en tentant — sans y parvenir — d'avoir l'air de ne pas écouter.

— Faites-moi une copie de cette cassette, ordonna Nick.

Sentant qu'il était tiré d'affaire, Collins fut plus qu'heureux de satisfaire sa demande.

— Tout de suite, monsieur, promit-il.

Nick l'entendit confier cette tâche à Abby.

Une fois cet aspect de l'affaire terminé, Nick prit le bras de Georgie pour la faire sortir de la petite pièce, Emmie sur leurs talons.

— Disons, dit-il posément à Georgie, que, pour l'instant, je ne suis pas sûr à cent pour cent que ce soit vous qui ayez été filmée par la caméra de surveillance.

— Ce n'était pas moi, je ne cesse de vous le répéter ! En quelle langue dois-je vous le dire ?

Elle se dégagea de son emprise. Pourtant, la curiosité l'emporta sur son agacement.

— Qu'est-ce qui vous a fait changer d'avis à propos de mon innocence ?

— Votre démarche.

C'était ce qui l'avait ennuyé en visionnant la cassette.

Georgie le dévisagea. Elle n'avait manifestement pas conscience qu'elle se mouvait d'une façon unique.

— Pardon ?

Nick s'expliqua.

— La femme sur la bande vidéo était pressée, mais elle marchait pourtant comme si tout le monde la regardait, à petits pas affectés en tortillant ses fesses, comme un mannequin sur un podium. Vous, vous avancez à grandes enjambées, comme si vous préféreriez être ailleurs, comme un ouvrier agricole. Il n'y a rien de féminin dans votre façon de vous déplacer.

Son corps mis à part, ajouta-t-il *in petto*. Mais ce n'était pas quelque chose qu'il était prêt à reconnaître ouvertement.

Manifestement, Georgie ne savait pas si ce détail allait causer son salut ou sa perte.

— Etes-vous en train de m'insulter ou de venir à mon secours ?

Il ne considérait pas qu'il faisait l'un ou l'autre.

— J'émets une remarque. Avez-vous envie que je vous aide, oui ou non ?

Dans un monde parfait, songea Georgie, elle aurait relevé le menton, et lui aurait signifié son congé d'un ton glacial parce qu'elle aurait su gérer la situation toute seule. Mais le monde dans lequel elle se débattait n'avait rien de parfait et si elle ne faisait rien pour briser cet enchaînement d'événements catastrophiques, elle ne s'en sortirait pas. Que cela lui plaise ou non, elle devait accepter sa proposition. Effectivement, elle avait besoin de son aide.

Pourtant, le mot lui écorcha la bouche lorsqu'elle répondit :

— Oui.

Nick sentit soudain deux petites mains lui agripper les jambes et se rendit compte qu'Emmie l'enlaçait.

La fillette lui sourit d'une mine espiègle.

— Je savais que tu n'étais pas aussi méchant que tu en avais l'air.

Il ne cessait d'oublier la présence de l'enfant qui entendait et voyait tout ce qui se passait autour d'elle. Les événements ne lui passaient pas au-dessus de la tête comme on aurait pu s'y attendre de la part d'une enfant de son âge.

— Etes-vous sûre qu'elle n'a que quatre ans ? demanda-t-il à Georgie.

— J'en ai presque cinq ! énonça fièrement Emmie tandis que sa mère l'écartait avec douceur de Nick et posait une main protectrice sur ses épaules. Maman m'a dit que nous devions rentrer à la maison parce que oncle Clay voulait fêter avec nous mon anniversaire.

— Oncle Clay ? répéta Nick en se tournant vers Georgie. Vous lui avez appris à appeler vos petits amis « oncle », c'est ça ? demanda-t-il d'un ton dégagé, comme s'il se moquait complètement de la réponse.

— Non, je lui ai appris à appeler ainsi mon frère aîné.

Accablée, exaspérée, et épuisée à cause du manque de sommeil, la jeune femme commençait à perdre son sang-froid et ajouta sèchement :

— Pourquoi n'écoutez-vous pas ce que je vous dis ? Je vous ai déjà expliqué que je n'avais pas de petit ami.

Comme elle le fusillait du regard, Nick eut du mal à croire qu'elle était réellement célibataire. Elle était plus que jolie. Cela dit, Georgie Grady avait aussi la langue acérée et la capacité de refroidir un homme d'une réplique cinglante. Par ailleurs, il était certain qu'elle ne laissait personne lui marcher sur les pieds.

Collins revenait, tenant la cassette comme s'il s'agissait du Graal.

— Voilà la bande que nous avons doublée pour vous, annonça-t-il.

Mal à l'aise, Georgie se raidit. Sheffield venait de lui affirmer qu'il pensait que la femme de la vidéo était un imposteur, déguisé pour que les gens la prennent pour elle. Mais peut-être la menait-il en bateau, peut-être prêchait-il le faux pour savoir le vrai. Et s'il n'avait prétendu la croire que pour la pousser à se trahir ?

— Qu'allez-vous en faire ? demanda-t-elle à Sheffield. L'utiliser à mon procès ?

Nick n'avait jamais eu l'intention d'étaler ses cartes avant la fin de la partie. Et celle-ci était loin d'être terminée.

— Peut-être, peut-être pas. Dans l'immédiat, je vais l'envoyer se faire expertiser en Californie et demander à mes hommes d'en améliorer les images.

Les images. Elle remarqua qu'il ne faisait plus l'amalgame entre la personne sur la bande et elle. C'était sans doute un début.

— D'accord.

— A ce sujet, y a-t-il une poste dans cette ville ? demanda-t-il à Collins et à Georgie.

— Une poste, deux banques, un shérif et un centre commercial. Pour tout vous dire, certaines personnes nous considèrent presque comme des gens civilisés, répondit Georgie, une pointe de ressentiment dans la voix.

Elle n'aimait pas la façon dont il réduisait Esperanza à un trou perdu dans la campagne. Elle comprenait qu'il puisse s'y sentir à l'étroit. Elle-même n'avait jamais eu ce sentiment parce qu'elle vivait ici et qu'elle appréciait son existence. Mais il n'avait pas le droit de prendre cet endroit ou ses habitants de haut.

Sur le point de commenter sa réponse, Nick décida de garder sa réflexion pour lui. Il n'avait pas voulu l'insulter. Il avait seulement constaté qu'Esperanza lui semblait une très petite ville de province. Il avait l'habitude des grandes métropoles comme Los Angeles ou New York, où il était possible de trouver tout et n'importe quoi dans un rayon de quelques mètres.

— Montrez-la-moi, dit-il.

— Je m'en charge, décida Georgie.

Encore bouleversée par les événements, elle tourna les talons pour sortir de la banque.

— *Nous nous* en chargeons, maman, je sais où se trouve la poste, lui rappela Emmie.

— Excuse-moi, lui répondit Georgie en lui prenant la main. Tu as raison, nous nous en chargeons.

Le sourire d'Emmie était radieux.

Collins se tourna vers Nick.

— Pouvons-nous faire autre chose pour vous ?

— Pas pour le moment, merci, répondit laconiquement Nick en s'éloignant.

— A qui téléphonez-vous ? demanda-t-il à Georgie une demi-heure plus tard.

Ils étaient passés à la poste et Nick avait expédié la cassette vidéo avant d'appeler un de ses experts pour le mettre au courant de la situation et lui indiquer ce qu'il attendait de lui. Georgie se montrait d'un calme inhabituel, et Nick commençait à se demander si les événements de la matinée ne l'avaient pas mise en état de choc.

Mais à présent, assise sur le siège passager de la voiture qu'il avait louée, elle pressa un bouton de son téléphone portable avant de plaquer ce dernier contre son oreille. Au lieu de répondre à sa question, elle posa un doigt sur ses lèvres pour l'intimer au silence. Ce qui le contraria fortement.

— Bonjour, c'est moi, dit-elle à quelqu'un à l'autre bout de la ligne.

Nick tendit l'oreille, tentant de suivre et de comprendre la conversation, même s'il n'en entendait que la moitié.

— Hier soir. Ecoute, pourrais-tu faire un saut à la maison ? Il s'est passé quelque chose. Non, non, Emmie va bien.

Il la vit se retourner vers sa fille pour la rassurer.

— Mais non, je n'ai rien de cassé, poursuivit-elle. Pourquoi faut-il toujours que tu imagines le pire ? D'accord, d'accord. Non, il ne s'agit pas de dramatiser mais j'ai vraiment besoin de te voir.

Elle s'interrompit pour écouter la personne avec qui elle s'entretenait avant de lui dire :

— Formidable. A plus tard.

— A qui parliez-vous ? s'enquit Nick quand elle raccrocha.

Avait-elle demandé des renforts ? Avait-il commis une erreur en lui accordant le bénéfice du doute ? Il devait reconnaître qu'il n'était pas très content d'apprendre qu'elle avait convié quelqu'un chez elle alors qu'il était là.

— Mon frère. Enfin… un de mes frères.

Elle avait souvent tendance à oublier Ryder, se reprocha-t-elle. Elle n'aimait pas ressasser ses souvenirs à son sujet parce qu'elle finissait toujours par se demander pourquoi Ryder avait fini en prison, et elle refusait de se torturer avec ce genre de questions. Cela l'angoissait, même s'il avait été jugé coupable et qu'il avait commis un crime qui l'avait conduit derrière les barreaux. Elle n'y pouvait rien. Il restait malgré tout son frère et elle n'oubliait pas les jours heureux qu'ils avaient connus plus jeunes. Ryder n'était pas méchant, mais il avait été mal guidé dans la vie. Comme elle, il regrettait leur mère. Et contrairement à elle, il en voulait à Clay d'être peu à peu devenu le chef de famille.

Nick lui jeta un regard de biais.

— Vous en avez beaucoup ?

Il s'apprêtait à rappeler Steve, mais il lui parut soudain plus important d'en apprendre davantage sur cette femme.

— Deux. Clay et Ryder, tous les deux plus âgés que moi.

Et tous deux avaient eu une fâcheuse tendance à la traiter en enfant. De temps en temps, Clay continuait à le faire. Etant l'aîné, il se considérait davantage comme un patriarche que comme un frère.

— Je parlais à Clay.

— Où est Ryder ?

Elle haussa les épaules et regarda par la fenêtre.

— Il n'est pas dans la région actuellement.

Nick sentit une certaine tension dans sa voix.

— Comment cela « pas dans la région » ? Où se trouve-t-il ?

— Ailleurs.

Cela suffisait que les habitants de la ville sachent que Ryder était en prison, elle n'avait pas envie que Sheffield l'apprenne aussi. Il en déduirait des choses indignes sur elle ou sur sa famille et elle préférait qu'il ignore tout. Un homme comme Sheffield avec ses lunettes noires et ses cheveux gominés ne comprendrait pas que sa mère, une ancienne championne de rodéo, comme elle, ait eu une liaison avec un homme marié. Et qu'il s'agisse d'un Colton.

Dans un réflexe de survie, elle se pencha pour allumer la radio. Elle égrena plusieurs stations avant de trouver la bonne. Elle n'avait rien contre les vieux tubes et le rock, mais, quand elle était tendue — et elle l'était et le serait jusqu'à ce que tout soit réglé —, rien ne la calmait comme des chansons country.

Du coin de l'œil, elle vit Sheffield se raidir et elle sourit *in petto.*

Parce qu'elle ne semblait pas vouloir parler de son autre frère, Nick laissa tomber le sujet. De toute façon, s'il avait envie d'en apprendre davantage sur ce Ryder, il savait à qui s'adresser. Dans l'immédiat, il dut écouter les complaintes d'un cow-boy au cœur brisé qui ne comptait plus que sur son cheval pour lui tenir compagnie.

L'agent secret poussa un gros soupir. Il détestait la musique country.

Un grand roux était assis sur les marches du perron du ranch. Au moment où ils s'arrêtèrent dans la cour, il se leva, secoua son jean. Nick estima qu'il devait avoir dans les vingt-cinq ans. A son teint hâlé, il devina qu'il travaillait dehors.

Il émanait de cet homme une assurance qui frappa Nick. Ce type était un meneur, un chef, pas un suiveur, et Nick fut immédiatement sur ses gardes.

— Oncle Clay ! s'exclama Emmie en se précipitant vers lui.

Elle se jeta dans les bras du rouquin, qui l'embrassa avec chaleur.

— Que tu m'as manqué, ma puce ! Tu as encore grandi depuis la dernière fois. Comment vas-tu, ma jolie ?

— Ça va, assura Emmie. Mais maman a des problèmes, ajouta-t-elle d'un ton grave.

Serrant sa nièce contre lui, Clay se tourna pour dévisager l'étranger qui descendait d'une voiture avec sa sœur.

Ce gars n'était certainement pas le petit ami de Georgie, estima Clay au premier coup d'œil. Georgie n'aimait pas les citadins en lunettes noires et en costume. Elle leur préférait des hommes plus forts, plus virils. Quant à lui, il se méfiait des gens dont il ne pouvait voir les yeux.

— Est-ce lui les ennuis auxquels tu fais allusion, ma puce ? demanda-t-il.

Emmie se retourna pour voir de qui parlait Clay et elle se mit à rire en secouant ses boucles rousses. Il était évident que la fillette avait changé radicalement d'avis à propos de l'agent secret.

— Non, dit-elle, lui, c'est Nick.

Clay regarda froidement l'intrus.

— Et qui est Nick ? s'enquit-il.

8

L'espace d'un moment, Georgie lutta contre le violent désir de se jeter dans les bras de son frère, de lui raconter en pleurant tout ce qui lui était arrivé depuis vingt-quatre heures, depuis qu'elle avait trouvé Sheffield dans la cour de son ranch. Clay la déchargerait du problème, s'en occuperait, le réglerait, comme il l'avait fait à la mort de leur mère, comme il le faisait pour tout.

Mais elle n'était plus la petite fille d'alors. Et même à l'époque, elle avait toujours essayé de résister aux côtés protecteurs de Clay parce que être prise en charge, être protégée, avait un prix. Pour en bénéficier, elle devait renoncer à son indépendance. Or sa liberté était tout pour elle. Elle avait dû se battre pour la gagner et elle la défendrait jusqu'à son dernier souffle.

Aussi, plutôt que de courir vers son frère, resta-t-elle où elle était, se contentant de l'accueillir d'un sourire chaleureux.

— Bonjour, Clay.

— Bonjour, toi.

Clay la salua d'un signe de tête. Sa sœur n'avait jamais été commode. En général, elle n'acceptait pas facilement son aide, et voilà pourquoi il avait été très étonné qu'elle l'appelle pour lui annoncer qu'elle avait besoin de lui. Cela ne lui ressemblait pas. Il la retrouvait mieux là, à la sentir distante.

— Cela fait plaisir de voir que tu es revenue entière de tes rodéos. Tu es rentrée pour de bon ?

Nick remarqua que Georgie semblait se hérisser à la réflexion pourtant teintée de sollicitude de son frère. Visiblement, ce dernier n'aimait pas la savoir à des championnats de rodéo ni loin de chez elle, et c'était sans doute ce qui irritait la jeune femme.

Elle eut un rire bref.

— Je le croyais.

Clay lança un coup d'œil à l'homme qui accompagnait sa sœur avant de demander :

— Mais… ?

Georgie poussa un gros soupir.

— Des circonstances imprévues sont venues compliquer l'affaire.

Clay fronça les sourcils. De nouveau, il regarda l'homme qui était sorti de la limousine.

— Lesquelles ? Explique-toi.

Georgie fit de son mieux pour paraître ne pas attacher trop d'importance à l'histoire, mais les mots s'entrechoquèrent dans sa bouche dès qu'elle se mit à parler.

— Quelqu'un m'a volé mon argent, Clay. Et est entré chez moi en mon absence. Pour envoyer des mails de menaces à Joe Colton, à partir de mon ordinateur.

A l'allusion au sénateur, Clay murmura un « oh ! » ambigu.

Nick sentit que quelque chose lui échappait, il n'aimait pas cela du tout.

N'étant pas du genre à prendre des gants, Clay ne put se retenir plus longtemps. Il désigna Nick d'un mouvement de menton.

— Et lui, qu'a-t-il à faire dans tout cela ?

— Je travaille pour le sénateur, répondit Nick avant que Georgie puisse s'en charger. Et je suis venu arrêter l'auteur de ces mails menaçants.

Il n'était pas difficile de lire entre les lignes.

— Ce n'est pas Georgie si c'était ce que vous croyiez, lui dit Clay.

Il n'essaya même pas d'argumenter, et une fois l'évidence à ses yeux établie, Clay, estimant sans doute que le sujet était clos, reporta son attention sur sa sœur.

— Qui t'a volé ton argent ?

Il était clair qu'une fois le voleur démasqué Clay lui ferait passer un sale quart d'heure. Visiblement, il n'était pas décidé à faire preuve de mansuétude quand quelqu'un ennuyait les siens. Et depuis qu'il avait rayé Ryder de ses tablettes, lorsque son frère avait été mis en prison pour trafic, sa famille se limitait désormais à Georgie et à Emmie.

— Je ne sais pas, répondit Georgie, s'efforçant de ne pas laisser sa voix trahir son désarroi. Mais certains pensent que c'est moi qui serais coupable de tout dans cette affaire, ajouta-t-elle en regardant Nick.

— Toi ? rétorqua Clay d'un ton incrédule. Voilà cinq mois que tu es sur les routes à participer à ces championnats à la gomme, à vivre dans ta voiture comme une saltimbanque.

Il se tourna vers l'étranger pour être sûr d'avoir appris tous les tenants et les aboutissants du dossier avant d'ajouter :

— Quand aurais-tu eu la possibilité matérielle de faire tout ça ?

De nouveau, Georgie dévisagea Nick.

— Vous avez les dates d'envoi des e-mails, n'est-ce pas ?

Cette petite femme à l'incroyable personnalité réussissait à faire ce que personne n'était parvenu à faire de mémoire d'homme. A ce que Nick se sente stupide alors qu'il n'effectuait que son travail.

— Absolument, répondit-il.

— Ma sœur n'a pas de temps à perdre avec ce genre de bêtises, dit Clay. Je ne suis même pas sûr qu'elle sache envoyer un mail. Et depuis cinq mois, elle était occupée à remporter des coupes.

— Participer aux championnats m'a surtout permis de gagner de l'argent, Clay, corrigea Georgie, contrariée.

Combien de fois devrait-elle lui répéter qu'elle se moquait des ovations de la foule, de la gloire ? Elle ne faisait ce qu'elle faisait que pour une raison. Elle ne savait rien faire d'autre, le rodéo était le seul métier qu'elle était capable d'exercer. Elle avait appris à monter à cheval avant de savoir marcher et, chacun à son époque, son grand-père comme sa mère avaient été des légendes du rodéo. Elle avait ce sport dans les gènes.

De plus, c'était pour elle la façon la plus rapide de s'enrichir, c'était même la seule qu'elle connaissait.

— J'essayais de rafler le grand prix afin qu'Emmie et moi vivions désormais à l'abri du besoin, que je puisse la mettre à l'école comme toutes les petites filles de son âge dès l'automne prochain, dit-elle en regardant tendrement Emmie.

— Je ne suis pas une enfant comme les autres, protesta cette dernière en plissant le nez.

Serrant les poings, elle les posa sur les hanches comme elle avait vu si souvent sa mère le faire.

— Je le sais, répondit Georgie en l'embrassant. Mais mieux vaut que tes congénères l'ignorent. Ils seraient jaloux.

Comme Emmie hochait la tête d'un air entendu, Georgie se mordit la lèvre pour ne pas éclater de rire.

— Tu aurais pu arriver au même résultat sans risquer de te casser le cou, répliqua Clay.

Depuis qu'elle lui avait annoncé vouloir en faire son métier, il tentait par tous les moyens de la pousser à renoncer au rodéo. Beaucoup de choses pouvaient arriver à une femme seule sur les routes avec une gosse, ne cessait-il de lui répéter.

— J'aurais été heureux de te donner cette somme, lui rappela-t-il.

Ils en avaient déjà discuté. Des dizaines de fois.

— Je ne veux pas de ton argent, Clay.

Ce dernier leva les mains dans un geste de frustration.

— Je te l'aurais prêté, alors. Bon sang, Georgie, à quoi me sert ma fortune si je ne peux pas l'utiliser à ma guise ?

Comme elle le faisait toujours, Georgie posa une main sur son épaule pour le calmer.

— Je suis sûre que tu trouveras un meilleur usage à en faire, frérot, répondit-elle.

Puis elle le regarda en face, et le ton de sa voix changea.

— Je ne veux rien devoir à personne, Clay, même pas

à toi. Je suis adulte. Si je vivais à tes crochets, plus rien ne serait pareil.

Il ne voyait pas pourquoi. Georgie parvenait à le frustrer comme aucune autre femme ne réussissait à le faire.

— Je n'essaie pas de t'acheter, ni même de louer tes services, Georgie. J'ai seulement envie de t'aider.

— Alors viens à l'anniversaire d'Emmie, la semaine prochaine, répondit-elle avec un clin d'œil à sa fille.

Emmie ne fut pas longue à réagir et en profita pour placer :

— Tu pourras m'offrir un poney, oncle Clay, je ne te demanderai pas de le reprendre.

De nouveau, il se mit à rire, de façon plus douce cette fois.

— Je suis heureux de constater qu'au moins une femme de la famille est dotée de bon sens, dit-il à la fillette d'un ton affectueux.

Puis son regard tomba sur Nick et cessa brutalement d'être chaleureux.

— Vous travaillez pour le gouvernement ou quelque chose comme ça ?

— C'est un agent secret, répondit Emmie, lui exposant clairement la situation.

Les yeux de Clay s'étrécirent.

— Vous me semblez bien loin de votre port d'attache. N'êtes-vous pas censé protéger le Président ou quelque chose comme ça ?

— Durant l'année précédant les élections présidentielles, nous sommes chargés de la protection des candidats, expliqua Nick avec patience, même s'il n'était pas dans son tempérament de se justifier. Et quelqu'un a envoyé des courriels de menaces au sénateur, à partir du ranch de votre sœur.

Combien de fois devrait-il répéter l'histoire avant de pouvoir s'en aller ? s'interrogeait-il, frustré.

— Quelqu'un vient-il s'occuper de ta maison en ton absence ? demanda Clay à Georgie. Non ? Alors un mauvais plaisant s'y est introduit par effraction.

Elle leva les yeux au ciel. Personne ne l'écoutait donc !

— Je te l'ai déjà dit.

Clay prit la situation en main.

— Bon, c'est décidé. Tu vas empaqueter tes affaires et celles de la petite pour venir t'installer chez moi.

Elles n'avaient d'ailleurs besoin de rien emporter. Au pire, il demanderait à un de ses domestiques de passer s'en charger plus tard.

— J'ai une plus grande maison que toi, de toute façon, ajouta-t-il.

— C'est vrai, reconnut Georgie, mais ce n'est pas la question.

Il aurait dû se douter qu'elle allait discutailler. Rien n'était jamais simple avec Georgie.

— Et quel est le problème, Georgie ? Mis à part celui que tu te crées de toutes pièces ?

Elle ignora la pique. Clay était frustré parce qu'il savait qu'il n'aurait pas le dernier mot.

— Le problème est que je suis ici chez moi et que personne ne m'en délogera.

Clay était capable d'admirer le courage, sauf lorsqu'il émanait de sa sœur.

— Tu dois d'abord penser à Emmie, lui rappela-t-il. Que se passera-t-il si cet intrus revient ?

— Je l'arrêterai, intervint Nick.

Clay le dévisagea froidement, comme s'il avait oublié jusqu'à son existence.

— Et comment comptez-vous vous y prendre ?

— En restant ici jusqu'à ce que cette affaire soit éclaircie.

Manifestement, cette réponse déplut au frère de Georgie, qui s'exclama d'un ton indigné :

— Il n'est pas question que vous vous installiez dans cette maison !

Georgie commençait à en avoir assez de voir Clay jouer les frères trop protecteurs. Elle s'interposa entre les deux hommes.

— Je suis ici chez moi, Clay, lui répéta-t-elle. C'est à moi et non à toi de décider. Et si j'ai envie que M. Sheffield reste ici, il restera.

A en juger par l'expression de Clay, Nick aurait été incapable de dire qui de lui ou du frère de Georgie fut le plus surpris par la réflexion de la jeune femme. Un instant, il fut tenté de demander à Georgie à quel moment il était devenu membre à part entière de la maisonnée après avoir été la *persona non grata* dont elle rêvait de se débarrasser au plus vite, mais il valait sans doute mieux garder la question pour lui.

Vu la complexité de la situation présente et les doutes qui l'assaillaient à propos de la culpabilité de Georgie, Nick avait prévu de demeurer là, à l'endroit d'où apparemment les mails avaient été envoyés, jusqu'à ce que l'affaire soit résolue — ou jusqu'à ce qu'il ait la preuve que Georgie Grady était une fieffée menteuse. En effet, il n'était pas totalement convaincu de son innocence. Mais, d'une façon ou d'une autre, il obtiendrait des réponses.

Clay soupira.

— Tu es toujours aussi butée.

Georgie lui décocha un grand sourire.

— C'est sympa de savoir que, quoi qu'il advienne, certaines choses ne changent pas, non ?

Clay ne répondit pas. Il n'aimait pas qu'un agent secret surveille sa sœur. Après tout, elle n'était rien pour ce type. De plus, que se passerait-il si ce soi-disant agent secret commençait à se faire des idées sur elle ? Des idées qui n'avaient rien à voir avec ces mails et tout à voir avec le fait que Georgie était une fille ravissante.

Il enfonça les mains dans les poches arrière de son jean.

— Je peux rester quelque temps ici si tu le souhaites…

— Tu as un ranch à diriger, lui rappela Georgie. Un ranch qui te demande beaucoup de travail.

Ils étaient peut-être très différents tous les deux et elle n'avait peut-être pas envie de tomber sous sa coupe, mais elle était fière de son frère et de ce qu'il avait accompli envers et contre tout.

— Et je suis un peu grande pour avoir encore besoin d'un baby-sitter, ajouta-t-elle.

Clay ne prit pas la peine de dissimuler le dédain que lui inspirait Nick. Sa confiance en l'agent secret était très limitée.

— Ce n'est pas toi que j'avais envie de surveiller, en fait.

Comme Sheffield avait promis d'essayer de l'aider, Georgie se sentit obligée de s'excuser pour l'attitude de Clay.

— N'en voulez pas à mon frère. Il a l'habitude de prendre tout en charge, que les gens le lui demandent ou non.

Clay se vexa aussitôt.

— Tu n'as pas à critiquer mon comportement devant un étranger !

Nick n'avait aucune envie de se retrouver au milieu d'un conflit familial.

— Je vous assure que la seule chose qui m'intéresse est de découvrir qui a envoyé ces mails.

— Et de récupérer l'argent de maman, lui rappela Emmie.

Comme il baissait les yeux vers elle, elle continua :

— Tu t'en souviens ? Tu l'as promis à la banque.

La réflexion de l'enfant fit rire tout le monde, même Clay.

— Ne vous engagez jamais à quoi que ce soit devant cette gamine, elle n'oublie jamais rien et quand je dis « rien », c'est « rien ».

Nick regarda Georgie pour lui demander :

— La plupart des enfants de son âge sont-ils comme elle ?

— Quel que soit son âge, aucun n'est comme elle, répondit Georgie en prenant la fillette par les épaules. Emmie est unique.

— Unique, répéta la fillette en regardant sa mère, manifestement fière de son état.

Clay ébouriffa les cheveux de sa nièce.

— C'est vrai, ma puce, tu es unique.

Puis, adouci, il se tourna vers sa sœur pour demander :

— Es-tu sûre que je ne peux pas te convaincre de venir passer quelque temps chez moi ?

— Certaine.

Si la situation empirait, elle accepterait peut-être son offre dans un deuxième temps mais, dans l'immédiat, elle préférait l'affronter seule.

— Tu n'es pas très loin, Clay, à portée d'un coup de fil, en tout cas, lui dit-elle avec chaleur. Je t'appellerai si j'ai besoin de toi.

— C'est ça… Quand les poules auront des dents…

Elle avait trop d'amour-propre, il n'y croyait pas un instant.

Amusée, Georgie se mit à rire.

— Je te le promets.

Frustré, Clay se tourna vers Nick.

— Assurez-vous que rien de fâcheux ne se produise, monsieur l'agent secret. Je vous tiendrai personnellement pour responsable s'il arrivait quoi que ce soit à ma sœur ou à ma nièce.

Cela ne le réconfortait d'ailleurs pas beaucoup, pensa-t-il.

— Ne vous inquiétez pas, monsieur Grady, assura Nick. Je veillerai sur elles.

Aussitôt, le visage de Clay s'assombrit.

— Je ne m'appelle pas Grady.

Gêné, Nick regarda brièvement Georgie avant de revenir sur Clay.

— Votre sœur m'a dit qu'elle n'avait jamais été mariée, aussi ai-je pensé que Grady était votre nom de famille.

— C'était celui de notre mère.

Ayant pitié de lui, Georgie commença à expliquer :

— Mon grand-père était une star du rodéo…

— Comme ma grand-mère, intervint Emmie avec fierté.

George Rattlesnake Grady était mort bien avant sa naissance, mais sa mère lui avait si souvent parlé de lui qu'il était encore vivant pour elle.

Clay articula lentement ses mots.

— Grady était leur patronyme.

Georgie saisit la perche qu'il lui tendait.

— Et je l'ai pris comme nom d'artiste.

Nick avait un peu l'impression d'assister à un match de tennis.

— Pour perpétuer la tradition familiale, conclut-elle.

C'était apparemment tout ce qu'elle avait l'intention de lui révéler pour le moment. Tournant les talons, elle fit face à son frère. Il était évident qu'elle le congédiait, même si c'était elle qui l'avait prié de venir. Comme beaucoup de femmes, elle avait changé d'avis.

— Je t'appellerai, s'il y a du nouveau.

Manifestement, Clay ne la croyait pas.

— D'accord.

— Je te le promets, insista-t-elle. Tu seras le premier prévenu.

La lèvre inférieure d'Emmie se mit à trembler.

— Et pas moi, maman ?

Georgie sourit. Même lorsqu'elle se sentait dans le trente-sixième dessous, Emmie réussissait toujours à lui remonter le moral, par sa simple présence.

— Si, bien sûr. Oncle Clay sera le second prévenu. Cela te va ? ajouta-t-elle à l'attention de ce dernier.

Comme s'il avait son mot à dire ! songea Clay avec amertume. Mais il était inutile de vouloir discuter avec sa sœur.

— Il le faudra bien.

— Embrasse ton oncle, Emmie, la pressa Georgie. Un baiser papillon, cela lui rendra le sourire.

— Qu'est-ce qu'un baiser papillon ? s'enquit Nick.

Avant que Georgie ne puisse répondre, Emmie se tourna vers lui.

— Je vais te montrer.

Elle s'approcha de lui et tira sur sa veste.

— Penche-toi vers moi, sinon je n'y arriverai pas.

Se sentant un peu gauche, Nick obtempéra et se mit au niveau de la fillette. Elle l'enlaça alors et effleura sa joue de ses lèvres. Puis, rapprochant son visage du sien, elle papillonna des cils à l'endroit où elle l'avait embrassé.

Quelque chose de chaud et d'indicible se matérialisa alors dans la poitrine de Nick.

En riant, Emmie s'écarta pour se diriger vers sa deuxième cible.

— A toi, oncle Clay. Baisse-toi.

Il le fit de bonne grâce et elle réitéra sa performance avant de poser ses petits doigts devant sa bouche pour tenter de retenir un fou rire. Il s'échappa pourtant. Son hilarité était contagieuse et remplit l'atmosphère.

Clay se redressa.

— Maintenant, je suis en état de partir, dit-il.

Il souriait en regardant Nick.

— *Vous* m'appellerez s'il se passe quoi que ce soit,

ordonna-t-il. Elle ne le fera pas, ajouta-t-il, parlant de sa sœur.

— Très bien.

Ce n'était ni une promesse ni une parole en l'air.

Téléphoner était quelque chose que Nick ferait ou pas, il en déciderait le moment venu en fonction des circonstances.

Georgie et Emmie restèrent où elles étaient, à regarder Clay s'éloigner, la fillette lui adressant des gestes d'adieu.

Mais Nick lui emboîta le pas. Il y avait encore un point qu'il tenait à éclaircir.

Clay ne prit même pas la peine de se retourner.

— Oui ? Vous vouliez me demander quelque chose ?

— Quel est votre nom de famille ? Juste pour mon dossier…

Clay ne s'arrêta pas avant d'avoir atteint son camion. Il se tourna alors vers lui et lui lança un long regard pénétrant avant d'éclater de rire. Ce rire n'était pas teinté d'humour et Nick y décela une bonne dose d'ironie.

— Les types de votre gouvernement aiment garder des dossiers sous le coude, c'est cela ? Alors d'accord, je vais vous le dire, Sheffield. Je m'appelle Colton. Clay Colton. Et au cas où vous vous poseriez la question, Colton est le nom d'un salopard qui s'est comporté de façon inexcusable avec ma mère. Il estimait pouvoir lui faire des enfants mais ne la jugeait pas assez bien pour l'épouser.

Sur ces mots, Clay grimpa dans son camion, laissant Nick dans un silence stupéfait. Le patronyme que Clay venait de lui indiquer hurlait dans sa tête.

Colton.

9

Georgie et sa fille s'apprêtaient à entrer dans la maison quand Nick lança :

— Pourquoi ne m'avez-vous pas dit que votre nom de famille était Colton ?

La jeune femme se figea un instant mais, très vite, elle se remit à avancer. Elle ne prit même pas la peine de se retourner pour répliquer :

— Parce que vous ne me l'avez pas demandé.

Les mâchoires serrées, Nick la suivit à l'intérieur. Cette réponse ne le satisfaisait pas. Le sujet avait un rapport direct avec la raison de sa présence ici, et Georgie ne pouvait pas faire semblant de l'ignorer ni prétendre qu'il s'agissait d'un point de détail.

Tout ce qu'elle lui avait raconté jusqu'ici avait-il donc été des mensonges, finalement ?

— Ce n'est pas une excuse. A mes yeux, seule une coupable préférerait garder ce genre d'informations pour elle.

Sans répondre, Georgie entra dans la cuisine. Même si elle savait son réfrigérateur vide, elle l'ouvrit pour s'assurer que le mystérieux individu qui s'était introduit chez elle n'avait pas laissé de nourriture.

— Ou quelqu'un qui estime ne pas avoir à discuter avec un tiers d'une question qui la concerne exclusivement, répondit-elle enfin en fermant le réfrigérateur avec un peu plus de violence que nécessaire. Je n'avais aucune raison ni la moindre envie de vous parler de mes parents, surtout de celui qui aura toujours brillé par son absence.

Elle ajouta ces derniers mots en pensant à son père. Au cours de son enfance et de son adolescence, elle ne l'avait jamais rencontré ni même entendu... Et puis, dernièrement, alors qu'elle ne l'espérait plus, il s'était matérialisé en chair et en os. Sans crier gare, Graham Colton avait surgi un beau matin dans sa vie, lui expliquant qu'il voulait se faire pardonner son attitude passée. Si sa mère avait toujours été de ce monde, elle aurait sans doute été touchée et n'aurait pas refusé de serrer cette main tendue. Mais la malheureuse était morte et, depuis longtemps, Georgie avait fait le deuil d'une relation possible avec son père. Elle avait appris à se débrouiller toute seule, sans homme dans son existence. Et elle avait bien l'intention de continuer ainsi.

Nick fronça les sourcils.

— Ce n'est pas moi qui envoie des mails de menaces à un sénateur des Etats-Unis, lui rappela-t-il.

Blessée, Georgie tourna les talons, les poings serrés pour s'interdire de le gifler.

— Eh bien, figurez-vous que ce n'est pas moi non plus. Plus tôt vous en serez persuadé, mieux cela vaudra pour tout le monde et plus tôt vous pourrez repartir.

Interprétant les paroles de sa mère avec sa logique de

petite fille, Emmie posa ses grands yeux verts sur l'homme en costume noir.

— Tu ne vas pas aider ma maman ?

Nick passait peu de temps avec les enfants. En conséquence, il ignorait comment leur parler, d'autant que sa propre enfance lui semblait remonter à une éternité. Mais il savait reconnaître la douleur quand il la voyait et un ton accusateur quand il l'entendait. Or Emmie Grady — ou Colton — brandissait l'une et l'autre comme un samouraï son épée.

D'un geste protecteur, Georgie entoura les épaules de la petite fille.

— Il va aider maman en s'en allant, chérie, dit-elle.

Puis se tournant vers Nick, elle ajouta d'un ton ironique :

— Votre chapeau est là, votre voiture dans la cour, qu'attendez-vous ?

Si elle pensait le décider ainsi à partir, c'était mal le connaître.

— Je ne suis pas pressé, répondit-il avant de dire à Emmie : Je vais aider ta maman.

Régler les problèmes de Georgie aboutirait à résoudre le mystère des mails menaçants, il en était persuadé, même s'il préférait le garder pour lui pour le moment.

A sa grande surprise, Emmie prit sa main et l'entraîna vers le salon, tout sourire.

— Je le savais.

Georgie poussa un gros soupir. Peut-être Emmie devinait-elle chez ce Nick des bons côtés qu'elle-même ne voyait pas. En tout cas, l'agent secret semblait vouloir s'incruster. Certes, elle avait dit à son frère que Sheffield pouvait rester chez elle, mais c'était seulement dans le but d'affirmer son indépendance, de revendiquer sa capacité à décider par elle-même parce que Clay tentait une nouvelle fois de lui imposer son autorité. Elle avait espéré que Sheffield s'en irait une fois son frère parti. Mais, apparemment, elle n'aurait pas cette chance.

— Je suppose que vous avez faim et que vous avez envie de déjeuner.

— En effet.

Puis prenant pleinement conscience de ce qu'elle disait, il ajouta :

— Ne vous embêtez pas à me préparer un repas. Je vais aller grignoter quelque chose en ville. Il y a bien un restaurant à Esperanza, non ?

Elle songea à celui où avait travaillé sa mère lorsqu'elle avait abandonné sa carrière dans le rodéo. Les chevaux, la voltige avaient été ses premières amours mais elle y avait renoncé pour eux, pour Clay, Ryder et elle, pour leur donner une vie stable, la plus normale possible. Georgie se demandait souvent si sa mère l'avait parfois regretté. Elle en avait l'intuition.

— Oui, vous trouverez un restaurant à Esperanza, plutôt bon, d'ailleurs. Mais je dois retourner en ville pour faire des courses. Comme je vais cuisiner pour Emmie et moi, cela ne me dérange pas de préparer des repas pour vous aussi.

Georgie se reprocha de ne pas s'être occupée du ravitaillement quand elle s'était rendue à Esperanza dans la matinée, pour aller à la banque. Mais découvrir qu'elle avait été dévalisée l'avait tellement perturbée qu'elle en avait oublié le reste. Comme de penser à remplir ses placards et son réfrigérateur.

Il était temps qu'elle se ressaisisse et recommence à fonctionner comme la femme responsable qu'elle était, et non pas comme l'écervelée qu'elle n'était pas.

S'emparant des clés qu'elle avait laissées sur la table, elle lança à sa fille :

— Viens, chérie, nous devons retourner en ville pour faire des courses.

Emmie surprit sa mère et Nick en demandant :

— Puis-je rester avec Nick, maman ?

— Il faut l'appeler « monsieur Sheffield », chérie.

Dans les compétitions de rodéo, Emmie était à tu et à toi avec les cow-boys, mais leur visiteur n'était pas le genre d'hommes qu'on pouvait tutoyer. C'était un agent secret, il travaillait pour le gouvernement.

— Et je suis sûre qu'il a beaucoup de choses à faire et n'a pas envie de s'occuper d'une petite fille.

La requête de la fillette avait complètement médusé Nick.

— Pourquoi as-tu envie de rester avec moi ?

— Parce que j'ai des questions à te poser, répondit-elle avec gravité.

Si Emmie avait été plus âgée, il aurait soupçonné sa mère de lui avoir soufflé cette réplique. Mais l'enfant semblait trop jeune pour être manipulée de la sorte et pouvoir jouer les porte-parole.

— Des questions ?

Emmie hocha la tête, ses boucles rousses volant autour de sa tête.

— Oui, par exemple, comment ça marche, ça ? dit-elle en lui désignant les menottes qu'il portait à la ceinture.

En général, elles étaient cachées par sa veste mais, visiblement, la petite fille les avait repérées.

Georgie prit la main d'Emmie pour l'entraîner vers la porte.

— Méfie-toi, chérie, il risque de te le montrer pour de vrai, murmura-t-elle, mais assez fort pour qu'Emmie et Nick l'entendent.

Nick comprit soudain l'avantage qu'il y avait à garder la fillette avec lui. Se précipitant à leur suite, il se mit entre elles et la voiture.

— Elle peut rester avec moi.

Georgie leva le visage vers lui et devina la raison de cette surprenante proposition. Elle lisait dans cet homme comme dans un livre ouvert.

— Ne vous inquiétez pas, je reviendrai. Vous n'avez pas besoin de la prendre en otage.

Comme elle avançait pour le contourner, il se mit de côté pour lui bloquer le passage.

— Si Emmie reste avec moi, j'en serai sûr.

Pensait-il qu'elle était née de la dernière pluie ? Ou la prenait-il vraiment pour une idiote ? se demanda Georgie.

— Je n'abandonne pas ma fille de quatre ans à un type que je ne connais pas.

— Cinq, maman, j'en ai presque cinq ! lui rappela Emmie.

Nick ignora la réflexion de l'enfant.

— C'est juste, répondit-il à Georgie. Bon, alors allons faire les courses tous les trois.

La seule à paraître ravie de cet arrangement fut Emmie, qui prit la main de Nick sans lâcher celle de sa mère. Marchant entre eux deux, elle déclara avec un sourire éclatant :

— Comme une vraie famille !

Nick eut besoin de toute sa volonté pour ne pas s'écarter.

Quant à Georgie, la douleur que les mots de sa fille lui infligèrent fut insupportable.

« Je ne peux pas te donner ça maintenant, Emmie. Mais un jour, lui promit-elle en silence. Un jour peut-être… »

— Fais attention, chérie, tu vas finir par provoquer une crise cardiaque à M. Sheffield, dit-elle avec désinvolture. Il a certainement une femme et des enfants quelque part.

N'étant pas du genre à garder une question intéressante pour elle, Emmie se tourna vers Nick.

— As-tu une femme et des enfants dans ta maison ? demanda-t-elle en le regardant en face.

Arrivée à la Chevrolet, Georgie souleva sa fille, l'assit dans son siège et accrocha sa ceinture de sécurité.

Pendant toute la manœuvre, Emmie garda les yeux rivés sur Nick, guettant sa réponse.

— Non, dit-il enfin. Je suis célibataire.

Puis, grimpant dans l'habitacle, il attendit que Georgie le rejoigne et lui donne les clés. Il n'était pas question pour lui de la laisser conduire. Sans être macho, il estimait qu'il valait mieux que ce soit lui qui s'installe au volant.

L'expédition au supermarché prit un peu moins de deux heures en tout et pour tout.

Devant la caisse, Georgie tira une de ses cartes de crédit

avant de se rappeler qu'elle avait fait opposition sur toutes. Il lui restait quelques billets en attendant que la banque rouvre son compte.

Murmurant une excuse, elle chercha du liquide dans son portefeuille, mais Nick interrompit son geste et tendit à la caissière une coupure de cent dollars.

— Cela devrait suffire.

La jeune femme assise à la caisse semblait à peine sortie du lycée. Elle examina le billet d'un air suspicieux comme si, certaine qu'il s'agissait d'une contrefaçon, elle se retenait de le regarder à la lumière.

Bien qu'agent secret, il n'inspirait pas confiance, songea Nick, amusé de constater qu'un autre stéréotype mordait la poussière.

— Ce n'est pas un faux, lui assura-t-il.

La jeune blonde rougit.

— Nous n'en voyons pas souvent, c'est tout, répondit-elle en lui rendant sa monnaie avec un sourire gêné.

— Ce n'est pas à vous de payer pour mes courses, protesta Georgie en poussant le chariot vers la Chevrolet.

— Ce n'est pas à vous de cuisiner mes repas, répliqua-t-il.

De nouveau, Emmie avait pris sa main pour marcher entre lui et sa mère.

« J'aurais cru qu'Emmie avait plus de bon sens », pensa Georgie.

Elle s'apprêtait à faire une remarque piquante à propos des femmes dans la cuisine, mais y renonça avec un soupir. Elle devait penser à Emmie, à lui montrer le bon exemple, aussi se contenta-t-elle de hocher la tête.

Nick la surprit en rangeant les sacs dans le coffre puis

en s'emparant d'Emmie pour l'asseoir dans son siège. Si elle lui permit d'attacher la fillette, Georgie vérifia malgré tout qu'il l'avait bien fait.

— Je m'assure seulement que vous l'avez correctement installée, dit-elle pour s'excuser d'avoir l'air de ne pas lui faire confiance. Je suppose que vous n'avez pas une grande expérience des sièges enfants.

— Une ceinture de sécurité reste une ceinture de sécurité, répliqua-t-il. Vous voulez conduire ? ajouta-t-il en lui tendant le trousseau.

Georgie songea à le lui arracher des mains. Après tout, les clés et la Chevrolet symbolisaient son indépendance. Mais, finalement, elle haussa les épaules. Elle ne voulait pas faire ce à quoi il s'attendait.

— Vous pouvez prendre le volant, lui dit-elle en ouvrant la portière côté passager.

Elle ne vit pas le petit sourire qui se dessina sur les lèvres de Nick au moment où il grimpa à son tour dans l'habitacle.

Après avoir aidé Georgie et Emmie à décharger les sacs, Nick s'aperçut soudainement que le courant avait été rétabli dans la maison, comme Georgie l'en avait prévenu, la veille au soir. Il pouvait donc retourner travailler sur l'ordinateur de la jeune femme et tenter de découvrir si quelque chose ne lui avait pas échappé la première fois, avant que l'électricité fournie par le minigénérateur ne s'épuise.

— Je vais poursuivre mes recherches sur votre PC, lui dit-il en quittant la cuisine. La personne qui a usurpé votre identité a dû s'en servir pour faire ses achats sur internet avec vos cartes de crédit.

— Qu'espérez-vous trouver ? demanda-t-elle.

Georgie ne parvenait pas à imaginer la manière dont cet appareil pouvait être utilisé pour retracer des actions passées mais, cela dit, elle était la première à avouer que, dans le domaine informatique, elle n'y connaissait rien.

— Je n'en sais rien encore, admit-il.

— Cela n'a pas l'air très encourageant.

— La plupart des pistes nous tombent dessus par hasard, lui apprit-il.

— Ce n'est *vraiment* pas encourageant…

Refusant de se torturer l'esprit avec des sujets qui la dépassaient, la jeune femme reporta son attention sur la préparation du déjeuner. Elle avait envie de confectionner des *burritos*. Elle adorait les plats mexicains — en l'occurrence, il s'agissait plutôt de tex-mex, un mélange de cuisines mexicaine et texane —, qui avaient toujours su lui remonter le moral. Comme elle éprouvait vraiment le besoin d'être réconfortée, elle se mit à découper des lamelles de bœuf qu'elle fit cuire avec des poivrons et des oignons.

Livrée à elle-même, Emmie décida que c'était le bon moment pour poser à « monsieur Sheffield » les nombreuses questions qu'elle avait en tête. Quittant discrètement la cuisine, elle monta dans la chambre de sa mère.

— Coucou, lança-t-elle avec chaleur en entrant dans la petite pièce.

Sans s'embarrasser de cérémonie, elle s'installa près de lui devant la table de bridge.

Nick leva les yeux. Perdu dans ses pensées, il n'avait pas remarqué la petite fille.

— Salut, répondit-il.

Très vite, les questions fusèrent, rapides, variées. Comment s'ouvraient et se fermaient ses menottes ? Et pourquoi en avait-il besoin ? Croisait-il souvent des gens méchants ? Et que faisait-il alors ? Et ainsi de suite. La curiosité de la petite fille semblait infinie, l'interrogatoire ne jamais devoir s'arrêter.

La fillette ne s'interrompait que pour reprendre son souffle. Cherchant à lui répondre du mieux possible, Nick en oubliait ce qu'il était censé faire.

Cela dit, il avait découvert ce qu'il cherchait, du moins jusqu'à un certain point. En fouillant l'historique, il était tombé sur plusieurs sites récemment visités, tous d'achats en ligne. Contrairement à Georgie, la personne qui avait utilisé cet ordinateur avait un pseudonyme et un code d'accès pour chaque site. Nick allait avoir besoin des talents de Steve pour les décrypter. Il avait l'intuition qu'en trouvant ces noms il trouverait la personne qui avait envoyé les mails menaçants.

Il espérait seulement qu'il n'était pas en train de se faire mener en bateau par deux rouquines.

— Le déjeuner est prêt !

Debout dans l'embrasure de la porte, Georgie répéta ce qu'elle avait crié de la cuisine puis du bas de l'escalier sans obtenir de réponse. Apparemment, sa fille et son invité ne l'avaient pas entendue. Aussi, plutôt que de s'égosiller en vain, avait-elle décidé de monter voir ce qui se passait.

Elle ne s'attendait pas à les trouver tous les deux à

quatre pattes par terre, de part et d'autre du lit, surtout pas Sheffield.

La jeune femme s'adressa à sa fille.

— Que fais-tu exactement, Emmie ?

L'enfant releva la tête en riant. Elle semblait très fière d'elle-même.

— On joue aux gendarmes et aux voleurs, maman. C'est moi le gendarme.

Georgie se tourna vers l'agent secret agenouillé, les menottes au poignet.

— Et vous, le voleur, j'imagine, dit-elle, sans chercher à dissimuler son hilarité.

Déclarant silencieusement la fin de la partie, il se leva, un air penaud sur le visage.

— Oui, répondit-il en lui tendant les bras. Pourriez-vous me les retirer ?

Le franc fou rire qui la secoua ne contribua pas à lui redonner de l'assurance.

— Pas si vite ! protesta-t-elle. Cela me plaît beaucoup de vous voir les mains menottées.

Mais Emmie s'approchait déjà de son nouveau compagnon de jeu.

— Il ne pourra pas déjeuner s'il a les mains attachées, maman, dit-elle avec logique.

Prenant la clé qu'elle avait glissée dans sa poche, elle débloqua la fermeture.

Les bracelets ouverts, Nick les retira rapidement, se demandant comment il s'était autorisé à être capturé.

— Je sais, répondit Georgie, mais il serait beaucoup moins gênant ainsi.

Nick glissa les menottes dans sa poche, puis se frotta les poignets.

— Vous savez ce qu'il vous en coûterait pénalement de menotter un agent des services secrets ? lui demanda-t-il.

Elle le dévisagea d'un air innocent.

— La paix et la tranquillité n'ont pas de prix...

Il ne comprit pas pourquoi, une envie irrépressible de capturer ses lèvres et de l'embrasser avec fougue le submergea. C'était sans doute dû au grand air qui lui tournait la tête, se dit-il, tentant de rationaliser. Il commençait à perdre pied.

— Allez, dit Georgie — et il se demanda si elle s'adressait à sa fille, à lui ou aux deux. Le déjeuner refroidit.

Tout en la suivant, Nick s'efforça de garder les yeux fixés sur la tête de Georgie et non pas sur la façon dont son jean lui moulait les fesses quand elle marchait.

Le reste de la journée se passa moins agréablement. Nick avait l'impression de piétiner. Il ne réussit pas à pénétrer sur certains sites, bien que Steve eût tenté de lui expliquer comment forcer l'ordinateur de Georgie et trouver les codes d'accès. La nuit tomba avant qu'il n'y parvienne.

Emmie parut avoir enfin épuisé toute son énergie, et il fallut la mettre au lit. Quelque chose fit fondre Nick en regardant Georgie porter sa fille, profondément endormie, jusqu'à sa chambre. Pour une raison incompréhensible, cette scène le toucha et le fit réfléchir. Il commençait à s'interroger sur les chemins qu'il avait préférés ne pas emprunter, et peut-être à nourrir des regrets.

Mais très vite il écarta ces pensées saugrenues de son esprit. Fonder une famille ne l'intéressait pas, se rappela-t-il. Il se serait ennuyé dès le premier jour à vivre une existence classique, à jouer au papa poule et à l'époux modèles.

Pourtant, à regarder Georgie Grady-Colton, il se rendit compte que quelque chose l'émouvait. Mais il ne savait pas très bien quoi, ni ce que recouvrait ce « quelque chose ».

« Méfie-toi, Nick, s'ordonna-t-il. Ce n'est pas le moment de commettre une erreur. »

Comme tout être humain, il avait été troublé auparavant. Mais jamais par une femme aussi séduisante. Jamais quelqu'un ne l'avait attiré à ce point.

A sa décharge, Nick pensait que Georgie lui avait sans doute dit la vérité. Dans cette histoire, elle était une victime. Steve s'était assuré de son côté que les faits corroboraient ses dires, qu'elle était ce qu'elle prétendait être et qu'elle ne s'était réellement pas approchée de cet ordinateur depuis des mois.

Pendant ce temps-là, Nick avait menté sa propre enquête. Une enquête très personnelle. Si personnelle qu'elle finissait par le troubler.

Cela faisait longtemps qu'il ne s'était pas considéré comme autre chose qu'un agent secret. Mais Georgie Grady lui rappelait que, derrière les serments qu'il avait prononcés et son sens extrême du devoir, il n'en était pas moins un homme.

Un homme qui n'avait pas été touché par une femme depuis très, trop, longtemps.

L'électricité était revenue mais Georgie semblait préférer la lumière prodiguée par le feu dans la cheminée. Nick regarda la lueur des flammes caresser le corps mince de la jeune femme. Elle se déplaçait avec souplesse dans le salon décoré comme un ranch de western.

Etait-elle aussi innocente qu'elle voulait le faire croire ?

Quelque part, il l'espérait.

« Ce qui n'est pas très professionnel de ta part, Nick », lui souffla une petite voix.

Il n'était pas censé éprouver quoi que ce soit de personnel, emprunter des chemins de traverse. S'il était ici, c'était dans le seul but de protéger la sécurité du sénateur Joe Colton afin de lui permettre d'accéder à la présidence du pays. Le reste était secondaire.

Mais, il le reconnut *in petto*, cela devenait un peu plus difficile de s'en souvenir, à présent.

Plus tôt dans la soirée, avant qu'elle ne mette sa petite fille au lit, Georgie lui avait aiguisé l'appétit en confectionnant un succulent dîner préparé avec des légumes du jardin. Des légumes qui auraient dû mourir sur place puisqu'elle n'avait pas été là pour les arroser depuis des mois. La jeune femme lui avait expliqué qu'une amie était passée s'occuper de son potager en son absence. En tout cas, Nick avait été surpris qu'elle ait réussi à préparer un repas aussi délicieux avec des ingrédients aussi simples.

Aussi appétissants qu'elle.

De nouveau, il sentit se réveiller des faims qu'il n'avait jamais comblées, jamais satisfaites.

Mais cela n'allait pas se produire, s'ordonna-t-il fermement. En tout cas, pas maintenant. Lorsque la situation se serait éclaircie, que les événements prendraient meilleure tournure et que des réponses cohérentes auraient enfin été apportées à ses nombreuses questions, peut-être s'intéresserait-il alors à ses sentiments. Et tenterait-il d'en apprendre davantage sur cette femme dans un domaine plus intime. Mais pas maintenant.

— Je peux rallumer, proposa Georgie, le tirant de ses pensées en se tournant vers lui.

Si elle avait remarqué la manière dont il l'observait, elle n'en montra rien.

— Mais Emmie préfère que nous continuions à nous éclairer avec le feu, poursuivit-elle. Comme si nous étions en pleine nature. Elle aime tellement camper.

— Et vous ? s'enquit Nick en se rapprochant. Qu'aimez-vous ?

Quand elle leva les yeux vers lui, Georgie cessa brutalement de respirer.

Beaucoup de choses se bousculèrent soudain dans sa tête.

Des choses qui n'avaient aucun sens.

Des choses liées à des désirs et non pas au comportement rationnel qu'elle tentait d'adopter depuis quelques heures.

— Je crois que vous n'aurez pas de mal à le deviner, lui répondit-elle doucement.

10

Nick se rendait parfaitement compte qu'il était en train de déraper, de franchir une ligne qu'il ne s'était jamais autorisé à franchir au cours de sa vie d'adulte.

Son comportement s'apparentait davantage à sa jeunesse de voyou qu'à l'homme qu'il était devenu au prix de beaucoup d'efforts et de volonté. Un homme qui n'aurait jamais cédé à la tentation.

Même s'il en mourait d'envie.

Mais c'était l'adolescent rebelle qui n'avait pas encore découvert comment se structurer, comment gérer ses pulsions, qui resurgissait.

Ivre de désir, Nick prit le visage de Georgie entre ses mains et captura ses lèvres. Son âme affamée, la partie de lui-même qui n'avait jamais été proche de quelqu'un depuis l'abandon de sa mère, le poussa à approfondir ce baiser qui était loin d'être innocent.

Seigneur, que se passait-il ? Que lui arrivait-il ? se demanda Georgie, en état de choc.

La question tourna dans sa tête mais, très vite, submergée par des sentiments sauvages venus de nulle part, elle s'abandonna à l'étreinte de Nick, se perdant dans sa chaleur. Elle aurait préféré cesser de respirer plutôt que de s'écarter.

Cela faisait si longtemps qu'elle n'avait pas permis à quelqu'un de l'embrasser ! Ces dernières années, elle avait vécu presque exclusivement dans un monde d'hommes, mais il s'agissait d'amis, de mentors, de protecteurs. Ils la considéraient tous comme une petite sœur. Une ou deux fois, un nouveau membre fraîchement débarqué dans leur cercle avait tenté de la courtiser. Mais il y avait toujours eu quelqu'un pour remettre le séducteur à sa place et l'obliger à renoncer.

Pour les cow-boys, Georgie faisait partie de la grande famille du rodéo. Tous les hommes la respectaient.

Et elle avait vécu ainsi depuis cinq ans, éprouvant secrètement une immense gratitude envers ceux qui la protégeaient de ne pas la laisser seule dans le champ complexe du jeu de l'amour et de la séduction.

Elle avait cru que cette existence de nonne lui convenait. Elle avait eu tort.

Le désir qui fondait sur elle à présent l'emportait comme un torrent. Or il fallait bien qu'il vienne de quelque part, non ?

Plus Nick l'embrassait, plus elle avait envie qu'il l'embrasse. Plus elle prenait conscience que les baisers lui avaient terriblement manqué. Elle voulait être traitée comme une femme désirable et pas seulement comme une mère, une petite sœur ou une concurrente. Un désir puissant avait grandi au creux de son ventre sans qu'elle s'en doute. Et il explosait maintenant comme une fleur sous la chaleur du soleil.

Nick essayait de toutes ses forces de résister, de s'écarter de Georgie.

Il devait se ressaisir et tout arrêter. Immédiatement, avant de commettre l'erreur fatale.

Mais la douceur de ce corps féminin pressé contre le sien allumait en lui un feu qu'il était impossible de maîtriser.

Il tenta de se raisonner, de faire appel à ses réflexes professionnels. Cela faisait peut-être partie du plan de Georgie de le séduire, de lui tourner la tête pour qu'il ne pense plus qu'elle était sans doute une fieffée menteuse et qu'elle avait rédigé ces mails au sénateur. Peut-être s'efforçait-elle de le mener par le bout du nez là où elle voulait qu'il aille.

Mais le pire était qu'il s'en moquait.

Il réglerait le problème plus tard. Dans l'immédiat, quelque chose de beaucoup plus important se produisait. De surcroît, au fond de ses tripes, il sentait qu'elle n'était pas coupable. Pourquoi en était-il certain ? Ses instincts étaient-ils à l'œuvre ?

Ou tentait-il seulement de rationaliser son attitude ?

Le souffle court, le cœur battant, il avait l'impression d'être sur le point de sauter du haut d'un précipice. Au prix d'un effort surhumain, il réussit à rompre le charme et à rejeter la tête en arrière.

A détacher ses lèvres des siennes.

— Georgie…

Ce fut tout ce qu'il fut capable de dire. Parce que la jeune femme se hissa sur la pointe des pieds et plongea les doigts dans ses cheveux en murmurant :

—N'arrête pas, je t'en supplie.

Nick n'avait pas besoin d'encouragements supplémentaires, d'un autre signe pour s'autoriser à continuer. S'il avait été de marbre, il aurait pu cesser, mais c'était un homme de chair et de sang. Tout son corps avait faim d'elle et la réclamait.

Il l'enlaça avec fougue, sa bouche se promenant dans son cou, sur sa gorge et son beau visage…

Déboutonnant son corsage, Nick glissa la main à l'intérieur et découvrit son soutien-gorge de dentelle, sa peau bronzée, et se mit à la dévorer de ses lèvres brûlantes.

Plus il l'embrassait, plus il devenait sauvage, plus Georgie éprouvait des sensations qu'elle n'avait jamais éprouvées.

D'une main tremblante, elle entreprit de le déshabiller à son tour. Elle repoussa sa veste de ses épaules avant de partir à l'assaut de sa chemise. Comme elle tirait dessus pour l'extraire de son pantalon, elle se sentit soudain soulevée dans les airs.

Déconcertée, elle regarda Nick, une question silencieuse dans les yeux.

— Ta fille pourrait se réveiller, répondit-il d'une voix rauque d'émotion.

Seigneur ! Elle avait oublié Emmie.

Si elle avait été capable de réfléchir, elle aurait été gênée que ce soit lui qui pense à la fillette. Après tout, c'était elle la mère de l'enfant. Mais Georgie lui fut reconnaissante de lui rappeler qu'Emmie était capable de sortir de sa chambre n'importe quand pour partir à sa recherche. Devant la sollicitude presque paternelle de Nick, le cœur de la jeune femme fondit et une vague de tendresse la submergea. Le simple fait qu'il se sente responsable d'Emmie changeait le regard qu'elle posait sur lui.

De nouveau, elle scella ses lèvres aux siennes pour l'embrasser et ne s'interrompit que lorsqu'il l'allongea sur son lit.

Puis il l'aida à retirer son jean, à le faire glisser sur ses hanches, le long de ses jambes.

Nick s'empara alors de la petite culotte de coton qu'elle portait encore tandis qu'elle décrochait la boucle de son ceinturon. Elle n'attendit même pas que celle-ci tombe à terre pour ouvrir sa braguette.

Le bouton qui fermait le pantalon de Nick sauta et, momentanément distrait, celui-ci regarda où il était tombé.

Georgie tourna son visage vers lui.

— Je te le recoudrai, promit-elle avant de capturer sa bouche.

Elle voulait que plus rien ne l'arrête. Si elle s'interrompait, si elle laissait la raison reprendre le dessus, son bon sens et ses instincts intervenir, elle ne pourrait pas poursuivre ce qu'ils avaient commencé.

Et elle avait envie d'aller jusqu'au bout.

Elle rêvait d'atteindre le pinacle, de sentir le feu qui brûlait ses veines la consumer tout entière. Elle le désirait si fort qu'elle ne parvenait pas à l'exprimer en mots.

Lui arrachant son pantalon et son caleçon, elle découvrit son corps incroyablement mince, son torse musclé. Il resplendissait de force virile.

— On t'apprend à faire ça dans les championnats de rodéo ? demanda-t-il, essayant de dissimuler son trouble derrière une pointe d'humour.

— Non, murmura-t-elle, cherchant son souffle. Mais si tu veux une démonstration de mes talents, je peux te ficeler comme un saucisson en moins de cinq minutes.

Il prit son beau visage entre ses mains avant de s'étendre nu sur elle.

— Plus tard.

— D'accord.

Ce fut la dernière chose qu'elle se rappela avoir dite. Puis tout explosa. Dans ses bras, elle se sentit belle et, sous ses caresses, son corps s'embrasa. A l'aide de ses mains, de ses lèvres, de sa langue, il l'entraîna jusqu'au septième ciel.

Comme une jouissance énorme s'emparait d'elle et menaçait de la submerger, elle se mit à gémir.

Il continuait encore et encore à la caresser.

Jusqu'à ce qu'elle eût l'impression de mourir d'extase.

Avec le peu de force qu'il lui restait, Georgie noua les jambes autour des reins de Nick, allumant un feu auquel il ne pouvait résister.

S'appuyant sur les mains comme s'il craignait de l'écraser, il plongea en elle avant d'aller et venir entre ses cuisses.

A la fin, elle aurait hurlé s'il n'avait pas couvert sa bouche de la sienne. Elle s'arqua pour retenir les délicieuses sensations de ses derniers soubresauts.

Avant de se rendre compte qu'il avait cessé de bouger.

Quand il s'écroula près d'elle, elle crut qu'il allait se lever, se comporter comme si tout cela ne voulait pas dire grand-chose pour lui, comme s'il s'en moquait, comme Jason l'avait fait autrefois. Après tout, le père d'Emmie était le seul homme à lui servir de référence, le seul autre avec qui elle avait fait l'amour.

Que Nick ne s'éloigne pas aussitôt d'elle la surprit, qu'il glisse un bras autour d'elle pour l'attirer à lui et la serrer tendrement contre lui l'étonna davantage encore.

Presque autant que lui.

Il avait envie de retenir ce moment exquis, sachant que lorsqu'il aurait disparu la colère prendrait la place.

Dirigée contre lui-même.

Parce qu'il s'était écarté de la ligne de conduite qu'il s'était fixée en accédant à ces fonctions. Mais pour encore un instant, il voulait faire semblant de croire que cela ne prêtait pas à conséquence, qu'il n'avait rien fait de mal, qu'il avait juste profité de la compagnie d'un autre être humain.

Il sentit la jeune femme se tourner vers lui, comprit qu'elle l'observait en silence avant de lui demander :

— M'as-tu compromise ou t'ai-je compromis ?

La question le désarçonna. Au point qu'il finit par se soulever pour mieux la regarder.

— Pardon ?

Georgie poussa un profond soupir.

— Que s'est-il exactement passé ?

Il sourit. La tentation de répondre qu'ils avaient emprunté des chemins interdits qui les mèneraient à la perdition était grande. Au lieu de quoi, il remarqua :

— Tu es la mère biologique d'Emmie, n'est-ce pas ? Tu devrais le savoir…

Georgie fronça les sourcils.

— Je ne parle pas de la mécanique. Je sais ce que nous venons de faire, mais que s'est-il vraiment passé ?

Elle ne pouvait pas mieux formuler sa question. Parce que quelque chose s'était passé, en effet, quelque chose de déstabilisant et de bouleversant.

Essayant du mieux possible de reprendre pied, de paraître nonchalant, Nick haussa les épaules. Mais, en réalité, il s'interrogeait de la même façon qu'elle. Il fit de son mieux pour lui répondre.

— Je crois que nous avons partagé un moment merveilleux.

Elle consulta sa montre.

— Cela a duré plus qu'un moment… Plus d'une heure !

Il se mit à rire. Et se rendit compte que s'esclaffer avec elle était aussi bon que lui faire l'amour.

Il n'avait pas ri comme cela depuis une éternité, pas depuis la dernière fois qu'il s'était autorisé à enlacer une femme, et cela remontait à loin.

L'hilarité de Nick était chaleureuse et l'entendre fit du bien à Georgie, la rendant presque heureuse.

— J'aime ton rire, dit-elle en se blottissant contre lui. Tu devrais rire plus souvent.

Il songea à la vie qu'il menait. Son métier lui apportait beaucoup de satisfaction mais ne lui permettait pas de s'amuser très souvent.

— Mon travail n'a rien de désopilant, tu sais, et me donne peu d'occasions de me tenir les côtes.

Elle sourit.

— En courant après les méchants comme moi, tu veux dire ?

Un long moment, il la dévisagea en silence. De nouveau, ses instincts lui soufflaient qu'elle était innocente. Mais il y avait des preuves qu'il ne pouvait ignorer. Son adresse IP et son ordinateur étaient, en tout cas, mêlés à cette histoire. Logiquement, cela signifiait qu'elle l'était aussi. Et elle lui avait caché son nom de famille. Parce qu'elle portait un nom d'artiste, ou parce qu'elle craignait d'être désignée comme coupable ?

— Parle-moi de ton père, dit-il finalement.

Il la sentit se raidir contre lui.

— Est-ce ainsi que tu mènes tes interrogatoires, Nick ? Nu ?

Avec douceur, la main de Nick se posa sur la courbe de ses hanches, provoquant aussitôt chez lui une nouvelle érection. Encore quelque chose dont il n'avait pas l'habitude, pensa-t-il. En général, quand il avait eu un orgasme, il passait très vite à autre chose et voilà tout. D'habitude, il n'éprouvait pas de regain de désir ni de tendresse pour ses partenaires.

Mais cette fois, oui.

— Cette méthode présente bien des avantages.

Peut-être était-ce dû au contrecoup de l'amour avec elle, mais il se sentait plus proche d'elle.

— Mes instincts me disent que tu es innocente.

Elle ne prit pas la peine de dissimuler son sourire.

— Tes instincts ? Lesquels ? Tes instincts d'agent secret ou… des instincts plus primitifs ?

— Mes instincts d'agent secret, assura-t-il. Mais j'ai besoin d'être un peu plus convaincu.

A l'expression qui passa dans les yeux de la jeune femme, il comprit qu'elle pensait qu'il essayait de la persuader de refaire l'amour avec lui.

— Non, non, pas comme ça. Réponds à ma question. Parle-moi de ton père.

— Il n'y a rien à en dire.

Georgie promena le regard dans la pièce, faisant de son mieux pour se détacher de ses propres mots. Depuis l'adolescence, elle s'était persuadée que cela n'avait pas d'importance, qu'elle s'en moquait, que les années où elle avait tant rêvé d'un père appartenaient au passé. Elle avait dépassé ce stade. Mais une partie d'elle-même souffrait encore d'avoir été abandonnée et elle ne pardonnerait jamais à cet homme d'avoir quitté sa mère.

— Il est entré dans la vie de maman, il l'a dévastée, il lui a fait trois enfants et il est parti rejoindre son épouse fortunée. Je ne l'ai jamais vu, même si Clay m'a raconté qu'il passait encore de temps en temps lorsque j'étais toute petite. Maintenant, il essaie de revenir et de se faire pardonner, ajouta-t-elle en serrant les mâchoires. Sans doute parce que ses enfants légitimes ne le supportent pas. C'est ce que j'ai entendu dire. Je ne sais rien ou presque de lui, ajouta-t-elle avec froideur.

Cela ne ressemblait pas au Joe Colton qu'il connaissait. Le sénateur était un homme honorable, il n'aurait jamais eu une aventure et surtout pas sur plusieurs années. Mais par prudence, Nick demanda :

— Quel est le prénom de ton père ?

Elle savait pourquoi il lui posait la question.

— Graham. Ne t'inquiète pas, il ne s'agit pas du sénateur que tu es chargé de protéger, mais simplement de quelqu'un qui porte le même nom.

Il la regarda en face. A moins d'être une actrice accomplie, elle disait la vérité.

— Mais vous êtes de la même famille ?

— Peut-être, je n'en sais rien et je m'en moque, ajouta-t-elle avec sincérité. Je m'intéresse à mon entourage immédiat, à ma fille, à mes frères…

Ryder avait peut-être fait de mauvais choix qui l'avaient

conduit en prison, mais il n'en restait pas moins son frère et elle l'aimait. Leurs liens étaient indestructibles.

— Je me soucie aussi des hommes avec qui je participe au rodéo. Et c'est tout. Oh, non, j'allais l'oublier, mais je m'inquiète aussi de la garce qui m'a usurpé mon argent et mon identité.

Elle vit que ce rajout le surprit, surtout quand elle précisa avec gravité :

— Et je vais l'étrangler de mes propres mains.

Il se mit à rire doucement avant de se rendre compte qu'elle ne plaisantait pas.

— Tu parles sérieusement ?

— Bien sûr que je parle sérieusement ! Elle m'a volé quelque chose qui m'est très précieux.

Son indignation croissait à mesure qu'elle l'évoquait.

Nick opina du menton.

— Tes économies, je comprends ta fureur…

Mais Georgie secoua la tête. L'argent représentait la sécurité et était très important pour elle, mais ce n'était pas cela.

— Non. Elle a surtout ruiné ma réputation. Je ne sais pas d'où tu viens, Sheffield, mais, par ici, la parole donnée, une signature signifient quelque chose.

Georgie était une femme intègre, se dit-il en hochant la tête. Mais il ne s'attendait pas à moins, vu ce qu'il avait appris sur elle depuis deux jours.

Elle s'éclaircit la gorge, se sentant un peu idiote. Elle était toujours nue, allongée près d'un homme également nu et, maintenant que la passion était retombée et que la colère refluait petit à petit, elle se sentait vulnérable, même si elle ne pouvait pas vraiment expliquer pourquoi.

— Ne crois-tu pas que tu devrais aller te coucher dans la chambre d'amis ?

— Oui, bien sûr.

Puis, sur une impulsion, il promena ses lèvres sur l'épaule nue de la jeune femme. Quelque chose se réveilla en lui.

— Je vais y aller… dans un instant… ou un peu plus.

Bon sang, cela revenait, ce feu qui semblait capable de s'embraser à l'intérieur d'elle ! songea Georgie. Elle aurait dû être repue, comblée, et pourtant elle en voulait encore ! Elle désirait faire de nouveau l'amour avec lui avant la fin de la nuit. Que lui arrivait-il ?

— Tu as de nouveau envie ? lui demanda-t-elle en se tournant vers lui.

Elle sourit en se rendant compte que son corps avait répondu pour lui.

— Je vois que oui…

Son sourire réchauffa Nick tout entier.

Bon sang, cette femme est sublime, pensa-t-il.

— Personne ne t'a jamais dit que tu parlais trop ?

Elle parut peser la question, et son sourire s'agrandit tandis qu'il l'attirait à lui.

— Tu ne seras pas le premier.

— Je ne le pensais pas non plus.

Mais comme il capturait de nouveau ses lèvres, quelque chose lui disait qu'il avait, en tout cas, envie d'être le dernier. Et pas seulement à lui dire qu'elle était trop bavarde.

11

Afin de tenir ses engagements et de satisfaire Emmie, qui sautillait comme une puce en lui rappelant sa promesse d'« arranger les problèmes de maman », Nick passa la première partie de la matinée du lendemain sur l'ordinateur de Georgie, à relever toutes les dépenses effectuées avec ses cartes de crédit. Pour ne pas prendre de risques et en se servant des noms d'utilisateur et des mots de passe que lui avait envoyés Steve, il décida d'étudier l'historique des cinq derniers mois.

Il retraça tous les achats en détail puis en établit la liste exhaustive avant de l'imprimer. Il donna alors les feuillets à la jeune femme et la laissa faire le tri entre les dépenses dont elle était à l'origine et celles qui pouvaient être attribuées à celui ou celle qui usurpait son identité.

Ayant rempli sa part du contrat, Nick revint à son véritable travail. Intuitivement, il pensait qu'il pouvait être intéressant de recueillir le plus de renseignements possible sur l'homme qui avait engendré Georgie et ses frères, le mystérieux Graham Colton.

Au départ, ce ne fut pas simple, il lui fallut chercher

mais, une fois qu'il réussit à trouver quelques éléments, la suite vint facilement.

Une heure après avoir commencé, passant d'un site à l'autre, il tomba sur une page que son moteur de recherche lui avait indiquée et, en en prenant connaissance, il regretta de l'avoir lue. Il aurait préféré rester dans l'ignorance.

Parce que, au lieu de lui apporter des réponses, ce qu'il découvrit fit naître en lui une ribambelle de questions et il fut de nouveau la proie de douloureuses incertitudes.

Loin de Georgie et de l'attirance immédiate qu'il éprouvait pour elle dès qu'elle entrait dans son champ de vision, il sentit les doutes l'assaillir.

Avait-il été dupé ? Avait-elle essayé de le tromper ?

Ou était-il réellement possible que Georgie ait de bonne foi ignoré que son géniteur, le dénommé Graham Colton, était le frère cadet du sénateur ? Après tout, lui-même ne s'était jamais douté jusqu'alors que Joe faisait partie d'une fratrie…

Il n'en restait pas moins vrai que Graham Colton était le père de Georgie. A un moment ou à un autre, cette dernière avait-elle fait le rapprochement ? Ou, comme la plupart des gens, ne savait-elle rien de la politique ? Après tout, ce n'était pas comme si Graham Colton avait été un papa gâteau. Manifestement, il avait été tout le contraire et l'était sans doute encore : homme à femmes, narcissique, il s'était comporté comme un pauvre type égoïste, voire comme une véritable ordure. A la place de Georgie, Nick n'aurait sans doute pas voulu non plus avoir affaire à lui. Mais ne pas souhaiter nouer de relations était une chose. Ignorer les liens de parenté que Graham Colton entretenait avec le sénateur en était une autre…

En réalité, Nick n'était sûr de rien et de multiples interrogations torturaient son esprit.

Avec un soupir, il étendit les jambes sous la table, se demandant quoi faire. Ce qu'il venait de découvrir n'était pas une information qu'il devait garder pour lui.

Mais s'il en parlait à Georgie, deux situations pouvaient se présenter. Soit elle tomberait des nues et la nouvelle serait un véritable choc pour elle. Soit elle était parfaitement au courant et lui avait donc menti… Dans ce cas, il ne savait pas très bien comment gérer la situation.

Sans doute était-il préférable d'attendre un peu avant de le lui annoncer. Il n'y avait pas urgence. Il serait toujours temps pour lui d'apprendre s'il avait fait l'amour avec une innocente ou avec une intrigante. Il commençait à peine à nourrir des illusions sur la jeune femme et n'avait pas envie de les perdre trop vite.

Par contre, quelqu'un d'autre méritait d'être mis au courant de ce qu'il avait découvert, et Nick devait absolument lui en parler au plus vite. Il lui fallait donc l'appeler immédiatement.

Les mâchoires serrées, il sortit son téléphone portable de sa poche et pressa le bouton qui le mettait automatiquement en relation avec le mobile personnel du sénateur.

La sonnerie retentit quatre fois avant que son correspondant ne prenne l'appel. Une voix chaleureuse se fit alors entendre.

— Allô ?

Cet homme inspirait confiance jusque dans ses intonations, songea Nick

— Bonjour, monsieur. Nick Sheffield à l'appareil.

— Nick ! s'exclama Joe Colton d'un ton teinté de plaisir.

Je me demandais justement quand vous me donneriez de vos nouvelles. Je commençais à m'inquiéter, à craindre que vous n'ayez décidé de m'abandonner à mon triste sort pour vous installer définitivement au Texas. Une très jolie région, au demeurant, ajouta-t-il.

— Si vous aimez la vie rustique, répondit Nick, encore incapable de partager l'opinion du sénateur.

Il n'était pas un campagnard, ne l'avait jamais été, ne le serait jamais.

— Je vous appelle parce que j'ai découvert d'où provenaient les mails menaçants que vous avez reçus, reprit-il.

Le sénateur entendit tout de suite ce que Nick ne lui disait pas.

— Mais pas la personne qui les a rédigés et envoyés, si je comprends bien ?

Joe Colton était doté d'un esprit vif, aucun doute là-dessus, songea Nick.

— La situation n'est pas encore très claire sur ce point, je l'avoue, répondit-il. La femme à qui appartient l'ordinateur n'était pas chez elle pendant la période concernée.

— Quelqu'un de sa famille aurait-il pu me les adresser ?

— J'y travaille. Mais…

Gêné de ce qu'il s'apprêtait à lui annoncer, Nick se raidit sur son siège.

— Sénateur, il y a autre chose…

— Je vous écoute.

Ce n'était pas facile à formuler. Comme Joe Colton ne lui avait jamais parlé de son frère, Nick était quasiment certain que leurs relations étaient mauvaises, voire inexistantes. Le sénateur était un homme puissant, adulé, il multipliait les succès et il était possible que son cadet soit jaloux de sa réussite.

— Le patronyme de cette femme est Colton. Son père s'appelle Graham Colton.

— Ces mails ont été envoyés à partir de l'ordinateur de Georgie ? s'exclama Joe, surpris.

Nick, qui avait craint de le déstabiliser, en fut pour ses frais. Mais c'était en partie ce qu'il admirait chez le sénateur. Ce dernier comprenait vite et était tout de suite au fait de la situation. Personne n'avait jamais réussi à le prendre au dépourvu.

— Vous êtes au courant de son existence, monsieur ?

— Oui, comme celle de ses frères, Clay et Ryder. Je sais tout sur la seconde famille de mon cadet, Nick, ajouta-t-il avec un soupir. Mary Lynn s'est toujours comportée avec un courage extraordinaire et une grande dignité. Quand Graham l'a quittée, j'ai voulu lui donner de l'argent, mais elle a refusé mon aide.

Nick se demanda si, après toutes ces années, le sénateur n'avait pas cessé de s'intéresser à cette famille. En tout cas, il ne semblait pas au courant de tout.

— D'après sa fille, cette femme est morte, monsieur…

— Oui, je sais. J'ai terriblement honte lorsque je pense à cette histoire. A sa manière, Graham l'aimait, pourtant. Pour tout vous dire, Mary Lynn fut sans doute le seul véritable amour de sa vie, j'en suis persuadé. Malheureusement, il lui a préféré l'argent de son épouse…

Joe Colton poussa un nouveau soupir avant de poursuivre.

— Ne perdez pas votre temps avec Georgie, Nick. Ce n'est certainement pas elle l'auteur de ces torchons. Georgie est comme sa mère, fière et intègre de tout son être. C'est une fille bien.

S'il n'entretenait pas de liens personnels avec la jeune femme, le sénateur avait néanmoins manifestement gardé un œil sur elle. Après tout, elle était de sa famille. Ce n'était pas la faute de Georgie si son père s'était révélé un grand lâche.

Le ton de Joe Colton changea.

— Ecoutez, Nick, puisque vous êtes là-bas, je me demandais si vous pourriez me rendre un petit service et passer voir Jewel Mayfair. Elle dirige le ranch Hopechest, une fondation dans laquelle Meredith s'investit énormément, comme vous le savez. Ma femme a peur que Jewel ne s'en sorte pas. S'occuper de cette affaire représente un véritable défi pour elle, mais elle est de nature si fragile que Meredith se fait du souci... Je vais vous donner son numéro.

— Merci, ce sera en effet plus simple, proposa Nick en cherchant une feuille de papier dans le tiroir de l'imprimante.

Lorsque le sénateur lui dicta les cordonnées de la fondation, Nick les nota avec soin.

— C'est bon, dit-il. Je l'appellerai un peu plus tard dans l'après-midi si ça vous va.

— Bien sûr. Il n'y a pas de réelle urgence mais tenez-moi au courant.

Après avoir raccroché, Joe Colton remit son téléphone dans sa poche et s'aperçut alors que sa femme se tenait dans l'embrasure de la porte de son bureau, à écouter. Il lui sourit. Elle était l'amour de sa vie.

— J'ai demandé à Nick Sheffield de faire un saut chez Jewel.

Meredith s'avança sur ses longues jambes fuselées qu'il avait toujours admirées. Ses jambes étaient la première chose qui avait attiré son attention. Son visage, encore très séduisant malgré les années, la seconde.

— J'ai entendu.

Joe lui lança un long regard pénétrant.

— Tu peux donc peut-être cesser de t'inquiéter pour elle maintenant.

— Peut-être.

Devinant chacune de ses pensées, il se mit à rire.

— Ton problème, Meredith, c'est que ton cœur est trop grand. Tu t'inquiètes pour le monde entier.

— Non, pas pour le monde entier, protesta-t-elle avec douceur. Uniquement pour mon entourage.

S'approchant de lui, elle posa la main sur son bras. Il avait retiré sa veste et retroussé ses manches, comme chaque fois qu'il se mettait au travail. Elle l'avait toujours trouvé très séduisant et il embellissait avec les années, restant mince et musclé, débordant d'énergie, montant à cheval chaque fois qu'il en avait l'occasion. Même si, avec l'âge, ses cheveux devenaient poivre et sel, elle estimait que cela lui donnait plus de classe et de distinction encore.

Les femmes allaient toutes voter pour lui, se dit-elle.

Joe se retourna pour lui faire face.

— Tu sais que les choses seraient peut-être plus faciles si tu révélais à Jewel que tu es sa tante.

Mais Meredith secoua la tête, ses mèches auburn caressant son beau visage.

— Cela m'obligerait à lui dire que Patsy était ma cadette.

A présent, Jewel m'apprécie et me fait confiance. Si elle apprenait que je suis la sœur de sa mère biologique qui était folle, elle me considérerait autrement, sans nul doute. Elle se méfierait alors de moi et je ne veux pas prendre ce risque. Elle a traversé beaucoup d'épreuves. Patsy a poignardé le père de Jewel le jour de sa naissance parce que le malheureux tentait de lui retirer la petite pour la confier à un bon foyer. Non seulement Jewel n'a jamais connu sa mère, puisque cette dernière est à présent dans un établissement pour malades mentaux, mais elle a perdu aussi son fiancé et son bébé à naître dans un accident de la route. Le destin s'est vraiment acharné sur elle. Peu de gens auraient supporté ce qu'elle a vécu et j'aimerais qu'elle sorte de la dépression dans laquelle elle est plongée depuis lors.

Il l'enlaça avec tendresse.

— A mon avis, découvrir qu'elle a une tante aussi fantastique que toi devrait l'aider à supporter le reste. En tout cas, à cicatriser. Tu ne penses pas ?

Elle lui sourit en nouant les bras autour de son cou.

— Je pense surtout que tu es quelqu'un de formidable, Joe.

Parfois, le sénateur regrettait de ne pas être comme tout le monde. Il maudissait alors le sentiment qui l'habitait d'avoir une mission à accomplir, de devoir rendre à la société ce qu'elle lui avait donné. Il aurait aimé passer plus de temps avec son épouse sans en être empêché par ses nombreuses responsabilités.

Tentant de ménager la chèvre et le chou, il lui vola un baiser.

— Oui, je le suis. Mais seulement parce que je vis

avec une femme aussi belle qu'intelligente. Elle a fini par déteindre sur moi.

Elle se mit à rire.

— Tu sais si bien parler que tu vas te faire élire sans problème. Je ferais mieux de te laisser travailler, ajouta-t-elle à contrecœur, en s'écartant de lui.

— Promets-moi de cesser de te faire du souci, dit-il en caressant son visage.

— J'essaierai…

In petto, elle se promit d'appeler Clay et de lui demander de veiller sur Jewel. C'était ce qu'elle aurait dû faire depuis le début.

Comme son téléphone se mettait à sonner, Joe la lâcha.

— C'est tout ce que je te demande, dit-il avant de reporter son attention sur la personne qu'il avait au bout du fil.

Instantanément, il redevint le sénateur Colton sur le terrain de la campagne.

— J'ai quelque chose, annonça Georgie qui entrait dans la chambre en brandissant une feuille de papier.

Nick se trouvait exactement à l'endroit où elle l'avait laissé, assis devant l'ordinateur. Il essayait de ne pas s'énerver en pianotant sur le clavier, conscient que la table sur lequel il était posé était branlante et menaçait à tout moment de s'écrouler.

Il leva les yeux de l'écran.

— Quoi ? demanda-t-il distraitement.

Il se rendit compte alors que la jeune femme tenait

un des feuillets qu'il lui avait imprimés plus tôt dans la matinée.

— J'ai trouvé une dépense qui a été effectuée dans une boutique et non en ligne comme les autres. Il n'y a aucun site internet correspondant. Baker Jewels.

Comme il la dévisageait d'un air perplexe, attendant manifestement la suite, elle expliqua :

— C'est le nom d'un bijoutier d'Esperanza.

Le seul bijou de Georgie, un bracelet que sa mère lui avait offert pour ses seize ans, avait d'ailleurs été acheté là. Elle l'avait laissé dans un coffre parmi d'autres bijoux hérités de sa mère. La plupart lui avaient été donnés par son amant, dans un moment de faiblesse sans doute. Tout avait été mis à la banque, et donc volé. Encore quelque chose qu'elle espérait récupérer un jour…

— J'y vais, ajouta-t-elle. Dans cette bijouterie, précisa-t-elle pour le cas où il ne la suivrait pas — il semblait perdu dans ses pensées. Veux-tu m'accompagner pour être sûr que je n'essaierai pas de m'enfuir ?

Elle le suggéra avec humour, comme si elle ne voulait pas vraiment qu'il vienne mais, en réalité, elle en avait très envie. Pendant la nuit, il avait éveillé quelque chose en elle, quelque chose qu'elle ne savait même pas qu'elle avait. Elle rêvait de prolonger ces sensations le plus possible. Et l'avoir près d'elle le lui permettait.

Nick soupesa les options. S'il se rendait là-bas avec elle, il aurait l'air de ne pas lui faire confiance et elle en serait blessée. S'il restait, il y avait une petite chance qu'elle en profite pour prendre la poudre d'escampette. Il ne voulait pas courir le moindre risque, même si le sénateur semblait persuadé qu'elle était hors de cause.

Avant qu'il ne puisse répliquer, son téléphone retentit.

— Réponds, le pressa-t-elle avec un geste de la main. Je vais chercher Emmie et je reviens, promit-elle en quittant la pièce.

— Sheffield, dit-il en plaquant l'appareil sur son oreille.

— Quelqu'un a essayé d'entrer par effraction au QG du sénateur, hier soir.

Nick reconnut la voix de Garrett Conrad, l'agent qui le remplaçait pendant son absence. Garrett était compétent mais n'avait pas toujours l'esprit très vif.

— Garrett, je me suis entretenu ce matin avec Joe, il ne m'a rien dit.

— Parce qu'il l'ignore encore, répliqua son subordonné. Je voulais t'en parler d'abord et décider avec toi de la conduite à suivre.

Nick se reprocha de perdre son temps ici. Il aurait dû rester à Prosperino.

— Donne-moi les détails, ordonna-t-il.

Garrett lui en fit le récit comme s'il avait appris son texte par cœur.

— L'intrus a réussi à passer au travers du système de sécurité. Plusieurs caméras de surveillance ont été badigeonnées de peinture pour être neutralisées, la fenêtre de la bibliothèque a été forcée. Mais nous avons eu de la chance et nous avons trouvé à proximité un revolver et une carte de crédit. Les deux ont dû tomber de la poche de notre homme quand il est ressorti.

— Il a laissé tomber une carte de crédit et une arme ? s'exclama Nick d'un ton incrédule.

La personne qui s'était introduite par effraction était

manifestement très douée pour déjouer les rouages d'un système de sécurité pourtant très pointu et ses connaissances en technologie devaient être impressionnantes. Par contre, elle semblait manquer sérieusement de bon sens.

— C'est un peu gros, tu ne trouves pas ? ajouta-t-il.

Garrett s'interrompit, comme s'il réfléchissait à sa réponse.

— Tous les criminels ne sortent pas de Princeton, remarqua-t-il enfin.

La phrase semblait extraite d'une leçon apprise à l'université.

— Quel est le nom inscrit sur la carte ?

Il y eut du bruit à l'autre bout de la ligne, comme si Garrett avait posé l'appareil pour fouiller ses poches.

— Voilà, je l'ai. Georgeann Grady.

« J'aurais dû m'en douter, c'était couru », pensa Nick. S'il avait encore le moindre doute, il n'en avait plus. Quelqu'un en voulait manifestement à Georgie et cherchait par tous les moyens à lui nuire.

Ce quelqu'un essayait-il de faire d'une pierre deux coups ? Ou s'agissait-il d'une vengeance dirigée exclusivement contre Georgie ?

— Georgeann Grady ne peut pas être la coupable, répondit Nick à son subordonné. Ces deux derniers jours, elle se trouvait à Esperanza avec moi.

— Peut-être a-t-elle un complice ? suggéra Garrett.

— Un complice qui ferait tout son possible pour l'impliquer ? demanda-t-il. Cela n'a aucun sens. Non, c'est un coup monté, quelqu'un cherche à la faire accuser d'un crime qu'elle n'a pas commis.

Nerveusement, il se mit à sillonner la pièce.

— De qui s'agit-il ? et l'auteur de cette machination tente-t-il ou non d'atteindre le sénateur par personne interposée ? Y a-t-il un rapport qui nous échappe ? Voilà les questions que nous devons nous poser. Et auxquelles il nous faut répondre le plus vite possible.

Il s'arrêta pour regarder par la fenêtre. Des kilomètres et des kilomètres de terre s'étendaient à perte de vue. Dieu, que cette région était déserte !

— Dis à Steve que je lui interdis de quitter son bureau tant qu'il n'aura pas retracé l'histoire complète de Georgie Grady, reprit Nick. Si elle a eu la moindre altercation avec une de ses congénères à la maternelle, je veux le savoir. C'est compris ?

— Compris. Dès que j'ai ce que tu demandes, je te rappelle.

En raccrochant, Nick sentit sa nuque le picoter, comme s'il était épié.

Il se retourna et vit Georgie. Elle tenait Emmie, qui dansait sur place, par la main.

— J'ai eu beaucoup d'« altercations avec mes congénères à la maternelle », lui apprit Georgie d'une voix crispée.

Elle ne souriait pas.

Levant le nez vers sa mère, Emmie demanda :

— C'est quoi une altercation ?

— Une dispute.

Les grands yeux verts d'Emmie s'écarquillèrent.

— Tu t'es battue avec quelqu'un, maman ? demanda-t-elle, manifestement fascinée.

Georgie n'avait pas honte de ce qu'elle avait fait. Depuis sa plus tendre enfance, elle avait appris à affronter les coups de la vie. A l'époque, ses frères avaient été fiers d'elle.

— Seulement quand une méchante petite fille insultait ta maman ou ta grand-mère.

— Moi aussi, j'aurais eu une *altercation* avec elle, assura Emmie d'un ton grave.

Georgie eut du mal à ne pas éclater de rire mais elle ne voulait pas froisser l'enfant. Emmie avait un grand cœur et elle l'embrassa.

— Je le sais, ma puce.

Puis elle se tourna vers Nick.

— Pourquoi essaies-tu encore et toujours d'enquêter sur moi ?

Elle avait espéré que ses soupçons n'aient plus cours maintenant, surtout après leur nuit ensemble.

Avait-elle été naïve d'imaginer que cela changerait quoi que ce soit ?

Mais Nick répondit :

— Parce que quelqu'un a tout fait pour faire croire que tu étais entrée par effraction au QG de campagne du sénateur à Prosperino. Un revolver et une carte de crédit à ton nom y ont été laissés en évidence.

Il ne voulait pas qu'elle pense qu'il doutait de son innocence.

— Or, tant que personne ne m'aura pas démontré que tu es dotée du don d'ubiquité, je peux prouver, moi, que tu ne pouvais pas matériellement être là-bas.

— Maman sait galoper très, très vite, intervint Emmie, cherchant manifestement à se rendre utile.

Nick secoua la tête.

— Pas assez vite. Elle n'aurait pas pu se trouver en Californie hier soir.

Telle une adulte miniature, Emmie hocha la tête.

— Eh non ! Parce que, hier soir, elle était avec toi.

Stupéfait, Nick échangea un regard inquiet avec Georgie. Ce fut elle qui reprit la première ses esprits.

— Comment le sais-tu, Emmie ?

— J'ai voulu aller voir Nick dans la chambre d'amis, il n'y était pas, alors je suis allée dans la tienne et il y était. Il veillait sur toi, maman ?

Ironiquement, l'enfant choisissait les termes exacts.

— Oui, il veillait sur moi, lui dit-elle avant de se tourner vers Nick. Maintenant, Emmie et moi, nous partons chez le bijoutier.

— Je vous accompagne, décida-t-il.

Une pointe de déception s'empara d'elle.

— Tu ne me fais toujours pas confiance ?

— Ce n'est pas toi dont je me méfie, répondit-il en s'emparant de sa veste. Je crois que je dois continuer à « veiller sur toi », dit-il, reprenant les mots d'Emmie, qui éclata de rire.

A son ton, Georgie comprit qu'il ne servait à rien de discuter.

— D'accord, viens avec nous. Plus tôt nous en aurons fini avec ça, mieux cela vaudra.

— Je le crois aussi.

Si ce n'est, songea-t-elle en le suivant dehors, que lorsqu'il aurait éclairci toute cette affaire, Nick s'en irait.

Elle s'interdit d'y songer. Cela ne lui servirait à rien de se saper le moral pour une situation sur laquelle elle n'avait aucun moyen d'action, aucune influence.

12

— Les jours se suivent et se ressemblent, remarqua Georgie avec sarcasme tandis qu'ils revenaient de la bijouterie Baker. J'apparais sur un nouvel enregistrement.

Elle faisait référence à la vidéo de surveillance posée sur le siège entre eux. Nick avait obtenu de Clyde Baker, le propriétaire de la boutique, qu'il lui confie la cassette. Clyde était venu dans le magasin pour leur parler personnellement. S'il dirigeait la bijouterie depuis des années, sa santé se détériorant avec l'âge, il laissait de plus en plus la gestion de l'affaire à ses employés et à Thom, son neveu.

En conséquence, il n'était pas là le jour où « Georgie » était venue acheter un énorme diamant et un rubis. Mais Thom, oui. Cependant, le neveu de Clyde ne jouissait manifestement pas d'un excellent sens de l'observation ni d'une bonne mémoire. Pour lui, la femme sur les images et Georgie ici présente ne faisaient qu'une même et seule personne, comme il l'avait répété à plusieurs reprises pendant la projection de la bande vidéo.

Sur le moment, Nick n'avait rien dit pour le contredire, se contentant de remercier Clyde pour sa coopération avant de lui promettre de lui rendre « très bientôt » sa cassette.

Georgie se sentait de plus en plus nerveuse. Nick était resté silencieux tout le long du chemin du retour et ce silence finissait par l'exaspérer.

— Alors, de nouveau, tu me soupçonnes ?

L'esprit ailleurs, il fallut un moment à Nick pour comprendre l'accusation de Georgie. Il lui jeta alors un regard de biais.

— J'ai prétendu une chose pareille ?

Elle poussa un gros soupir, son agacement devenant de plus en plus perceptible.

— Non, mais tu n'as pas dit le contraire non plus.

— Ce n'est pas parce que je n'ai pas critiqué l'avis de Thom que je le partage.

Depuis qu'ils avaient quitté la boutique, il échafaudait une nouvelle théorie et, là, il essayait de la formuler.

Il fallut un instant à Georgie pour décrypter ses mots.

— Tu ne penses donc pas que c'est moi la coupable ?

C'était plus une question que l'énoncé d'un fait.

Cette fois, il la regarda plus qu'une fraction de seconde.

— Non.

Mais cela ne suffisait pas à Georgie. Elle attendait une explication qui la sécuriserait.

— Et pourquoi non ? Après tout, le stupide neveu de Clyde en est persuadé, lui.

Sa remarque le fit rire.

— Comme tu viens de le dire, il est idiot. Et surtout,

Thom n'est manifestement pas très observateur. La femme sur la vidéo s'était grimée pour te ressembler, mais, si tu regardes la bande avec attention, tu verras que les différences entre vous sont légion.

Le silence était tendu. Manifestement, Georgie espérait qu'il lui donnerait un exemple et Nick ajouta :

— Elle est plus grande que toi, pour commencer.

— Comment le sais-tu ?

— Parce que sur la vidéo, elle fait face à Thom qui est derrière le comptoir et elle a une demi-tête de moins que lui. Toi, une tête entière. Par ailleurs, elle a moins de formes féminines que toi, ajouta-t-il en souriant.

Comme elle se mit à rougir, il réprima l'envie violente de l'embrasser.

— Quelles formes féminines, maman ? lança Emmie de l'arrière de la voiture.

— Nous en parlerons plus tard, lorsque tu seras plus grande, promit Georgie. Tu comprendras mieux alors.

Elle se tourna vers Nick pour ajouter :

— A mon avis, cette femme a pris mes traits pour pouvoir plus facilement utiliser ma carte de crédit.

— En partie, certainement. Mais c'est plus compliqué que cela, je pense. Apparemment, elle essaie aussi de te gâcher la vie.

— Elle a vidé mon compte en banque et piraté mes cartes bancaires. Si tu veux mon opinion, elle a fait plus qu'essayer. Elle a réussi.

— Sommes-nous ruinées, maman ? intervint une petite voix inquiète derrière eux.

— Pas si j'ai la possibilité d'y faire quelque chose.

Nick et Georgie prononcèrent les mêmes mots en même temps et se regardèrent, surpris.

Nick se mit à rire.

— Il y a un écho, on dirait.

Georgie s'esclaffa également.

Soulagée, elle comprit qu'il semblait déterminé à lui venir en aide et à démasquer l'imposteur. A ce stade, elle ne se souciait plus de préserver son indépendance. Elle appréciait beaucoup que Nick soit à ses côtés dans cette sombre histoire.

— Pourquoi cette femme essaierait-elle de me gâcher la vie ? demanda-t-elle.

— C'est ce que j'ai bien l'intention de découvrir, lui dit-il.

Le soleil était si intense qu'il en devenait éblouissant. Nick mit ses lunettes de soleil.

— Il est possible qu'elle ait une dent contre les Colton et que tu sois la première sur sa liste.

— Qu'est-ce qui te fait croire ça ?

— Les mails destinés au sénateur…

D'après les informations qu'il avait réunies, tout partait de là.

— Si ce n'était qu'après toi qu'elle en avait, poursuivit-il, elle se serait attaquée à quelqu'un de ton entourage proche, sinon aurait adressé des menaces au Président des Etats-Unis lui-même. Cela aurait provoqué une réaction immédiate. Au lieu de quoi, elle s'en prend à un autre membre de la famille Colton et dans un autre Etat, il y a sûrement une raison.

Il n'avait pas encore découvert laquelle. Mais il y parviendrait, et bientôt.

Georgie médita ses paroles.

— Oui, tu es sans doute dans le vrai.

Bien sûr, avec cette migraine, il lui était difficile de réfléchir à quoi que ce soit et elle se mit à se masser les tempes.

Nick surprit son geste.

— Tu as mal à la tête ?

La douleur envahissait maintenant toute la moitié haute de son crâne.

— Oui, c'est très pénible, dit-elle.

Fouillant dans sa poche, il lui tendit une boîte de puissants antalgiques. Apparemment, il en consommait lui-même beaucoup.

— Tiens, prends-en deux, tu te sentiras mieux.

— Et je t'appelle demain, si ce n'est pas le cas, c'est cela ? répliqua-t-elle, imitant les paroles des médecins.

— Tu peux m'appeler quand tu veux, répondit-il, incapable de s'en empêcher.

Il le murmura pour qu'Emmie n'entende pas.

Mais Georgie lui rendit la boîte sans en prendre.

— Merci, mais j'ai un meilleur remède contre les migraines. Dès que nous serons rentrés à la maison, j'irai faire un tour à cheval. L'effet est radical.

Une balade équestre aurait été la dernière chose à laquelle Nick aurait pensé pour soulager des maux de tête.

— Es-tu sûre que cela ne risque pas d'aggraver ton cas ?

— Au contraire, cela va me faire un bien fou. Depuis mon retour, je n'ai pas monté.

Le seul fait de songer à la promenade qui l'attendait lui procura un réel mieux-être. Pour elle, galoper dans la campagne était la panacée à tous les maux. Enceinte, elle avait fait du cheval jusqu'à la veille de la naissance d'Emmie. Monter lui était aussi vital que respirer.

Pour apaiser une migraine, Nick n'aurait pas songé à enfourcher un canasson. Ce qui lui rappela que Georgie et lui venaient de deux univers très différents.

Il ne devait pas l'oublier.

— Je ne m'absente que pour un petit moment, promit-elle à Nick et à sa fille en se hissant sur la jument qu'elle venait de seller.

Une fois en selle, Georgie eut l'impression de revivre. Sur un cheval, elle se sentait toujours dans son élément, elle était bien.

— Allez, Belle, au galop ! cria-t-elle en éperonnant les flancs de l'animal pour l'encourager.

En championnat, cette phrase était destinée à donner des ailes à sa monture.

Nick remarqua que Georgie lui avait laissé la garde de sa fille. Il avait réussi à gagner sa confiance, se dit-il avec une pointe de satisfaction inattendue.

Il regarda la fillette.

— Rentrons à l'intérieur, Emmie, et voyons si je peux tirer quelque chose de cette bande vidéo.

La petite le dévisagea de son œil perçant.

— Tu vas tirer dessus avec ton revolver ?

Nick se mit à rire.

— Non, je vais la visionner au ralenti pour essayer d'en extraire un bon portrait de la femme qui se fait passer pour ta mère. Je l'imprimerai alors pour la montrer aux gens du coin. Quelqu'un d'Esperanza la reconnaîtra peut-être et me donnera son nom.

L'enfant hocha la tête.

— D'accord, je vais t'aider.

Elle glissa sa main dans la sienne. Comme elle jetait un coup d'œil par-dessus son épaule pour regarder une dernière fois sa mère, Emmie se pétrifia soudain avant de se mettre à hurler.

Alors qu'elle avait lancé sa jument au triple galop et atteignait la route, Georgie dégringola sans raison apparente de sa monture. Elle tomba et sa tête heurta alors violemment le sol.

Entre le moment où Nick se retourna pour comprendre pourquoi Emmie criait et celui où il se rua vers la jeune femme, il se passa moins d'un dixième de seconde.

Comme il se précipitait, le ventre noué, Emmie courut à son côté, aussi vite que ses petites jambes le lui permettaient. Ils atteignirent Georgie presque en même temps.

Craignant le pire, Nick s'agenouilla à côté d'elle.

— Georgie !

— Maman, maman ! hurlait Emmie, prenant la main de sa mère pour essayer de lui faire ouvrir les yeux.

A la vue de ses cheveux roux souillés de terre et de sang, de son corps inerte, mou comme celui d'une poupée de chiffon, un horrible pressentiment envahit Nick, qui chercha d'une main fiévreuse le pouls de la jeune femme. Il poussa alors un soupir de soulagement. Elle était en vie. Avec angoisse, il palpa le visage, puis les flancs de la blessée.

Emmie le dévisageait de ses grands yeux terrifiés.

— Elle n'est pas morte ? Elle n'est pas morte ? répétait-elle.

Ce n'était pas une question mais une prière.

— Non, elle n'est pas morte, lui assura-t-il.

Mais, comme si elle ne le croyait pas, Emmie commença à pleurer.

— Pourquoi a-t-elle les yeux fermés alors ?

Nick comprit qu'il devait la calmer. Une petite fille hystérique ne l'aiderait en rien à gérer la situation. Mais il ne savait pas très bien comment s'y prendre, il n'avait pas l'habitude des enfants.

— Ta mère s'est cognée très fort la tête. Cela l'a assommée.

Emmie se mordit la lèvre inférieure dans un effort évident pour se ressaisir. Elle était plus mûre que beaucoup d'adultes que connaissait Nick.

— Comme dans les dessins animés ?

Nick ignorait ce qu'on montrait de nos jours aux petits dans les dessins animés. Le dernier qu'il avait regardé remontait à son enfance. Il se rappelait vaguement qu'il s'agissait d'une histoire de coyote poursuivi par un chasseur qui sautait dans un précipice mais qui ne tombait qu'au moment où, baissant les yeux, il se rendait compte qu'il était au-dessus du vide.

— Non, pas tout à fait comme dans les dessins animés.

Soulevant Georgie inconsciente dans les bras, il se leva. Plutôt que de s'enfuir, la jument restait comme une sentinelle près de sa maîtresse. Nick savait que Georgie n'aurait pas voulu que sa monture soit abandonnée à son triste sort. Apparemment, Belle ne semblait pas avoir souffert de l'accident et était en bonne forme.

Il demanda à Emmie :

— Crois-tu que tu pourrais la ramener à l'écurie ?

— Bien sûr, répondit la fillette en s'emparant des rênes qui traînaient par terre. Viens, Belle, ajouta-t-elle d'une voix ferme.

La jument trotta gentiment à côté d'elle, comme un animal de compagnie bien dressé mais géant. Emmie la rentra dans son box et referma la porte avant de rejoindre Nick qui pénétrait dans la maison.

Il allongea Georgie toujours inerte sur le canapé tandis qu'Emmie se précipitait vers la cuisine. Elle revint un instant plus tard avec une serviette mouillée.

— Il faut la lui mettre sur la tête, déclara-t-elle en la tendant à Nick. Maman dit toujours que, lorsqu'elle a mal au crâne, cela lui fait du bien.

— Espérons que ce sera le cas cette fois-ci, répondit-il, priant pour que Georgie ne souffre d'aucune hémorragie interne.

Quand le linge froid toucha son front, Georgie poussa un petit gémissement avant de battre des paupières. Ses yeux se posèrent sur Nick puis sur sa fille tandis qu'elle tentait visiblement de recouvrer ses esprits.

— Maman ! cria Emmie. Tu vas mieux ?

Folle de joie, la fillette noua ses petits bras autour du cou de sa mère.

Nick fut tenté d'ordonner à l'enfant de reculer, mais il comprit que toutes les deux avaient besoin de se retrouver. La douleur que devait éprouver Georgie était contrebalancée par la douceur de cet instant, se dit-il.

Georgie caressa le dos de sa fille pour essayer de la réconforter, comme lorsque Emmie était bébé et avait besoin d'être rassurée.

— Ne pleure pas, chérie. Ça va.

Avec l'impression qu'un rouleau compresseur lui était passé sur le corps, Georgie demanda à Nick :

— Que m'est-il arrivé ?

Elle a oublié l'accident, constata Nick. Etait-ce un signe de fracture du crâne ? Avait-elle été gravement blessée ? Devait-il la conduire aux urgences au plus vite ? Il se rendit compte qu'il ne savait même pas si Esperanza était équipée d'un hôpital.

— Tu es tombée de cheval et tu t'es cogné la tête.

Certaine qu'elle avait mal entendu, Georgie le dévisagea en fronçant les sourcils.

— Je ne peux pas le croire. En cinq ans de championnats, je ne suis jamais tombée, pas une seule fois. La dernière fois que j'ai été désarçonnée, j'avais dix ans.

Il s'assit sur la table basse.

— Mais, aujourd'hui, cela t'est arrivé.

Georgie commença à secouer la tête mais s'interrompit, en proie à une vive douleur.

— Ce n'est pas possible, protesta-t-elle.

— Je t'ai vue tomber, maman, intervint Emmie.

Une véritable angoisse s'empara de Nick.

— Ecoute, cela a été un sacré choc, je vais t'emmener aux urgences. Je…

Mais, sans lui laisser le temps de finir sa phrase, Georgie déclara d'une voix plus assurée :

— Non. Je ne veux pas aller à l'hôpital.

Un instant, elle ferma les yeux, luttant contre une vague

de douleur, puis elle prit une profonde inspiration avant de conclure :

— J'aimerais juste comprendre ce qui s'est passé.

— Tu es tombée de ton cheval, répéta Nick. Apparemment, la selle a glissé. Sans doute l'avais-tu mal attachée.

Elle lui jeta un regard pour lui faire comprendre qu'elle pourrait peut-être mal fixer ses vêtements un jour mais jamais une selle.

— La selle a glissé ? reprit-elle d'un ton incrédule.

Il hocha la tête.

— Par terre, oui.

Bouleversée, Georgie essaya de s'asseoir et de se lever du canapé. Mais, comme la pièce commençait à tanguer, elle se rallongea.

— Quelque chose ne va pas, protesta-t-elle. Cette selle a été fabriquée à la main par un artisan. Mon grand-père l'a donnée à ma mère qui mc l'a offerte et…

— Et elle est donc vieille. Et usée.

— Non, elle a été conçue et réalisée dans les règles de l'art et j'en ai toujours pris grand soin. Il n'y avait aucune raison qu'elle cède.

Il comprit que la jeune femme n'allait pas laisser tomber le sujet, alors qu'il aurait voulu qu'elle se repose.

— Je vais aller y jeter un œil, lui dit-il.

Il se leva avant de revenir vers elle. Il ne lui faisait pas confiance.

— Mais tu me jures de rester ici, et de ne pas bouger, d'accord ? Promets-le-moi.

Georgie poussa un soupir. Emmie avait grimpé sur le canapé et était blottie contre elle.

— D'accord.

Nick continuait à douter. Il décida de demander de l'aide.

— Emmie, je fais de toi un agent des services secrets…

— Tu peux faire ça ? s'exclama Emmie, les yeux écarquillés.

Pour la première fois depuis que sa mère était tombée, un sourire éclaira son visage.

— Bien sûr, répondit-il. Et je te charge officiellement de veiller sur ta maman. Sous aucun prétexte tu ne dois la laisser se lever, d'accord ?

— Même pas si elle a envie d'aller faire pipi ?

— Même pas pour ça, répondit-il en commençant à quitter la pièce.

— Tu es impitoyable, Nick Sheffield, lui lança Georgie.

— Je compte sur toi, Emmie. N'oublie pas ta mission.

— Pas de problème, répondit l'enfant d'un ton solennel.

La fillette se mit sur le sofa de manière à empêcher sa mère d'esquisser le moindre mouvement.

Nick sortit à la hâte et traversa la cour à grands pas. La selle gisait toujours à terre. Au moment de s'en emparer pour la rapporter dans la maison, il décida finalement de l'examiner sur place.

A première vue, il semblait que Georgie ait raison. La selle était en excellent état malgré son âge.

Il n'y connaissait rien, se dit-il en regardant avec attention le cuir. Ne sachant pas comment était conçu ce genre d'attirail, il ne savait pas non plus ce qu'il devait chercher.

Pourtant, par miracle, il le découvrit. Malgré son ignorance, une coupure bien nette sur une sangle sous-ventrière ne pouvait lui échapper. Sidéré, il l'examina de près. Le cuir n'avait pas cédé mais avait été tailladé à l'aide d'un couteau. Cela tenait juste assez pour que la jeune femme ait le temps de s'élancer avant que tout craque.

Quelqu'un avait sciemment abîmé cette selle, espérant que le scénario qui s'était produit se produirait. Avait-on voulu la tuer, ou juste lui faire peur ? Et dans ce dernier cas, dans quel but ?

De toute façon, cela confirmait ses craintes. Georgie était la cible de toute cette histoire. Il fallait le lui faire comprendre sans l'affoler.

Ou peut-être, décida-t-il après réflexion, qu'il valait mieux lui faire une petite peur. Autrement, il sentait qu'elle continuerait à se moquer de ses conseils et à n'en faire qu'à sa tête. C'était apparemment dans ses gènes.

Georgie le dévisagea. Eberluée, elle avait l'impression que la terre se dérobait sous ses pieds. Ce que lui apprenait Nick n'avait aucun sens.

— Une entaille ? En es-tu sûr ?

— Je serais incapable de prendre une vache ou même un veau au lasso, dit-il, mais je sais reconnaître une entaille quand j'en vois une.

Georgie se redressa et, comme la première fois, Nick l'obligea à se rallonger.

— Où comptes-tu aller ?

La tête lui tournait mais elle tenait à examiner la selle. Elle ne parvenait pas à croire que quelqu'un l'ait abîmée exprès.

— Je veux voir cette entaille par moi-même.

Nick n'avait jamais rencontré quelqu'un comme elle, une femme aussi têtue et déterminée, mais ce trait de caractère n'était pas pour lui déplaire.

— Pourquoi te raconterais-je des histoires ?

Une vague de frustration la submergea. Rien de tout cela n'avait de sens. Elle avait l'impression d'être piégée dans un conte surréel.

— Je ne sais pas. Pourquoi ?

— Je ne t'en raconte pas, assura-t-il. Quelqu'un a sciemment tailladé une sangle à un endroit que tu ne pouvais pas remarquer facilement, surtout si tu étais pressée. Si tu étais tombée dix minutes plus tard, personne ne sait combien de temps tu serais restée à terre, inanimée, avant que je m'aperçoive que tu avais un problème.

N'étant plus tenue de jouer les sentinelles, Emmie se pelotonna contre sa mère, autant pour la réconforter que pour se protéger.

— Tu lui fais peur, dit Georgie.

— Inutile d'avoir peur. Je ne te quitterai pas tant que le problème n'aura pas été résolu.

Nick avait justement du temps à prendre, des congés dont il n'avait pas bénéficié plus tôt parce qu'il n'en avait pas ressenti l'envie ni le besoin. Il n'était pas du genre à voyager pour le plaisir ou à se dorer sur une plage. Il préférait travailler, être utile. Découvrir qui en voulait à la jeune femme était un programme qui lui convenait bien.

Georgie ne répondit pas, mais Emmie levant la tête, lui sourit comme si elle le prenait pour l'ange Gabriel, envoyé par Dieu pour les protéger.

Nick n'en demandait pas davantage.

13

Minuit allait bientôt sonner à l'horloge du salon, et le silence était total dans la maison. Seul le cliquetis du clavier de l'ordinateur rompait la quiétude ambiante.

Ayant tiré tout ce qu'il pouvait obtenir du PC de Georgie, Nick travaillait maintenant sur son propre ordinateur portable, qu'il avait apporté de Prosperino. Utilisant un logiciel très performant pour rehausser la qualité des images de la vidéo de la bijouterie, il projetait d'isoler et d'agrandir un portrait de la femme qui se faisait passer pour Georgie afin de l'imprimer. Il avait l'intention de le montrer ensuite dans la ville jusqu'à ce que quelqu'un la reconnaisse.

Un léger bruit derrière lui attira son attention et, l'arme à la main, il se retourna d'un bond avant de pousser un soupir de soulagement en reconnaissant la nouvelle venue.

— As-tu des rallonges électriques ? demanda-t-il à Georgie.

Elle se souvenait vaguement d'en avoir vu quelque part mais elle était incapable de se rappeler où.

— Oui, certainement, répondit-elle avec un haussement d'épaules. Pour quoi faire ?

— J'en aurais besoin pour t'attacher sur ton lit, dit-il en se rasseyant sur sa chaise et en reportant son attention sur son écran.

Au lieu de retourner dans sa chambre comme il le lui suggérait, Georgie s'installa sur le canapé en souriant.

— J'ignorais que les agents secrets étaient des pervers.

— Il n'y a rien de pervers là-dedans, répliqua-t-il, s'efforçant de se concentrer. Je veux juste que tu te reposes.

Mais il n'était vraiment pas facile de travailler avec Georgie dans la pièce, alors qu'elle était vêtue uniquement d'un grand T-shirt, avec sans doute pas grand-chose en dessous.

— Je me sens beaucoup mieux, assura-t-elle. Je n'ai presque plus mal à la tête.

— Si tu n'as plus de migraine, que fais-tu debout ? Il est presque minuit ! s'exclama-t-il en consultant sa montre.

Avec un haussement d'épaules, elle repoussa ses cheveux en arrière, dévoilant ses cuisses dans le mouvement, et Nick eut bien du mal à garder les yeux fixés sur son écran.

— Je t'entendais taper sur le clavier.

Il s'éclaircit la gorge, bizarrement sèche.

— Désolé, je vais essayer de faire moins de bruit.

— Non, dit-elle, c'est moi qui suis désolée de te donner ce travail supplémentaire et de t'obliger à jouer les gardes du corps.

Nick ne comprenait pas pourquoi elle en était désolée.

— Je ne fais rien de plus que ce que je fais habituellement.

Il sourit tandis qu'un souvenir remontait à sa mémoire.

— Un jour, j'ai dû surveiller une voiture toute une nuit et, pour ce faire, je m'étais assis dedans pour être sûr que personne ne tenterait de s'y introduire, même si je venais à m'endormir !

— Quand était-ce ?

— A mes débuts au FBI, lorsque je suis devenu agent secret. Il s'agissait de ma toute première mission. J'étais chargé de veiller la limousine du Président la nuit précédant un de ses voyages à Los Angeles. Si ma mémoire est bonne, il se rendait à une soirée de bienfaisance. Je l'ai découvert par la suite, j'accomplissais sans le savoir une sorte de rite de passage destiné à tester un nouvel agent et à vérifier qu'il résiste bien au sommeil et à l'ennui.

— Tu as passé la nuit dans la voiture !

Nick hocha la tête.

— Dès que le véhicule a été qualifié de « clean » — c'est-à-dire lorsque mes supérieurs se sont assurés qu'il ne contenait ni bombe, ni micro, ni mauvaises surprises d'aucune sorte, quand tout a été jugé en ordre et en parfait état de marche. Ma tâche consistait à ce qu'il le reste.

Georgie ne pouvait s'imaginer effectuer un travail similaire. Elle aurait été incapable de demeurer en place.

— Je serais devenue folle à rester des heures assise sans bouger, avoua-t-elle.

Il avait éprouvé la même chose.

— En tout cas, cela ne m'ennuie pas de veiller sur toi. Tu es beaucoup plus jolie que la voiture que j'avais à garder. Maintenant, va te coucher.

Il tenta de se remettre au travail.

— Je ne suis pas fatiguée, protesta-t-elle. J'ai dormi toute la journée ou presque.

Elle décida de s'asseoir à côté de lui. Tirant sur son T-shirt pour l'empêcher de se retrousser dans le mouvement, elle changea de place.

— Cela t'ennuie d'avoir de la compagnie ?

La question se voulait théorique.

Nick avait le sentiment désagréable que la situation lui échappait. Sa seule chance de réussir à terminer son travail ce soir était que Georgie s'en aille et le laisse.

— Je préférerais que tu retournes au lit, dit-il, s'efforçant de paraître distant.

Le regard caressant, la jeune femme lui sourit.

— Alors viens avec moi !

Se rendait-elle compte qu'il en mourait d'envie ? Il en doutait fortement. Et si elle continuait, il allait finir par céder à ses pulsions. De nouveau, il tenta de l'encourager à le laisser en ayant l'air de prendre les choses à la légère, sur le mode de la plaisanterie.

— Je ne suis pas sûr que tu sois en état de quoi que ce soit…

Sentant qu'il faiblissait — ce qui était normal, vu qu'elle faisait tout pour qu'il en soit ainsi —, Georgie passa la main dans les cheveux de Nick.

— Tu serais étonné. Je suis très solide comme fille, tu sais, très résistante.

Songeant à la nuit précédente, il se mit à rire.

— Et très souple, aussi.

— Vu mon gagne-pain — ou, en tout cas, celui que j'avais jusqu'ici puisque je vais en changer —, il n'est pas très surprenant que je le sois.

Il saisit la perche qu'elle lui tendait.

— Que comptes-tu faire maintenant ?

L'avenir n'avait jamais semblé plus incertain à Georgie que depuis deux jours.

— Je pense me poser, rester au ranch, réfléchir à la suite. Peut-être vais-je élever des chevaux…

Cela dit, monter un ranch comme elle en caressait l'espoir demandait de l'argent…

— Mais ce projet, je l'avais *avant* que mon compte bancaire ne soit dévalisé.

— Je retrouverai tes économies, lui promit-il.

Cela le surprit de sa part parce qu'il n'était pas homme à s'engager facilement. En général, il préférait agir et se vanter après coup de ses résultats plutôt que de promettre quelque chose sans être certain de pouvoir tenir parole.

Un long moment, Georgie le regarda, ses yeux scrutant son visage avec attention pour voir s'il plaisantait ou s'il parlait sérieusement. Rien ne prouvait qu'il s'agissait de mots en l'air.

— Tu es confiant à ce point ?

Il sourit.

— Oui, je suis plutôt bon dans ma partie.

Georgie éclata de rire.

— Je vois que tu ne manques pas d'assurance, en tout cas !

Nick connaissait ses capacités et savait qu'il réussissait en général ce qu'il entreprenait. Pourquoi le nier ?

— Je ne pourrais pas me permettre qu'il en soit autrement, expliqua-t-il avec simplicité. Dans mon métier, il vaut mieux ne pas douter de soi. En hésitant, je mettrais non seulement ma vie en danger, mais surtout celle de la personne que je suis censé protéger.

Ce qui signifiait qu'il devait être sur le qui-vive vingt-quatre heures sur vingt-quatre, songea-t-elle.

— C'est une façon de gagner son pain qui doit être très éprouvante, dit-elle.

Nick hocha la tête.

— Presque autant que celle qui consiste à galoper sur un cheval en zigzaguant entre des barrières, répliqua-t-il.

Amusée par la comparaison, elle remarqua :

— C'est le cheval qui galope, je me contente de suivre le mouvement.

Il grimaça comme s'il acceptait la nuance.

— Au temps pour moi.

Curieuse — et beaucoup plus détendue que lorsqu'elle était entrée —, Georgie regarda sur quoi il travaillait. En voyant la photo qu'il avait agrandie, elle resta bouche bée. De taille réelle, elle était plus frappante encore.

— Seigneur, cette femme est vraiment mon double !

— Le nez est différent, rétorqua Nick. Le sien est légèrement busqué, le tien… parfait, dit-il finalement, incapable de trouver un meilleur adjectif.

Chaque fois qu'elle essayait de se refermer comme une huître, de lui barrer l'accès de son cœur, il disait ou faisait quelque chose d'adorable qui la faisait fondre. A quoi bon se répéter qu'elle n'était pas amoureuse de lui ? Elle l'était. Et prétendre qu'elle se moquait qu'il reste ou non était également se leurrer. Elle en mourait d'envie, même si elle savait que la réalité ne correspondrait jamais à ses rêves.

— Pour quelqu'un de réservé, tu dis des choses très gentilles, Nick, murmura-t-elle.

Il ne se voyait pas vraiment comme quelqu'un de gentil. Il se considérait plutôt comme un ours et cultivait d'ailleurs cet aspect de son caractère parce qu'il lui était alors plus facile de maintenir ses distances.

— Je devais être absent le jour où le cours portait sur la manière de faire de beaux discours…

Georgie pensa à Jason, aux belles phrases qu'il lui avait servies, au charme qu'il avait déployé pour la séduire. Il lui avait fait miroiter de jolis rêves auxquels il n'avait jamais cru. En définitive, tout cela n'avait été que des paroles creuses destinées uniquement à la faire céder, à la mettre dans son lit.

— Les beaux parleurs ont une réputation très surfaite, tu sais…

Nick n'eut pas de difficulté à lire entre les lignes.

— Le père d'Emmie en était-il un ?

A la façon dont elle se raidit, il comprit qu'il s'était aventuré sur un terrain sensible. Mais sa curiosité, son besoin d'en apprendre davantage sur le passé de la jeune femme, sur l'homme avec qui elle avait fait l'amour, prirent le dessus. Il tenta de se persuader qu'il cherchait à cerner sa personnalité uniquement pour les besoins de son enquête, mais il savait qu'il se racontait des histoires.

Georgie soupira. Pour les protéger, elle et sa fille, Nick était sorti de son rôle. Il effectuait des heures supplémentaires alors que rien ne l'y obligeait. Elle lui était redevable. Et voilà pourquoi, s'il lui posait une question, la moindre des choses était de lui répondre.

Se forçant à se détendre, elle hocha la tête.

— Oui, Jason Prentiss était un beau parleur. A l'écouter, je pensais qu'il était fou de moi et que les sentiments dont il brûlait à mon égard seraient éternels. Comment ai-je pu faire preuve de tant de naïveté ? En réalité, notre amourette a duré à peine un été.

— Est-il au courant ?

Comme Georgie le dévisageait d'un air perplexe, il précisa :

— Sait-il qu'Emmie est de lui ?

— Il sait que j'ai eu un enfant, répondit-elle avec un haussement d'épaules. Mais, comme pour le reste, il n'a jamais voulu assumer, prendre ses responsabilités.

Elle lui confia ce que Jason lui avait demandé quand elle lui avait appris qu'elle était enceinte.

— Il a tout fait pour que je me fasse avorter. Comme j'ai refusé de me débarrasser du bébé, c'est lui qui a débarrassé le plancher…

Elle s'interrompit un moment avant de continuer. Voilà longtemps qu'elle n'avait pas songé à Jason. Elle avait trop à vivre pour perdre son temps à penser à un garçon qu'elle n'aimait plus et qu'elle n'avait peut-être jamais aimé.

— J'ignore où il est actuellement et je m'en moque. Pour tout te dire, je ne comprends vraiment pas ce que je lui trouvais.

Elle avait mûri et voyait mieux qui était en réalité celui dont elle s'était crue amoureuse.

— Mais il m'a laissé quelque chose de merveilleux et, du coup, je suis incapable de le détester. Sans Jason, je n'aurais jamais mis au monde Emmie, et cette petite fille représente tout pour moi, ajouta-t-elle, le visage soudain illuminé.

— Cela se voit.

Elle se moqua doucement d'elle-même.

— Oui, cela crève les yeux, je sais.

Et en riant, elle montra ses cheveux — aussi roux que ceux de la petite — qui ressemblaient à un feu.

Nick l'observa un moment, pensant à l'effet que la jeune femme avait sur lui. Pour elle, il avait franchi la ligne interdite et en très peu de temps. De plus, avec elle, il éprouvait des choses qu'il n'avait jamais ressenties et dont, pourtant, il ne pouvait déjà plus se passer.

Pourtant, il le faudrait, se remémora-t-il. A moins que…

— As-tu déjà pensé à déménager, à t'en aller d'ici ? s'enquit-il d'un ton détaché, guettant sa réaction.

Revenir au ranch, amasser assez d'argent pour y vivre avec sa fille avait toujours été l'unique ambition de Georgie. Esperanza était son port d'attache.

— Où irais-je ?

Elle n'avait jamais imaginé vivre ailleurs de manière permanente.

— Je suis ici chez moi. Je suis née dans cette maison et elle a toujours été mon refuge, poursuivit-elle. Je m'y sens bien, j'y ai mes racines.

Il n'était pas question pour elle de quitter Esperanza.

— Où irais-je ? répéta-t-elle.

— Je ne sais pas

Si, il savait très bien où il aimerait qu'elle aille.

— A Washington…

— L'Etat ?

Pourquoi diable aurait-elle voulu s'expatrier là-bas ? A la rigueur dans le Montana ou le Wyoming, elle ne se serait sans doute pas trop sentie dépaysée, mais l'Etat de Washington…

— Non, pas l'Etat. La ville.

Elle trouva encore plus étrange qu'il évoque Washington DC comme une possibilité pour elle. Elle ne se voyait pas habiter une métropole, et encore moins à l'est du pays.

— Je ne…

Avant qu'elle ne dise non, il l'interrompit. Il avait envie qu'elle comprenne pourquoi il lui posait la question et qu'elle y réfléchisse avant de refuser.

— Si le sénateur gagne les élections — Nick était certain que ce serait le cas et que, de toute manière, à la fin des primaires, le parti le désignerait comme candidat —, il ira à Washington DC et il aura besoin d'un garde du corps, d'un agent chargé de sa protection. A temps complet.

— Et ce sera toi ?

Georgie connaissait déjà la réponse mais elle espérait que Nick lui en donnerait une autre. Elle ne voulait pas qu'un continent les sépare.

— L'un d'entre eux, oui.

A la vue de son visage, il sut qu'il était inutile de lui proposer de le suivre dans une grande ville. Il s'en était douté.

— Je suis une fille de la campagne, Nick, lui dit-elle. Je serais perdue à Washington DC.

Tout en glissant les mains le long du visage puis dans les cheveux de la jeune femme, il secoua la tête.

— Tu n'es pas qu'une fille de la campagne, tu es une Colton.

— Non, une Grady, corrigea-t-elle avec douceur. Je me fais appeler « Georgie Grady » parce que je trouve que je n'ai rien hérité du clan Colton.

A ces mots, une profonde tristesse s'empara de Nick mais il sourit.

— En tout cas, moi, je te trouve pleine de vie et terriblement excitante.

Le visage de la jeune femme s'éclaira.

— L'un n'empêche pas l'autre, dit-elle.

— Retourne te coucher, Georgie, dit-il en la lâchant. Avant que j'oublie que je ne suis pas censé faire l'amour avec toi.

Elle n'avait aucune envie de s'éloigner. Et trop vite, elle le savait, c'est lui qui partirait. Elle essayait de grappiller des petites miettes de bonheur tant que c'était possible.

Aussi, au lieu de se lever et de tourner les talons, elle posa un petit baiser dans le cou de Nick.

— Si tu m'embrasses, je ne te dénoncerai pas à tes supérieurs et je n'essaierai pas de m'enfuir, murmura-t-elle. Je le jure.

Après des années à se contrôler, à surveiller chacun de ses gestes, de Nick voyait soudain sa volonté s'effriter et frôler le point de rupture. Comme le souffle de la jeune femme caressait sa peau, il sentit son cœur s'accélérer dans sa poitrine.

— Tu vas me conduire à ma perte.

Elle se mit à rire avec légèreté, refusant de penser au lendemain, à ce qu'elle éprouverait quand cet homme qu'elle aimait s'en irait vivre son destin loin d'elle. Pour le moment, il était là et c'était la seule chose sur laquelle elle voulait se focaliser. Parce qu'il lui était trop difficile d'imaginer la suite, de concevoir sa vie sans lui.

— C'est le jeu du qui-perd-gagne, murmura-t-elle en picorant son cou de baisers.

Nick n'avait pas besoin d'encouragements supplémentaires. La prenant dans ses bras, il l'emmena dans sa chambre.

Cette fois, non seulement il ferma la porte mais il veilla à la verrouiller, au cas où l'envie prendrait à Emmie de faire une petite visite nocturne à sa mère.

Il fit l'amour à Georgie avec douceur, tendresse, et ils s'aimèrent de longues heures durant. Epuisés, ils s'endormirent alors, enlacés l'un à l'autre.

Lors de sa toute première mission, Nick avait appris à ne dormir que d'un œil. Le moindre bruit anormal le réveillait.

Ce fut le cas, cette nuit-là.

Aussitôt en alerte, il se mit sur son séant et tendit l'oreille. Quelqu'un tournait la poignée de la chambre et essayait d'entrer. Emmie ? Il ne le pensait pas. En se rendant compte que la porte était close, elle aurait appelé sa mère.

Quelqu'un s'était introduit dans la maison.

Quelle que soit cette personne, elle finit par s'éloigner.

En un clin d'œil, Nick se leva et enfila un pantalon. Tout en le boutonnant, il ouvrit la porte juste à temps pour apercevoir une ombre disparaître au bout du couloir.

Sans hésiter, il s'élança à sa poursuite.

L'intrus avait une bonne avance sur lui et Nick eut du mal à le rattraper. Pourtant, il parvint à sa hauteur et tendit la main pour l'empoigner par les cheveux.

Sans un regard en arrière, la femme — car il s'agissait bien d'une femme — continua à courir vers la sortie.

Lorsqu'il la saisit par la chevelure, Nick fut surpris de se retrouver avec une perruque à la main, une perruque rousse, coiffée comme Georgie d'une longue natte.

Il faisait trop sombre pour qu'il ait pu voir le visage de

l'intruse mais, apparemment, elle était blonde. Nick était persuadé que c'était elle qui se trouvait sur les vidéos de la banque et de la bijouterie.

Soudain, la lumière jaillit.

— Que se passe-t-il ? cria Georgie, la main sur l'interrupteur.

A la vue de la perruque qu'il tenait encore à la main, une nausée lui souleva l'estomac.

Elle s'entendit demander :

— Qu'est-ce que c'est ?

Il regarda l'objet désigné avec dégoût.

— J'ai l'impression que j'ai scalpé ton double.

Non seulement une inconnue était entrée par effraction chez elle en son absence, mais elle envahissait à présent sa maison, son sanctuaire, pendant son sommeil ! songea Georgie, révoltée.

— Elle était là ?

Nick hocha la tête.

— Manifestement, elle ignorait que tu étais revenue.

Georgie se précipita vers la table basse sur laquelle était posé un téléphone.

En la voyant s'emparer de l'appareil et composer un numéro, Nick s'écria :

— Que fais-tu ?

Elle ne répondit qu'après avoir fini de pianoter sur les touches. Il était 3 heures du matin mais elle savait que l'appel serait automatiquement transféré vers la maison de Jericho Yates. Jericho était le shérif du comté et elle le connaissait depuis longtemps.

— Ne le prends pas mal, Nick, mais je me sentirais

beaucoup mieux si le shérif est mis au courant de cette histoire.

Georgie devina qu'il s'apprêtait à protester, mais il n'était pas question pour elle de revenir sur sa décision. Elle devait songer à sa fille.

— Tu ne vas pas rester indéfiniment au ranch pour veiller sur nous, et si quelque chose arrivait à Emmie à cause de cette folle…

Nick aurait préféré ne pas impliquer de tiers dans cette affaire. Mais Georgie avait raison, il n'allait pas pouvoir demeurer *ad vitam aeternam* à Esperanza. Il avait une vie, une carrière qui l'attendaient en Californie. Et la jeune femme refuserait de le suivre là-bas. Georgie méritait une existence où la peur ne collerait pas à sa peau.

Avec un hochement de tête, il recula.

— D'accord, demande au shérif de venir. Mais je t'en prie, ne lui parle pas des mails, des menaces reçues par le sénateur.

La sonnerie retentissait toujours à l'autre bout de l'appareil. Elle mit sa main sur l'écouteur.

— Pourquoi ?

— Parce que cet aspect de l'affaire relève de ma seule juridiction, lui rappela-t-il.

Elle ne voyait pas comment il pouvait séparer les deux événements mais elle ne protesta pas. Elle voulait seulement que l'imposteur, la personne qui s'était introduite chez elle, qui lui avait pris son argent, son nom et sa vie, soit attrapé et puni.

Une voix profonde prit enfin l'appel.

— Yates.

— Shérif, c'est Georgie Grady à l'appareil. Quelqu'un

vient d'entrer par effraction chez moi. Pourriez-vous s'il vous plaît venir dès que possible dans la matinée ?

— Je vais faire mieux que cela, Georgie. Je serai chez vous dans une demi-heure.

14

Fidèle à sa parole, le shérif Jericho Yates frappa à la porte de Georgie moins de vingt minutes plus tard.

La jeune femme avait juste eu le temps de s'habiller. Nick avait également pris celui de faire quelque chose sur son ordinateur. Georgie n'eut pas la possibilité de voir de quoi il s'agissait, mais il semblait content du résultat. Il était en train de l'imprimer quand le shérif arriva.

Georgie ne reconnut pas l'homme qui l'accompagnait. Un peu plus petit que son supérieur, il portait l'uniforme d'adjoint. Cela dit, tous les habitants à la ronde étaient plus petits que Jericho, et la plupart étaient également plus chaleureux que lui.

Grand et large d'épaules, tout en muscles, Jericho Yates était âgé d'une trentaine d'années. Il était vêtu d'un jean qui mettait en valeur ses hanches minces. Avec ses cheveux blonds et sa barbe de trois jours, il ressemblait plus à la version cinématographique d'un avocat du XIXe siècle qu'à un shérif. Mis à part le fait qu'il souriait rarement et ne voyait pas l'intérêt de faire de longs discours s'il pouvait résumer le fond de sa pensée en trois mots, il inspirait confiance aux gens qu'il protégeait. Ces derniers se sentaient en sécurité lorsqu'il était dans les parages. Son territoire dépassait d'ailleurs Esperanza et s'étendait sur toute la région.

Tout en saluant Georgie d'un signe de tête, Jericho promena ses yeux noisette autour de lui. Quand il découvrit Nick, son regard se durcit. Il accordait toujours une attention particulière aux personnes qui lui étaient étrangères.

A présent, avec la maison éclairée, le shérif et son adjoint présents, sans parler de Nick à ses côtés, Georgie se sentit un peu idiote d'avoir paniqué au point de déranger les forces de l'ordre en pleine nuit.

— Pardonnez-moi, je ne voulais vraiment pas vous faire venir au ranch à cette heure-ci, shérif.

L'expression de Jericho ne changea pas, mais elle eut l'impression qu'il lisait en elle comme dans un livre ouvert.

— Vous ne m'auriez pas appelé s'il ne fallait pas que je vienne, vous n'auriez pas été capable d'attendre jusqu'au matin.

De nouveau, ses yeux se posèrent sur Nick.

L'agent des services secrets ne s'était jamais senti disséqué et jaugé aussi rapidement, même lorsqu'il avait été recruté pour le poste qu'il occupait actuellement. D'un geste protecteur, il posa une main sur l'épaule de Georgie et tendit l'autre au shérif.

— Bonsoir. Nick Sheffield.

L'adjoint, qui cherchait visiblement à impressionner son patron, demanda :

— Vous êtes un ami de Mlle Grady ?

— D'une certaine façon, oui, répondit Nick qui essayait, lui aussi, de disséquer et de jauger.

Si le shérif montrait une force tranquille, son adjoint avait manifestement des progrès à faire dans ce domaine.

Georgie sentit des tensions dans l'air ou peut-être les imaginait-elle. En tout cas, s'éclaircissant la gorge, elle décida de se charger des présentations.

— Nick, voici le shérif Jericho Yates et… Excusez-moi, j'ignore qui vous êtes, dit-elle à l'adjoint en se rendant compte qu'elle ne l'avait jamais vu.

Sans doute se faisait-elle des idées mais, depuis son retour, elle avait l'impression de voir de plus en plus de nouveaux venus à Esperanza. La bourgade se développait, cela sautait aux yeux. Jusqu'alors, elle n'avait pas pris conscience de l'importance pour elle de connaître tout le monde, d'être capable de mettre un nom sur tous les visages de son entourage. A présent, cela ne lui était plus possible, et elle en était déstabilisée, elle avait le sentiment de perdre ses repères.

Jericho vint à son secours.

— Adam Rawlings, mon nouvel adjoint.

Rawlings était encore en formation mais, tout bien considéré, il s'en sortait plutôt bien, estimait Yates.

— On vous a pris quelque chose ? reprit-il en entrant dans la maison.

Le shérif promena les yeux autour de lui. Apparemment, l'endroit n'était pas en désordre comme souvent après un cambriolage.

Cette visite nocturne était pour Georgie la fameuse goutte d'eau qui avait fait déborder le vase, et elle commença à dresser la liste de ce qu'on lui avait dérobé.

— Beaucoup de choses : toutes mes économies placées sur mes comptes bancaires, les bijoux de ma mère, mon…

Tentant manifestement de trouver un sens à ce qu'elle lui débitait sur un ton précipité, Jericho l'interrompit.

— Vous aviez vidé vos comptes en banque et rapporté l'argent chez vous ?

Frustrée, Georgie secoua la tête et précisa :

— Non. *Elle* a vidé mon compte en banque et mon coffre et c'est sans doute *elle* qui s'est également servie de mes cartes de crédit.

Totalement perdu, Jericho leva la main.

— Moins vite, Georgie. Qui ça, « elle » ?

— La femme qui se fait passer pour moi. Jusque dans les cheveux.

Elle gagna la table sur laquelle Nick avait déposé la perruque rousse et elle la brandit à bout de bras comme un trophée afin que le shérif la voie.

Nick intervint alors.

— Elle est entrée dans la maison vers 3 heures du matin, dit-il. Je me suis réveillé en l'entendant essayer de tourner la poignée.

— De la porte d'entrée ?

— Non, de la chambre. Elle était fermée à clé.

Jericho n'émit aucun commentaire, mais son silence était assourdissant.

— J'ai tenté de la rattraper mais elle a réussi à s'échapper, poursuivit Nick.

— En tout cas, l'un de vous deux est parvenu à la scalper, remarqua Adam avec un petit ricanement.

Jericho lui jeta un regard réprobateur avant de reporter son attention sur Nick.

Il désigna la perruque du menton.

— Nous allons devoir la garder pour l'ajouter au dossier.

Nick aurait été déçu qu'il ne le propose pas.

— Vous réussirez peut-être à identifier l'ADN de cette femme. Avec un peu de chance, un de ses cheveux y est resté collé.

Le shérif le dévisagea comme si sa suggestion était totalement irréaliste.

— Vous regardez beaucoup la télévision, non ?

Il n'y avait même pas une pointe d'amusement dans le ton de Jericho.

— J'ai été inspecteur de police à Los Angeles, rétorqua Nick.

A l'époque, ses collègues et lui n'avaient pas eu à leur disposition le laboratoire le plus sophistiqué du pays, mais au moins y avaient-ils eu accès.

— Ceci explique sans doute vos idées lumineuses, grommela Jericho. Malheureusement, nous n'avons pas de laboratoire d'analyses criminelles à Esperanza. Il faudrait demander à celui de San Antonio de s'en charger et nous devrions attendre au moins six mois avant d'avoir le moindre résultat. Peut-être davantage. Alors…

Il se tourna vers Georgie pour poursuivre son enquête.

— Avez-vous des ennemis ? Connaissez-vous quelqu'un qui chercherait à vous nuire ? demanda-t-il.

— Non, pas hors des championnats. Et même dans ce contexte de compétition, il s'agit d'adversaires, pas d'ennemis, corrigea-t-elle très vite. Nous nous battons pour remporter le premier prix mais tout le monde est fair-play. De toute façon, j'ai renoncé au rodéo.

Elle voulait le dire haut et fort afin que le shérif, qui était régulièrement en contact avec les habitants d'Esperanza, soit au courant. Jericho Yates n'avait rien d'un bavard, mais les choses finiraient par se savoir et il pourrait les confirmer. La nouvelle ne se répandrait pas comme une traînée de poudre mais plutôt petit à petit, comme des ondes qui se propagent sur l'eau lorsqu'on y a jeté un caillou.

— Il est temps que je change de vie, que je mène une existence un peu plus sédentaire, expliqua-t-elle. Emmie va entrer à l'école à l'automne.

Jericho hocha la tête.

— Auriez-vous un sac plastique à me donner ? Pour y mettre la perruque, ajouta-t-il.

— Bien sûr, je vais vous en chercher un.

Georgie tourna les talons pour se rendre à pas vifs dans la cuisine. Emmie dormait encore mais cela n'allait sans doute pas durer et la jeune femme tenait à ce que ces hommes en uniforme quittent la maison avant le réveil de l'enfant.

Nick prit la photo qu'il avait imprimée avant leur arrivée et la tendit au shérif.

— Peut-être aurez-vous envie de montrer ce portrait autour de vous, pour voir si quelqu'un la reconnaît ?

Jericho s'empara du feuillet de papier et l'examina un long moment. Il s'agissait du visage d'une jeune blonde.

— Vous avez eu le temps de la photographier ?

— Ce cliché a été pris par une caméra de surveillance. Cette femme s'est servie d'une des cartes de crédit de Georgie pour s'acheter un diamant. Lorsque je lui ai arraché sa perruque, tout à l'heure, je me suis aperçu qu'elle était blonde, aussi ai-je retouché la teinte de ses cheveux sur la photo.

Jericho étudia le portrait puis dévisagea Nick.

Manifestement, il se posait plus de questions sur ce dernier que sur l'inconnue.

— Qui êtes-vous, m'avez-vous dit ?

Tous deux savaient que son nom n'expliquait rien.

— Je suis seulement un ami de Georgie qui veut s'assurer qu'elle va récupérer ses économies.

— D'accord.

Au ton de sa voix, il était clair que Jericho ne le croyait pas mais, dans l'immédiat, son scepticisme n'avait pas d'importance. Ils devaient retrouver cette femme.

— Puis-je y jeter un coup d'œil, shérif ? s'enquit Adam en montrant la feuille du doigt.

— Allez-y, répondit Jericho en lui tendant le cliché. Vous la reconnaissez ? ajouta-t-il avec ironie.

L'homme l'examina avec attention avant de le rendre à son supérieur avec un haussement d'épaules.

— Je trouve qu'elle ressemble beaucoup à Mlle Grady.

— C'est bien le problème, répliqua Jericho avec patience.

— Oui, j'imagine, acquiesça Adam, un peu penaud.

L'adjoint du shérif n'était visiblement pas l'homme le plus fin du monde, remarqua Nick.

Georgie revint, un sac plastique à la main. Il sentait encore l'odeur des pommes qu'il avait contenues, la veille. D'un signe de tête, Jericho la remercia et y fourra la perruque, enfonçant la natte sans grande précaution.

Le shérif posa quelques questions supplémentaires à la jeune femme puis, apparemment satisfait de ses réponses pour le moment, il s'apprêta à prendre congé.

— Nous reviendrons, promit-il en glissant la photo de la blonde dans sa poche.

Georgie les raccompagna à la porte.

— Merci d'être venus si vite.

Ouvrant la porte, Jericho s'arrêta une dernière fois. Il regarda son adjoint.

— Je pourrais demander à Rawlings de rester pour veiller sur la maison, proposa-t-il à Georgie.

— Ce ne sera pas nécessaire, répondit-elle. J'ai Nick, ajouta-t-elle en se tournant vers l'homme qui partageait son lit.

De nouveau, le shérif resta impassible, sans laisser deviner ce qu'il pensait de cette réplique.

— Et manifestement, il vous protège bien…

Il faisait, bien sûr, référence au fait qu'une inconnue avait pu s'introduire dans la maison et se rendre jusqu'à la chambre, malgré la présence de ce « Nick ».

Aussitôt sur la défensive, Georgie serra les mâchoires. Ses yeux verts se tournèrent vers Nick.

— Dans l'ensemble, oui, répondit-elle doucement à Jericho.

— Parfait. A bientôt, de toute façon, dit-il en effleurant son chapeau avant de saluer Nick d'un signe de tête.

Quand le shérif et son adjoint furent partis, Georgie demanda à Nick :

— Aimerais-tu un café ?

Nick consulta sa montre. Il était à peine 5 heures du matin.

— Pourquoi ne retournerais-tu pas te coucher ? suggéra-t-il avec douceur.

Elle secoua la tête. Elle savait qu'il lui serait impossible de se rendormir.

— Je suis trop tendue. D'ailleurs, le jour se lève.

Elle poussa un soupir. Pourquoi toute son existence partait-elle ainsi à vau-l'eau ? Quelqu'un lui en voulait-il à ce point ? Avec des pensées de ce genre tournant dans sa tête, il était inutile de chercher à dormir.

Elle se dirigea vers la cuisine.

— Je vais en préparer.

A force de la côtoyer, Nick avait appris à interpréter les inflexions de sa voix. Elle était trop inquiète pour recouvrer le sommeil.

— Et moi, j'en boirai volontiers un grand bol, dit-il en lui emboîtant le pas. J'espère seulement qu'il ne sera pas trop serré…

Elle se mit à rire.

— Je vais essayer.

Il avait eu beau faire, Nick n'avait pas réussi à empêcher Georgie de le suivre. Pourtant, Dieu sait qu'il avait tenté de se montrer persuasif. Sachant que le shérif ne pourrait consacrer que fort peu de son temps à chercher la femme sur la photo, Nick avait imprimé son portrait en une centaine d'exemplaires et avait entrepris d'interroger lui-même les gens sur le sujet.

Comme toujours en pareil cas, sa ténacité porta ses fruits et la politique de terrain finit par payer. Deux jours plus tard, alors qu'il interrogeait méthodiquement le personnel de tous les restaurants, boutiques et bars d'Esperanza, quelqu'un reconnut enfin la blonde.

Le propriétaire du Café de Joe hocha la tête.

Il passait un torchon sur le zinc, pourtant déjà étincelant, comme si le geste était devenu un automatisme chez lui.

— Effectivement, il y a quelque temps, cette fille est venue me réclamer du travail, dit-il.

Il prit la photo pour mieux l'examiner. Il était 4 heures de l'après-midi, mais vu la pénombre qui régnait dans l'établissement, on se serait cru à minuit.

— Je n'avais rien à lui proposer, mais je lui ai demandé de me remplir une fiche de candidature, au cas où... Les serveuses fatiguent vite ici, j'ai souvent besoin de quelqu'un.

— Vous avez gardé les renseignements que vous avez recueillis sur elle ?

— Oui, son dossier doit être quelque part...

La réponse était visiblement destinée à mettre un point final à la conversation.

— Cela vous ennuierait de me le retrouver ? s'enquit Nick.

Comme le barman continuait à nettoyer le comptoir sans esquisser de mouvement qui ait pu laisser penser qu'il allait accéder à sa demande, Nick sortit un billet de cinquante dollars et le posa devant lui.

Aussitôt l'homme cessa de frotter.

Avec un soupir, il se rendit dans l'arrière-salle, dans un petit entrepôt mal rangé et enfumé. Nick le suivit, Georgie sur les talons. Nick se serait senti nettement plus à l'aise si la jeune femme avait accepté de rester au ranch, mais elle avait refusé.

Il fallut au barman un bon quart d'heure et quelques jurons pour remettre la main sur la fiche de candidature. Le feuillet avait été glissé dans une enveloppe en papier kraft, mais une bouteille de bière s'était malencontreusement renversée dessus. En conséquence, une partie de ce qui était écrit avait été effacé. Mais Nick parvint malgré tout à déchiffrer une adresse qu'il s'empressa de recopier.

Lorsqu'il rendit le dossier crasseux au barman, Georgie hocha la tête.

— Bon, maintenant, allons-y, il n'y a pas de temps à perdre. Qu'attendons-nous ?

— Je te ramène d'abord chez toi.

— Sûrement pas, répondit-elle d'un ton sans réplique. Ce n'est pas ta vie que cette femme a volée mais la mienne, ce n'est pas dans ta maison qu'elle est entrée sans y être invitée mais dans la mienne. Il n'est pas question que tu t'expliques avec cette Rebecca Totten sans moi.

Nick avait l'intuition que Georgie ne plaisantait pas. Même s'il avait essayé de la reconduire au ranch, elle s'en serait échappée et l'aurait suivi, d'une façon ou d'une autre. D'ailleurs, elle avait, elle aussi, noté l'adresse de la blonde. Et comme ils avaient laissé Emmie chez Clay ce matin-là, rien ne l'arrêterait.

Il aurait pu tenter de discuter, mais cela aurait été une perte de temps. Georgie était plus têtue qu'une mule.

— Si tu crois que je vais te laisser…

Nick leva la main, ne voulant rien entendre de plus.

— D'accord, d'accord, dit-il, sachant qu'il allait le regretter. Tu peux venir.

— Un peu que je vais venir ! répliqua-t-elle en se dirigeant vers l'endroit où il avait garé sa voiture. Cette femme m'a volé mon argent, sans parler de ma réputation ! Aux yeux des banquiers et du bijoutier, elle m'a fait passer pour une vraie folle. Voilà pourquoi je ne vais sûrement pas m'en laver les mains maintenant qu'elle ne peut plus m'échapper, ajouta-t-elle avec feu.

Nick pressa sa clé et les quatre portières se déverrouillèrent en même temps avec un bruit mat.

— Tu pourrais arrêter cinq minutes ? lança-t-il, comme elle s'installait sur le siège passager.

— Arrêter quoi ?

Il contourna le véhicule pour s'asseoir au volant, claquant sa porte un peu plus fort que nécessaire.

— D'en vouloir au monde entier.

— Avance et contente-toi de conduire.

Il manœuvra pour sortir du parking puis regagna la route nationale.

— Nous ignorons si cette Rebecca est vraiment celle que nous cherchons, remarqua-t-il.

Rebecca était la coupable, Georgie le sentait de toutes les fibres de son être. Mais pour couper court à toute discussion supplémentaire, elle lui dit :

— Ne t'inquiète pas, Nick. Je te promets de ne pas lui casser la figure avant d'avoir la preuve que c'est bien elle.

— Voilà qui me rassure totalement, grommela-t-il d'un air dubitatif.

Dans son genre, Georgie était une sacrée bonne femme, se dit-il en déboîtant sur la gauche.

Et de cela, il était certain.

Quand Nick frappa, il n'obtint pas de réponse. Après une seconde tentative aussi vaine que la première, il prit son téléphone portable.

— Qui appelles-tu ? demanda Georgie.

— Un de mes amis, pour voir s'il peut m'obtenir un mandat de perquisition.

— Cela va prendre du temps…

— Oui, sans doute. Mais as-tu une meilleure idée ?

C'était une question théorique. Et il n'espérait pas de réponse. Attendant que son ami prenne l'appel, Nick se retourna pour regarder Georgie.

Celle-ci s'exclama soudain :

— Regarde, elle a laissé sa porte ouverte !

Et tournant la poignée, elle entra.

Lorsqu'il était arrivé sur les lieux, l'appartement était fermé à clé, Nick en était certain.

Mais il tomba sur l'annonce d'accueil de la messagerie de son ami et coupa la communication.

— Où as-tu appris à faire ça ? demanda-t-il.

— Une fille doit s'instruire tout au long de sa vie si elle veut avoir une chance de survivre, répondit sobrement Georgie.

Il n'avait pas besoin de savoir que Ryder lui avait montré comment forcer une serrure ni que ce dernier purgeait actuellement une peine de prison.

Une fois à l'intérieur du petit logement, Nick enfila des gants en latex avant de commencer à fouiller méthodiquement les affaires de Rebecca Totten.

Impressionnée, Georgie sourit.

— Tu es venu équipé, remarqua-t-elle.

— Penser à tout permet de gagner du temps…

Comme elle non plus ne voulait pas laisser ses empreintes de doigts partout, Georgie suivit son exemple avant de se mettre au travail.

Vu la taille de l'appartement, les recherches furent

rapides. Il n'y avait rien dans les tiroirs du bureau ni dans les placards.

Rien non plus dans la minuscule kitchenette.

Mais le studio était également meublé d'un lit escamotable et, quand il le mit à plat, Nick gagna le jackpot. La blonde, qui manquait certainement d'imagination, avait caché des documents compromettant sous son matelas, comme dans les scénarios les plus classiques.

— En tout cas, cette femme n'est certainement pas une professionnelle, murmura-t-il en brandissant une chemise cartonnée.

A genoux par terre, Georgie examinait de son côté le contenu des casseroles et des cocottes empilées sous l'évier.

Elle se tourna vers lui.

— Tu as découvert quelque chose ?

La question avait à peine franchi ses lèvres qu'elle comprit qu'il avait effectivement trouvé ce qu'ils cherchaient et, tout excitée, elle se dépêcha de le rejoindre dans le petit espace considéré comme « la chambre » du studio.

Le dossier contenait plusieurs photographies de Georgie et une du sénateur en compagnie de sa femme. Il y avait également des factures, en particulier celle concernant l'achat du diamant chez le bijoutier et celle de la perruque.

Ces dernières laissèrent Nick perplexe. Il finissait presque par trouver la situation cocasse. Qu'avait l'intention de faire cette Rebecca avec ces documents ? Comptait-elle se faire rembourser la TVA ? Voulait-elle déclarer ce bijou à son assureur pour se protéger contre d'éventuels cambrioleurs ?

A moins que ces factures ne soient destinées à servir de preuve ? A montrer à quelqu'un qu'elle avait effectué le travail demandé ?

— Nous l'avons coincée, non ? demanda Georgie, un grand sourire aux lèvres, tout en feuilletant un grand livre dans l'espoir d'y recueillir d'autres indices qui pourraient avoir été cachés à l'intérieur.

— On le dirait, acquiesça-t-il. Elle avait tout gardé à portée de main…

Fermant les yeux, Georgie poussa un profond soupir de soulagement. Elle glissa le dossier dans le livre posé sur la table basse pour empêcher les photos de s'abîmer.

— Mon Dieu, ce long cauchemar se termine. Enfin ! J'espère que, cette fois, c'est pour de bon.

C'est alors qu'elle entendit le petit déclic d'un revolver que l'on recharge.

Lentement, Georgie se retourna et aperçut une jeune femme blonde qui lui ressemblait. En tout cas, toutes deux avaient la même silhouette et le même âge.

Mais l'autre pointait son arme sur eux.

— Pas encore, répondit Rebecca Totten. Savez-vous que si vous restez ainsi, l'un devant l'autre, je pourrais vous tuer tous les deux d'une seule balle ? Ce serait économique, dit-elle en riant. Je n'avais vraiment pas prévu ça, ajouta-t-elle avec un soupir. Vous n'étiez pas censés découvrir qui j'étais, poursuivit-elle, semblant vraiment se remettre en question. Cela dit, l'imprévu est le sel de la vie, non ? Si tout se passait toujours comme on l'avait pensé, la vie serait bien ennuyeuse.

Elle regarda Georgie et son sourire s'élargit.

— Vous n'aviez sans doute jamais imaginé que cela finirait ainsi. Et je suis désolée, sincèrement. Mais vous allez devoir mourir, vous le comprenez, n'est-ce pas ?

Tout en posant la question, la blonde leva la main et visa Georgie avec soin.

15

Lorsqu'elle vit le revolver, une décharge d'adrénaline traversa Georgie. Sans réfléchir, poussée exclusivement par l'instinct, elle lança le livre qu'elle tenait à la main sur Rebecca pour faire dévier son tir.

Se jetant sur Rebecca pour lui faire perdre l'équilibre, Nick la saisit par le poignet, lui levant le bras de force pour l'obliger à diriger le canon du calibre en l'air.

— Non, non ! cria la blonde, terrifiée, s'efforçant de reprendre la maîtrise de la situation.

Georgie promena les yeux autour d'elle, cherchant quelque chose dont elle pourrait se servir comme d'une arme pour assommer Rebecca. Mais il n'y avait rien.

Et soudain, une déflagration assourdissante retentit dans la pièce.

Pendant un dixième de seconde, Georgie se figea. Toute sa vie, elle avait entendu des coups de feu, mais celui-ci lui parut surréaliste.

Une violente nausée lui souleva l'estomac à la vue de Nick, agenouillé par terre et couvert de sang. En proie à une indicible peur, elle hurla.

— Nick !

Un grand voile noir tomba devant les yeux de la jeune femme, menaçant de l'engloutir. Sentant qu'elle allait basculer dans la folie si elle ne recouvrait pas très vite son sang-froid, Georgie tenta de toutes ses forces de se maîtriser. Il lui fallut un long moment, mais elle finit par se rendre compte que Nick n'avait pas été blessé. Le sang qui ruisselait sur son costume n'était pas le sien, mais celui de la femme qu'il tenait à présent dans les bras.

Il se tourna vers Georgie.

— Je n'ai pas été touché, dit-il. Contrairement à elle… Appelle vite une ambulance.

Puis il regarda Rebecca. Sans être médecin, il se rendait compte qu'elle faiblissait très vite. La vie s'échappait d'elle. Elle était en train de mourir.

Avant qu'elle ne rende son âme à Dieu, il voulut lui arracher des réponses aux questions qui le tenaillaient.

— Rebecca, quelqu'un vous a-t-il donné l'ordre de faire cela ? Vous y a-t-on poussée ? Et si oui, qui ?

Les yeux de la blonde semblaient fixer un point sur le mur, derrière lui. Son visage jeune, presque enfantin, trahissait sa peur et sa stupéfaction.

Au prix d'un grand effort, elle parvint à balbutier :

— Cela ne devait pas… se terminer… comme ça…

Ce furent ses derniers mots.

Retenant son souffle, Georgie serra le téléphone portable qu'elle avait à la main.

— Est-elle… ?

Elle n'arrivait pas à prononcer le mot, à finir sa phrase, mais Nick comprit.

Il hocha la tête et passa doucement la main sur le visage

de Rebecca pour lui fermer les paupières. Avec précaution, il étendit son corps sans vie sur le sol avant de se lever.

Il promena les yeux sur la scène du drame, sur le revolver. En essayant de neutraliser la jeune femme, il était parvenu à lui arracher l'arme des mains et à la jeter à terre. Mais le coup était quand même parti, la tuant net.

Cette fois, il avait littéralement frôlé la mort, pensa-t-il avec cynisme, soulagé d'être encore debout.

— Tu n'es pas blessé, n'est-ce pas ? cria Georgie.

Sans attendre la réponse, elle passa la main sur la chemise de Nick, cherchant avec angoisse d'éventuels impacts.

Au cours de sa carrière, Nick avait côtoyé assez souvent la Faucheuse pour se croire endurci mais, cette fois, il se sentait bouleversé. La vie de cette jeune femme avait glissé entre ses doigts, il l'avait sentie partir.

D'un bref coup d'œil, il s'assura qu'il n'avait pas été touché. Il savait que, parfois, les personnes atteintes par une balle ne le ressentaient pas immédiatement et pouvaient succomber à une hémorragie sans en avoir conscience. Il palpa son ventre et son torse.

Mais il n'avait pas été blessé, constata-t-il rapidement. Tout le sang dont ses vêtements étaient couverts était celui de Rebecca.

— Non, répondit-il, je n'ai rien. Mais je vais sentir passer ma facture de teinturerie.

— Tais-toi ! s'exclama Georgie en se jetant à son cou et en le serrant contre elle.

Elle remercia secrètement la Providence de les avoir protégés, de leur avoir laissé la vie sauve.

Par-dessus l'épaule de Georgie, Nick regarda le cadavre de Rebecca étendu sur le sol.

Quel gâchis ! pensa-t-il. Quel épouvantable gâchis. Rebecca Totten semblait très jeune, elle avait une vingtaine d'années, tout au plus. Un quart d'heure plus tôt, elle avait la vie devant elle et, maintenant, il n'y avait plus rien. Voir une existence pleine de promesses fauchée avant l'heure lui donnait la nausée.

Avec douceur, il se dégagea de l'étreinte de Georgie.

— Appelle le shérif, Georgie.

Reculant d'un pas, le téléphone toujours à la main, elle obtempéra. Et un instant plus tard, quelqu'un décrocha.

— Yates, annonça une voix grave.

Le cœur battant, Georgie prit une profonde inspiration avant de commencer à parler.

Lorsqu'ils reçurent l'appel de Georgie, Jericho et son adjoint se trouvaient à une dizaine de kilomètres de là, aussi purent-ils se rendre très rapidement sur les lieux. Quand ils arrivèrent chez Rebecca, le shérif engloba la scène d'un coup d'œil circulaire, balayant le studio de part et d'autre avant de se focaliser sur le corps de la femme toujours étendue sur le sol.

— Morte ? demanda-t-il à Nick.

Comme ce dernier hochait la tête, Jericho s'accroupit près du cadavre sans le toucher.

— Comment est-ce arrivé ?

Son ton grave et posé ne trahissait pas ses pensées.

— Le coup est parti alors que j'étais en état de légitime défense, répondit Nick.

Jericho se leva, posant son regard pénétrant sur l'agent des services secrets.

— Nous reviendrons plus tard sur ce point, dit-il. Isolez la scène, Rawlings, ordonna-t-il à son adjoint.

— Oui, monsieur, murmura Adam.

Une fouille minutieuse de l'appartement permit de découvrir les preuves que Nick et Georgie avaient cherchées en vain plus tôt. Sous une pile de vêtements, au fond du placard, se trouvait un vieux sac de gymnastique. Il était rempli de billets de banque.

L'argent de Georgie.

Quand Jericho lui tendit le paquet, Nick en fit rapidement le compte. Il contenait bien près de trois cent mille dollars

— Apparemment, tu vas quand même pouvoir monter ton ranch et élever des chevaux, Georgie, lui dit Nick.

— Dans l'immédiat, ces billets sont à verser au dossier, répliqua Jericho. Pour les besoins de l'enquête. Mais je m'arrangerai pour vous les rendre rapidement, ajouta-t-il d'une voix plus douce.

L'exaltation que Georgie ressentit à l'idée d'avoir retrouvé ses économies fut très vite contrebalancée par la prise de conscience que non seulement elle avait échappé de peu à la mort, mais aussi que Nick allait bientôt s'en aller. A présent, la menace qui planait sur la tête du sénateur était levée et il n'avait plus aucune raison de prolonger son séjour à Esperanza.

La jeune femme ne pouvait supporter la perspective d'être séparée de lui par la moitié d'un continent. Pourtant, que Nick vive en Californie ou à Washington DC, il se trouverait à des milliers de kilomètres d'elle. Mais la fierté l'empêchait de lui demander de rester. De toute façon, elle était sûre de sa réponse. Comme il le lui avait confié la veille au soir, il n'avait qu'un objectif dans l'existence : sa carrière. Rien ni personne ne l'empêcherait de progresser professionnellement.

Et si elle le suppliait d'y renoncer pour demeurer auprès d'elle et qu'il refusait, elle en souffrirait plus que n'importe quoi.

— Appelez le médecin, ordonna Jericho à son adjoint. Dites-lui que nous avons un cadavre pour lui.

Comme Rawlings n'esquissait pas un mouvement, Jericho s'interrompit pour se tourner vers lui. Son adjoint était tout pâle et ses mains tremblaient.

— Ça ne va pas, Adam ?

Incapable de détacher ses yeux du corps de la femme, Adam finit par balbutier d'une voix blanche :

— Non, pas très bien… Pardonnez-moi… Je n'avais encore jamais vu de cadavre…

Jericho hocha la tête d'un air compréhensif.

— Ce n'est pas très courant à Esperanza. Les morts violentes n'y sont pas légion, heureusement. Les habitants du comté ont plutôt tendance à mourir de vieillesse ou de maladie…

Comme Rawlings recouvrait un peu ses esprits et contactait le médecin de service, Jericho reporta son attention sur Nick. Il était temps de passer à la seconde étape de la procédure.

— Je vais recueillir votre déposition. La vôtre aussi, ajouta-t-il à l'attention de Georgie.

— Pas de problème, répondit Nick.

Il ne s'était pas rendu compte qu'il avait glissé un bras protecteur autour des épaules de Georgie, mais Jericho le remarqua. Il nota également que la jeune femme ne cherchait pas à le repousser.

Deux heures plus tard, Nick et Georgie purent enfin regagner leur voiture et retourner au ranch. Mais, d'abord, il leur fallait passer chez Clay pour récupérer Emmie.

L'orage menaçait et le silence qui était tombé entre Nick et Georgie devenait oppressant.

Nick fut le premier à le rompre.

— Viens avec moi, dit-il sans préambule.

Il lui jeta un coup d'œil avant de reporter son attention sur la route déserte qui s'étendait devant lui.

— Fais tes valises, celles d'Emmie, et venez toutes les deux vivre avec moi, reprit-il.

Nick n'était pas un impulsif, il n'avait jamais rien proposé avant d'avoir longuement pesé le pour et le contre, mais le désir dont il était la proie était si fort qu'il était incapable de se taire.

Georgie sentit son cœur se serrer. Mais il ne s'agissait pas seulement d'elle, pas seulement d'eux deux. Elle devait également penser à sa fille. Emmie méritait que sa mère lui offre la plus belle existence possible et toutes les chances que cette dernière n'avait jamais eues.

— Je ne peux pas.

— Pourquoi ? Qu'est-ce qui t'en empêche ?

Tout en formulant la question, Nick avait l'intuition de la réponse qu'elle lui donnerait. Mais il continua à argumenter avec l'énergie du désespoir.

— Tu as reconnu toi-même que, jusqu'ici, tu n'avais

cessé de bourlinguer, d'aller d'un endroit à l'autre, sans jamais te fixer quelque part, dit-il. Depuis des années, tu vis en nomade.

De nouveau, il la dévisagea. Seigneur ! Comment allait-il réussir à partir ? Il ne parvenait même pas à l'imaginer. Il mourait d'envie de la contempler sa vie durant.

Il avait l'impression d'être la proie d'une fièvre qui le rendait fou, de ne plus rien maîtriser. Il s'efforçait en vain de faire preuve de rationalité.

— Je ne peux pas t'offrir plus que ce que j'ai, Georgie.

Cette dernière serra les mains sur ses genoux.

— Je sais et je suis tentée. Oh, Nick, si tu savais à quel point je suis tentée !

Dans ce cas, où était le problème ?

— Alors viens.

— Je ne peux pas, répéta-t-elle d'une voix tremblante.

Nick sentit que sa patience atteignait ses limites. De son point de vue, tout semblait pourtant simple. Bon sang, pourquoi compliquait-elle tout ?

— Pour l'amour de Dieu, pourquoi ?

Comment parviendrait-elle à le lui faire comprendre, alors que son propre cœur se révoltait contre sa décision ?

— Parce que depuis la naissance d'Emmie, j'ai toujours eu en tête de lui offrir un autre mode d'existence. Je me suis promis de gagner assez d'argent pour économiser suffisamment et pouvoir lui offrir un foyer, un endroit où elle se sentirait chez elle, en sécurité. C'est quelque chose que ni mes frères ni moi n'avons connu, même si ma mère a essayé de nous l'apporter.

Il serra le volant si fort que les jointures de ses doigts blanchirent. De toutes ses forces, il luttait pour ne pas perdre son calme.

— Donc, si je comprends bien, si je n'avais pas retrouvé ce sac rempli de billets de banque — ton argent — dans le placard de Rebecca, tu aurais plus facilement accepté de me suivre…

Non, même dans ces conditions, elle ne serait pas partie vivre dans une grande métropole. Parce que le ranch était la maison d'Emmie. L'enfant y avait ses racines, et avoir des racines était important pour elles deux.

— Ne dis pas ça, supplia-t-elle. Ne dis pas ça. Et toi, pourquoi ne resterais-tu pas ici ? Pourquoi ne t'installerais-tu pas chez moi ?

Nick ne voyait pas très bien quel travail il pourrait exercer à Esperanza. La petite ville n'offrait aucune perspective d'avenir pour un agent secret…

— Pour y faire quoi ?

— Pour m'aimer.

Il sentit son cœur se serrer.

— Ta proposition est tentante, mais j'ai besoin de gagner mon pain. Je ne m'imagine pas vivre à tes crochets.

— Pourquoi ? protesta-t-elle avec véhémence. J'ai assez d'argent pour nous permettre d'être à l'abri du besoin pendant quelque temps. Et puis, il y a le ranch…

Il n'avait pas l'étoffe d'un cow-boy et ils le savaient tous les deux. Et il était totalement exclu pour Nick de se faire entretenir par une femme.

— Cela ne marchera pas, répondit-il.

Un gros soupir s'échappa des lèvres de Georgie. Tournant

la tête pour qu'il ne voie pas ses larmes, elle regarda par la fenêtre.

— Je sais, dit-elle sobrement.

En retournant en Californie, la priorité de Nick fut de se rendre chez le sénateur pour lui faire son rapport. Il le trouva assis à son bureau, en train de rédiger son prochain discours.

Joe Colton parut enchanté de voir son agent secret préféré de retour et le salua avec chaleur.

Nick referma la porte derrière lui.

— Toute cette histoire est terminée, monsieur.

Joe pensa aussitôt aux mails menaçants qu'il avait reçus. D'après les hommes chargés de sa sécurité, ils avaient cessé depuis que Nick était parti pour le Texas.

— Avez-vous capturé l'auteur de ces e-mails ?

— Il s'agissait d'une femme. Après enquête, j'ai découvert qu'elle avait vingt et un ans et que, à une époque, elle avait travaillé comme serveuse au Reno. Elle s'appelait Rebecca Totten.

Ce nom ne disait rien au sénateur.

— Dites-moi, vous a-t-elle confié la raison de ses agissements ? Ce qu'elle avait contre moi ?

Nick secoua la tête.

— Elle n'a pas eu la possibilité de dire grand-chose sur quelque sujet que ce soit…

Très vite, Nick lui résuma les événements, donnant au sénateur une version succincte des cinq derniers jours. Il omit sciemment de lui raconter certains détails, qui avaient tous trait à Georgie. De son point de vue, les laisser dans l'ombre ne retirait rien au récit et il préférait rester discret sur les relations qu'il avait entretenues avec la jeune femme.

Quand il se tut, Joe Colton le remercia avec chaleur.

— Vous avez effectué un travail remarquable, Nick. J'apprécie vraiment que vous ayez accepté de partir si loin pour régler cette affaire. Le Texas n'est quand même pas la porte à côté. Vous avez dû parcourir plusieurs centaines de kilomètres dans le seul but de vous acquitter de vos responsabilités.

Joe lui décocha un des sourires qui avaient fait sa réputation, un de ceux qui le rendaient si chaleureux, si charismatique aux yeux des gens et qui lui faisaient gagner les cœurs. Puis il se cala dans son fauteuil.

— Et maintenant, donnez-moi des nouvelles de ma nièce. Comment va-t-elle ? demanda-t-il, remarquant que Nick n'avait fait aucune allusion à Georgie.

D'une voix saccadée, Nick répondit :

— J'ai réussi à retrouver ses économies, alors elle va pouvoir reprendre l'existence qu'elle menait avant cette histoire. Elle veut s'installer définitivement dans son ranch pour y élever des chevaux, je crois.

Le sourire de Joe s'élargit.

— D'après ce que j'ai entendu dire, elle a ça dans le sang. Son frère aîné, Clay, possède également un haras dans le coin.

— J'ai fait sa connaissance, dit Nick avec précaution, se demandant si le sénateur avait une idée derrière la tête avec cette conversation ou s'il s'agissait d'un innocent échange à bâtons rompus.

Joe Colton hocha la tête. Il remarqua que Nick semblait préoccupé.

— Quelque chose ne va pas, Nick ?

— Non, non, tout va bien. Je suis seulement un peu perturbé par le décalage horaire, répondit Nick un peu trop vite.

Joe le dévisagea d'un air entendu — mais Nick se demanda s'il n'était pas victime de son imagination.

— Pourquoi ne prendriez-vous pas un peu de repos ? proposa le sénateur. Vous avez plus que mérité quelques jours de congé.

Nick n'avait aucune envie de se retrouver chez lui, entre quatre murs, à réfléchir ou, pire, à nourrir des regrets. Ses tâches professionnelles lui permettraient d'agir, de s'ancrer dans le présent.

— Si cela ne vous ennuie pas, répondit Nick, je préfère me remettre au travail sans tarder. Cela fait trop longtemps que je ne me suis pas intéressé de près à ce qui se passe.

En secouant la tête, Joe se mit à rire.

— J'ai eu l'impression au contraire que vous n'avez pas arrêté.

Nick haussa les épaules.

— Je suis payé pour cela, monsieur. A présent, s'il n'y a rien d'autre, je…

— Non, dans l'immédiat, je n'ai besoin de rien, répliqua Joe.

Avec un hochement de tête, Nick prit congé. Dès qu'il sortit du bureau de Joe Colton, il décida de se jeter à corps perdu dans le travail. Avant toute chose, il devait lire avec attention le rapport de son collègue en charge du sénateur en son absence.

Il lui fallait également faire le point sur les emplois du temps des uns et des autres, organiser les déplacements du candidat à la présidence, se préparer à toutes les éventualités. Cette succession de tâches l'empêcherait certainement de penser à une femme aux cheveux de feu et aux yeux verts…

La bataille était perdue d'avance.

Lorsqu'il ne faisait pas le poids, Nick s'en rendait compte très vite. Après deux jours à tenter de toutes ses forces de reprendre sa vie en main et de poursuivre son existence telle qu'il la menait depuis des années, il dut s'avouer battu pour ne pas mettre en péril son équilibre mental.

Une fois reconnue sa défaite, il lui fallut prévenir le sénateur qu'il donnait sa démission.

— Puis-je vous dire un mot ? demanda-t-il à ce dernier en entrebâillant la porte du bureau.

Dans le but de récolter de nouveaux fonds pour sa campagne, Joe Colton avait prévu de se rendre à Phoenix dans l'après-midi. Interrompant la lettre qu'il était en train de corriger, il regarda Nick avec attention.

— Entrez, lui dit-il.

A la vue de la gravité qui peignait les traits de l'agent secret, le sénateur se demanda si d'autres mails menaçants avaient été reçus.

— Que se passe-t-il, Nick ? Vous semblez hanté par quelque chose.

Tourner autour du pot n'avait jamais été le style de Nick.

— Il s'agit plutôt de quelqu'un… De votre nièce, monsieur.

Pendant un instant, Joe parut surpris, puis il sourit.

— Il vous aura fallu du temps, non ?

Nick avait cru réussir à cacher ses sentiments, et la question du sénateur le désarçonna.

— Pardon, monsieur ?

Joe se mit à rire.

— Ne faites pas l'idiot avec moi, Nick. Cela ne vous va pas.

Ouvrant un placard, il en sortit une bouteille de brandy et deux petits verres. Il y versa un doigt de liqueur avant d'en tendre un à Nick.

— Je l'avais compris dès votre retour quand vous êtes venu faire votre rapport.

Nick le dévisagea d'un air éberlué.

— Compris quoi ?

— Que vous n'étiez plus ici, répondit Joe avec simplicité. Que vous étiez déjà ou encore là-bas, avec elle.

Nick s'interrompit pour avaler une gorgée. Le liquide ambré lui brûla la gorge.

— Je ne suis pas sûr de faire le bon choix. Esperanza est vraiment un trou perdu.

— N'exagérez pas, le rassura Joe.

Depuis des années, le sénateur avait suivi le développement de la petite ville, il gardait toujours un œil sur les dossiers qui l'intéressaient.

— Esperanza s'agrandit en permanence. Des hommes de votre capacité et de votre talent peuvent trouver beaucoup de choses à y faire… Monter et diriger une entreprise de gardiennage, par exemple. A mon avis, vous avez déjà le plus important.

Nick avait toujours admiré et respecté le sénateur dont les prédictions à propos des grands dossiers nationaux voire internationaux étaient souvent visionnaires. Joe Colton allait beaucoup lui manquer.

— Et qu'est-ce donc ?

— L'amour d'une femme…

Joe regarda le cadre qui trônait sur son bureau. La photographie le représentait avec Meredith au cours d'une de leurs trop rares escapades. Il ne se remémorait pas l'endroit où le cliché avait été pris, mais seulement que quelque chose la faisait rire au moment où le photographe avait pressé le bouton, immortalisant pour toujours cet instant. Rien qu'en contemplant le portrait il entendait encore le rire de son épouse. Chaud comme le soleil.

— Croyez-moi, Nick, tout le reste est secondaire, très, très secondaire.

Posant son verre de brandy sur le bureau, Joe lui tendit la main avant de lui donner l'accolade.

— Même si cela m'attriste beaucoup de vous voir vous en aller, Nick, je comprends fort bien la raison de votre départ et je vous assure qu'elle est excellente. A vrai dire, il n'y en a pas de meilleure. Que tous mes vœux vous accompagnent…

— Bien entendu, je resterai à mon poste jusqu'à ce que mon remplaçant soit suffisamment…

— Il n'en est pas question ! Partez, allez rejoindre ma nièce, insista Joe.

Nick ne se fit pas prier. Il avait plus qu'envie de céder à la tentation.

— Très bien. Sans vouloir abuser de votre générosité, il me reste une faveur à vous demander, monsieur.

Joe sourit.

— S'il est en mon pouvoir de l'exaucer, j'en serais ravi.

Georgie ne parvenait pas à dormir. Avec un soupir, elle renonça à lutter contre l'insomnie qui la tenait éveillée depuis des heures. Voilà deux nuits qu'elle se tournait et se retournait entre ses draps, incapable de trouver le sommeil.

S'il y avait une justice, pensa-t-elle avec colère, elle aurait dû être en train de dormir comme un bébé. Son avenir n'était plus menacé, elle avait récupéré son argent et ses bijoux. Même les sociétés de cartes de crédit l'avaient remboursée et lui avaient rendu la possibilité de faire des achats. Grâce à Nick, qui avait fait jouer ses relations, elle avait recouvré l'existence à laquelle elle aspirait sans entraves d'aucune sorte.

Pourtant, elle avait l'impression que sa vie n'avait plus aucun sens et qu'elle se débattait dans une fosse remplie de goudron sans parvenir à en sortir. Elle se sentait engluée, prisonnière d'une situation inextricable, coupée en deux. Elle avait le sentiment que son cœur était très loin d'ici… à l'autre bout du pays.

D'ailleurs, où se trouvait exactement Prosperino ? se demandait-elle. En Californie, à ce qu'elle avait compris. Mais c'était loin, la Californie…

Un bruit qu'elle ne put identifier tout de suite parvint à sa conscience.

De quoi s'agissait-il ? Du tonnerre ?

Non, le bruit était continu, se rendit-elle compte en se mettant sur son séant. Alors que le tonnerre grondait et s'accompagnait d'éclairs. Là, il s'agissait plutôt d'un ronflement. De plus, le temps était au beau fixe.

Tout à fait réveillée, à présent, Georgie rejeta les draps qui la recouvraient et sortit de son lit. Elle s'empara de sa robe de chambre et, tout en l'enfilant, elle se dirigea vers l'entrée. Autant satisfaire sa curiosité à défaut de pouvoir satisfaire le reste.

La main sur la poignée, elle s'apprêtait à ouvrir la porte quand plusieurs coups donnés sur le battant de bois la surprirent, et elle bondit en arrière avec un petit cri.

Qui diable pouvait bien lui rendre visite à cette heure indue sans même avoir pensé à lui passer un coup de fil pour la prévenir ? Depuis que Rebecca était entrée par effraction chez elle, Georgie avait fait poser une chaîne. La laissant en place, elle regarda prudemment par l'œilleton.

Les yeux exorbités, elle ouvrit grand la porte en se demandant si elle rêvait.

— Nick ?

Il lui sourit d'un air penaud.

— C'est bien moi, confirma-t-il.

Craignant d'être victime d'une illusion, Georgie prit son visage entre ses mains et l'embrassa de toutes ses forces.

Si c'était un rêve, elle voulait en profiter le plus possible avant de se réveiller, se dit-elle, ivre de plaisir.

Mais il ne s'évanouit pas.

Et elle n'avait jamais connu de rêves qui embrassaient comme ça.

Le souffle court, elle recula, s'attendant presque à ce que Nick disparaisse. Après deux nuits blanches, il n'aurait pas été surprenant qu'elle ait des hallucinations.

Mais il se tenait bien devant elle, un petit bouquet à la main.

— Que fais-tu là ? balbutia-t-elle enfin.

— Je suis revenu, répondit-il simplement.

Avant d'ajouter en lui tendant les marguerites :

— Pour te donner ça.

C'était un peu pathétique, il en était conscient. Les fleurs mouraient de soif et piquaient du nez, mais quand un homme veut demander la femme qu'il aime en mariage et n'a pas de bague, il faut bien qu'il se débrouille avec les moyens du bord. Pas question de lui déclarer sa flamme les mains vides !

Il avait alors pensé à un bouquet et s'était souvenu que Georgie lui avait confié un jour que les marguerites lui plaisaient.

— Le pilote de mon hélicoptère m'a déposé dans un champ, alors j'en ai profité pour te cueillir des fleurs…

Il haussa les épaules, embarrassé.

— Ce n'est pas terrible, je le sais, mais je n'ai rien trouvé d'autre. Il n'y a pas de fleuriste dans les environs.

Refoulant les larmes qui brûlaient ses paupières, elle lui sourit. Il était revenu, il était vraiment là. Cela n'avait pas d'importance qu'il reste un peu ou pour toujours. L'essentiel était qu'il soit là. Elle pressa ses lèvres l'une contre l'autre, elle se sentait ivre, ses pensées n'avaient plus de sens.

— Peut-être pourrais-tu ouvrir une boutique…

— Maman ? cria une voix ensommeillée.

Georgie se retourna et découvrit Emmie, dans l'embrasure de la porte du salon, qui se frottait les yeux. Lorsqu'elle vit qui était là, un grand sourire éclaira le visage de l'enfant.

— Nick ! s'exclama-t-elle, toute heureuse. Tu es revenu ?

Comme elle se ruait vers lui, il s'accroupit pour la prendre dans ses bras avant de la faire sauter en l'air. Il éprouvait pour la fillette un amour sans bornes.

— « Monsieur Sheffield », corrigea Georgie, les larmes aux yeux.

— Et pourquoi pas « papa » ? suggéra Nick.

Stupéfaite, Georgie le dévisagea. Elle était en train d'halluciner, pensa-t-elle. Il ne pouvait en être autrement. Pourtant le mirage était toujours là.

— Pardon ? Que dis-tu ?

— Voilà pour toi, dit-il à Emmie en lui tendant des menottes miniatures.

Il en avait trouvé une paire et pensait la lui envoyer mais, dans un deuxième temps, la lui apporter en personne lui avait semblé une idée plus judicieuse.

— J'en ai déniché à ta taille.

Mais Georgie ne se remettait toujours pas de sa dernière phrase.

— Que disais-tu, Nick ? Pourquoi veux-tu qu'elle t'appelle « papa » ?

— Parce que j'ai envie que vous partagiez ma vie toutes les deux, répondit-il. J'aimerais t'épouser.

— Oui ! cria Emmie avant que sa mère ne puisse répondre quoi que ce soit, en le prenant par le cou.

Depuis le départ de Nick, Georgie avait eu le temps de réfléchir, le temps de regretter. Autant elle sentait que sa vie était ici, autant l'existence sans Nick lui semblait terne et sans joie. Les deux premiers jours avaient paru s'étirer à n'en plus finir. Elle n'avait pas de raison de croire que la situation allait s'améliorer par la suite.

— Tu parles sérieusement ? lui demanda-t-elle, à la fois sidérée et ravie.

— Si tu en doutes, il n'est pas trop tard pour intercepter et interroger le pilote d'hélicoptère qui m'a amené jusqu'ici. Il était vraiment en rogne. Il aurait préféré décoller à l'aube, plutôt qu'au milieu de la nuit.

Mais une fois que le sénateur avait pris ses dispositions pour organiser le voyage, Nick avait tellement hâte de revoir Georgie qu'il n'avait pas voulu attendre une minute de plus.

Georgie ferma un instant les paupières. La tête lui tournait un peu tandis qu'elle essayait de faire des projets.

— Il va me falloir un peu de temps pour m'organiser, calcula-t-elle. Pour mettre en vente le ranch et…

Nick l'interrompit.

— Vendre le ranch ? Mais alors, où vivrions-nous ? voulut-il savoir. Et surtout, où mettrions-nous les chevaux ?

Complètement perdue, Georgie le dévisagea en secouant la tête. Que lui racontait-il ?

— Pardon ?

Avec un grand rire, Nick lui expliqua clairement la situation.

— Je reste là. Avec toi. Avec vous deux. Pour toujours. Après tout, je suis capable de faire quelque chose de ma vie, à part protéger les gens de mon corps.

Georgie se rappela ce qu'il avait fait dans l'appartement de Rebecca. Cette fois, elle n'essaya pas de dissimuler ses larmes et embrassa cet homme qui avait pris son cœur depuis longtemps.

— Ne renonce pas trop vite à tes fonctions premières. J'aime être protégée.

— Cela veut dire oui ? demanda-t-il sans chercher à lui cacher à quel point la réponse avait de l'importance pour lui.

— Dis oui, maman ! la pressa Emmie. Dis oui !

— Oui ! déclara Georgie, riant et pleurant en même temps.

Puis elle réussit à recouvrer ses esprits.

— Je t'aime, Nick Sheffield, dit-elle.

Cette rouquine faisait battre son cœur, se dit-il. Et elle le ferait toujours.

— Je t'aime aussi, Georgie, lui dit-il. Je vous aime toutes les deux, ajouta-t-il en embrassant Emmie.

Tendrement, la jeune femme noua les bras autour de son cou tandis qu'Emmie se blottissait entre leurs jambes.

Nick captura les lèvres de Georgie pour un long et tendre baiser, passionné et plein de promesses.

Épilogue

La pluie tombait, ruisselant sur les pierres tombales comme des larmes lourdes de chagrin.

Le cimetière était vide. Seul un homme se tenait devant la tombe où une simple plaque de marbre indiquait qu'une femme nommée Rebecca Totten était enterrée là.

Rebecca n'avait pas de famille et personne n'avait réclamé son corps, personne n'était venu se recueillir devant son cercueil lorsqu'il avait été porté en terre. Par contre, quelques jours après la mort de la jeune femme, un inconnu avait fait parvenir des billets de banque à la morgue. Il y avait joint une lettre tapée à la machine, stipulant que l'argent devait servir à financer les obsèques. Grâce à ce don anonyme, Rebecca n'avait pas fini dans la fosse commune.

« Ils me le paieront, Rebecca. Je le jure sur ta tombe, ils paieront pour ce qu'ils t'ont fait. Je vais m'occuper d'eux et, crois-moi, jusqu'au dernier, tous ces Colton regretteront d'avoir vu le jour. Je me chargerai aussi de ce Nick Sheffield. C'est lui qui devrait être à dix pieds sous terre, pas toi. Pas toi. »

En sanglotant, il plongea le visage dans ses mains.

La pluie devenait torrentielle et martelait son dos, ses épaules voûtées, trempant l'imperméable qu'il portait par-dessus son uniforme d'adjoint du shérif.

Il était seul avec son chagrin. Et sans Rebecca, il serait seul pour l'éternité.

A cause d'*eux*.

Comment en était-il arrivé là ? Pourquoi la situation avait-elle si mal tourné ?

Alors qu'il venait enfin de rencontrer une femme qui comptait à ses yeux, une femme qu'il chérissait, une femme qu'il aimait, lui qui n'avait jamais aimé personne, et alors qu'ils avaient pris la décision de se marier, tout s'écroulait.

Pourtant, au départ, le plan avait été parfait. Ils allaient repartir du bon pied, l'un et l'autre, une nouvelle existence s'offrait à eux et ils auraient de quoi en profiter. Vivre aux crochets de Rebecca n'avait pas trop tourmenté sa conscience. En amour, on partageait tout, non ?

Georgie Grady était une Colton. Elle lui *devait* quelque chose. Tous les Colton lui étaient redevables. Alors que Rebecca et lui auraient dû être heureux jusqu'à la fin des temps, comme dans un conte de fées, il allait au contraire souffrir sa vie durant parce que Rebecca n'était plus là. Et tout cela à cause de cette fille et du type qui couchait avec elle.

Tous allaient le lui payer. Ils paieraient pour son enfance sans un père pour l'épauler, ils paieraient pour l'existence morne et sans joie qui l'attendait sans Rebecca. D'une façon ou d'une autre, il se vengerait d'eux tous. Surtout du sénateur. Parce que, à la base, tout était sa faute.

Adam se le jura du fond du cœur.

Ce serment lui donnait une raison de continuer à vivre. C'était même la seule qui lui restait.

BETH CORNELISON

Une femme à l'épreuve

éditions Harlequin

Titre original : RANCHER'S REDEMPTION

Traduction française de FLORENCE BERTRAND

83/85 boulevard Vincent-Auriol 75646 PARIS CEDEX 13.
Service Lectrices — Tél. : 01 45 82 47 47
www.harlequin.fr

1

Il y avait un intrus sur ses terres.

Clay Colton plissa les yeux, fixant la berline bleue garée sous un bosquet. Ce secteur du ranch était plat comme un trottoir, et il avait repéré la voiture à plus de cinq cents mètres de distance.

Il repoussa son Stetson blanc poussiéreux et s'épongea le front. La présence de ce véhicule inconnu ne lui plaisait guère — surtout au vu des récents ennuis auxquels sa sœur, Georgie, avait été confrontée. Il se sentait encore glacé à la pensée qu'une femme s'était introduite chez elle et lui avait volé ses papiers d'identité afin de se faire passer pour elle.

En dépit de la chaleur écrasante du mois de juin, un frisson parcourut l'échine de Clay. L'affaire avait causé la consternation à Esperanza, la petite ville du Texas où il vivait depuis sa naissance, vingt-six ans auparavant. C'était d'ordinaire un lieu paisible, sans histoires, sans délinquance à proprement parler.

D'un claquement de langue, il encouragea Crockett, son cheval, à accélérer l'allure. En s'approchant, il vit que la voiture avait percuté un des arbres, et que le pare-chocs avant était endommagé.

La vision d'un conducteur blessé et ensanglanté surgit dans son esprit, et son pouls se mit à battre plus vite. Il descendit de sa monture.

— Il y a quelqu'un ?

Aucune réponse ne lui parvint.

Il jeta un coup d'œil dans l'habitacle.

Personne.

Retirant son chapeau, Clay passa une main dans ses cheveux bruns et moites. Comme il contournait le véhicule, il aperçut un sac de courses dans le coffre entrouvert. Du bout du doigt, il souleva le couvercle et regarda à l'intérieur.

Il se figea, le souffle coupé.

Le sac était plein de billets de banque.

Il se souvint de Georgie et ressentit aussitôt des picotements à la nuque. Une voiture accidentée, abandonnée en pleine nature avec une grosse somme d'argent, ne pouvait signifier qu'une chose : des ennuis. Il recula d'un pas et détacha le téléphone portable qu'il portait à sa ceinture, composant de mémoire le numéro de son ami Jericho Yates, shérif de son état.

— Jericho, ici Clay. Je suis au sud-ouest de mes terres, près de la ravine, et je viens de trouver une voiture. Elle a heurté un arbre et l'avant est cabossé, mais il n'y a aucun signe du conducteur.

Le shérif Yates émit un grognement.

— Il est peut-être parti chercher des secours.

Clay parcourut les environs du regard, plissant les yeux pour se protéger de la lumière aveuglante du soleil.

— Je ne vois rien. Mais ce n'est pas tout. Il y a un sac

plein de billets dans le coffre. De grosses liasses. Il pourrait y avoir cent mille dollars là-dedans.

Jericho émit un sifflement stupéfait, puis soupira.

— Ecoute, Clay. Ne touche à rien. Jusqu'à nouvel ordre, considère que ce véhicule et tous les environs sont une scène de crime.

— Compris.

— Donne-moi le numéro d'immatriculation.

Clay s'exécuta.

A l'autre bout du fil, il entendit le grincement d'une chaise de bureau.

— Merci. Je vais vérifier à qui il appartient, et j'arrive.

Clay remercia le shérif et referma son téléphone. Comme si sa famille n'avait pas eu assez de soucis ces derniers temps ! Après un dernier coup d'œil à la voiture, il enfourcha Crockett et reprit son chemin. Il avait du pain sur la planche, et le travail du ranch n'attendait pas.

Quelques instants plus tard, des bruits de moteur lui firent lever les yeux. Jericho arrivait, suivi d'un véhicule de patrouille. Posant ses cisailles, Clay retira ses gants, prit appui sur un piquet pour sortir de la ravine où il réparait une clôture, et s'avança sur la terre sèche et durcie à la rencontre du shérif.

Même après tout ce temps, cela lui semblait étrange d'appeler Jericho « shérif ». Ils avaient grandi ensemble, passant des heures à la pêche et aux écuries du rodéo où Clay prenait tous les petits boulots qu'on lui offrait. Ils n'en avaient jamais beaucoup parlé, mais Jericho et lui avaient un autre point commun — l'un et l'autre avaient été élevés dans un foyer monoparental. La mère de Jericho avait quitté sa famille quand il avait sept ans.

Quant à Clay, il avait entendu parler de son père, Graham Colton, mais ce dernier avait été absent pendant la majeure partie de son enfance. Lorsque sa mère était morte, Clay avait achevé d'élever son frère et sa sœur tout en travaillant comme homme à tout faire dans les ranches du voisinage. Si Jericho et lui avaient réussi dans leur carrière, c'était à force de persévérance et de détermination.

— Bonjour, Clay.

Les deux hommes échangèrent une poignée de main.

— Bonjour. As-tu appris quelque chose ?

Jericho soupira.

— C'est un véhicule de location. Il a été volé à une petite entreprise du coin il y a quelques jours.

Clay arqua un sourcil.

— Volé ? Je suppose qu'il fallait s'y attendre. Que va-t-il se passer maintenant ?

Jericho jeta un coup d'œil vers l'endroit où ses hommes délimitaient déjà un périmètre à l'aide de ruban jaune.

— Il y a fort à parier que cet argent n'était pas caché sous un matelas. On pourrait avoir affaire à n'importe quoi. Je vais demander qu'on m'envoie une équipe de l'identité judiciaire de San Antonio.

L'identité judiciaire.

Les paroles de Jericho résonnèrent dans les oreilles de Clay à la manière d'un gong, et il se raidit.

Tamara.

Submergé par une foule de souvenirs doux-amers, il dut se faire violence pour dominer sa douleur.

Clay avait deux regrets dans la vie. Le premier était son

échec avec Ryder — le frère qu'il avait aidé à élever, qui était sorti du droit chemin et qui avait fini en prison.

Le second était l'échec de son mariage. Cinq ans auparavant, son amour de jeunesse l'avait quitté au bout de trois ans de mariage pour poursuivre son rêve et devenir enquêtrice au sein de l'identité judiciaire. Clay se jugeait responsable de son départ. S'il avait été plus attentif à ses besoins, s'il l'avait rendue plus heureuse, s'il avait su trouver le moyen de…

— Clay ? Tu m'as entendu ?

La question de Jericho l'arracha brutalement à ses pensées.

— Pardon. Tu disais ?

— Je te demandais si tu avais touché à quoi que ce soit avant de m'appeler.

Clay fit non de la tête.

— Seulement le coffre, du bout des doigts. Rien d'autre.

— Bon. Je vais en informer l'identité judiciaire. N'oublie pas de dire à tes employés que cette zone est interdite d'accès jusqu'à la fin de l'enquête.

— Bien.

Clay retira son Stetson et passa une main dans ses cheveux en désordre.

— J'imagine que je suis un peu nerveux après ce qui s'est passé avec Georgie et cette femme.

— C'est compréhensible. Mais à ce stade, il n'y a aucune raison de penser qu'il y a un lien avec cette affaire.

— Yates ?

Le shérif se tourna vers l'homme qui venait de parler.

— Rawlings, je te présente Clay Colton. Clay, voici mon nouvel adjoint, Adam Rawlings.

Clay le salua et lui serra la main.

— Désolé de vous interrompre, shérif, mais on a trouvé quelque chose. Je crois que vous devriez jeter un coup d'œil.

Jericho reporta son regard sur Clay, mais ce dernier le devança.

— Vas-y, je t'en prie. D'ailleurs, il faut que je me remette au travail.

Sortant ses gants usagés de sa poche, Clay se dirigea vers la clôture. Il avait toute une section à réparer, après quoi il devrait s'acquitter des corvées habituelles à son retour au ranch.

Sa tâche n'exigeait guère de concentration, et ses pensées ne tardèrent pas à vagabonder — convergeant bientôt vers la personne qu'il essayait d'oublier depuis cinq longues années.

Son ex-femme.

Non seulement elle avait dû réaliser son rêve de devenir enquêtrice mais, à l'heure qu'il était, elle travaillait sans doute au sein d'un département important, dans une grande ville, et grimpait dans la hiérarchie grâce à son intelligence, sa compétence et sa détermination. Quand Tamara s'était fixé un but, aucun obstacle ne pouvait l'empêcher de l'atteindre.

Pas même un mari borné, qui s'était stupidement imaginé que la vie au ranch suffirait à remplir sa vie et à la rendre heureuse.

Un pincement de remords tordit l'estomac de Clay.

Pourquoi avait-il pensé que sa propre satisfaction dans

leur couple et le défi de faire du Bar None un ranch viable seraient suffisants pour Tamara ? C'était lui qui rêvait de posséder un ranch. Pas elle.

Pourquoi ne l'avait-il pas écoutée quand elle lui disait son espoir de quitter Esperanza et de devenir enquêtrice dans la police ? Nageant dans son bonheur de jeune marié, il avait négligé le désir inassouvi qu'avait Tamara de s'épanouir dans sa propre carrière. L'éclat de la lune de miel s'était terni, et leur mariage s'était érodé peu à peu.

Le drame avait éclaté le soir où ils s'étaient querellés à propos d'un étalon malade. En rentrant de l'écurie où l'animal était en quarantaine, Clay avait trouvé Tamara en train de faire ses bagages. La douleur d'abattre son meilleur cheval n'était rien en comparaison de celle qu'il avait éprouvée face à sa femme en pleurs, décidée à mettre un terme à leur union.

La frustration lui comprimait la poitrine. Il détestait l'échec, de quelque nature qu'il fût, mais celui de sa vie privée jetait une ombre sur son passé, et même sur le succès du Bar None. Sa détermination à réussir l'avait rendu aveugle à la détérioration de sa relation avec Tamara. Jusqu'au moment où il avait été trop tard.

Il tira violemment sur le fil. Sa main glissa, et le barbelé acéré déchira son gant.

Clay laissa échapper un juron.

A quoi bon ressasser les événements qui avaient mené à la fin de son mariage ? Tamara était partie, et rien ne la ramènerait. D'ailleurs, il était marié à son ranch à présent. La gestion du Bar None était une tâche ardue, qui absorbait tout son temps, toute son énergie. Il avait économisé, sué sang et eau pour s'établir à partir de rien, réaliser un rêve de petit garçon.

Pourtant, aujourd'hui, il n'éprouvait pas le sentiment de réussite et de fierté qui l'envahissait d'ordinaire lorsqu'il contemplait ses terres. Aujourd'hui, c'étaient les regrets qui l'emportaient…

Il baissa les yeux sur sa montre. 14 heures.

Crockett renifla et agita sa crinière.

— Je sais, mon vieux. J'ai presque fini. Je vais te ramener à l'écurie et te donner à boire.

Un verre de whisky ne lui ferait pas de mal non plus. Quelque chose de fort pour atténuer la douleur. Penser à Tamara l'avait troublé, réveillant une blessure qu'il avait crue cicatrisée.

Il coupa le fil qu'il venait d'enrouler autour du dernier piquet et rassembla ses outils.

— Clay ?

Il tressaillit au son de la voix douce et féminine. L'espace d'un instant, il crut avoir été le jouet de son imagination. Cependant, la voix s'éleva de nouveau.

Il leva la tête. Une femme superbe, mince, à la chevelure dorée, s'arrêta au bord de la pente.

— Clay, puis-je te parler ?

La bouche sèche, Clay sentit son cœur manquer un battement.

— Tamara ?

2

Clay grimpa la pente en trois longues enjambées et retira son Stetson.

— Que fais-tu ici, Tamara ?

Son ex-femme redressa légèrement le menton et lui adressa un sourire crispé.

— Je sais que je suis sans doute la dernière personne à qui tu as envie de parler aujourd'hui, mais… j'ai des questions à te poser. Au sujet de la scène de crime.

Un curieux sentiment de déjà-vu déferla sur Clay alors qu'il la fixait. Elle était aussi belle que la femme qu'il avait épousée, avec qui il s'était querellé et avait fait l'amour, et pourtant… elle avait changé aussi. Ses pommettes étaient plus minces, plus anguleuses. Elle avait laissé pousser ses cheveux couleur blond miel, et un soupçon de maquillage soulignait ses yeux bleus et ses traits réguliers — une coquetterie qu'il ne lui avait jamais vue lorsqu'elle travaillait à ses côtés au ranch.

Il resta immobile, si absorbé par sa beauté et par le choc que lui avait causé sa présence qu'il lui fallut un instant pour enregistrer ses paroles.

Elle avait des questions à lui poser sur « la scène de

crime ». Pas sur lui, pas sur leur divorce, ni sur les cinq années qui s'étaient écoulées depuis la dernière fois qu'ils s'étaient vus, assis chacun à un bout d'une table dans le cabinet de son avocat, comme deux étrangers.

Il cilla. Fronça les sourcils.

— Tu fais partie de l'équipe de l'identité judiciaire ?

La question était à peine posée qu'il la regretta. Brillante déduction, Sherlock !

Tamara lui adressa un sourire patient, apparemment consciente de l'avoir pris par surprise. Si elle était troublée par leur rencontre, elle n'en laissait rien paraître. Mais, bien sûr, elle avait eu le temps de s'y préparer.

— Je travaille à San Antonio depuis que j'ai terminé ma formation, expliqua-t-elle. Jericho…

Elle s'interrompit.

— Le shérif Yates nous a demandé de passer la scène au crible. J'ai besoin de te poser quelques questions. Pouvons-nous parler maintenant ?

Clay prit une profonde inspiration, essuya d'un revers de manche la sueur qui perlait à son front et remit son chapeau.

— Bien sûr. Vas-y.

Tamara sortit un petit carnet de la poche de son jean noir et s'humecta les lèvres.

Le regard de Clay se posa sur sa bouche, et il se figea, tandis qu'une vague de chaleur le submergeait.

Une vision de Tamara adolescente surgit brusquement dans sa mémoire. Assise sur la clôture d'un corral, ses cheveux soyeux soigneusement repoussés derrière les oreilles, les yeux brillants d'excitation… Il avait capturé ses joues entre ses mains et l'avait embrassée pour la première fois.

D'abord surprise, elle lui avait très vite rendu son sourire et son baiser. Par la suite, ils avaient échangé des milliers de baisers tout aussi passionnés.

A présent, fixant ses lèvres comme un collégien, il se sentait aussi gauche et aussi peu sûr de lui que ce jour-là. Mais la situation avait changé. Il avait perdu le droit d'embrasser Tamara des années auparavant.

Une lueur jaillit dans ses yeux, puis elle se détourna et s'éclaircit la voix.

— Quand es-tu venu dans ce secteur pour la dernière fois ?

S'arrachant à la nostalgie, Clay se concentra sur la question.

— Au début de la semaine. Lundi, peut-être. Je fais régulièrement le tour du ranch pour inspecter les clôtures. Tu le sais.

Elle cessa de prendre des notes et l'enveloppa d'un regard pénétrant.

— Considère que je ne sais rien, et réponds aux questions aussi honnêtement et de manière aussi détaillée que possible.

Il serra les dents et croisa les bras.

— Oui, madame.

— As-tu touché quoi que ce soit sur les lieux ?

Il changea de position et inclina la tête, étudiant la légère rougeur qui colorait ses joues. Elle n'avait jamais pu supporter le soleil sur son teint de porcelaine.

— J'ai ouvert le coffre. Du bout des doigts. Je l'ai déjà expliqué à Jericho.

Il hésita.

— Veux-tu que je te prête mon chapeau en attendant que tu aies fini ? Tu es en train de prendre un coup de soleil.

Elle releva brusquement la tête, la surprise se lisant dans ses yeux bleus.

— Je… non. Ça ira.

Elle fronça les sourcils et relut ses notes, visiblement décontenancée par sa proposition.

— Hum… à part cela, tu n'as rien remarqué ?

— Non.

Après quelques questions supplémentaires, il se tourna et regagna l'endroit où Crockett l'attendait patiemment. Il ouvrit la sacoche posée sur le dos de l'animal, et y chercha le petit tube de crème solaire qu'il portait toujours sur lui au cas où.

Tamara l'avait suivi, et leva la main pour caresser l'encolure du cheval.

— Salut, Davy Crockett. Comment vas-tu, bonhomme ?

Comme s'il se souvenait d'elle, Crockett renifla la main de Tamara et lui donna un petit coup de tête.

— As-tu la moindre idée de qui aurait pu laisser cette voiture ici ? reprit-elle tout en continuant à flatter le cheval.

— Non.

Clay ouvrit le tube et versa un peu de lotion sur son pouce.

Elle consulta de nouveau ses notes.

— As-tu la moindre idée d'où provient l'argent ?

— Aucune.

Il fit un pas vers elle, s'approchant suffisamment pour

respirer l'odeur délicate de son shampoing, et elle leva les yeux.

— Quand as-tu trouvé le… ?

Il se pencha vers elle, et étala la pommade sur son nez. Le souffle coupé, elle recula gauchement.

— Qu'est-ce que tu fais ?

— Je te mets de la crème. Tu es toute rouge.

Elle laissa échapper un grognement et le foudroya d'un regard troublé.

— Clay, je ne…

Il tendit de nouveau la main vers elle, mais elle se déroba. Avec un soupir résigné, elle fit pénétrer la crème sur son nez et ses joues, puis s'essuya les doigts sur son jean.

— Là ! Content ? Maintenant, j'ai du travail. Peux-tu te contenter de répondre à mes questions ?

Il remit le tube à sa place.

— C'est vraiment nécessaire ? J'ai déjà dit à Jericho tout ce que je savais.

Les épaules de Tamara s'affaissèrent légèrement, trahissant un mélange d'impatience et de regret.

— Je ne serais pas là si ce n'était pas nécessaire.

Elle faisait peut-être allusion à son travail, mais la vérité sous-jacente à sa remarque lui fit l'effet d'une gifle. Rien n'avait changé. Tamara ne voulait rien avoir à faire avec lui ni avec son mode de vie.

Il mit les mains sur les hanches et donna un coup de pied dans une motte.

— C'est évident, en effet.

— Clay…, soupira-t-elle.

— Laisse tomber. Pose tes questions.

Il remarqua soudain sa plaque et eut l'impression d'avoir reçu un coup de poing dans le ventre.

— Agent *Brown* ? Tu as repris ton nom de jeune fille ?

— Clay…

Elle étudiait son carnet comme s'il recelait les secrets de l'univers, et le silence s'éternisa entre eux, lourd de regrets et de non-dits.

Finalement, Clay tira ses gants de sa poche arrière et les épousseta sur sa jambe.

— Eh bien, je te laisse continuer, dit-il en se détournant.

Tamara demeura parfaitement immobile. Silencieuse.

Clay décrocha sa gourde, but une gorgée d'eau. Hésita.

— Je suis content pour toi, Tamara. Content de voir que tu as réussi à faire ce que tu voulais.

Quand elle leva enfin les yeux, ils semblaient étrangement humides. Cependant, elle se hâta de reprendre une expression impassible.

— Je…

Elle s'interrompit. Baissa la tête. Referma son carnet.

— Il est temps que je me remette au travail.

Clay la suivit du regard tandis qu'elle traversait la prairie en direction du véhicule abandonné, admirant ses longues jambes, le balancement gracieux de ses hanches, le reflet chatoyant du soleil sur ses cheveux dorés. Sa poitrine était comprimée par une émotion qu'il n'osait nommer. A quoi bon admettre que son ex-femme lui manquait ?

Il tapota l'encolure de Crockett, attrapa les rênes et cala un pied dans l'étrier.

Puis il hésita.

Malgré lui, il se tourna vers l'endroit où Jericho et son adjoint attendaient que l'équipe de Tamara ait fini son travail. La jeune femme rassembla ses cheveux dans un élastique et enfila des gants en caoutchouc. La curiosité l'emporta.

— Excuse-moi, mon vieux, murmura-t-il à l'adresse de Crockett. Je pense que je vais m'attarder encore un peu.

Il remit fermement son Stetson en place, et se dirigea vers le bosquet.

Tamara sortit un sachet en plastique de sa poche, s'efforçant d'apaiser les battements de son cœur. Elle avait toujours su que revenir au Bar None serait difficile. Mais rien ne l'avait préparée à l'émotion qu'elle avait ressentie en rencontrant le regard intense de Clay. Elle en avait encore les jambes flageolantes. Comment avait-elle pu oublier l'effet qu'il avait sur elle ?

Rien chez lui n'avait changé, ni ses cheveux noirs en bataille, ni son corps musclé, sculpté par l'activité physique assidue qu'il déployait au ranch. Il portait toujours le même Stetson blanc poussiéreux, celui qu'elle lui avait offert pour leur premier Noël ensemble, et il émanait de lui une force et une assurance incroyablement attirantes.

Une main sur l'estomac, elle tenta de dominer son trouble et prit une profonde inspiration. Elle respira aussitôt le parfum de la crème qu'il avait déposée sur son nez, et une nouvelle vague d'émotion la submergea. Une journée entière au soleil n'aurait pu la brûler davantage que la chaleur des doigts de Clay. Elle se souvenait trop clairement du pouvoir magique de ses mains pour ne pas être affectée par ce simple contact.

Son cœur se serra. Personne n'avait jamais éveillé ses sens comme Clay. Aucun des hommes avec qui elle était sortie depuis son divorce ne l'avait attirée autant que son premier amour. Son cow-boy. L'homme avec qui elle avait espéré vieillir.

Tamara poussa un soupir. Elle devait se ressaisir. L'émotion n'avait pas sa place lors de l'examen d'une scène de crime, et elle avait du travail à faire. Elle s'avança vers le photographe de l'équipe, occupé à prendre des clichés du coffre.

— Tu as fini à l'avant, Pete ?

— Oui. Tu peux y aller.

Tamara sortit son carnet et fit le tour du véhicule. Notant une petite éraflure sur la portière, elle la signala au photographe.

— OK. Je m'en occupe.

Elle continua à avancer, scrutant le sol, le capot, le pare-brise, le toit et le côté conducteur avant d'ouvrir la portière pour examiner l'intérieur avec la même attention. N'importe quelle tache, égratignure, n'importe quel cheveu ou corps étranger au véhicule était un indice potentiel, peut-être crucial pour la résolution de l'affaire. Il ne fallait rien oublier, rien négliger.

Comme elle collectait un échantillon des fibres du tapis de sol, elle entendit une voix familière, et jeta un coup d'œil en arrière. Clay avait rejoint Jericho et son adjoint à l'extérieur du périmètre, et la regardait travailler d'un œil perçant. Le pouls de Tamara s'emballa, mais elle reporta son attention sur les fibres. Le shérif Yates fit une nouvelle observation, et Clay répondit, le timbre grave de sa voix riche et veloutée comme du chocolat noir claquant dans l'air. Malgré elle, Tamara se rappela les promesses qu'il murmurait à son oreille lorsqu'ils faisaient l'amour. Le son de sa voix caressante suffisait à lui faire perdre la tête.

D'une main tremblante, elle ramassa un cheveu auburn sur le siège passager. Un soupir de frustration lui échappa. Elle devait recouvrer le contrôle d'elle-même, oublier que Clay l'observait, et se focaliser sur sa mission. Elle ferma les yeux, s'efforçant de chasser son ex-mari de ses pensées.

— Des trouvailles ? s'enquit Eric Forsyth, son supérieur au laboratoire, tout en se penchant par-dessus la portière ouverte.

Tamara glissa le cheveu dans un sachet et l'étiqueta.

— Pas grand-chose. Je n'ai jamais vu de voiture aussi propre. C'est bizarre.

Eric haussa les épaules.

— Ce n'est guère étonnant. C'est une voiture de location. La compagnie doit faire un nettoyage complet après chaque client.

— Ce n'est pas ce que je voulais dire. Je ne trouve pas d'empreintes digitales, pas de bouts de fil. Aucune trace de pas ni de pneu autour du véhicule. Autrement dit, il n'y a quasiment rien.

Eric se frotta le menton d'un air songeur.

— Et ce que nous trouvons va être difficile à associer à ce qui s'est passé ici. Qui sait combien de gens ont roulé dans cette voiture au cours du mois dernier ?

Il désigna le sachet qu'elle tenait à la main.

— Ce cheveu pourrait appartenir à l'institutrice de Dallas qui l'a louée il y a deux semaines.

Tamara soupira.

— Exactement. Même en tenant compte de l'entretien régulier fait par l'agence, nous devrions trouver d'autres indices. Je pense que quelqu'un a nettoyé la scène.

— Tu en es sûre ? demanda-t-il en ajustant ses lunettes cerclées de métal.

— Tout porte à le croire.

Elle fronça les sourcils.

— Ce qui me conduit à penser qu'il s'est passé quelque chose de grave ici. Et qu'on tient à nous le cacher.

— Ce ne serait pas la première fois. Eh bien, continue à chercher. On ne sait jamais.

Tamara acquiesça.

— Entendu.

Clay se raidit en voyant approcher l'homme dégingandé à lunettes qui s'était entretenu avec Tamara.

— Mon équipe ne trouve pas grand-chose qui puisse vous aider, shérif, dit-il avec un haussement d'épaules. En fait, nous pensons que cette scène a été nettoyée.

Jericho fronça les sourcils et caressa sa moustache.

— Il n'y a rien ?

Tout en écoutant la conversation, Clay reporta son attention sur Tamara.

— Eh bien, nous avons noté une empreinte partielle sur le coffre. Un cheveu sur le siège passager. Une éraflure sur le pare-chocs avant, mais elle semble ancienne. Il y a déjà un peu de rouille dessus.

— Aucun signe suspect ? Aucune trace de lutte ?

— Pas encore. Mais nous n'avons pas terminé.

Clay suivit Tamara du regard tandis qu'elle passait le véhicule au peigne fin avec des gestes calmes, méthodiques. Elle se mouvait avec une grâce féline, marquant une pause ici et là pour mettre de minuscules objets dans des sacs. Son assurance et son professionnalisme étaient impressionnants.

Il se souvint de sa gaucherie pendant ses premières semaines au ranch, lorsqu'elle avait appris à se servir du matériel et à s'occuper des chevaux. Elle n'avait pas tardé à se montrer compétente — à vrai dire, il était sûr qu'elle était capable de maîtriser n'importe quoi si elle s'en donnait la peine —, mais elle n'avait jamais eu pour le travail quotidien du Bar None la passion qu'il avait espérée.

Là, en revanche, alors qu'elle examinait la voiture volée, son amour pour son travail ne faisait aucun doute. Elle avait été troublée en l'interrogeant, mais quoi de plus normal ? La revoir après cinq ans l'avait déstabilisé, lui aussi. Malgré son malaise, elle s'était reprise et lui avait posé ses questions en professionnelle.

— J'ai procédé à un premier examen des lieux et je n'ai pas trouvé grand-chose non plus, intervint Rawlings.

— Avez-vous le moindre indice concernant le conducteur ? Des traces de pneus laissées par un autre véhicule ? Des empreintes de pas s'éloignant de la scène ? Le fait que l'argent soit toujours là me turlupine, fit Jericho en secouant la tête. Qui partirait en laissant une somme pareille ?

L'homme aux lunettes cerclées de métal jeta à Clay un regard méfiant avant de répondre :

— Bonne question. Non, aucune marque, aucune empreinte.

— Il a fait trop sec, expliqua Clay. Nous n'avons pas

eu de pluie pendant des semaines, hormis une averse il y a deux jours. S'il y avait des marques, elles auront été effacées.

— Je suis désolé, vous êtes ? fit l'enquêteur en le toisant d'un air sceptique.

Clay lui tendit la main, sans s'émouvoir du ton agacé de son interlocuteur.

— Clay Colton. C'est mon ranch. C'est moi qui ai trouvé la voiture et qui l'ai signalée.

L'homme lui serra la main.

— Eric Forsyth. Identité judiciaire de San Antonio. Je crois que vous avez rencontré mon adjointe, Tamara Brown ?

— Façon de parler, dit-il en regardant l'homme droit dans les yeux. C'est mon ex-femme.

Forsyth arqua un sourcil.

— Oh ? Elle a omis de mentionner ce détail.

Clay s'efforça d'étouffer la déception qui venait de monter en lui. Apparemment, elle l'avait complètement rayé de sa nouvelle vie. La mâchoire crispée, il jeta un nouveau coup d'œil vers Tamara. Elle inspectait avec soin la portière du conducteur, son jean moulant étroitement ses formes alors qu'elle se penchait pour étudier le contenu du vide-poches.

— Elle n'avait aucune raison de le faire. C'est sans rapport avec l'affaire.

— Nous verrons.

Ignorant Clay, Forsyth se tourna vers le shérif.

Clay serra les dents, s'efforçant de ne pas relever l'affront.

— Colton a raison, intervint le shérif Yates. Au sujet du temps sec et de l'averse de mardi soir.

Forsyth croisa les bras.

— Hum, grogna-t-il. Il y a une flaque d'eau dans le coffre. S'il était entrouvert, on peut supposer qu'il a plu dedans.

— Si c'est le cas, les événements se sont déroulés avant, reprit Jericho en se frottant le menton. Le vol de la voiture a été signalé mercredi matin, dès l'ouverture de l'agence.

— Je vais leur téléphoner et leur demander de m'envoyer une copie de l'enregistrement de leurs caméras de sécurité pour mardi, dit Rawlings. Le vol est peut-être dessus.

— Bonne idée, opina Jericho.

— Vous devriez interroger mon voisin, Samuel Hawkins, suggéra Clay en s'adressant à Rawlings. Il est venu mardi soir parce qu'il avait entendu du vacarme, et il a trouvé une de ses bêtes coincée dans la clôture que j'ai réparée tout à l'heure.

— Le bruit a-t-il pu être lié à un autre incident ? demanda Rawlings.

Clay haussa les épaules.

— C'est à lui qu'il faut poser la question.

— Pourquoi votre voisin n'a-t-il pas remarqué la voiture ? s'enquit Forsyth.

Clay cala les pouces dans ses poches arrière, et se força à détourner son attention de Tamara pour le regarder.

— Les nuits sont diablement noires ici. Et il était au fond de la ravine, fit-il en désignant l'endroit, en train de s'occuper d'une bête blessée et agitée. Pas étonnant qu'il n'ait rien vu.

L'enquêteur s'apprêtait à rétorquer lorsque la voix de Tamara s'éleva.

— Eric ! Shérif ! J'ai trouvé quelque chose.

Clay fit volte-face. Allongée sur le sol, son ex-femme étudiait le dessous de la portière du conducteur.

Jericho, Rawlings et Forsyth se hâtèrent tous vers le véhicule. Clay n'hésita qu'un instant avant de se glisser sous le ruban pour les suivre.

— Qu'est-ce que c'est ? s'enquit Forsyth, qui s'accroupit pour mieux voir.

— Passe-moi un coton-tige, veux-tu ?

Forsyth en prit un dans la trousse — qui ressemblait à une boîte à outils — posée tout près et le lui tendit. Totalement concentrée sur sa tâche, Tamara essuya une tache sur la porte, puis roula sur le sol et se redressa. Elle dirigea le coton-tige vers le soleil, plissant les yeux sur l'échantillon.

— C'est bien ce que je pensais, murmura-t-elle avant d'incliner la tête pour rencontrer les regards impatients des hommes qui l'entouraient. Notre premier indice, messieurs. Ceci est du sang.

3

Après avoir mis l'échantillon dans un sachet et terminé son inspection des lieux, Tamara rangea son matériel et se prépara à rentrer à San Antonio. Elle avait hâte de commencer à analyser ses trouvailles.

Du sang.

Certes, il était possible qu'un conducteur ait souffert d'un saignement de nez et que cette tache ait échappé à l'attention des employés de l'agence. Mais si on ajoutait cet indice aux autres circonstances étranges qui entouraient la scène — l'argent, le fait que la voiture avait été volée et sans doute nettoyée —, Tamara aurait parié que ce sang était le résultat d'une confrontation violente à laquelle le conducteur avait été mêlé. C'était la théorie qu'elle allait tenter de prouver ou d'infirmer une fois de retour au laboratoire.

Elle avait fait le trajet depuis San Antonio avec Pete, le photographe, qui était à présent en train de charger son équipement dans sa voiture.

Le moment était venu de repartir.

Elle se dirigea vers le ruban jaune derrière lequel Clay et Jericho discutaient.

— J'ai terminé, shérif. Nous vous informerons des résultats dès que nous les aurons.

Le regard de Clay s'attarda sur elle tandis qu'elle tendait la main à Jericho.

Ce dernier la lui serra chaleureusement.

— J'ai été très heureux de te revoir, Tamara. Merci pour ton aide, et prends soin de toi.

Elle pivota sur ses talons et fit face à Clay. Le cœur battant à se rompre, elle lui tendit la main à son tour, s'efforçant de ne pas trembler.

— Clay, merci pour ton aide.

Par chance, elle avait achevé sa phrase lorsqu'il mit ses longs doigts autour des siens. Un tumulte d'émotions déferla en elle, lui coupant le souffle, lui donnant le vertige.

— De rien, répondit-il.

Il avait parlé d'un ton intime, et une lueur intense brillait dans ses yeux. Tamara se sentit rougir.

— Si je peux faire quoi que ce soit, n'hésite pas à demander, ajouta-t-il.

Y avait-il un sens caché derrière cette offre, ou avait-elle imaginé la chaleur de sa voix ? Luttant pour retrouver la maîtrise d'elle-même, elle tenta de se dégager, mais Clay la retint. Le regard soudé au sien, il lui pressa les doigts, caressant du pouce la peau tendre de son poignet.

— J'ai été heureux de te voir, Tee.

Son cœur manqua un battement. C'était ainsi qu'il l'appelait, autrefois…

Elle hocha la tête avec raideur.

— Moi aussi.

— Tu es toujours aussi belle.

Ses paroles résonnèrent dans la poitrine de Tamara, réveillant une douleur qu'elle avait crue éteinte.

— Merci, dit-elle d'un ton rauque.

Cette fois, quand elle chercha à se dégager, il la laissa partir.

La gorge nouée, Tamara tourna les talons. Sa main tremblait encore. Cette rencontre avec Clay n'avait fait que raviver le chagrin qu'elle s'employait depuis des années à surmonter.

Elle se hâta vers le véhicule où Pete l'attendait, prit place côté passager, et braqua l'air conditionné sur son visage. Si le soleil estival n'avait pas suffi à lui donner une insolation, le regard ardent de Clay et la chaleur de sa voix pouvaient sûrement provoquer une combustion spontanée.

— Ça va ? demanda Pete en démarrant.

Encore incapable d'articuler un son, Tamara se contenta de hocher la tête. Elle se laissa aller contre le dossier du siège et ferma les yeux. Aussitôt, l'image de Clay s'imposa à elle. Son menton décidé, son nez droit, la barbe naissante sur ses joues, ses sourcils fournis…, tout en lui incarnait la virilité, la détermination.

Elle éprouva soudain une envie folle de voir ce que Clay avait accompli au ranch, de retourner sur les lieux qui avaient servi de cadre à son mariage. Comme Pete s'apprêtait à prendre le chemin de l'autoroute, elle posa une main sur son bras.

— Attends, Pete. Je voudrais passer par le ranch.

— Pourquoi ? Tu penses que Colton cache quelque chose ?

Elle tressaillit et lui lança un regard atterré.

— Ciel, non ! Clay est l'honnêteté et la probité mêmes. Il n'a rien à voir avec cette histoire.

— Et tu sais cela parce que… ?

Il traîna sur la dernière syllabe, attendant une explication.

— J'étais mariée avec lui.

Pete émit un rire stupéfait.

— Comment ?

— Avant de partir à San Antonio, je vivais ici. Avec Clay.

Tamara glissa les mains sous ses cuisses, regardant droit devant elle.

— Nous nous sommes connus au lycée et mariés tout juste après qu'il a acheté ce ranch.

Pete fronça les sourcils.

— Eric le sait ? Es-tu assez impartiale pour participer à l'enquête ?

— Oui. Il n'y a pas de conflit d'intérêts, parce que Clay n'est pas mêlé à l'affaire. Nous pourrons en faire la preuve facilement si ça t'inquiète. Eric est au courant… maintenant. J'ai entendu Clay le lui dire.

— Si tu as vécu ici, je suppose que tu connais aussi le shérif Yates.

Ellc hocha la tête en souriant.

— J'ai même été amoureuse de lui pendant un petit moment au lycée, avant de sortir avec Clay. Jericho est un type bien.

Pete pianota sur le volant.

— Où dois-je aller ? demanda-t-il en pointant le doigt vers le pare-brise.

— Tourne à gauche. Je veux voir si les choses ont changé… ou pas.

Pete s'exécuta, et Tamara se cala sur le siège, retenant son souffle à mesure que le paysage et les bâtiments familiers devenaient visibles. Ils passèrent devant un enclos où paissaient trois splendides étalons. Les chevaux levèrent les yeux, agitant leur crinière. Une bouffée de mélancolie envahit Tamara à leur vue.

Lone Star avait été un animal magnifique, lui aussi. Après avoir passé des années à le nourrir et à prendre soin de lui, Tamara avait noué des liens étroits avec cet étalon qui faisait la fierté de Clay. Elle avait été bouleversée en apprenant qu'il était atteint d'adénite, un virus qui affectait les ganglions, et anéantie lorsque Clay avait décidé de procéder à une euthanasie plutôt que de le soigner. Elle ne comprenait toujours pas comment son ex-mari avait pu agir de manière si détachée, si clinique, alors qu'elle l'avait supplié de sauver ce cheval qu'elle adorait.

— Quinn pense que nous n'avons pas le choix, avait dit Clay.

— Quinn ? Mais il nous appartient ! C'est notre cheval !

— Il est vétérinaire, Tee. Son opinion compte…

— Plus que la mienne ? Je suis ta femme ! Qu'en est-il de ce que je veux ? De mon opinion, à moi ?

— Le ranch est une entreprise, Tamara. Il faut que j'agisse dans l'intérêt du ranch.

— Mais pourquoi ne pas même essayer…

— J'ai pris ma décision. Quinn sait ce qu'il fait.

Tamara ferma les yeux, refoulant la douleur et la rancune qui lui comprimaient la poitrine. Quinn Logan était peut-être l'ami de Clay, mais Tamara n'avait aucun respect pour ses choix en tant que vétérinaire. Tous les éleveurs à qui elle avait parlé par la suite avaient affirmé qu'il existait un vaccin contre l'adénite, et qu'on pouvait traiter la maladie par des antibiotiques.

Pourquoi Quinn n'avait-il pas fait en sorte de prévenir la tragédie ? Pourquoi avait-il été si prompt à rejeter la possibilité d'un traitement ? Cherchait-il à se couvrir ? A éviter un procès pour négligence ? Toute l'histoire semblait suspecte à Tamara, pourtant Clay avait pris le parti de Quinn…

Du gravier crissa sous les pneus, indiquant qu'ils avaient atteint l'allée qui menait à la maison. Elle ouvrit les yeux juste à temps pour voir l'écurie où Lone Star avait été mis en quarantaine, et achevé. Elle déglutit avec peine, s'efforçant de ravaler le nœud de chagrin et d'amertume qui montait dans sa gorge.

Pourquoi ce ranch éveillait-il tant d'émotions en elle, la laissant vulnérable, à vif ? Apparemment, quelques heures à Esperanza avaient suffi à raviver de vieilles souffrances, à lui rappeler la passion qu'elle avait autrefois partagée avec Clay, à lui donner la nostalgie des débuts de leur mariage, une époque où la vie regorgeait de promesses.

— Joli, commenta Pete, l'arrachant brusquement à ses pensées. Combien d'hectares possède Colton ?

— Il a commencé avec quinze. J'imagine qu'il en a cent cinquante à présent, répondit-elle en jetant un coup d'œil par la porte ouverte de la remise où Clay garait toujours son vieux pick-up Ford, qui datait de 1978.

« Il roule bien. Pourquoi devrais-je le remplacer ? »

Un sourire naquit sur ses lèvres. Clay était si pragmatique, si frugal. Si prudent.

Et pourtant, malgré toute cette prudence, il s'était débarrassé de sa femme.

Son sourire s'effaça.

Au bout de trois ans, leur mariage battait de l'aile. L'incident avec Lone Star avait été la goutte d'eau. Depuis des mois déjà, Tamara avait l'impression d'étouffer. Lorsqu'ils s'étaient mariés, elle avait mis ses aspirations entre parenthèses pour aider Clay à développer le ranch. A mesure que le temps passait, elle voyait s'amenuiser ses espoirs de réaliser un jour son rêve de devenir enquêtrice.

Elle s'éveillait chaque matin avec l'impression de tourner en rond, de n'aller nulle part. Le soir, elle s'effondrait dans son lit, épuisée par le travail physique qu'exigeait le ranch. Son bonheur de jeune mariée s'était envolé. Elle avait l'impression d'être moins importante dans la vie de Clay que ses terres et ses chevaux. Comme le soir où Quinn et lui avaient ignoré son opinion et achevé le cheval qu'elle aimait tant.

— Cette maison est immense ! s'écria Peter, les yeux écarquillés.

Elle suivit son regard. Construit de bois, le ranch possédait un étage et était entouré d'une large véranda accueillante.

— Le propriétaire précédent avait une grande famille et il avait besoin des quatre chambres. Clay et moi avions trop d'espace pour nous deux.

Un nouveau pincement de douleur lui serra le cœur. Clay et elle avaient espéré remplir ces chambres de leurs propres enfants.

Pete ralentit, contemplant la propriété.

— Et tu as renoncé à tout ça pour un minuscule appartement en ville ?

Elle le fusilla du regard.

— Nous avons divorcé, rappelle-toi.

— Les grands espaces ne te manquent pas ? Et l'odeur de la nature ? Ou les charmes de la vie urbaine et de la poursuite du crime remplissent-ils le vide ?

Il plaisantait, mais ses paroles avaient touché un point sensible.

Tamara fronça les sourcils.

— J'en ai assez vu. Partons.

La soudaine prise de conscience que le ranch lui manquait était une surprise. Le soir où elle avait quitté Clay, elle n'avait pas hésité un instant.

Pourtant, elle regrettait l'air pur, la solitude, les animaux… et Clay.

Elle émit un petit grognement et secoua la tête. Très bien. Autant l'admettre. Son ex-mari lui manquait.

Cela ne signifiait pas qu'elle était prête à se jeter dans ses bras et à le supplier de lui accorder une seconde chance. Rien n'avait changé entre eux. Il était toujours un éleveur passionné, et elle avait son travail, sa vie, des projets qui allaient dans une autre direction.

Comme ils roulaient sur le chemin en gravier qui menait à la route d'Esperanza, Tamara remarqua les poulains dans les champs, les réserves de foin dans la grange, les nombreux outils, les écuries pleines. Autant de signes de prospérité et de succès.

Clay avait réalisé son rêve. Le ranch était florissant. Une fierté douce-amère se répandit dans sa poitrine. Tout en étant heureuse pour Clay, elle se demandait s'il avait jamais regretté le prix que lui avait coûté sa réussite. Songeait-il jamais à l'époque de leurs débuts, de leur mariage ? Lui manquait-elle ?

Sans doute ne le saurait-elle jamais.

Clay enfourcha Crockett et se dirigea vers le ranch.

Cette affaire de voiture volée l'avait mis en retard.

Il n'aurait su dire ce qui le perturbait le plus : la preuve qu'un crime violent avait été perpétré sur ses terres, ou la réapparition de son ex-femme. La première chose pouvait créer des problèmes pour le ranch, la seconde réveiller un passé qu'il valait mieux oublier. Enfant, Clay avait appris à ses dépens ce qui arrivait quand on jouait avec le feu. L'été de ses six ans, il avait passé deux semaines à se rétablir après avoir tenté de satisfaire sa curiosité. Et son divorce d'avec Tamara était encore trop frais dans sa mémoire pour qu'il désire s'attarder sur ce qui aurait pu être.

Il soupira. La présence de Tamara au ranch avait paru si naturelle… comme si cinq ans et d'innombrables nuits solitaires ne pouvaient constituer un obstacle entre eux.

Il tapota l'encolure de Crockett.

— Tu avais l'air drôlement content de la voir. Je parie que tu croyais qu'elle t'avait apporté une sucrerie comme elle le faisait toujours, hein ?

Clay se redressa sur sa selle et roula ses épaules endolories. Il avait la gorge nouée en pensant à la joie qui avait éclairé le visage de Tamara lorsqu'elle avait reconnu Crockett. L'amour que Tamara portait aux animaux était une des raisons pour lesquelles il était tombé amoureux d'elle, une des raisons pour lesquelles il avait espéré qu'elle serait heureuse au ranch.

Et une des raisons pour lesquelles il avait eu le cœur brisé. Une des raisons pour lesquelles ils s'étaient querellés le soir de son départ. Savait-elle combien il lui en avait coûté de laisser Quinn mettre à mort l'étalon dont il était si fier ?

Il secoua la tête. Voilà qu'il recommençait à jouer avec le feu.

Comme ils atteignaient la crête qui bordait l'extrémité nord de la prairie, Clay distingua l'écurie plongée dans l'ombre. Le cheval accéléra l'allure.

Clay était aussi impatient que lui de prendre une douche et un repas chaud. Mais, avant de pouvoir se reposer, il devait nourrir les bêtes, récurer les box, et jeter un coup d'œil à ses comptes. Des employés l'aidaient pour les corvées quotidiennes et une gouvernante à mi-temps faisait la cuisine pour lui trois jours par semaine, mais le ranch réclamait quand même tout son temps. Souvent, si un cheval était malade ou une jument sur le point de mettre bas, il se couchait tard dans la nuit. Cependant, il ne s'en plaignait pas. Le ranch était sa vie, sa passion.

Il songea de nouveau au sang que Tamara avait trouvé sur la voiture volée, et à la somme considérable d'argent retrouvée. Un frisson lui parcourut l'échine. Quels que soient les événements qui avaient eu lieu dans le bosquet, Clay ferait en sorte que son ranch ne soit pas affecté. Depuis le départ de Tamara, le Bar None était tout ce qu'il lui restait.

Tamara transféra soigneusement sur une diapositive l'empreinte partielle récupérée sur le coffre et envoya l'image à l'ordinateur principal pour analyse. A vrai dire, elle ne s'attendait guère à ce que le programme lui révèle un nom, mais elle avait été surprise par les résultats obtenus par le passé.

L'idée qu'un crime épouvantable ait pu se produire si près du ranch faisait se dresser ses cheveux sur sa nuque.

Tamara pressa quelques touches sur son clavier, et lança la recherche. Le programme ronronna doucement, passant en revue les bases de données de la police de l'Etat pour la recherche d'une empreinte fichée. Le bourdonnement familier était réconfortant.

A ses yeux, ce laboratoire était une sorte de refuge. Elle s'y sentait dans son élément, libre d'user de son esprit logique sans que son cœur coure le risque d'être brisé. Statistiques, modèles et éléments chimiques offraient des certitudes dénuées de tout engagement émotionnel. A la fin de la journée, elle pouvait mettre un dossier de côté aussi aisément que si elle rangeait une paire de gants. Sans état d'âme. Sans déchirement si les choses ne se déroulaient pas ainsi qu'on l'avait espéré.

Ce n'était pas comme ces années passées à travailler au ranch avec Clay, où un poulain pouvait être mis au monde mort-né, une crise de colique s'avérer fatale, ou un magnifique étalon supprimé au nom de la rentabilité.

Tamara se balança sur sa chaise, posant les pieds sur un tiroir, tandis que les images se succédaient sur l'écran, des suites de tableaux, comparaisons, probabilités.

Des chiffres. Des numéros sans danger. Dépourvus d'émotion.

« Tee, le ranch est une entreprise. Même si je pouvais sauver la vie de Lone Star, le traitement serait coûteux. Il est contagieux, et je ne peux pas le laisser contaminer d'autres chevaux. »

Elle eut un haut-le-corps, et laissa brusquement retomber ses pieds sur le sol.

Pour Clay, le ranch était une suite de chiffres.

Son cœur chavira. Peut-être son ex-mari et elle n'étaient-ils pas si différents, après tout. Etait-il possible que Clay attache tant d'importance aux chiffres parce qu'ils lui donnaient une distance, un filet de sécurité face aux décisions douloureuses auxquelles il était confronté lorsqu'un cheval adoré était en jeu ? Cherchait-il à se protéger ?

N'obéissait-elle pas précisément à la même impulsion lorsqu'elle refusait de penser au-delà des preuves qu'elle rassemblait, aux victimes, aux vies détruites, aux familles dévastées par les crimes ?

Son ordinateur émit un bip, coupant court à ses réflexions. Troublée par l'idée qui venait de lui traverser l'esprit, elle ne put tout à fait maîtriser le tremblement de sa main alors qu'elle faisait défiler les résultats sur l'écran.

Un bruit de pas s'éleva derrière elle, annonçant l'arrivée d'Eric.

— Alors ?

— Rien. L'empreinte n'est pas répertoriée dans la base de données.

Son chef soupira et se balança sur les talons.

— Et pour les fibres ?

Elle fit pivoter sa chaise et croisa les bras.

— C'est une moquette bon marché vendue par la plupart des magasins de bricolage et utilisée par la firme qui a construit les trois quarts des maisons neuves d'Esperanza au cours des vingt dernières années. Autant chercher une aiguille dans une botte de foin.

Eric fit la moue.

— Combien de maisons a-t-on pu construire dans un trou comme Esperanza ?

— Hé, j'y ai grandi, souviens-toi, rétorqua-t-elle, vexée.

— Et si je me souviens bien, tu mourais d'envie de déguerpir.

Il avait raison. Au lycée, elle rêvait de quitter Esperanza pour New York ou Chicago. Une fois mariée à Clay, elle avait changé ses projets. Elle aurait été heureuse de rester à Esperanza avec lui jusqu'à la fin de ses jours, si seulement…

Elle étouffa cette pensée avant même de l'avoir formulée.

— Je te signale qu'Esperanza a connu une croissance rapide au début des années 90, comme la plupart des villes de la région, d'ailleurs. On a construit beaucoup de petits pavillons à prix abordables pour des familles qui voulaient à la fois bénéficier d'un mode de vie rural et de la proximité de San Antonio.

Eric leva la main en signe de capitulation.

— Bien. Il y a donc plus de cinq maisons qui possèdent cette moquette ?

— Plutôt une centaine, si on compte les bourgades avoisinantes.

Tamara se retourna vers son ordinateur et pianota sur le clavier.

— Je n'ai rien trouvé non plus concernant le cheveu

récupéré sur le siège passager. L'analyse ADN ne sera pas prête avant quelques jours.

Elle fronça les sourcils.

— Je ne peux pas m'empêcher de penser que nous avons peut-être manqué quelque chose. J'ai fait attention, mais… je ne sais pas. La scène était trop propre.

— Tu peux toujours retourner là-bas et repasser les lieux au crible. Sans ton ex-mari pour observer tes moindres gestes, tu verras peut-être quelque chose qui t'a échappé.

Tamara tressaillit et pivota vers lui.

— Clay ne…, je ne…

— Ne te donne pas la peine de protester. J'ai vu la manière dont vous vous regardiez, fit Eric en se dirigeant vers la porte. Fais seulement en sorte de ne pas laisser tes sentiments influer sur ton jugement.

Elle se redressa, piquée au vif.

— Retourne à Esperanza demain, ordonna son chef depuis le seuil. Elargis le périmètre des recherches. N'oublie pas de prendre un appareil photo.

— Bien.

Tamara déglutit avec peine. Revoir Clay et son ancien foyer avait déjà été assez douloureux. Peut-être pourrait-elle procéder à ces recherches sans en avertir le shérif Yates ni Clay. Si elle découvrait un indice important, elle appellerait Jericho sur place. Avec un peu de chance, elle n'aurait aucun contact avec Clay. Son cœur était suffisamment meurtri après leur rencontre d'aujourd'hui.

Le lendemain matin, Tamara traversa la prairie parcheminée à l'extrémité du Bar None, se dirigeant droit vers la ravine et le bosquet. Après avoir garé sa voiture, elle en descendit et parcourut du regard l'étendue déserte. Qu'avait-elle manqué ? Appareil photo en main, elle se mit à fouiller méthodiquement les lieux, quadrillant le périmètre et allant d'une section à l'autre.

Au bout de deux heures de recherches fastidieuses, et quasi infructueuses, Tamara avait atteint le bord de la ravine. Elle songea à Clay, qui avait grimpé la pente la veille lorsqu'elle était venue lui demander de répondre à ses questions. Avec ses cheveux bruns et sa silhouette musclée, il personnifiait le caractère rude et sauvage qui avait rendu le Texas célèbre.

La sonnerie de son téléphone portable la ramena brusquement sur terre.

— Salut, Eric. Qu'y a-t-il ?

— Tu es toujours à Esperanza ?

— Oui. Pourquoi ?

Elle poussa un rocher du bout du pied, scrutant le sol à sa droite et à sa gauche tout en marchant.

— Je me demandais seulement si tu en avais encore pour longtemps.

— Oh, il fait jour jusque vers 21 heures, alors je dirais qu'il me reste huit ou neuf heures possibles, répondit-elle, imaginant la réaction de son supérieur.

— Le pire, c'est que je ne suis même pas sûr que tu plaisantes, grogna Eric. J'apprécie ton dévouement, mais je ne veux pas non plus que tu t'épuises à la tâche. J'ai besoin que tu sois en forme, mentalement et physiquement.

— D'accord, mais je ne voudrais pas partir avant d'avoir tout couvert, cette fois. Je devrais avoir terminé d'ici une heure ou deux.

— Des progrès jusqu'ici ?

— Rien de très prometteur, avoua-t-elle avec un soupir.

La communication terminée, Tamara referma son appareil et regarda autour d'elle avec attention. Avait-elle suffisamment élargi le périmètre ? Avait-elle négligé quelque chose ?

Tout en avançant, elle ressortit son téléphone et commença à composer le numéro de Pete au labo photo.

Soudain, le sol céda sous ses pieds.

Tamara poussa un cri étouffé et fit des moulinets avec ses bras, laissant échapper son téléphone alors qu'elle tentait en vain de retenir sa chute. Terrifiée, elle eut tout juste le temps de lever le bras pour se protéger d'une pluie de terre, de gravats et de poussière qui lui piqua les yeux et remplit ses poumons.

Quand le monde eut cessé de bouger autour d'elle, Tamara leva la tête, et se mit en devoir de retirer la terre qui recouvrait ses vêtements. Elle toussa, cracha de la poussière, et un spasme tordit sa poitrine. Une douleur fulgurante la traversa, lui coupant le souffle. Elle resta immobile un moment, laissant s'apaiser la souffrance, s'efforçant de réfléchir.

Ses yeux pleuraient. Elle cilla plusieurs fois pour éclaircir sa vision, puis bougea doucement, vérifiant chacun de ses membres tour à tour. Chaque mouvement lui déchirait la poitrine. Elle fit la grimace. Des côtes fêlées. Peut-être pire.

Une poussée d'adrénaline déferla dans ses veines. Les mains tremblantes, elle tenta de se calmer, respirant à petits coups. Une fois la poussière retombée, elle put avaler plus d'air, et fut assaillie par l'odeur putride de la chair en décomposition. Plissant le nez, elle chercha à mieux voir dans la semi-pénombre. Dans quoi était-elle tombée ? Le trou dans lequel elle avait atterri semblait être profond de deux mètres environ.

Comme une tombe.

Elle frissonna, repoussant cette pensée glaçante.

Elle devait conserver son sang-froid. Réfléchir. Clay et ses employés étaient trop loin pour l'entendre crier. Son téléphone était…

Elle tâtonna dans le noir, cherchant du bout des doigts dans la terre et les gravats.

Chacun de ses gestes provoquait un nouvel élancement de douleur. Tamara se mordit la lèvre, envahie par la nausée. S'extirper de ce trou et conduire jusque chez Clay allaient être une torture, mais avait-elle le choix ?

Tenant ses côtes, elle se mit à genoux. Un gémissement lui échappa, et elle serra les dents, souffrant le martyre. Avant de se relever, elle tendit le bras une dernière fois dans l'espoir de retrouver son téléphone. En vain. Elle se traîna un peu plus loin dans le noir, et gratta le sol de nouveau.

Sa main heurta quelque chose de gros et de lourd. Passant les doigts avec hésitation le long de l'obstacle, elle eut l'étrange impression qu'elle touchait du tissu.

Un terrible pressentiment s'empara d'elle.

Elle fouilla dans sa poche à la recherche de son trousseau de clés, auquel était accrochée une minilampe. Le faisceau lumineux éclairait une section minuscule du trou. Retenant son souffle, elle le braqua vers l'objet.

Et hurla.

Face contre terre, à quelques centimètres de l'endroit où elle avait atterri, gisait un cadavre.

4

Tamara dut lutter pour recouvrer son sang-froid. Elle avait vu nombre de cadavres dans le cadre de ses activités professionnelles, mais la découverte inattendue de ce spectacle morbide, les ombres étranges créées par le reflet de sa lampe, le fait d'être tombée si près du mort, lui avaient causé un choc.

Elle ravala la bile qui montait dans sa gorge et se mit debout péniblement, tâtonnant autour d'elle pour trouver des appuis. Du bout des pieds, elle parvint à se ménager des prises dans la terre, et à sortir du trou.

En proie à des douleurs atroces, l'odeur de la mort encore présente dans ses narines, elle prit pleinement conscience de l'horreur de ce qui lui était arrivé. Là, à genoux, les mains tremblantes sur le sol, elle fut saisie de nausées qui lui déclenchèrent de violents élancements à la poitrine. Le soleil impitoyable du Texas lui donnait le vertige. Le bon sens l'avertit qu'elle devait retrouver sa voiture, échapper à la chaleur et obtenir de l'aide.

Et signaler la présence du corps.

Elle frissonna.

Un cadavre.

Le conducteur de la voiture volée ? Peut-être. Mais si tel était le cas, qui l'avait jeté dans ce trou ?

Après avoir non sans mal regagné son véhicule, s'efforçant de bouger le moins possible ses côtes meurtries, Tamara roula lentement vers le ranch. La perspective de revoir Clay lui faisait presque aussi mal que les cahots causés par la surface inégale de la prairie et les ornières de l'allée.

Elle actionna son avertisseur en approchant de la maison. Quelques secondes plus tard, deux employés se dirigèrent vers la voiture, l'air irrité, lui criant d'arrêter de klaxonner. D'autres la regardaient, visiblement curieux. Elle parcourut les visages du regard, cherchant celui de l'homme qu'elle voulait voir et qu'elle redoutait d'affronter.

Enfin, elle vit Clay franchir le seuil de la maison peinte en blanc et sortir sous la véranda. Un beagle familier, arraché à sa sieste, se précipita à ses pieds.

Des larmes de soulagement lui picotèrent les yeux. Elle cilla pour les refouler, se promettant d'être forte devant son ex-mari, quoi qu'il lui en coûte.

Clay tressaillit en reconnaissant la personne qui se trouvait au volant de la voiture. La stupeur puis l'inquiétude se lurent sur ses traits. Il courut vers elle, écartant ses employés pour s'accroupir devant la portière ouverte.

— Tamara, qu'y a-t-il ?

— Je suis… tombée dans un trou. Près de la ravine.

Elle ferma les yeux, attendant un nouvel assaut de la douleur.

Clay marmonna un juron.

— Tu es gravement blessée ? Tu peux marcher ?

Avant qu'elle ait pu répondre, il se releva et prit son

menton entre les doigts, effleurant légèrement une égratignure sur la tempe.

Elle fit une grimace et lui saisit le poignet pour l'empêcher de continuer.

— J'ai trouvé un corps.

Clay fronça les sourcils, et fixa sur elle ses yeux sombres.

— Un corps ? Où ça ?

— Dans le trou. Un homme. A en juger par l'odeur, il est mort depuis au moins quelques jours.

Clay se raidit. Son bras toucha à peine la poitrine de Tamara, mais ce contact suffit à provoquer un violent spasme. Elle retint un cri.

— Où es-tu blessée ? demanda-t-il en écartant brusquement les mains.

Tamara éprouva un pincement de gêne. Elle devait avoir une mine à faire peur, le visage égratigné, les vêtements couverts de saleté. Et après avoir passé des heures sous une chaleur torride, et frôlé un cadavre, elle ne devait pas sentir la rose.

Par contraste, Clay fleurait bon le soleil et le cuir. Elle respirait à petits coups pour minimiser la douleur, mais son parfum lui emplissait les narines. Son cœur se mit à battre plus fort. Tant de souvenirs précieux étaient associés à cette odeur-là. Des souvenirs qui la laissaient fragile, sans défense.

— J'ai… j'ai peut-être une ou deux côtes fêlées. J'ai du mal à… respirer. J'ai mal… quand je bouge.

— Peux-tu marcher ou devrais-je te porter à l'intérieur ?

Elle avait souffert le martyre pour regagner sa voiture.

Elle fut tentée de se laisser porter, mais il lui répugnait de paraître faible.

— Je peux marcher.

— Hobo, écarte-toi, ordonna Clay au beagle, qui avait mis le museau dans la voiture pour saluer la visiteuse.

Malgré son inconfort, Tamara sourit à la vue du chien, son vieil ami. Elle tendit les doigts pour qu'il puisse les renifler et lui caressa la tête.

— Salut, bonhomme.

Clay la prit par le coude pour la soutenir tandis qu'elle descendait avec précaution. De nouvelles douleurs étaient apparues, sans doute causées par la chute. Elle avait les muscles noués, les articulations raides, des égratignures un peu partout.

Elle fit quelques pas en boitillant, et ne put retenir un gémissement.

— Bon, fit Clay, avant de la soulever doucement dans ses bras.

Les doigts de Tamara se crispèrent sur sa chemise tandis qu'elle luttait contre un nouveau spasme.

— Non, Clay… ça va.

Elle se tut une seconde, respirant avec difficulté.

— Je… je t'assure. Pose-moi.

Il émit un grognement d'impatience.

— Tu ne peux pas tenir debout, sans parler de marcher.

— Mais si je vais lentement, je…

— Ne discute pas.

Son regard lui imposa le silence.

Une main sur les côtes, elle appuya la joue contre le coton doux de sa chemise. Légèrement étourdie, elle sentait les bras puissants de Clay autour d'elle, entendait battre son cœur. Hobo aboyait avec excitation à ses pieds. L'instant d'après, Clay la faisait entrer dans la fraîcheur accueillante de la maison.

Il alla droit au bout du couloir, traversant la cuisine pour gagner le petit salon attenant.

— Marie ! appela-t-il en la déposant sur un canapé en cuir.

Une petite femme brune sortit de la buanderie et apparut dans la cuisine.

— Oui, monsieur Clay ?

— Il me faudrait de l'eau oxygénée et un linge humide.

Tamara vit l'expression stupéfaite de la femme et s'efforça de sourire.

— Oh, mon Dieu ! Qu'est-il arrivé ? s'écria celle-ci en portant une main à la joue.

— Je suis tombée dans une sorte de puits… à côté de la ravine.

Clay s'acquitta rapidement des présentations. Si la gouvernante trouva curieux que l'ex-femme de Clay rôde sur les terres de ce dernier, elle n'en laissa rien paraître.

— Monsieur Clay, il faut l'emmener chez le médecin. Elle a mal.

Clay avait déjà sorti son téléphone portable.

— Je sais. J'appelle le Dr Mason tout de suite.

L'employée secoua la tête.

— Il n'est pas là. J'ai entendu dire qu'il était parti en vacances.

Clay fronça les sourcils et referma son appareil.

— En vacances ? Doc ne prend jamais de vacances.

C'est tout juste s'il peut se résoudre à prendre un jour de congé pour aller à la pêche.

Marie haussa les épaules, puis se hâta vers la salle de bains.

— Clay, il faut qu'on avertisse Jericho… à propos du corps que j'ai trouvé, chuchota Tamara pour ne pas être entendue de Marie.

— Je vais m'en occuper. D'abord, je veux m'assurer que tu vas bien. Si Doc n'est pas là, je vais devoir appeler une ambulance, mais la plus proche risque tout de même de mettre une bonne heure.

Il se passa une main sur les joues, et le frottement de sa paume calleuse sur sa barbe naissante fit à Tamara l'effet d'une caresse. Elle se souvenait de son menton rugueux sur sa peau lorsqu'ils faisaient l'amour, de la sensation délicieuse, excitante, que ce contact lui procurait.

S'efforçant de repousser les images érotiques qui lui venaient à l'esprit, elle prit une profonde inspiration, et fut récompensée par un violent élancement dans la poitrine. Elle ne put réprimer un gémissement, et le regard de Clay s'assombrit.

— Essaie de ne pas bouger.

Elle tenta d'esquisser un sourire.

— Tu crois ?

La mâchoire crispée, l'air tendu, Clay ne sembla guère amusé par sa tentative de plaisanterie. Il se mit à faire les cent pas dans la pièce.

Marie revint, munie du linge et du désinfectant, s'assit sur le bord du canapé et se mit à tamponner les égratignures de Tamara.

— Vous pourriez appeler la clinique, suggéra-t-elle. Il me semble qu'il y a un remplaçant pour le Dr Mason.

Clay arqua les sourcils, et une lueur d'espoir jaillit dans ses yeux.

— C'est ce que j'ai entendu dire chez Sue, reprit la gouvernante. Tout le monde était aussi surpris que vous.

La mention du bar-restaurant local fit naître un sourire sur le visage de Tamara.

— La tarte aux noix de pécan est-elle toujours aussi bonne ?

Clay enveloppa Tamara d'un regard soucieux, comme si son intérêt pour la meilleure tarte du Texas était un signe de blessure à la tête, puis ouvrit son téléphone et composa le numéro. Tamara se sentait à la fois touchée et agacée par sa sollicitude. Au cours de leur mariage, la tendance de Clay à vouloir assumer toutes les responsabilités avait parfois été source de conflits.

Une fois qu'ils eurent pris rendez-vous avec le médecin de garde à la clinique d'Esperanza et que Clay l'eut installée dans le pick-up, Tamara reporta son attention sur la question qui lui semblait la plus pressante.

Le cadavre sur les terres de Clay.

En route, elle emprunta son appareil afin d'avertir le shérif Yates. Jericho lui assura qu'il allait s'en occuper immédiatement, et elle profita de l'occasion pour lui demander s'il avait découvert la provenance de l'argent.

— Pas encore. Les numéros de série ne sont pas fichés, dit-il. Aucune banque de la région n'a enregistré de retrait de cette ampleur, ni aucune autre activité inhabituelle. Je suis en train de vérifier dans le reste de l'Etat mais, pour l'instant, c'est une impasse.

Le pick-up roula sur une bosse, et Tamara prit une inspiration choquée.

Clay fit la grimace.

— Je suis désolé. Il n'y a pas moyen de les éviter sur cette route.

— Quelque chose ne va pas, Tamara ? s'enquit Jericho.

— Je ne t'ai pas dit comment j'ai découvert le corps ?

Sur quoi, elle lui relata les événements de la journée, expliquant que Clay l'emmenait à la clinique.

— Je compatis. Il n'y a rien de plus douloureux que des côtes cassées.

Elle entendit une autre voix en arrière-fond, et la réponse de Jericho.

— Bien. Nous allons partir pour le Bar None. Je te tiendrai au courant.

— Pour le moment, il faudra me contacter par l'intermédiaire de Clay, dit-elle, serrant les dents alors qu'ils passaient dans un nouveau nid-de-poule. Mais si vous retrouvez mon portable sur les lieux, je vous en serais reconnaissante.

— Entendu. Prends soin de toi, Tamara.

Quelques minutes plus tard, ils atteignaient la clinique. Clay l'aida à descendre et à s'asseoir dans le fauteuil roulant qu'une infirmière avait apporté. Après l'avoir conduite à la salle d'attente, il partit signaler leur arrivée à la réceptionniste.

Tamara commençait à fulminer contre l'attitude protectrice de Clay lorsque la porte d'entrée s'ouvrit brusquement, livrant passage à un homme aux cheveux blonds et au visage familier. Il retira ses lunettes de soleil et se dirigea vers l'accueil.

— Billy ? Billy Akers ? s'écria Tamara.

Son ancien voisin et ami de longue date se retourna. Lorsqu'il reconnut Tamara, un sourire chaleureux se dessina sur son visage.

— Quelle surprise ! Tamara la Peste ! Comment vas-tu ?

Elle sourit en entendant le surnom que son propre frère et Billy lui avaient donné lorsqu'ils étaient enfants. Billy, qui avait conservé sa carrure athlétique de footballeur, vint à sa rencontre et fit mine de l'étreindre.

Tamara leva la main pour l'en empêcher.

— Oh ! Euh… ne serre pas, dit-elle avec une grimace en désignant sa poitrine. J'ai peut-être des côtes cassées.

Billy plissa le nez d'un air compatissant.

— Aïe. Que t'est-il arrivé ?

Elle eut un geste désinvolte.

— C'est une longue histoire. En tout cas, je suis vraiment contente de te voir. Comment vont tes parents ?

Billy s'assombrit.

— Pas très bien. Maman est atteinte de la maladie de Charcot.

— Oh, non !

Une bouffée de chagrin envahit Tamara à cette nouvelle. Mme Akers avait été comme une seconde mère pour son frère et pour elle.

— C'est affreux de la voir souffrir. Surtout pour papa.

Tamara pressa la main de Billy avec émotion.

— Je m'en doute. Oh, Billy, dis-lui bonjour de ma part, je t'en prie. Dis-lui que je penserai à elle.

— Je le ferai.

Il désigna le comptoir d'un geste.

— A vrai dire, je suis venu chercher une ordonnance pour elle.

Il remarqua Clay et une lueur de curiosité s'alluma dans son regard.

— Tu es ici avec Clay ? Cela veut-il dire que vous êtes… ?

— Non, coupa-t-elle en secouant la tête. Ce n'est pas cela.

Comprenant que sa dénégation n'avait pas convaincu Billy, elle chercha une explication susceptible de prévenir les rumeurs.

— J'étais sur ses terres quand je suis tombée. Sa maison était la plus proche.

— Que faisais-tu là-bas ? Je pensais que tu vivais à San Antonio à présent.

— C'est vrai.

Elle soupira, puis lui donna une version aseptisée de la vérité. De toute façon, la ville entière était sans doute au courant de la découverte d'une voiture volée au Bar None.

— Bref, je cherchais des indices et, tout d'un coup, je suis tombée dans un trou.

Billy devint tout pâle.

— Dans un trou ?

Elle lui adressa un sourire chagriné.

— Une sorte de puits. C'était maladroit de ma part, hein ?

Clay s'approcha et salua Billy.

— Comment vas-tu ?

Billy serra la main qu'il lui tendait.

— Oh… euh… ça va. Et toi ?

— Bien, répondit-il avant de reporter son regard sur Tamara. L'infirmière t'attend.

Billy prit congé d'eux, promettant à la jeune femme de saluer ses parents pour elle et lui souhaitant un prompt rétablissement.

Comme Clay la poussait vers la salle d'auscultation, Tamara ne put retenir un sourire.

— C'est comme ça dans une petite ville. On ne peut aller nulle part sans rencontrer un voisin ou une connaissance quelconque.

— C'est pourquoi on quittait toujours la ville quand on sortait ensemble au lycée.

— Quand on sortait ensemble ? Tu veux dire quand on allait se garer quelque part ?

Les paroles avaient jailli d'elles-mêmes, et Tamara les regretta aussitôt. A quoi bon rappeler à Clay les instants qu'ils avaient partagés sur la banquette arrière d'une voiture… ou la première fois qu'ils avaient fait l'amour ?

— Oui, c'est ce que je voulais dire.

Au ton rauque, légèrement ému, de sa voix, Tamara comprit que ces souvenirs l'affectaient aussi. Peut-être ne l'avait-il pas totalement effacée de sa vie, après tout.

L'infirmière du Dr Mason, Ellen Hamilton, apparut sur le seuil d'une salle toute proche.

— Entrez, madame Brown.

Clay guida le fauteuil à l'intérieur, et la petite femme

menue aux cheveux grisonnants désigna à Tamara la table d'auscultation.

— Voulez-vous de l'aide pour vous déshabiller, mon petit ?

Tamara tenta de se lever, mais des aiguillons de douleur lui transperçaient la poitrine. Elle étouffa un gémissement. Sans hésiter, Clay la souleva et la porta jusqu'à la table.

— Oui, je crois que j'aurai besoin d'aide, murmura Tamara en regardant l'infirmière.

— Très bien.

Celle-ci se tourna vers Clay d'un air patient.

Sans s'émouvoir, Clay prit le pied de Tamara, lui retira sa chaussure, puis fit de même avec l'autre.

Sidérée par son audace, Tamara demeura bouche bée. Il lui massa légèrement la voûte plantaire, et elle ne put retenir un cri de stupeur.

Après une journée de labeur au ranch, un des plus grands plaisirs de Tamara était que Clay lui masse les pieds. Ce délicieux moment de relaxation n'était souvent qu'un prélude à de longs ébats amoureux…

Le regard de Clay se souda au sien, et il esquissa une moue.

— Pardon. J'essayais seulement d'être doux.

Elle ouvrit la bouche pour lui dire qu'elle n'avait pas eu mal, mais l'infirmière ne lui en laissa pas le temps.

— Je voulais dire, monsieur Colton, que j'allais aider Mme Brown à se changer, dit-elle d'un ton péremptoire, tout en désignant la porte d'un geste.

Clay n'était ni stupide ni facilement intimidé. Il se redressa, arborant un air déterminé que Tamara connaissait bien. Il n'avait pas la moindre intention de céder.

Elle faillit éclater de rire, mais comprit soudain que Clay pensait toujours avoir le droit de l'accompagner dans le cabinet du médecin, qu'il trouvait naturel de l'aider à se changer. Une bouffée de nostalgie la submergea, aussitôt suivie d'un pincement d'irritation.

Clay avait perdu son droit à de telles privautés lorsqu'il avait signé les papiers du divorce, sans sourciller, sans même un tremblement de la main. Pour sa part, elle tremblait tant qu'elle avait eu du mal à reconnaître la signature qu'elle avait griffonnée au bas du document.

Et maintenant, il voulait reprendre ses privilèges ? Elle était partagée entre l'envie de rire et celle d'éclater en sanglots.

— Si vous voulez bien nous laisser, monsieur Colton, reprit l'infirmière.

Un muscle tressauta dans la mâchoire de Clay. Il redressa le menton.

— Clay, articula-t-elle avec difficulté, malgré le nœud dans sa gorge.

Il se tourna vers elle, et la lueur obstinée qui brillait dans ses yeux disparut, remplacée par une expression blessée, une résignation douloureuse qu'il s'empressa de dissimuler mais qui serra le cœur de Tamara. Quelqu'un qui n'aurait pas connu Clay n'y aurait vu que du feu. Mais Clay avait été son mari, une partie d'elle-même. Une souffrance qui n'avait rien à voir avec sa blessure lui déchira la poitrine.

Il hocha la tête d'un geste bref, concédant la défaite.

— Je serai dans la salle d'attente.

Sur quoi il s'en alla sans un regard en arrière, et la pièce sembla infiniment plus froide après son départ.

Quelques instants plus tard, un homme au crâne dégarni,

âgé d'une quarantaine d'années, arriva et serra la main de Tamara.

— Madame Brown, je suis Frank O'Neal, le remplaçant du Dr Mason. On me dit que vous avez fait une mauvaise chute.

— C'est exact.

Le médecin lui adressa un sourire poli.

— Bien. Voyons ce que je peux faire pour vous.

Pendant l'heure qui suivit, le Dr O'Neal examina Tamara des pieds à la tête. Après avoir procédé à des examens radiographiques, il lui banda les côtes et lui fit une piqûre contre la douleur.

Quand tout fut terminé, il la laissa seule dans le cabinet pendant qu'il allait chercher les clichés des radios. Elle se rhabillait lentement, songeant à l'expression blessée de Clay, quand des voix s'élevèrent dans la pièce voisine.

Pensant qu'ils parlaient d'elle, Tamara tendit l'oreille pour saisir l'échange entre Ellen Hamilton et le Dr O'Neal, mais seules des bribes de conversation lui parvinrent.

— Combien de temps… disparu…, demanda ce dernier d'une voix irritée.

— Je ne sais pas.

L'infirmière semblait secouée.

— … votre travail… vous vous rendez compte… les ennuis qui pourraient…

— … consciente… stock de narcotiques. Le Dr Mason… toujours… lui-même.

— … déjà arrivé… passé ?

Tamara ne put entendre la réponse de l'infirmière.

Il y eut un bruit de pas. La porte du cabinet s'ouvrit, et Tamara leva les yeux, rencontrant le regard troublé du médecin. Visiblement préoccupé, il déposa deux flacons de comprimés sur le bureau et adressa à Tamara un sourire tendu.

— Je voudrais que vous preniez un de ces médicaments toutes les quatre heures environ, quand la douleur revient, expliqua-t-il en désignant un des flacons. L'autre est un relaxant musculaire. Il est possible que vous souffriez d'effets secondaires, et il serait sage que quelqu'un veille sur vous pendant quelques jours.

Elle contempla les médicaments.

— Il m'arrive d'avoir des migraines. Ces comprimés ne risquent pas de les provoquer ?

— Normalement, non. En revanche, il est possible qu'ils causent des somnolences ou des vertiges. Quelqu'un peut s'occuper de vous ?

— A vrai dire, je vis seule à San Antonio.

On frappa à la porte, et Clay apparut.

— Mme Hamilton m'a dit que tu étais prête à partir ?

Le médecin hocha la tête.

— Je disais justement à Mme Brown que les comprimés que je lui ai donnés peuvent avoir des effets secondaires. Elle a besoin de se reposer et d'être surveillée pendant quelques jours.

Clay acquiesça.

— Elle peut rester chez moi.

Tamara lui décocha un regard stupéfait.

— Non, Clay, je ne peux pas… je…

— Si vous préférez, je pourrais vous garder en observation à la clinique, observa le Dr O'Neal en arquant un sourcil.

— Non, je…

— Parfait. Assurez-vous qu'elle se ménage, fit le médecin en s'adressant à Clay. Et j'aimerais vous revoir dans deux jours pour vérifier que tout va bien.

Clay tritura le bord de son Stetson.

— Quand le Dr Mason sera-t-il de retour ?

Le médecin leva les yeux du rapport qu'il écrivait.

— Je n'en sais rien. Il ne nous a rien dit, hormis qu'il avait besoin de s'absenter quelque temps.

Clay inclina la tête.

— Eh bien, tant mieux. Je ne me souviens pas de la dernière fois qu'il a pris des vacances.

L'infirmière entra, les radios de Tamara à la main. Le Dr O'Neal se pencha pour examiner les clichés.

— Je ne vois pas de fractures. Dans l'ensemble, je dirais que vous avez eu de la chance de vous en tirer avec quelques côtes contusionnées et quelques égratignures. Si vous vous reposez bien pendant les jours qui viennent, vous devriez être complètement rétablie d'ici à deux semaines.

Tamara remercia le médecin et régla ses honoraires.

Une fois dans la voiture, Tamara ne put s'empêcher de songer à l'invitation quc Clay lui avait faite de rester au Bar None le temps de se rétablir. Il ne lui avait pas vraiment demandé son avis. Il en avait simplement décidé ainsi. Avait-il envie qu'elle reste ? Ou était-il poussé par un sentiment de responsabilité, voire de culpabilité, parce qu'elle était tombée sur ses terres ? Quoi qu'il en soit, vivre sous le même toit que Clay, même seulement quelques jours, serait gênant.

— Clay…

Ses yeux rencontrèrent les siens, et l'argument de Tamara

se dissipa dans leurs profondeurs sombres. Elle lutta pour reprendre son souffle.

— Je... je pense que je serai parfaitement en sécurité chez moi à San Antonio. J'apprécie ton offre, mais...

Il fronça les sourcils.

— Tu connais quelqu'un qui peut rester avec toi ?

— Non.

— Tu as entendu le médecin. Il te faut du repos et quelqu'un qui veille sur toi.

— Je sais, mais...

Le téléphone portable de Clay se mit à sonner, coupant court à la conversation.

— Oui ? Salut, Jericho.

Clay jeta un coup d'œil vers Tamara.

— Oui, elle est avec moi. Nous rentrons de la clinique. Pourquoi ?

Il fronça les sourcils, et le pouls de Tamara s'accéléra. Elle n'avait guère envie d'apprendre d'autres mauvaises nouvelles.

— Peut-être. Laisse-moi lui poser la question.

Clay se tourna vers elle.

— Tu te sens capable de faire un détour par la prairie sud ? Jericho est sur place avec Rawlings, et ils n'ont pas trouvé le corps que tu as vu. Ils voudraient que tu leur montres l'endroit précis.

La piqûre que le médecin lui avait faite commençait déjà à lui donner envie de dormir, mais Tamara était consciente de ses devoirs envers le mort et envers son travail. Elle passa une main lasse sur ses côtes.

— Oui, bien sûr.

Dix minutes plus tard, Clay et elle se tenaient au bord

du trou, en compagnie de Jericho et de Rawlings. Le shérif secoua la tête.

— Nous sommes descendus avec des torches. Apparemment, ce puits communique avec le tunnel désaffecté où Clay et moi jouions quand nous étions petits.

— Quel tunnel ? A quoi servait-il ? demanda Tamara.

Clay haussa les épaules.

— Je ne sais pas à quoi il servait, mais il est là depuis des décennies. Quand j'ai acheté le ranch, j'ai mis du barbelé à l'entrée pour empêcher les chevaux d'y entrer.

— L'important, madame, intervint Rawlings en lançant à Tamara un regard accusateur, c'est que le shérif et moi avons inspecté toutes les galeries de ce tunnel, et qu'il n'y a pas de corps là-dedans.

Les trois hommes se tournèrent vers elle. Tamara se hérissa aussitôt.

— Mais je l'ai vu de mes propres yeux. Je l'ai touché, il y a à peine quatre heures de cela !

Un frisson la secoua à ce souvenir.

Le shérif parut sceptique.

— Tu t'es cogné la tête en tombant ?

— Il y avait un corps, Jericho ! protesta-t-elle, l'estomac soudain envahi par la nausée.

S'imaginait-il qu'elle mentait ? Qu'elle avait eu des hallucinations ?

— Tu étais sous le choc, lui rappela-t-il. Peut-être…

— Il n'y a pas de peut-être, Jericho, coupa Clay en venant à côté d'elle, les épaules droites et raides. Si Tamara dit qu'il y avait un corps, il y en avait un.

La riposte de Tamara mourut dans sa gorge. Bouleversée, elle se tourna vers Clay, les yeux écarquillés. Ils s'étaient opposés si souvent au cours des derniers mois de leur mariage qu'elle s'était habituée à se quereller avec cet homme si têtu. Le fait qu'il la croie, qu'il la soutienne en un pareil moment, la touchait profondément.

Clay plissa les yeux, visiblement préoccupé.

— La seule véritable question ici, c'est de savoir qui l'a déplacé… et pourquoi.

5

Tamara traversa le petit salon en boitillant et s'assit avec précaution sur un des canapés en cuir. Elle se sentait épuisée. Ses muscles étaient courbaturés. Le moindre mouvement brusque déclenchait des ondes de douleur dans son abdomen. A mesure que le médicament faisait effet, une sorte de torpeur s'emparait d'elle, et elle avait les paupières lourdes.

Pourtant, des pensées fébriles continuaient à la tourmenter.

Où était le mort qu'elle avait trouvé dans le tunnel ? Etait-il possible qu'il n'ait été que le produit de son imagination, comme Rawlings l'avait laissé entendre ?

Elle secoua la tête pour s'éclaircir les idées. Non ! Elle avait touché du tissu, senti la chair décomposée, vu le cadavre à demi enfoui sous les gravats.

Quelqu'un l'avait déplacé. Mais qui ?

Ses collègues de l'identité judiciaire prouveraient qu'elle avait dit la vérité. Ils étaient en ce moment même en train de fouiller le tunnel, à la recherche de cheveux, de fibres ou de sang qui pourraient mener à l'identification de la victime. Avec un peu de chance, ils trouveraient aussi des empreintes ou des traces montrant que le corps avait été bougé.

Clay arriva, avec deux grands verres. Il en déposa un sur la petite table rustique devant elle.

— Marie a préparé une salade de fruits en dessert, mais tu peux en prendre tout de suite si tu as faim.

— Non, merci, répondit Tamara en sirotant sa boisson.

Du thé sucré au citron, exactement comme elle l'aimait. Clay s'en était souvenu.

Elle ferma les yeux, luttant contre la bouffée d'émotion douce-amère que cette simple attention éveillait en elle. L'effet combiné du stress et des médicaments lui mettait les nerfs à vif, mais elle ne voulait pas s'effondrer.

Bien sûr qu'il se souvenait de sa boisson préférée. Ils se connaissaient intimement depuis l'adolescence. Il aurait fallu qu'il soit stupide pour l'oublier. Et Clay était tout sauf stupide. Sa démarche lente et son attitude détendue contrastaient de manière frappante avec l'intelligence aiguë qui se cachait derrière ses yeux sombres.

— Tu devrais aller te coucher, observa-t-il. Tu as eu une rude journée.

— Pas avant d'avoir eu des nouvelles de mon équipe, grogna-t-elle d'une voix frustrée. Je devrais être là-bas avec eux. Cette affaire était la mienne.

Clay arqua un sourcil et la considéra d'un air sceptique.

— Tu n'es certainement pas en état de travailler.

— Je sais, mais…

Elle serra les poings et soupira, cherchant les mots pour lui expliquer que cette attente la rendait folle, qu'elle détestait commencer quelque chose et ne pas le finir, qu'elle avait besoin de réponses pour apaiser son esprit tourmenté.

— ... mais il est difficile d'être là alors que tu voudrais être dans le tunnel avec tes collègues.

Elle cilla, et son cœur manqua un battement.

— Exactement. Comment le sais-tu ?

Il haussa les épaules et but une longue gorgée de thé glacé.

— J'ai du mal à déléguer, moi aussi. J'aime m'occuper personnellement de tout ce qui est important.

Elle esquissa un sourire.

— Je m'en souviens. Tu voulais tout contrôler.

Il fronça les sourcils.

— N'exagérons rien.

— Tu plaisantes ? s'étrangla-t-elle. Tout contrôler est un euphémisme ! Tu as un sens hypertrophié des responsabilités, et tu es un bourreau de travail par-dessus le marché ! Tu parles à ton ex-femme, tu sais. Je te connais.

— Peut-être. Mais les gens peuvent changer.

Tamara se laissa aller contre le dossier du canapé.

— Et tu as changé ?

Il contempla longuement ses bottes avant de répondre.

— Je vois les choses différemment, à présent. Je sais ce qui est important et ce qui ne l'est pas.

Il lui lança un bref regard.

Qu'est-ce qui comptait désormais aux yeux de Clay ? Tamara mourait d'envie de le lui demander, mais la question mourut dans sa gorge.

Elle ne voulait pas lui donner l'impression qu'il était important pour elle de connaître la réponse. Elle ne pouvait s'exposer à plus de risques que la situation n'en imposait déjà. Etre dans cet endroit familier, revoir des gens et des lieux associés à des souvenirs douloureux étaient une épreuve bien suffisante.

Elle ouvrit le téléphone portable de Clay, qu'il lui avait confié en attendant qu'elle retrouve ou remplace le sien. Pas de messages. Elle le referma et soupira.

— Ils appelleront dès qu'ils auront du nouveau, affirma Clay en se levant. Va t'allonger. Je te réveillerai s'il y a des nouvelles.

— Je suis trop agitée pour dormir, protesta-t-elle, juste avant de bâiller à s'en décrocher la mâchoire.

— Tee, tu tombes de sommeil, et le médecin t'a ordonné de te reposer. Ne sois pas têtue.

Il lui prit le téléphone, lui tendit la main et l'aida doucement à se lever.

La tête lui tournait. Etait-ce le contact de Clay ou un effet secondaire du médicament ? Fermant les yeux, elle s'accrocha à Clay jusqu'à ce que le vertige soit passé. Quand elle les rouvrit, il la couvait d'un regard inquiet.

— Tee, tu ne te sens pas bien ?

— C'est le médicament, c'est tout. Je comprends à présent pourquoi le Dr O'Neal insistait pour que quelqu'un veille sur moi.

Elle cilla. Ses yeux étaient secs et la picotaient.

— Tu peux dormir en haut aussi longtemps que tu voudras. Si tu as besoin de quoi que ce soit, appelle-moi. N'essaie pas de descendre l'escalier seule, d'accord ?

Tamara entendait Clay, mais c'était comme si sa voix venait de très loin. Elle avait l'impression d'avoir la tête pleine de coton, et ses paupières se fermaient.

— D'accord. Pas d'escalier. Je…

Elle étouffa un nouveau bâillement.

— Je pourrais dormir sur le canapé, ici. Je n'ai pas besoin de…

— Ne dis pas de bêtises. Tu peux prendre mon lit.

— Ton…

Avant qu'elle ait pu protester, Clay la souleva dans ses bras.

— La chambre d'amis est encombrée de cartons. Mon lit est le seul disponible pour l'instant.

Le lit de Clay ? Le cœur de Tamara battait à toute allure, et une bouffée d'adrénaline courut temporairement dans ses veines, balayant le brouillard de ses pensées. *Leur* lit. Celui qu'ils avaient acheté avec l'argent de la vente de leur premier cheval. Le lit où ils avaient dormi pendant trois ans, où ils avaient fait l'amour d'innombrables fois.

Essayait-il de rendre sa convalescence plus difficile ?

Elle chercha à organiser ses pensées en dépit du calmant qui lui engourdissait le cerveau.

— Clay, attends. Je ne crois pas que ce soit une bonne idée.

— Marie a changé les draps ce matin.

Il montait les marches en douceur, à un rythme tranquille, sans paraître le moins du monde affecté par son poids.

— Non, ce n'est pas ce que…

Il entra dans la première pièce sur la gauche, et la déposa sur la courtepointe confectionnée à la main.

Etendue sur le lit douillet, Tamara réprima un gémissement de plaisir. La perspective de s'abandonner au sommeil était de plus en plus tentante. L'effort nécessaire pour lever les bras et se dévêtir semblait impossible, mais elle portait encore les vêtements couverts de sang et de poussière qu'elle avait lorsqu'elle était tombée dans le puits. Non, dans le tunnel.

Il y avait un corps. N'est-ce pas ? Des images sans suite se télescopaient dans son esprit embrouillé.

— Il faut que je retire ces… vêtements…

Elle tira gauchement sur les boutons de son chemisier. La tâche semblait si ardue… elle ferma les yeux.

Clay lui enleva ses chaussures et lui massa doucement les pieds. Dans le cabinet médical… Non, maintenant. Cette fois, Tamara gémit tandis que les doigts magiques de Clay soulageaient ses talons, ses orteils…

Le paradis.

Clay contemplait Tamara, les contusions visibles sur ses bras, les égratignures de son visage lui rappelant combien elle avait eu de la chance de ne pas être plus sérieusement blessée.

Il constata avec soulagement qu'elle avait repris quelques couleurs. Lorsqu'il l'avait conduite à la clinique, elle était d'une pâleur effrayante, en proie à une affreuse douleur. Une douleur qu'il aurait été heureux d'endurer à sa place, s'il avait eu ce choix. Il se sentait terriblement impuissant, frustré de ne pouvoir l'aider.

Un tremblement le secoua des pieds à la tête. Elle aurait pu se rompre le cou en tombant, ou se casser une côte et se perforer le poumon.

Il aurait pu la perdre.

Clay poussa un léger soupir. Il avait déjà perdu Tamara. Il avait renoncé à tout droit sur elle le jour où il l'avait laissée partir.

Il caressa tendrement la joue de son ex-femme, et elle tourna la tête, nichant le visage contre sa main. Ses cils bruns frémirent, semblables à de la soie noire sur son teint d'ivoire.

— Merci, Clay… merci d'avoir été là aujourd'hui, murmura-t-elle d'une voix ensommeillée.

— De rien, mon chou.

Il l'avait emmenée à la clinique. Ce n'était pas grand-chose. Mais où donc était-il cinq ans plus tôt lorsqu'elle avait eu besoin de lui ? Pourquoi avait-elle pensé qu'elle serait plus heureuse sans lui ? L'échec de leur mariage le rongeait. Pourtant, il ne pouvait changer le passé, ni effacer les erreurs commises, les blessures qu'il lui avait infligées.

Elle semblait si pâle, si fragile. Vulnérable. Tee aurait détesté qu'on la décrive ainsi. Mais en la voyant sombrer dans le sommeil, Clay sentit se réveiller en lui un farouche instinct protecteur.

Il prit une inspiration émue et retira sa main. Elle émit un petit gémissement de protestation. Il regarda son chemisier déchiré, son jean maculé de boue. Le moins qu'il puisse faire était de laver ses vêtements pendant qu'elle dormait.

— Je vais t'aider à te déshabiller, Tee. D'accord ?

Elle ouvrit les yeux et acquiesça.

Il défit le premier bouton de son chemisier pendant qu'elle bataillait avec le dernier. Petit à petit, prenant soin de ne pas heurter ses côtes meurtries, il écarta les pans de tissu, révélant les bandages d'un blanc éclatant. Il fronça les sourcils. Il se souvenait d'avoir eu les côtes contusionnées après une chute lors d'un rodéo au lycée. Il avait souffert le martyre.

Il ferait tout ce qui était en son pouvoir pour prendre soin de Tamara et faciliter sa convalescence. Après tout, elle avait été blessée sur ses terres. Il n'était peut-être plus son mari aux yeux de la loi, mais il ne pouvait se défaire de l'idée qu'il avait des obligations envers elle.

Tamara tira sur son chemisier et esquissa une grimace.

— Attention, chuchota-t-il.

Il fit glisser le vêtement le long de ses bras minces et fermes, puis reporta son attention sur le soutien-gorge. La dentelle fine ne cachait guère de secrets, mais le souvenir des seins de Tamara était gravé à jamais dans sa mémoire.

Néanmoins, Clay hésita. Des images érotiques défilaient dans sa tête, lui donnant des picotements à la nuque.

Il avait déshabillé Tamara des centaines de fois. Il connaissait chaque centimètre carré de son corps, les courbes de sa taille et de ses seins, la sensation de ses jambes enroulées autour de lui.

Mais il n'était plus son mari.

— Le jean, maintenant, murmura-t-il.

Il abaissa la fermeture et fit descendre le pantalon sur ses hanches tandis que Tamara l'aidait de son mieux. Elle laissa échapper un petit soupir de plaisir en se débarrassant du vêtement moulant, et Clay dut réprimer un gémissement. Les jambes de Tamara étaient aussi longues et aussi jolies que dans ses souvenirs.

Une vague de chaleur monta en lui comme son regard se posait sur le slip rose pâle assorti au soutien-gorge en dentelle.

— Ça aussi, murmura-t-elle en abaissant les bretelles

du soutien-gorge sur ses épaules. Ces armatures me font mal.

Retenant son souffle, Clay passa une main dans le dos de Tamara pour le dégrafer, un geste qui l'approcha dangereusement de la femme presque nue allongée sur le lit. Le désir vibrait dans chacun de ses muscles. Lorsqu'elle laissa tomber le minuscule sous-vêtement sur le sol, il dut faire appel à toute sa volonté pour ne pas prendre dans sa bouche les mamelons révélés à sa vue.

Tamara enroula un bras autour de ses épaules et nicha la tête dans son cou.

— Tu sens bon. Comme le soleil.

Clay déglutit avec peine, se rappelant qu'elle était blessée et sous l'influence de médicaments. Il avait trop de respect pour elle pour profiter de la situation.

Elle enfouit les doigts dans sa nuque et pressa un baiser sur son menton.

— Tu as besoin de te faire couper les cheveux, chuchota-t-elle. Je pourrais peut-être le faire plus tard.

Serrant les dents, Clay se dégagea de cette étreinte si tentante. Il songea à d'autres fois où Tamara lui avait coupé les cheveux — les doigts de Tamara lui massant la tête, la sensation des ciseaux frais contre sa nuque, et sa femme à califourchon sur lui pendant qu'elle taillait sa frange. Quand elle terminait, il était fou de désir, prêt à exploser.

Tamara posa les lèvres sur le lobe de son oreille. Conscient que sa maîtrise de lui-même ne tenait plus qu'à un fil, il prit une brève inspiration et s'éloigna.

— Je vais te donner un T-shirt, dit-il d'une voix rauque.

Il se leva, fouilla dans sa commode et en sortit un maillot

en coton bleu. D'un revers de main, il essuya la sueur qui perlait à son front et se retourna vers le lit.

S'il avait été un gentleman, songea-t-il, il détournerait les yeux ou les fermerait.

Mais il ne se sentait guère d'humeur à être un gentleman.

D'ailleurs, c'était Tamara. Sa Tee.

Cinq ans après leur divorce, il éprouvait encore le sentiment qu'elle était sienne. C'était à lui qu'elle avait donné sa virginité. Depuis le lycée, il avait été son mari, son amant, son protecteur.

Si bien qu'en s'approchant du lit il la contempla. Ses cheveux dorés étaient déployés sur l'oreiller, et il savait que les draps garderaient leur parfum de chèvrefeuille. Il admira sa peau soyeuse, les courbes gracieuses de ses jambes. Il s'attarda sur le creux de sa gorge, là où elle aimait qu'il la mordille doucement.

En pensée, il promenait les mains sur les globes ronds de ses seins, taquinait de son pouce la pointe dressée. Il se souvenait de ses soupirs quand il déposait une traînée de baisers au creux de son dos, et il dut serrer les dents pour dominer le désir dévorant d'entendre ce son de nouveau. Il laissa son imagination s'envoler alors qu'il fixait le slip rose qui dissimulait sa féminité, le cœur tendre qu'il avait exploré de ses mains et de sa bouche avant de la posséder de la manière la plus intime qui soit.

Tamara changea de position, frissonnante.

Clay s'arracha brusquement à ses rêveries érotiques. Veillant à ne pas lui faire mal, il l'aida à enfiler le T-shirt. Puis il prit la couverture afghane drapée sur le fauteuil tout proche, en recouvrit Tamara et recula.

Elle semblait à la fois forte et délicate. Innocente et sexy. Familière et différente. Elle était magnifique.

Il ne résista pas à l'impulsion de l'embrasser sur le front avant de quitter la chambre. Cela semblait naturel. Tout comme d'avoir Tamara chez lui, dans son lit, dans sa vie.

Clay referma la porte et se réprimanda.

Ne sois pas si sentimental. Elle t'a déjà quitté une fois, et dès qu'elle sera rétablie, elle te quittera de nouveau.

S'imaginer autre chose ne ferait que lui apporter des désillusions.

Un léger coup frappé à la porte réveilla Tamara.

Elle entrouvrit les yeux, et mit une seconde ou deux à se souvenir de l'endroit où elle se trouvait. La chambre de Clay.

Jetant un coup d'œil sur sa montre, elle s'aperçut avec consternation qu'elle portait un T-shirt. Elle ne se souvenait pas de s'être changée. A vrai dire, elle ne se souvenait pas de grand-chose, hormis que Clay l'avait soulevée dans ses bras et amenée ici.

Clay ?

Elle se figea, passant mentalement en revue les possibilités. Des images défilèrent dans son esprit. Elle était dans les bras de Clay, elle l'embrassait, elle faisait l'amour avec lui. S'agissait-il d'authentiques souvenirs ou bien d'un simple rêve érotique ?

— Tamara ?

La porte s'entrebâilla, et Clay entra à demi.

Elle se redressa vivement, et un éclair fulgurant de douleur lui traversa la poitrine.

— Oh !

Elle se laissa retomber sur le lit avec une grimace, portant les mains à ses côtes tandis que des points noirs flottaient dans son champ de vision.

Clay se hâta vers elle.

— Hé, fais attention. Le médecin t'a dit de ne pas t'agiter, de faire des gestes lents en attendant que tu sois rétablie.

— Je sais, haleta-t-elle. C'est juste que… tu m'as fait peur.

— Pardon.

Clay écarta les cheveux qui lui tombaient sur le visage, et la caresse légère de ses doigts suffit pour que Tamara oublie sa douleur.

— J'ai dormi longtemps ? Et… qui m'a déshabillée ?

Il arqua un sourcil sombre, et un sourire amusé se dessina sur ses lèvres.

— Tu ne t'en souviens pas ?

L'air taquin de Clay n'augurait rien de bon. Elle ferma les yeux.

— Oh, non ! Qu'ai-je fait ? Qu'ai-je dit ? Souviens-toi que j'étais sous l'influence des calmants. Tu ne peux pas me tenir responsable de quoi que ce soit !

Il lui pressa la main.

— Pas de panique. Je t'ai aidée à te changer, mais… il ne s'est rien passé.

Elle leva la tête et vit une lueur de désir dans ses yeux.

— Non que je n'aie pas été tenté.

Son sourire espiègle fit bondir le cœur de Tamara.

Elle baissa les yeux sur le T-shirt en coton qu'elle portait. Elle avait toujours aimé dormir vêtue d'un de ses T-shirts. Ils sentaient bon le propre et le plein air. Elle sourit.

— Où sont mes affaires ?

— Dans le sèche-linge. Pas tout à fait comme neuves, mais propres. Tu peux emprunter tous les T-shirts que tu veux.

Tamara hocha la tête.

— Merci.

Clay se frotta les mains sur les jambes de son jean.

— Je… j'aurais voulu te laisser dormir, mais… j'avais promis de te réveiller dès qu'il y aurait du nouveau.

Elle se redressa.

— Mon équipe a trouvé quelque chose dans le tunnel ?

Il acquiesça, la mine sombre.

— Du sang. On ne sait pas encore si c'est le même type que celui de la voiture.

— J'imagine qu'il va falloir patienter quelques jours, commenta-t-elle en se mordillant la lèvre inférieure. Par conséquent, je n'avais rien imaginé. Il y avait bel et bien un corps.

Clay fronça les sourcils, et elle se hâta de poursuivre avant qu'il intervienne :

— Rawlings était convaincu que j'avais eu des hallucinations. Jericho lui-même était sceptique.

Une bouffée d'émotion s'empara d'elle au souvenir du soutien sans faille de Clay. Elle s'éclaircit la gorge.

— Ils ont découvert autre chose ? Un indice qui pourrait nous mener à celui qui a déplacé le corps ?

— Une confession signée, par exemple ? demanda-t-il avec un sourire taquin.

Elle gloussa.

— Si seulement c'était aussi facile !

Clay secoua la tête.

— Jericho n'a rien dit d'autre. Sauf qu'ils ont récupéré ton téléphone. Il marche toujours. Il a besoin d'un bon nettoyage, mais tu devrais pouvoir le sauver. En attendant, tu peux continuer à te servir du mien.

— D'accord, merci.

Comme il se relevait, elle planta son regard dans le sien.

— Attends, je… je voulais te remercier.

Il inclina la tête.

— De quoi ?

— De m'avoir soutenue aujourd'hui, de m'avoir crue alors que les apparences étaient contre moi. Ta foi en moi… cela m'a beaucoup touchée.

Ses yeux sombres l'enveloppaient d'un regard intense, lui coupant le souffle, faisant battre son cœur plus vite.

Pendant quelques secondes, il resta silencieux, et elle tenta en vain d'interpréter son expression. Lorsqu'il le désirait, Clay pouvait être si secret, si fermé, qu'elle-même avait du mal à déchiffrer ses pensées.

— Tu n'avais aucune raison de mentir, dit-il enfin en se tournant vers la porte.

Elle connaissait bien cette tactique, qui consistait à minimiser le sens de tout geste susceptible d'éveiller des émotions. A traiter avec désinvolture tout ce qui aurait pu révéler sa sensibilité. Le cow-boy solide, fort, responsable, refusait absolument de baisser sa garde.

Clay sortit et referma la porte derrière lui, laissant Tamara en proie à la déception. Une douleur enfouie depuis des années revenait. Il n'avait pas exactement rejeté sa gratitude… mais il avait refusé de comprendre le sens de son acte, et l'importance que celui-ci avait eue pour elle.

Combien de fois Clay s'était-il conduit ainsi durant leur mariage ? Lorsqu'elle soulevait un problème, il se contentait de lui dire de ne pas se faire de souci. Au fil des années, cette attitude avait miné le bonheur de Tamara et détruit son mariage. Elle en était arrivée à la conclusion que son opinion n'avait aucune valeur aux yeux de son mari. Jamais elle ne s'était sentie sur un pied d'égalité avec lui dans leur couple, et encore moins dans la gestion du ranch.

Bien sûr, Clay était trop gentil et trop attentionné pour lui avoir donné délibérément cette impression. En fait, lorsqu'elle avait abordé ce sujet avec lui un jour, il avait été sincèrement sidéré qu'elle pût penser qu'il n'accordait aucune importance à ses idées. Mais que ce soit intentionnel ou pas, un fossé s'était creusé entre eux, au point qu'elle avait fini par douter de l'amour de Clay.

Il n'avait pas changé. Elle serait folle de refaire la même erreur et de se perdre une fois de plus dans son ombre.

Clay était occupé à examiner les comptes du ranch quand un léger bruit de pas se fit entendre dans l'escalier. Il leva les yeux au moment où Tamara entrait dans son bureau.

— Que fais-tu debout ? demanda-t-il, d'une voix faussement sévère. Le médecin ne t'a pas donné l'ordre de te reposer ?

Tamara enroula une mèche de cheveux autour de son

doigt et lui adressa un sourire timide qui fit bondir son cœur dans sa poitrine.

— Je suis censée me reposer, mais le Dr O'Neal n'a jamais dit que je devais garder le lit. Je peux peut-être m'allonger sur le canapé du salon ? Je m'ennuyais là-haut toute seule.

Il esquissa un sourire et se leva.

— Très bien. Je peux t'apporter quelque chose ?

— J'aimerais me servir de ton téléphone pour appeler le labo.

Il le lui tendit. Gardant le dos bien droit et une main protectrice sur ses côtes, Tamara s'assit sur le bord d'une chaise et composa le numéro de son bureau.

— Laboratoire de l'identité judiciaire, annonça une voix forte, que Clay n'eut aucun mal à entendre.

Tamara fit la moue et éloigna l'appareil de son oreille.

— Eric ? C'est moi. Qu'avez-vous trouvé dans le tunnel ? Clay a entendu dire qu'il y avait du sang ?

— Hé, Tamara, comment vas-tu ? Le shérif Yates m'a expliqué ce qui s'est passé.

— J'ai seulement quelques côtes contusionnées. Rien de grave.

— Rien de grave !

Elle leva les yeux au ciel tout en changeant de position avec raideur.

— Ne t'inquiète pas. Je serai de retour dans deux jours.

Clay s'apprêtait à protester, mais Eric Forsyth le devança.

— Oh, que non ! Tu es blessée. A compter d'aujourd'hui, tu es en congé maladie pour un minimum d'une semaine.

— Comment ? s'étrangla Tamara, interrogeant Clay du regard comme pour s'assurer qu'elle avait bien entendu.

Clay croisa les bras et se laissa aller en arrière dans son fauteuil, un sourire satisfait sur les lèvres.

— Je ne veux pas te voir ici avant que tu sois rétablie et en forme. Si tu as besoin de plus de temps, tu le prendras. Compris ?

— Oui, grogna-t-elle en soupirant. Peux-tu au moins me dire si vous avez fait des progrès ? Qu'avez-vous découvert dans le tunnel ?

Clay tendit l'oreille. L'enquête ne le concernait peut-être pas directement, mais s'il s'était passé quelque chose d'illégal, voire de tragique, sur ses terres, il voulait le savoir. Tamara avait été blessée, et il se devait d'être bien informé s'il voulait pouvoir la protéger à l'avenir.

— Ecoute, tu ne…

— Eric, je t'en prie.

Tamara baissa la tête et se massa la tempe.

— C'est mon dossier, insista-t-elle. C'est moi qui ai commencé l'enquête. J'ai le droit de savoir.

Un long soupir s'éleva à l'autre bout du fil.

— Eh bien, nous n'avons pas encore les résultats définitifs, mais… les premiers tests suggèrent que les échantillons relevés sont du même groupe sanguin. Nous en aurons le cœur net dès que l'analyse ADN aura été faite sur le sang et les cheveux.

Tamara se redressa brusquement.

— Les cheveux ? dit-elle avec excitation. Vous avez trouvé autre chose ?

— Pas vraiment. Il y avait des traces qui auraient pu être des empreintes, mais elles avaient été effacées. Délibérément.

— Intéressant, marmonna Tamara en se mordillant la lèvre inférieure.

Ses yeux bleus brillaient, révélant sa passion pour son travail. Clay pouvait presque voir tourner les rouages de son cerveau, et un sentiment de fierté monta dans sa poitrine. Accompagné d'un pincement de regret. Pas étonnant qu'elle ne se soit pas épanouie dans leur mariage. Il était clair qu'elle était dans son élément au sein des services de l'identité judiciaire, à examiner des indices, à recouper les fragments d'éléments scientifiques pour reconstituer le puzzle d'une affaire.

— Si quelqu'un a déplacé le corps, c'est peut-être parce qu'il sait que nous tenons une piste, dit-elle.

Clay se pencha en avant, son pouls s'accélérant dans ses veines. Cette idée lui déplaisait.

— Possible. Et les animaux traqués sont toujours les plus dangereux, commenta Eric, se faisant l'écho de ses pensées.

Pendant que Tamara terminait sa conversation, Clay réfléchit. Comment des informations concernant l'enquête avaient-elles pu être connues si vite du coupable ? Quelqu'un avait-il vu son ex-femme sur la scène du crime ?

Un frisson lui parcourut l'échine.

La possibilité que quelqu'un soit au courant du rôle joué par Tamara dans l'affaire et puisse vouloir la réduire au silence le glaçait jusqu'à la moelle.

Il serra les poings, résolu à la protéger.

Et même à donner sa vie pour elle.

6

Le lendemain soir, après le dîner, Clay trouva Tamara étendue sur le canapé du salon, le dos calé contre une pile d'oreillers. Elle avait enfilé un de ses shorts et un autre de ses T-shirts.

Tout en lisant un magazine, elle se frottait distraitement la jambe du bout de son pied nu, attirant l'attention de Clay sur sa cheville fine et la courbe de son mollet. Le geste était si sexy que Clay sentit sa bouche s'assécher. Depuis qu'il l'avait aidée à se changer la veille, la vision de son corps dénudé et de ses sous-vêtements en dentelle le tourmentait sans répit.

Comme il restait debout sur le seuil du salon, le corps vibrant de désir, Tamara posa sa revue sur les genoux et tendit la main pour se frotter le talon. Un gémissement de douleur lui échappa, et elle se laissa retomber sur les oreillers en faisant la grimace.

— Flûte.

Clay s'avança.

— Tu veux un comprimé pour la douleur ?

Elle leva vers lui un regard stupéfait.

— Non, merci. Tu rentres tôt. Tu as déjà terminé à l'écurie ?

Il acquiesça, contourna la petite table pour venir s'asseoir sur le canapé, posant les pieds de Tamara sur ses genoux.

— Quand on est nombreux, le travail se fait plus vite. J'ai plus d'employés que je n'en ai vraiment besoin en ce moment, mais je ne peux les licencier. Ils ont des familles à nourrir.

Elle arqua un sourcil.

— Et tu as les moyens de payer leurs salaires ?

Il haussa les épaules.

— Ces deux dernières années ont été plutôt bonnes. Mes nouveaux étalons rapportent bien, et j'ai vendu quelques terres dont je n'avais pas besoin. Donc, oui, pour l'instant, j'en ai les moyens.

— Tant mieux. Je suis contente pour toi et pour le ranch. Personne ne mérite le succès autant que toi.

La chaleur de son sourire émut Clay jusqu'au tréfonds de son être.

En général, il se souciait peu de susciter l'approbation, mais l'opinion de Tamara comptait à ses yeux. Elle l'avait connu au tout début, quand il était encore au lycée et qu'il apprenait les rudiments du métier. Elle avait travaillé à ses côtés depuis le jour où il avait acheté le ranch jusqu'à celui où elle était partie. Elle avait su combien il rêvait d'avoir son propre ranch, et quel mal il s'était donné pour réussir. Et elle avait partagé avec lui le prix de son succès.

Soudain envahi par le remords, il se hâta de repousser les souvenirs de son mariage raté.

Il enroula les doigts autour du pied nu de Tamara, frottant son talon entre ses paumes.

— Tu es glacée. Tu veux une paire de chaussettes ?

— Hmm… non. Mais continue. Ça me fait un bien fou.

Elle laissa aller sa tête en arrière avec un soupir de bien-être qui résonna dans le corps de Clay. Une vague de chaleur monta en lui, et la tension sexuelle qu'il avait combattue toute la journée revint en force.

— Tu as des mains de magicien, Clay Colton, murmura-t-elle d'une voix rauque. Tes massages m'ont manqué.

Une lueur de désir brillait dans ses yeux.

Par le passé, ces massages avaient mené à des moments plus intimes, et un tourbillon d'images et de sensations déferla en lui. Son regard remonta sur les longues jambes de Tamara, s'arrêtant sur sa poitrine, où le T-shirt collait à ses seins, en soulignant les pointes durcies. Elle ne portait pas de soutien-gorge.

Une onde de désir le parcourut.

Il étouffa un gémissement. Après tout, il savait très bien qu'il jouait avec le feu lorsqu'il était venu s'asseoir sur le canapé. Il avait voulu mettre Tamara à l'épreuve, savoir si elle allait le rejeter ou accepter ses caresses.

— Tu sais ce que j'aimerais ? demanda-t-elle en enroulant une mèche de cheveux autour de son doigt.

— Quoi donc, Tee ?

Refoulant ses fantasmes, il se força à se concentrer sur ce qu'elle voulait lui demander. Dès qu'il avait posé les yeux sur elle, au lycée, il avait été prêt à tout pour satisfaire les désirs de Tamara. Même si cela signifiait qu'il devait sacrifier son propre bonheur. Leur divorce en était la preuve.

— Je me disais que… demain, peut-être…

La sonnerie stridente du téléphone les interrompit.

Clay secoua la tête.

— N'y fais pas attention. Termine ta phrase.

— Non, cela peut attendre, dit-elle. Va répondre. C'est peut-être Jericho qui a des informations à nous donner.

Avec un soupir, il se leva et alla décrocher.

— Allô ?

— Bonjour, Clay. C'est Jewel.

Il se sentit brusquement coupable. Il y avait plusieurs jours qu'il avait l'intention de téléphoner à Jewel Mayfair, la directrice du Hopechest Ranch, un centre résidentiel pour jeunes délinquants en voie de réinsertion.

Plusieurs mois auparavant, son fiancé et l'enfant qu'elle portait étaient morts tragiquement dans un accident de la route. Anéantie, Jewel était venue se réfugier à Esperanza. La tante de Clay, Meredith, qui était également celle de Jewel, s'inquiétait à son sujet et avait demandé à Clay de veiller sur elle. Naturellement, il avait pris sous son aile cette parente éloignée, encore sous le choc.

— Bonsoir, Jewel. Tout va bien ? demanda-t-il en revenant dans le salon, l'appareil calé sous le menton.

Cette fois, il s'assit en face de Tamara. Un homme ne pouvait résister indéfiniment à la tentation.

— Oh, oui, répondit Jewel. Je songeais seulement à amener quelques-unes des filles demain pour une randonnée à cheval… si tu es d'accord, bien entendu.

Clay passa mentalement en revue son emploi du temps du lendemain.

— Pas de problème. Vers 10 heures ? Avant qu'il fasse trop chaud ?

— Ce sera parfait. Merci, Clay. Tu es un amour.

Il mit fin à la communication sous le regard intrigué de Tamara.

— Tu te souviens de mon oncle Joe et de sa femme, Meredith ?

Tamara hocha la tête.

— Le sénateur et sa femme ?

— Précisément.

— On a beaucoup parlé de sa candidature aux élections présidentielles, récemment.

Clay arqua un sourcil, surpris que Tamara se soit tenue informée des événements concernant sa famille. Mais il était vrai que la carrière politique de Joe était largement médiatisée. Il désigna le téléphone d'un geste.

— C'était la nièce de Meredith, Jewel. Je ne crois pas que tu l'aies rencontrée.

Tamara plissa le nez, réfléchissant.

— Le nom ne me dit rien.

— Jewel a récemment ouvert un centre ici, à Esperanza, et elle amène régulièrement les jeunes pour des sorties à cheval.

— Et ils viennent demain, si j'ai bien compris ?

Il sourit.

— C'est une des raisons pour lesquelles je suis tombé amoureux de toi, mon chou. Tu comprends vite.

Elle lui adressa une grimace.

— Je sais écouter aux portes.

Clay se laissa aller contre le dossier du canapé, et un silence confortable s'installa entre eux. Tamara fut la première à le rompre.

— Parle-moi du reste de ta famille. Georgie fait toujours du rodéo ?

— Elle a arrêté, pour donner à Emmie un foyer stable.

Tamara fronça les sourcils.

— Emmie ?

Clay passa une main sur sa barbe naissante.

— Oh, j'avais oublié. C'est après ton départ que Georgie nous a annoncé qu'elle était enceinte.

Tamara écarquilla les yeux.

— Georgie a une fille ?

Incapable de dissimuler sa fierté, Clay esquissa un grand sourire.

— Elle a cinq ans, et c'est tout le portrait de sa mère. C'est un vrai garçon manqué, et elle est bavarde comme une pie.

— Et son oncle Clay fait ses quatre volontés ? fit Tamara avec un sourire entendu.

Il leva les mains en signe de reddition.

— Coupable, Votre Honneur.

— Et… Georgie est mariée ?

L'estomac de Clay se noua tandis qu'il revoyait le méprisable individu qui avait abandonné sa sœur enceinte.

— Non. Le type l'a quittée. Mais Georgie est une excellente mère et elle a rencontré quelqu'un d'autre.

Tamara sourit.

— Un autre passionné de rodéo, j'imagine ?

— A vrai dire, non, gloussa Clay. Il est agent secret.

— Pardon ?

Tamara se redressa trop vite et pressa une main contre ses côtes.

— Comment a-t-elle rencontré un agent secret ?

Clay lui résuma les événements des semaines écoulées, y compris le cambriolage chez Georgie, le vol de son identité et l'accusation qui avait été portée contre elle. Il expliqua que c'était en partie grâce à l'agent Nick Sheffield qu'elle avait pu laver son nom.

Tamara émit un sifflement stupéfait.

— Je suis si heureuse que tout se soit arrangé. Vais-je avoir l'occasion de faire la connaissance du héros et de la fille de Georgie pendant mon séjour ici ?

— Pourquoi pas ? Je suis sûr que Georgie serait contente de te voir.

— Cela me ferait vraiment plaisir.

Le sourire de Tamara s'effaça, et elle hésita.

— Et Ryder ? Tu as de ses nouvelles ?

Clay se raidit. Chaque fois qu'il pensait à son frère incarcéré, il se sentait coupable. Il se leva et s'approcha de la cheminée, tournant le dos à Tamara afin qu'elle ne puisse pas lire son expression.

— Il y a des années que je n'ai plus de contacts avec lui.

— Pourquoi cela ?

Le ton sidéré de Tamara ne fit qu'ajouter à la tension de Clay, et à ses remords. Sa relation avec son jeune frère était suffisamment compliquée sans que Tamara le blâme pour sa décision.

Il serra les dents.

— Ryder ne m'a pas laissé le choix. Il n'a pas voulu m'écouter. Il a refusé de revenir sur le droit chemin. J'ai pourtant tout essayé pour l'aider. Tu te souviens de toutes les bêtises qu'il a faites au lycée. Le vandalisme. Le vol de voitures avec ses amis pour s'amuser.

— Pourtant, au fond, c'était un gentil garçon. Rebelle, oui, mais…

Clay abattit le poing sur le manteau de la cheminée.

— Et sa rébellion l'a conduit en prison !

Tamara étouffa un cri.

Clay jeta un coup d'œil par-dessus son épaule et vit son visage défait. Il se détourna, enfonçant les mains dans ses poches.

— Il a été arrêté à la frontière alors qu'il transportait des clandestins mexicains. Il est en prison.

— Oh, non ! Oh, Ryder. C'est affreux.

Un goût amer monta dans la gorge de Clay.

— J'ai essayé de lui parler pendant le procès. C'était comme si je m'adressais à un mur. Il ne voulait même pas me regarder. Je lui ai dit que j'en avais assez.

— Assez ? répéta Tamara d'une voix enrouée. Que veux-tu dire ? Que c'est toi qui as décidé de couper les ponts avec lui ?

Les souvenirs de ce jour-là défilèrent dans l'esprit de Clay. Il revit le visage livide de son frère, son expression impénétrable. Sentit l'odeur écœurante du désinfectant qui imprégnait la salle de tribunal, et le courant d'air froid qui s'échappait des bouches d'air conditionné.

Un frisson le parcourut.

Une main tiède se posa sur son bras. Il tressaillit et fit volte-face. Tamara se tenait juste derrière lui, pâle et troublée.

— Clay, ne me dis pas que tu as abandonné Ryder

quand il est allé en prison, murmura-t-elle d'une voix étranglée.

Face à son désarroi, Clay fut submergé par le chagrin et la frustration.

— J'avais fait tout ce que je pouvais ! Ryder refusait de m'écouter. Il était décidé à se détruire, sans se soucier de quiconque autour de lui. Il ne m'a pas laissé le choix ! Pour son bien — et pour le mien — il fallait que je m'en lave les mains.

Tamara écarquilla les yeux.

— C'est toujours ton frère ! Cela ne compte donc pas à tes yeux ?

— Apparemment, non.

Clay serra les poings dans ses poches, s'efforçant de maîtriser ses émotions.

— Georgie a essayé de lui écrire, reprit-il, mais il n'a jamais répondu. Il n'a jamais réagi à aucune tentative de communication.

Tamara eut un geste d'impuissance, ses yeux bleus lançant des éclairs.

— Alors, c'est fini ? Tu l'as exclu de ta vie, tu t'es débarrassé de lui ?

Clay passa une main dans ses cheveux, luttant pour dominer sa colère.

— Que veux-tu que je dise, Tamara ? Ce n'est pas ainsi que je voulais que les choses se passent. Le ciel m'est témoin que j'ai essayé d'aider mon frère, mais je…

— Tu as renoncé.

Le ton sec de Tamara lui fit l'effet d'un coup de couteau.

Il plissa les yeux, stupéfié par son amertume. Il s'apprêtait à nier mais les paroles moururent sur ses lèvres.

Tamara fit un pas vers lui, ses yeux bleus soudés aux siens.

— Je ne devrais pas être étonnée. Ce ne serait pas la première fois que tu jettes l'éponge.

Il se raidit.

— Que veux-tu dire ?

— Tu as abandonné Lone Star aussi.

Clay gémit.

— Bon sang, Tamara, c'était complètement différent ! Il était atteint d'une maladie incurable, il souffrait. Et il était contagieux.

— Et il n'était qu'un investissement pour toi.

Clay eut un haut-le-corps et se massa la nuque.

— L'argent était un facteur, mais pas le seul. Si tu avais écouté Quinn ce soir-là au lieu de devenir irrationnelle...

— Irrationnelle ?

Sa voix monta d'une octave. Elle enfonça un doigt dans la poitrine de Clay, rouge de colère.

— Parce que exclure de ta vie quelqu'un que tu aimes sous prétexte qu'il te cause quelques désagréments, c'est rationnel ? J'aimais ce cheval, mais tu ne voulais pas même envisager de le sauver. L'adénite se soigne facilement. Je me suis renseignée. Tu as renoncé trop vite !

— Tamara, écoute-moi...

— Non, écoute-moi, toi. Quand j'étais enfant, nous n'avions pas d'argent. Ma famille était tout ce que j'avais. La famille est importante, Clay. Bien sûr, la vie peut être dure. Les relations peuvent être compliquées, mais on ne renonce pas aux gens qu'on aime sans se battre !

Clay se figea, fixant le visage enflammé de son ex-femme, ses yeux pleins de larmes.

— Sommes-nous toujours en train de parler du cheval ? Ou même de Ryder ?

Tamara ne répondit pas.

Clay prit une profonde inspiration, lentement, s'efforçant d'apaiser les émotions qui s'entrechoquaient en lui.

— C'est toi qui es partie, Tamara. Je ne t'ai pas exclue de ma vie.

— Mais tu n'as rien fait pour m'en empêcher. Tu n'as pas dit un mot. Tu as signé les papiers du divorce sans broncher. Je ne pouvais qu'en conclure que cela t'était égal.

Elle désigna le drapeau du Texas accroché au mur, les lampes antiques sur le manteau de la cheminée.

— Où sont les tableaux et les bouquets de fleurs séchées que j'avais achetés ? Les rideaux que j'avais confectionnés pour la cuisine ? Tu crois que je n'ai pas remarqué que tu avais enlevé tout ce qui montrait que j'ai vécu ici, que je t'ai aidé à décorer cette maison ? Oh, si ! Tu m'as exclue de ta vie.

Elle baissa la tête, et écrasa une larme qui roulait sur sa joue.

— Tamara…

Il poussa un soupir, n'osant parler de peur de trahir le chagrin qui lui nouait la gorge.

— Au fil des années, murmura-t-elle, je me suis persuadée que c'était le choc qui te faisait réagir ainsi. Que tu étais affecté, mais que tu ne savais pas quoi faire ni quoi dire. Que notre divorce t'avait fait souffrir autant que moi.

La douleur qui perçait dans sa voix déchirait le cœur de Clay.

— Tee…

— Mais, maintenant que j'ai appris que tu avais abandonné Ryder au moment où il avait le plus besoin de toi, je me dis que j'avais peut-être tort.

Clay eut l'impression d'avoir reçu un coup de poing dans le ventre. Le souffle coupé, incapable de réfléchir, il recula d'un pas et se détourna.

— Je… j'ai à faire à l'écurie.

D'un pas raide, il gagna la porte du jardin.

La main sur la poignée, il s'arrêta et enfonça son Stetson sur sa tête. Puis il pivota à demi.

— Je sais que j'ai échoué avec Ryder, murmura-t-il d'un ton rauque. Et avec toi. Dans notre mariage. Je dois vivre avec cette vérité-là chaque jour. Mais ne crois pas un seul instant que cela m'était égal.

Sur quoi, il sortit et referma la porte.

Tamara s'efforça de respirer à petits coups, afin d'apaiser la douleur qui lui transperçait les côtes. Son cœur lui faisait infiniment plus mal que sa blessure. Les dernières paroles de Clay résonnaient encore à ses oreilles, malmenant les défenses qu'elle s'était construites au fil des années.

Ses mots reflétaient un sentiment de culpabilité et un chagrin qu'elle n'avait jamais soupçonnés chez lui. L'idée que le divorce avait pu marquer Clay autant qu'elle la bouleversait.

Avait-il été plus facile pour elle de quitter le ranch en se disant que Clay était indifférent à son départ ? Sa propre peine l'avait-elle rendue aveugle au fait qu'il voulait qu'elle reste, qu'il voulait que leur mariage soit un succès ? Qu'il l'aimait ?

Lors d'une enquête criminelle, son équipe se devait de considérer toutes les données. Surtout celles qui n'étaient pas immédiatement visibles à l'œil nu. Il était essentiel de considérer les faits dans leur ensemble afin de voir comment chaque élément s'intégrait dans le tout. Comment avait-elle pu avoir une vision si étriquée de son propre mariage ? C'était la preuve que son jugement était influencé par ses émotions.

Au bureau, elle appréciait la nature clinique des analyses scientifiques. Elle voyait l'élimination du facteur émotionnel comme une chose positive. La science ne vous brisait pas le cœur, ne détruisait pas vos espoirs. Mais les données et les analyses ne pouvaient remplir le vide de votre âme pendant les longues soirées solitaires. Elles n'apportaient pas le bonheur de partager les plaisirs simples de la vie.

Tamara essuya ses joues humides d'un revers de main.

Voulait-elle vraiment être aussi froide, aussi détachée dans sa vie privée qu'elle l'était au bureau ? N'était-ce pas précisément ce qu'elle avait reproché à Clay dans ses actions concernant Ryder, l'étalon, et leur divorce ? La vie n'était pas un laboratoire où les émotions pouvaient être retirées de l'équation. Les relations n'étaient pas des preuves stériles qu'il fallait disséquer sans passion.

« Je sais que j'ai échoué avec Ryder. Avec toi. Dans notre mariage. Je dois vivre avec cette vérité-là chaque jour. »

Son cœur se serra douloureusement. Elle aurait dû savoir que son ex-mari assumerait toute la responsabilité pour l'échec de leur mariage, qu'il se jugerait coupable des choix désastreux de son jeune frère.

Faisant un effort pour se ressaisir, Tamara enfila les chaussures qu'elle avait laissées à côté du canapé et sortit pour aller rejoindre Clay. Elle s'en voulait de s'être fâchée contre lui, et regrettait de lui avoir dit des paroles blessantes. Elle ne pouvait le laisser continuer à croire que leur divorce ou l'incarcération de Ryder étaient sa faute.

Sur le seuil, elle fut accueillie par le parfum sucré de la luzerne entreposée dans les écuries, par les stridulations des criquets et le chant des grenouilles. Les sons et les odeurs de la campagne en été éveillèrent une douleur sourde dans son âme.

Adolescente, elle avait rêvé de quitter Esperanza dès que possible. Les limitations de la petite ville, son isolement, lui avaient semblé étouffants. Maintenant qu'elle vivait à San Antonio depuis cinq ans, elle s'apercevait que beaucoup de choses lui manquaient. Si elle s'était trompée à ce point sur Esperanza, quelles autres erreurs de jugement avait-elle pu commettre ?

Elle s'avança d'un pas lent vers l'écurie principale, prenant soin de ne pas faire de mouvement brusque, et accordant à Clay quelques instants de solitude. Ils avaient l'un et l'autre besoin de se calmer et de réfléchir.

A la lueur jaune de l'ampoule nue, elle aperçut Clay, adossé à la porte d'un des box. Immobile, tête baissée, il était l'incarnation de la souffrance.

Comment en étaient-ils arrivés là ? Clay était toute sa vie autrefois, son héros, son chevalier sans peur et sans reproche…

Alors qu'elle s'approchait de l'écurie, Hobo, le beagle

bâtard, s'avança vers elle en remuant la queue. Hobo appartenait à Clay avant qu'ils se marient, mais il avait conquis l'affection de Tamara dès le jour où elle l'avait rencontré. L'abandonner avait été un déchirement.

Hobo vint frétiller à ses pieds, jappant doucement.

— Hé, bonhomme. Ça va ?

Le son de sa voix avertit Clay de son arrivée. Relevant brusquement la tête, il s'empara d'un peigne sur l'étagère la plus proche et se mit à brosser son cheval, sans doute pour dissimuler son désarroi.

Hobo planta les pattes sur la jambe de Tamara et nicha le museau dans sa main, la léchant de sa langue tiède, comme si cinq ans ne s'étaient pas écoulés depuis qu'il l'avait vue. Touchée par l'accueil enthousiaste de son vieil ami, Tamara sentit les larmes lui monter aux yeux.

— Gentil, Hobo…

Elle se pencha pour le caresser, et sentit aussitôt une violente douleur lui traverser les côtes.

— Oh !

Clay jeta un coup d'œil dans sa direction au moment où elle portait la main au côté, esquissant une grimace. En quelques enjambées, il fut près d'elle, et repoussa le chien.

— Calme-toi, Hobo. Tu vas lui faire mal.

— Non, ce n'est rien, protesta-t-elle. C'est juste que j'ai voulu le flatter, mais… je ne peux pas me baisser.

— Oh.

La tendresse qu'elle lut dans le regard de Clay lui transperça le cœur. Il se pencha et souleva Hobo dans ses bras.

— Si on faisait comme ça ?

Pendant que Clay tenait le beagle, Tamara caressa

doucement ses oreilles pendantes, acceptant des baisers humides sur ses mains. L'émotion qui la submergeait venait autant de l'attention de Clay que de ses retrouvailles avec son chien.

Comment cet homme si tendre, si attentionné, n'avait-il pas compris que son attitude dominatrice et sa tendance à prendre des décisions tout seul lui donnaient l'impression qu'il la laissait de côté, que son opinion ne comptait pas ?

— Je crois que tu lui as manqué, murmura-t-il tandis que Hobo continuait à lui lécher les mains.

— Il m'a manqué aussi, répondit-elle, malgré le nœud qui s'était formé dans sa gorge.

Elle déglutit avec peine, refoulant tant bien que mal les larmes qui lui brûlaient les paupières. Elle n'était pas si émotive d'ordinaire. Mais, bien sûr, elle venait de traverser quelques jours stressants, et les médicaments avaient affaibli ses défenses. Si on ajoutait cela à la foule de souvenirs qui l'avaient assaillie depuis qu'elle était revenue au Bar None, il n'était guère étonnant qu'elle soit constamment sur le point d'éclater en sanglots.

Après avoir donné une dernière caresse au chien, elle prit une profonde inspiration et recula d'un pas.

— Merci, Clay.

Il remit l'animal par terre et haussa les épaules.

— De rien.

Comme il pivotait pour rentrer dans l'écurie, Tamara posa une main sur son bras.

— Attends. Je suis venue… te demander pardon.

Il fronça les sourcils, et ses yeux bruns se soudèrent aux siens.

— Ne t'excuse pas. Tu avais raison sur beaucoup de choses. J'ai fait des erreurs.

Il se tourna davantage vers elle, repoussant son Stetson en arrière.

— Mais… je ne suis pas si indifférent que tu sembles le penser. Je souffre chaque jour d'avoir perdu mon frère, et je regrette d'avoir échoué auprès de lui plus que tu ne le sauras jamais.

— Clay…

Elle pressa une main contre sa joue et s'approcha de lui.

— Cesse de te blâmer pour ce que Ryder est devenu. Il a pris ses propres décisions et il doit en supporter les conséquences. Tu as fait de ton mieux dans une situation difficile. Tu ne peux pas être tenu responsable de ses fautes.

Clay secoua la tête.

— Je n'ai pas fait assez pour le remettre sur le droit chemin. Si j'avais été plus sévère ou si je l'avais surveillé davantage…

— … il se serait rebellé plus violemment encore. Ryder avait besoin de tirer la leçon de ses propres erreurs, de trouver sa propre voie. Ta mère et toi lui avez donné des bases solides, et un jour, quand il sera prêt à tourner la page, il le fera.

— Peut-être, admit-il avec un soupir.

Une bouffée de frustration envahit Tamara, mais elle n'allait pas insister sur ce point. Il y avait d'autres choses qu'il devait entendre.

— Tu ne dois pas non plus assumer toute la responsabilité pour notre divorce, Clay. Je ne peux pas supporter l'idée que tu te fasses des reproches depuis cinq ans.

Un muscle tressauta dans sa mâchoire tandis qu'il l'enveloppait d'un regard méfiant, troublé.

— Si j'avais été le mari dont tu avais besoin, tu ne serais pas partie.

Le cœur de Tamara manqua un battement.

— Pourquoi faut-il toujours que tu portes le poids du monde entier sur tes épaules ? Il y a deux personnes dans un mariage.

Elle hésita, sachant qu'elle devait s'expliquer davantage.

— Et… j'avais tort de t'accuser de m'avoir exclue de ta vie. Tu avais tout à fait le droit de te débarrasser des choses que j'avais achetées pour la maison. Tu es chez toi, et…

— Tee…

Clay tendit le bras et enfouit la main dans ses cheveux.

— J'aimais ce que tu avais fait à la maison. Mais, au bout d'un certain temps, je n'ai pas pu continuer à vivre entouré de ces souvenirs de toi. C'était moins douloureux de t'effacer de la maison… exactement comme j'ai dû couper les ponts avec Ryder.

Il caressait du pouce l'endroit sensible derrière son oreille et elle se sentait légèrement étourdie.

— Tu n'as jamais rien dit, souffla-t-elle. Tu ne m'as jamais montré ce que tu ressentais. Pendant notre divorce, tu semblais si distant, si stoïque. Pourquoi ne m'as-tu pas expliqué ce que tu éprouvais ?

Le regard de Clay se posa sur ses lèvres.

— Cela aurait-il fait une différence ? demanda-t-il d'une voix grave et douce.

Elle fronça les sourcils.

— Bien sûr que oui.

Il secoua la tête.

— Mes sentiments pour toi n'auraient pas pu résoudre nos désaccords. Tu avais un rêve dont je ne faisais pas partie. Je le savais quand nous nous sommes mariés, mais je m'étais persuadé que je pourrais te rendre heureuse quand même. Le problème, c'est que le ranch prenait chaque seconde de mon temps. Cela ne laissait pas grand-chose pour toi, pour tes besoins. Quand tu as été prête à réaliser ton rêve, il aurait été égoïste de ma part de te retenir.

Elle soupira.

— Je regrette seulement que…

— Chut, souffla-t-il en pressant l'index contre sa bouche. Plus de regrets ce soir, d'accord ?

Un frisson parcourut Tamara des pieds à la tête. Instinctivement, elle plongea les doigts dans ses cheveux noirs, contemplant le reflet du clair de lune sur sa barbe naissante. Ce qu'elle venait de découvrir au sujet de Clay, la souffrance qu'il lui avait dissimulée, lui brisait le cœur.

— Pardonne-moi, Clay. Je n'ai jamais voulu te faire de mal. Je ne voulais pas…

Il prit possession de ses lèvres, lui imposant le silence. En une seconde, son baiser balaya les regrets, les erreurs, les blessures du passé. Brusquement, Clay et elle étaient seuls au monde. Elle oublia que sa place n'était plus dans les bras de Clay. Seules comptaient la caresse persuasive de sa bouche, la douceur des sensations qu'elle éprouvait. Le cœur battant, les jambes chancelantes, elle eut l'intuition soudaine d'avoir retrouvé sa place dans l'univers.

En même temps, une vérité glaçante s'insinua dans son esprit, s'imposant lentement à elle.

Elle prit une profonde inspiration et se dégagea.

— Je t'ai fait mal ? demanda-t-il avec sollicitude, ajoutant à sa douleur.

Les paroles de Clay lui revinrent à la mémoire. « Mes sentiments pour toi n'auraient pas pu résoudre nos désaccords. » Il avait raison. Les problèmes qui avaient mis fin à leur mariage se dressaient toujours entre eux. Rien n'avait changé, malgré les cinq années écoulées.

Clay écarta doucement les mèches qui lui cachaient le visage et lui caressa la joue.

— Tee, qu'y a-t-il ?

— Je ne peux pas… nous ne pouvons pas… repasser par là.

Elle lui adressa un regard empreint de chagrin.

— Je vais partir dans quelques jours et…

Elle baissa les yeux et recula d'un pas.

— A quoi bon compliquer la situation ? C'est assez douloureux pour moi sans que…

Sa voix se brisa, et elle s'engouffra dans l'écurie sans achever sa phrase.

Embrasser Clay était peut-être un délice, mais elle n'avait plus sa place avec lui. Elle avait renoncé au droit de l'étreindre, de l'embrasser, le jour où elle avait divorcé.

7

Clay suivit Tamara alors qu'elle allait d'un box à l'autre, caressant les chevaux tour à tour et lui posant des questions.

Elle avait toujours eu de l'affection pour les animaux du ranch. Le soir où Lone Star était mort, Tamara avait été sourde aux arguments de Quinn lorsqu'il lui avait expliqué que l'euthanasie était la seule solution humaine aux souffrances de l'étalon. Le virus, traitable d'ordinaire, avait mué, revêtant une forme fatale. Les antibiotiques n'auraient pu le sauver.

Clay croyait avoir dit tout cela à Tamara, mais elle éprouvait encore tant d'amertume qu'il se demandait si elle avait bien compris. Ce soir-là, la réaction de sa femme avait rendu sa décision infiniment plus difficile. La voir souffrir lui était intolérable. Il avait surmonté l'épreuve comme il le pouvait, de la seule manière qu'il connaisse.

En prenant ses distances. En maîtrisant ses émotions. En faisant comme si de rien n'était.

Lorsque Tamara était partie, et qu'il s'était retrouvé dans la maison silencieuse, il avait passé une nuit épouvantable, terrassé par la douleur au point de se réfugier dans l'alcool.

Cependant, le matin venu, il avait caché sa détresse et s'était remis au travail, car les animaux avaient besoin d'être soignés, et ses employés dépendaient de lui pour vivre.

Au cours des semaines qui avaient suivi, alors même qu'il croyait la faillite inévitable, il avait découvert ce qui comptait le plus dans sa vie.

Tamara.

Seulement, cette prise de conscience était venue trop tard. Ses efforts pour sauver le ranch lui avaient paru absurdes puisqu'il ne pouvait plus le partager avec la femme qu'il aimait.

Pourtant, un échec n'en excusait pas un autre. Il avait survécu au départ de Tamara en se plongeant à corps perdu dans le travail. Résolu à ce que le ranch prospère, il y avait consacré toute son énergie. Le succès obtenu était le fruit d'un labeur acharné et d'un orgueil obstiné.

— Elle semble sur le point d'éclater, la pauvre. Quand doit-elle pouliner ?

La question de Tamara l'arracha à ses réflexions. Il regarda la jument et se frotta le menton.

— Oh, d'ici un jour ou deux. Nous gardons l'œil sur elle. Il y a eu des problèmes la dernière fois.

Une lueur d'inquiétude surgit dans le regard de Tamara.

— Rien de sérieux, se hâta-t-il d'ajouter. Nous sommes prudents, c'est tout.

Tamara acquiesça et se retourna vers l'animal.

— Comment s'appelle-t-elle ?

— Elle n'a pas de nom. C'est toi qui insistais toujours pour donner un nom à toutes les bêtes. Pour nous, elle est la jument rouanne.

Tamara leva les yeux au ciel.

— Je crois que Lucy lui irait comme un gant.

Clay émit un petit gloussement et hocha la tête.

— En ce cas, va pour Lucy.

A en juger par son attitude envers Hobo et les chevaux, Tamara avait toujours le cœur aussi tendre.

Et il réagissait toujours de la même manière à ses baisers. Envahi par une nouvelle vague de désir, il baissa les yeux sur les lèvres pulpeuses de son ex-femme.

Elle avait toujours le pouvoir d'enflammer son corps au moindre contact.

« A quoi bon compliquer la situation ? »

Mais la situation n'était-elle pas déjà compliquée ? On avait retrouvé une voiture volée et un cadavre sur ses terres. Son ex-femme se rétablissait chez lui après avoir fait une mauvaise chute. Et au bout de deux jours passés avec Tamara, les sentiments de Clay concernant son frère, son divorce, ses projets pour le ranch étaient sens dessus dessous. Il s'interrogeait sur tous les aspects de sa vie et ne savait plus ce qu'il voulait de l'avenir.

A quoi bon compliquer la situation ?

Il émit un grognement résigné. Il était trop tard pour cela.

La réaction de Tamara à son baiser prouvait qu'elle avait encore des sentiments pour lui. Elle avait été aussi troublée qu'il l'était. Mais, bien sûr, le sexe n'avait jamais été un problème dans leur relation. Ils avaient toujours éprouvé une passion intense l'un pour l'autre.

Tamara tapota l'encolure de la jument.

— Tiens bon, Lucy. Tu es entre de bonnes mains.

Elle se détourna du dernier box et parcourut l'écurie du regard, comme si elle cherchait quelque chose.

Il s'accouda à la barrière d'un box vide.

— Je crois que tu as fait le tour.

— Où est Miss Catastrophe ? Tu l'as toujours ?

— Qui ?

— La chatte que j'avais sauvée. Tu sais, celle qui était menacée par le chien des Handley ?

— Oh, la chatte ! Je ne savais pas que tu lui avais donné un nom. Je l'appelle « Chatte ».

— Quelle imagination ! ironisa Tamara en plissant le nez.

Sa moue était si adorable qu'il dut réprimer l'envie de la prendre dans ses bras. Mais, même si ses côtes avaient été en mesure de supporter une étreinte, Tamara avait été on ne peut plus claire.

A quoi bon compliquer la situation ?

Clay haussa les épaules.

— Viens. Elle est sans doute dans le pick-up. Je trouve des traces de pattes sur mon pare-brise tous les matins.

Comme prévu, ils trouvèrent l'animal blotti sur une couverture sur le plateau du pick-up. Pendant que Tamara l'appelait doucement, Clay contempla le reflet du clair de lune sur ses cheveux couleur de blé, et les minuscules taches de rousseur sur son nez délicat. Il les avait embrassées maintes fois durant leur mariage…

Avec un soupir, il donna un coup de pied dans le gravier. Il ne servait à rien de ressasser le passé. La présence de Tamara au ranch était temporaire. Dès qu'elle irait mieux, elle s'en irait. S'attarder sur de vieux souvenirs ne ferait qu'aviver sa douleur lorsqu'elle partirait.

Miss Catastrophe se leva, s'étira, et vint donner un petit coup de tête dans la main de Tamara. Avec un petit rire, elle se plia aux désirs de la chatte, lui grattant les oreilles et caressant son pelage soyeux tout en lui disant des mots doux.

Clay l'observait, fasciné.

— Elle ne me demande jamais de la caresser.

Tamara lui lança un coup d'œil perçant.

— Tu la caresses parfois sans qu'elle demande ?

Il ouvrit la bouche pour dire non, mais l'expression de Tamara l'arrêta net.

— Peut-être qu'elle sait qu'il vaut mieux ne pas attendre d'affection de ta part, dit-elle doucement.

Il ne se montrait pas affectueux envers la chatte. Et alors ? Cela ne signifiait pas qu'il soit indifférent ou sans cœur, comme elle l'avait suggéré plus tôt. Il savait simplement qu'il était dangereux de s'attacher aux animaux du ranch. L'élevage était une entreprise, et les émotions n'avaient pas leur place dans les décisions d'affaires.

Pourtant, Tamara l'enveloppait d'un regard blessé qu'il lui avait souvent vu dans les derniers mois de leur mariage. Son pouls s'accéléra malgré lui.

« J'ai l'impression que je ne compte plus pour toi — à supposer que j'aie vraiment compté. C'est comme si tu te détachais de moi. Je ne comprends pas. Qu'est-ce qui a changé ? »

Leur dernière dispute lui revint à la mémoire, et une bouffée de remords l'envahit. Sa femme l'avait-elle quitté parce qu'elle ne se sentait pas aimée ? Mais comment avait-elle pu croire qu'il ne l'aimait pas ?

Il regarda Miss Catastrophe, visiblement ravie de l'attention que Tamara lui portait, et fronça les sourcils. Clay ne s'était jamais soucié d'obtenir l'affection de la chatte. A ses yeux, l'animal remplissait un rôle. Elle tuait les souris de l'écurie. Point. Mais l'attitude de Miss Catastrophe envers lui était-elle révélatrice ?

Comme la chatte, Tamara avait-elle senti qu'il manquait quelque chose dans leur relation vers la fin de leur mariage ?

Il regarda son ex-femme jouer avec l'animal, cherchant à retrouver les arguments qui avaient apaisé sa conscience après le divorce. C'était Tamara qui avait déclaré qu'elle était malheureuse. Elle qui avait dit clairement qu'elle voulait réaliser son rêve et devenir enquêtrice criminelle. Son insatisfaction était évidente. Pourtant, elle l'avait accusé de s'éloigner d'elle ! L'ironie de la situation et l'injustice de son accusation avaient été difficiles à supporter.

A présent, il était envahi par le doute.

Conscient de l'insatisfaction de sa femme et de son désir de poursuivre sa carrière, avait-il pensé qu'elle allait le quitter ? Avait-il par conséquent pris les devants, mis son cœur en position d'autodéfense ? Avait-il sans le vouloir déclenché la succession d'événements qui avaient mené à son divorce ?

Cette possibilité se fixa dans son esprit. Les mains moites, Clay sentait son cœur battre à toute allure. Il se passa une main dans les cheveux, et son chapeau tomba sur le sol. L'estomac noué, il s'adossa à l'arrière du pick-up, ses pensées se bousculant dans sa tête.

Il avait toujours eu le vague sentiment qu'il était responsable du malaise de Tamara. Mais jamais il n'avait su définir à quel point ni comment il avait fait fausse route.

— Clay, qu'y a-t-il ? demanda Tamara d'un ton inquiet, en posant une main sur son bras.

— Je… rien. C'est juste…

Il ramassa son Stetson, en triturant machinalement le rebord.

Miss Catastrophe avait suivi Tamara et elle se frotta contre Clay. D'une main tremblante, il caressa la chatte. Encouragée par cette attention, elle grimpa sur ses genoux.

— Tu vois ? fit Tamara. Elle n'attendait que ça.

Elle avait parlé d'un ton amusé, mais ses paroles résonnèrent dans l'esprit de Clay.

En songeant aux événements qui s'étaient déroulés cinq ans plus tôt, il ne pouvait se défaire de l'idée qu'il avait mis en place un cercle vicieux. Plus il s'était distancé de Tamara pour se protéger d'un départ qu'il croyait inévitable, plus elle s'était sentie malheureuse, mal-aimée, et cela avait précipité sa fuite et leur divorce.

Il poussa un long soupir, et leva les yeux vers elle.

— Me suis-je vraiment éloigné de toi pendant les derniers mois de notre mariage ? T'ai-je donné l'impression que tu n'étais pas aimée ?

Elle pâlit.

— Pourquoi dis-tu cela ?

— C'est ce que tu m'as dit le soir où tu es partie. Tu m'as dit que tu sentais que je m'étais détaché de toi, que tu avais l'impression de ne pas compter pour moi.

Tamara détourna la tête.

— Ne revenons pas là-dessus, Clay. Je me suis excusée pour ce que j'ai dit tout à l'heure et…

Il plaça une main sur son épaule et la força doucement à lui faire face.

— Je ne parle pas de ce soir. Je te demande ce que j'ai fait pendant les mois précédant ton départ pour te donner l'impression que j'étais indifférent.

Tamara laissa échapper un soupir.

— Je t'en prie, Clay. Je ne veux pas rouvrir de vieilles blessures. Ne pouvons-nous tout simplement oublier le passé ?

— Pas si je t'ai fait souffrir.

Il glissa un doigt sous son menton, l'obligeant à rencontrer son regard. Les larmes qui brillaient dans ses yeux bleus lui fendirent le cœur.

— Tee, il faut que tu saches que je n'ai jamais voulu te faire de mal. Je ne me suis pas opposé au divorce parce que je ne voulais pas me mettre en travers de ton chemin, de la carrière que tu désirais.

— Je sais cela à présent. Mais à l'époque... je ne voyais pas les choses clairement.

Elle se dégagea, se frottant les bras comme si elle était glacée.

— J'essayais de trouver un moyen d'avoir une carrière tout en préservant mon mariage, et j'avais vraiment l'impression que plus je restais au ranch, plus je vivais dans ton ombre.

— Tamara, je suis désolé si je...

Elle fit volte-face et pressa une main sur ses lèvres, lui imposant le silence.

— Ne dis rien. Nous avons tous les deux des reproches à nous faire.

Il captura sa main et embrassa les doigts qu'elle avait posés sur sa bouche. Les yeux de Tamara devinrent aussi sombres que le ciel aux premières lueurs de l'aube. Au bout d'un moment, elle retira sa main et recula.

— Nous nous sommes mariés si jeunes, Clay. Peut-être que si nous avions attendu…

Elle secoua la tête.

— Enfin, nous ne le saurons jamais.

Elle fit un autre pas en arrière.

— Bonne nuit, Clay.

Sur quoi, elle disparut dans la pénombre, se hâtant vers la maison. Il la suivit des yeux jusqu'à ce qu'elle ait franchi le seuil, puis inclina la tête en arrière avec un soupir.

Miss Catastrophe miaula et se faufila entre ses jambes en ronronnant.

Clay s'accroupit et gratta les oreilles de la chatte, submergé par les doutes et les regrets.

8

Le lendemain matin, à l'aide des calmants, Tamara fit la grasse matinée pour la première fois depuis des mois. Après un petit déjeuner rapide, elle regagna la chambre d'amis que Marie lui avait préparée afin de lire un roman d'aventures qu'elle avait trouvé dans la bibliothèque de Clay. Elle en avait parcouru quelques chapitres quand le bruit d'un Klaxon se fit entendre dans la cour, suivi de claquements de portière et de voix excitées. Ecartant les stores, elle scruta l'allée où une berline venait de se garer. Clay accueillit la jeune femme blonde qui en descendait avec un baiser sur la joue.

Tamara recula, fronçant les sourcils. L'idée que Clay puisse avoir une autre femme dans sa vie ne lui était pas même venue à l'esprit. S'imaginait-elle vraiment qu'il allait passer le reste de sa vie tout seul ? Il avait tant de qualités à offrir à une femme.

Mais, la veille au soir, c'était elle qu'il avait embrassée.

Baiser ou pas, quels droits avait-elle sur lui à présent ? Elle avait choisi de le quitter des années plus tôt, et elle refusait de douter du bien-fondé de cette décision. Comme elle le lui avait dit la veille, il ne servait à rien d'avoir des regrets.

Néanmoins, la curiosité l'emporta, et elle descendit les marches pour aller faire la connaissance des visiteurs. Après une bonne nuit de sommeil, elle se sentait beaucoup mieux. Les courbatures avaient disparu et sa douleur aux côtes était supportable.

Tamara sortit sous la véranda, et fut assaillie par un mur de chaleur humide. Pourtant, il n'était que 10 h 30. Les bonheurs de l'été au Texas, songea-t-elle avec ironie.

Clay l'aperçut, et lui adressa un sourire sexy. Malgré elle, Tamara sentit son cœur battre plus vite.

— Quand on parle du loup…

Clay enroula un bras autour de sa taille et désigna la femme qui se tenait près de lui.

— Tamara, je te présente la nièce de tante Meredith, Jewel Mayfair.

Comme elles se serraient la main, Tamara se souvint de l'appel de la veille, et le pincement de jalousie qu'elle avait éprouvé se dissipa aussitôt. Jewel était une parente. Eloignée, certes, mais une parente néanmoins. Pas une rivale.

« Une rivale ? De quel droit aurait-elle donc été jalouse ? A moins qu'elle ne considère qu'elle avait toujours une relation avec son ex-mari ? »

Admettre qu'elle avait encore des sentiments pour Clay l'entraînerait sur un terrain dangereux. Ce qu'elle voulait désespérément éviter si elle tenait à survivre à ces quelques jours de récupération avec son cœur intact.

Pendant qu'elles échangeaient les politesses d'usage, Tamara observa la visiteuse. Grande et mince, les cheveux courts et bouclés, les yeux bruns, Jewel était ravissante, même si de fines rides de fatigue témoignaient des récentes épreuves qu'elle avait subies.

Clay se pencha vers Tamara en baissant la voix.

— Tu es sûre d'être assez forte pour te lever ? demanda-t-il avec sollicitude.

Un délicieux frisson parcourut l'échine de Tamara. Elle sourit.

— Je vais beaucoup mieux ce matin, merci.

Les yeux de Clay s'attardèrent sur elle, comme s'il était tenté de la gronder et de la renvoyer à l'intérieur.

— Je t'assure, affirma-t-elle en lui caressant doucement la joue.

C'était une erreur.

Le geste réveilla aussitôt mille souvenirs enfouis dans sa mémoire, lui rappelant les matins où elle l'accueillait d'un baiser et respirait l'odeur fraîche du foin qui s'accrochait à lui quand il rentrait de l'écurie.

A en juger par la lueur ardente qui brûlait dans les yeux de Clay, il sentait lui aussi le courant qui passait entre eux.

Elle retint son souffle. Elle jouait avec le feu. Le baiser de la veille avait été la preuve qu'elle pourrait facilement reprendre son rôle d'amante, oublier les obstacles et les blessures qui la séparaient de Clay. Mais toute la passion sexuelle qui les unissait n'avait pas suffi à sauver leur mariage cinq ans plus tôt. Céder à cette attraction physique aujourd'hui ne pourrait que lui causer plus de douleur à long terme.

Car elle ne pouvait donner son corps à Clay sans lui offrir son cœur en même temps.

Jewel s'éclaircit la gorge. Quand Tamara reporta

son attention sur elle, la jeune femme souriait d'un air entendu.

Clay se balança d'un pied sur l'autre.

— Bon… eh bien…, marmonna-t-il en reculant, je vais vous laisser bavarder. Il faut que je finisse de seller les chevaux pour les filles. Je sais qu'elles ont hâte de partir.

Jewel le remercia et lui adressa un petit signe tandis qu'il s'éloignait, puis elle se tourna vers Tamara.

— Voulez-vous m'accompagner à l'enclos ? J'adore voir l'expression des filles quand elles montent pour la première fois. Elles sont toujours si excitées !

— Avec plaisir, répondit Tamara en lui emboîtant le pas.

— J'ai appris que vous étiez tombée, reprit Jewel en arborant un air inquiet. Vous ne souffrez pas trop ?

— Une bonne nuit de sommeil m'a fait du bien, assura Tamara avant de s'empresser de changer de sujet. Il y a longtemps que vous amenez des jeunes au Bar None ?

— Depuis que le centre a ouvert. Clay nous a apporté un soutien fantastique. Je peux l'appeler de nuit comme de jour si j'ai besoin de son aide, il est toujours prêt à donner un coup de main. D'ailleurs, le centre n'existerait pas s'il ne nous avait pas vendu des terres pour le construire.

Tamara lui lança un regard perçant.

— Il vous a vendu des terres ?

— Il ne vous l'a pas dit ?

Tamara fit non de la tête.

— Il n'avait aucune raison de le faire. Depuis notre divorce, nous ne parlons pas du ranch. D'ailleurs, jusqu'à cette semaine, je n'avais pas vu Clay depuis cinq ans.

Jewel parut stupéfaite.

— Je suis désolée… je pensais… à cause de la manière dont vous vous regardiez tout à l'heure…

Tamara rougit jusqu'aux oreilles.

— … oui ?

— Je pensais que vous étiez peut-être réconciliés… ou tout au moins que vous étiez encore proches, acheva Jewel d'un ton hésitant.

Tamara ouvrit la bouche pour nier, mais les mots s'étranglèrent dans sa gorge. Que se passait-il au juste entre Clay et elle ? Et si une inconnue pouvait le remarquer, quelle fausse impression avait-elle pu donner à Clay sans le vouloir ?

Déconcertée par cette pensée, Tamara jeta un coup d'œil vers l'enclos et vit Clay serrer la main à un homme de haute taille, âgé d'une quarantaine d'années. Les épais cheveux châtains de l'homme avaient des reflets auburn sous le soleil matinal.

Quinn Logan.

Elle eut un mouvement de recul. Jewel s'immobilisa et la considéra avec inquiétude.

— Je suis désolée. J'espère que je ne vous ai pas offensée ?

Tamara s'efforça de sourire.

— Non, pas du tout. C'est juste que… je viens de voir un fantôme.

Intriguée, Jewel se tourna vers l'enclos.

— Vous parlez de l'homme qui discute avec Clay ?

— Oui.

— Je l'ai déjà vu, mais nous n'avons jamais été présentés. Qui est-ce ?

— Un très bon ami de Clay. Quinn Logan. Il est vétérinaire.

— Plutôt séduisant, n'est-ce pas ? commenta Jewel en le regardant avec attention.

Tamara plissa le nez et recommença à avancer.

— Hum. Je suppose.

— Je devine un « mais » à la fin de cette phrase. Pourquoi ? Il est marié ?

— Veuf. Sa femme est morte juste avant mon départ d'Esperanza. Je ne crois pas qu'il se soit remarié. Quoique… je ne l'aurais sans doute pas appris si c'était le cas.

Jewel fronça les sourcils.

— Je croyais que vous aviez dit que c'était un très bon ami.

— De Clay. Il n'est pas le mien.

Cette fois, Jewel parut perplexe.

— Pardon, je ne voulais pas donner dans le mélodrame. Seulement, Quinn a joué un rôle important dans l'événement qui a sonné le glas de mon mariage.

Jewel la dévisagea de nouveau, visiblement intriguée mais trop bien élevée pour demander des détails. Elles atteignirent la clôture qui entourait le corral. Tamara remarqua que le regard de Jewel s'attardait sur Quinn. Elle reporta son attention sur Clay, qui resserrait les étriers d'une adolescente.

— Puisque vous êtes à Esperanza depuis quelques mois, j'espère que vous avez découvert le bar-restaurant de Sue, reprit-elle. On y sert la meilleure cuisine de la ville, et tout le monde y va.

Le visage de Jewel s'éclaira.

— Oh, oui. Je le connais. On m'a dit dès mon arrivée ici que sa tarte aux noix de pécan était un délice.

— C'est vrai ! s'exclama Tamara avec un petit rire, aussitôt suivi d'une grimace de douleur.

Jewel prit un air compatissant, mais ne put réprimer un gloussement amusé. Voyant qu'elle regardait Quinn de nouveau, Tamara se sentit obligée d'expliquer son attitude envers le vétérinaire. Elle lui résuma brièvement les faits, expliquant en termes généraux que Clay et elle avaient été en désaccord sur la décision à prendre, et que Quinn avait persuadé Clay de recourir à une euthanasie, malgré l'existence de traitements possibles.

— Je n'ai pas apprécié la manière dont Clay a géré la situation et je le lui ai fait savoir, conclut-elle. Tout ce qu'il m'a dit, c'était que l'euthanasie était « la meilleure solution ».

Peut-être n'aurait-elle pas dû confier sa frustration à quelqu'un qu'elle connaissait à peine, mais il était évident que Jewel lui témoignait un intérêt et une compréhension sincères.

— Je ne vois pas pourquoi on n'aurait pas pu le soigner avec des antibiotiques, continua-t-elle. Tout le monde en ville m'a affirmé que la plupart des chevaux se rétablissent après un traitement approprié. Bref, toute l'affaire m'a paru suspecte…

Les yeux de Jewel se posèrent sur un point derrière elle, et son expression changea. L'estomac noué, Tamara pivota sur ses talons.

— Bonjour, Tamara.

Quinn se tenait face à elle, les pouces dans les poches. Il lui adressa un sourire rapide, poli mais dépourvu de chaleur. Sous la cicatrice qui courait sur sa joue et qu'il devait à un étalon trop fougueux, son visage était tendu.

— Quinn.

Tamara esquissa un semblant de sourire, puis se mit en devoir de procéder aux présentations. Jewel et le vétérinaire échangèrent une poignée de main.

— Qu'est-ce qui vous amène au Bar None aujourd'hui ? demanda Jewel, meublant la conversation. J'espère qu'aucun des chevaux de Clay n'est malade.

— Oh, non. Pas du tout, répondit Quinn tandis que son visage s'éclairait. J'ai mon propre étalon en pension ici.

Il désigna un cheval noir qui n'avait pas encore été sellé.

— Je viens souvent lui rendre visite et dire bonjour à Clay par la même occasion.

Jewel sourit.

— C'est un bel animal.

— Avant de partir, je vais jeter un coup d'œil à une jument qui est sur le point de pouliner, ajouta-t-il. Mais, d'abord, j'ai promis à Clay de l'aider avec le groupe d'adolescentes que vous avez amenées.

— C'est gentil de votre part, répondit Jewel. Les filles adorent venir faire de l'équitation ici.

— C'est un plaisir, assura Quinn avec chaleur.

Il reporta son attention sur Tamara et son sourire s'effaça.

— Eh bien, je vais me remettre au travail. Content de t'avoir revue, Tamara.

— Moi aussi, prétendit-elle.

Comme Quinn s'éloignait, Jewel émit un léger sifflement.

— Je vois que vos relations sont… pour le moins fraîches.

Tamara éprouva un pincement de gêne.

— Je sais que c'est mesquin de ma part, mais cette nuit-là a été si douloureuse pour moi… pour nous tous. Il y a des paroles et des accusations qu'on ne peut jamais effacer. Je suis autant à blâmer que lui pour ce qui s'est passé. Et nous étions amis avant, comme Clay et lui le sont toujours. Mais il est difficile d'oublier certaines choses.

— Je comprends.

La tristesse qui perçait dans la voix de Jewel reflétait ses paroles.

— Avez-vous reparlé à Clay des événements de cette nuit-là ? Vous a-t-il dit pourquoi il avait suivi les conseils de Quinn ? Avec du recul, il pourrait peut-être mieux expliquer son point de vue.

Tamara lança à Jewel un regard furtif.

— A vrai dire, nous avons abordé ce sujet hier soir. C'était… difficile. C'était la première fois que Clay et moi parlions des choses qui ont conduit à notre divorce et… enfin, ç'a été pénible pour nous deux.

Jewel replaça une mèche de cheveux derrière son oreille et s'adossa à la clôture pour lui faire face.

— Je ne sais pas, mais… maintenant que vous avez eu le temps de réfléchir à ce qui s'est passé, c'est peut-être une bonne occasion de résoudre certains de ces problèmes. Il est évident que vous éprouvez encore des sentiments l'un pour l'autre.

— Je ne sais pas.

Tamara sentit la tension l'envahir à la pensée de discuter de tous ces anciens griefs avec Clay. Lorsqu'il avait tenté d'en parler la veille, elle avait pris la fuite. Elle n'était pas prête à affronter ses souvenirs.

Pourtant, le sourire chaleureux de Jewel invitait aux confidences. Tamara avait l'impression qu'un lien d'amitié s'était déjà noué entre elles.

— A quoi bon rouvrir de vieilles plaies ?

— Vous trouverez peut-être la paix dont vous avez besoin pour laisser le passé derrière vous. Ou bien, vous pourriez mettre votre ressentiment de côté et réparer une vieille amitié.

Jewel lança un regard éloquent en direction de Quinn.

Tamara fixait l'enclos sans le voir, repassant dans sa tête la conversation que Clay et elle avaient eue la veille. Il lui avait donné l'occasion d'expliquer pourquoi elle était partie, et elle avait lâchement éludé la question.

— Bien sûr, il est tout à fait possible que je me mêle de ce qui ne me regarde pas, reprit Jewel avec un sourire contrit. Je suis désolée. Déformation professionnelle, sans doute. Mon rôle consiste en partie à discuter avec les filles et à leur donner des conseils. Parfois, j'ai du mal à me taire.

— Oh, non, ne vous excusez pas. Vous avez raison, et vous m'avez donné matière à réflexion.

Comme si elle ne passait pas déjà tout son temps à penser à Clay — aux erreurs qu'ils avaient commises dans leur mariage, à la passion qu'ils avaient partagée, aux moments de bonheur qu'ils avaient connus.

Aux occasions perdues de sauver leur relation.

Tamara le suivit des yeux tandis qu'il menait le cheval d'une des plus jeunes adolescentes autour du corral, distribuant sourires et mots d'encouragement. Elle avait l'impression que son cœur se brisait. Au fond, elle aurait désespérément voulu retrouver ce que Clay et elle avaient partagé autrefois. Donner une seconde chance à leur mariage.

Mais comment surmonter les obstacles qui les avaient séparés la première fois ? Ils avaient l'un et l'autre changé. Leurs vies suivaient des chemins divergents. Pouvaient-ils réussir là où ils avaient échoué par le passé ?

Et surtout, Clay désirait-il lui aussi donner une seconde chance à leur couple ?

9

Plus tard dans la matinée, alors que Jewel et les filles du Hopechest Ranch remontaient dans leur véhicule, un pick-up bleu s'engagea dans l'allée, soulevant un nuage de poussière.

— Eh bien, on dirait que nous sommes populaires aujourd'hui, murmura Clay à Tamara qui, à côté de lui sous la véranda, adressait un signe d'adieu à Jewel.

— C'est le Dr O'Neal ! s'écria Tamara avec surprise. C'est toi qui l'as appelé ?

Il secoua la tête, et descendit les marches à la rencontre du médecin.

— Comment va notre patiente ? s'enquit ce dernier en la regardant. J'imagine que vous vous sentez mieux, puisque vous êtes debout ?

Elle hocha la tête.

— Beaucoup mieux.

— Je passais par ici en allant à mon cabinet, et je me suis dit que je pourrais vous éviter un trajet jusqu'en ville.

— C'est gentil de votre part, mais…

Tamara se tourna vers Clay.

— J'étais justement sur le point de demander à Clay de m'emmener déjeuner chez Sue.

Clay inclina la tête. C'était une surprise, mais il n'y voyait pas d'inconvénient. Au contraire. Il passa rapidement en revue son programme pour l'après-midi, et conclut qu'il pouvait se libérer sans difficulté.

— Nous pourrions faire un saut à la clinique après déjeuner, suggéra Tamara en s'adressant au médecin. A supposer que j'aie vraiment besoin d'une autre auscultation. Je me sens beaucoup plus forte, et j'ai moins mal. Sauf si je fais un geste un peu trop brusque.

Le Dr O'Neal acquiesça.

— Bien. Vous prenez toujours les calmants que je vous ai donnés ? C'est juste que… à la longue, ils peuvent provoquer une dépendance. Il ne faut pas en abuser.

Tamara sourit poliment.

— A vrai dire, je prends des comprimés moins forts à présent.

— En ce cas, tout semble en ordre, conclut le docteur avec un sourire.

Il tendit la main à Clay, prêt à prendre congé.

— Pas de nouvelles du Dr Mason ?

Le sourire du médecin s'effaça et il fronça les sourcils, hésitant un instant.

— Aux dernières nouvelles, il aurait décidé de prolonger ses vacances. Il est tombé amoureux de l'Arizona, et il a même parlé d'y prendre sa retraite.

Clay échangea un regard stupéfait avec Tamara.

— Il parle de prendre sa retraite ? Cela ne lui ressemble guère, observa-t-il en se frottant le menton. Il déborde d'énergie, et son cabinet est toute sa vie. Pourquoi irait-il s'éloigner de ses amis pour s'installer en Arizona ?

Le Dr O'Neal se gratta la tête et s'éclaircit la gorge.

— Je n'ai pas de réponse à vous offrir, mais c'est ce que disait son message.

Il se dirigea vers son pick-up.

— Content de voir que vous allez mieux, madame Brown.

Clay et Tamara échangèrent un nouveau regard étonné en voyant le médecin battre précipitamment en retraite. Comme le véhicule disparaissait dans l'allée, Clay grimpa les marches de la véranda et inclina la tête.

— Nous allons chez Sue, alors ?

Elle sourit.

— Si tu as le temps, bien sûr. Je meurs d'envie de manger une part de tarte aux noix de pécan. Et j'aimerais voir Becky et tout le monde en ville.

Il lui caressa la joue et lui pinça tendrement le menton.

— Tout ce que tu voudras, mon cœur. Je vais prendre mes clés. Je te retrouve au pick-up.

Clay entra dans la maison. En passant devant la glace du couloir, il remarqua qu'il souriait comme un collégien. Il ramassa ses clés avec un soupir. En deux jours avec Tamara, il s'était laissé imaginer que sa présence signifiait un retour à une situation familière. Il avait été bien trop facile de reprendre d'anciennes habitudes…

Si elle se sentait assez bien pour se rendre en ville, elle ne tarderait pas à quitter le Bar None.

Il enfonça son chapeau sur sa tête et gagna le véhicule,

s'efforçant de ne pas penser à l'angoisse qui l'envahissait à la pensée du départ imminent de Tamara.

Il avait toujours su que son séjour au ranch serait temporaire. Seulement, il n'avait pas été préparé au chaos d'émotions qu'elle avait éveillé en lui.

Lorsqu'elle était partie, cinq ans auparavant, il avait réussi à surmonter sa douleur, à faire taire son chagrin en se consacrant au ranch. Cette fois, il n'était pas sûr d'y parvenir. Il reconnaissait à présent ce qu'il avait nié autrefois. En dépit de leurs différences et de leurs difficultés, Tamara comptait plus que tout à ses yeux. Y compris le ranch.

Tamara regardait défiler le paysage par la vitre tandis qu'ils roulaient vers Esperanza, remarquant maints détails et changements qui lui avaient échappé l'avant-veille.

— June Yardly s'occupe toujours de la bibliothèque ? demanda-t-elle alors qu'ils passaient devant le bâtiment.

— Non, elle a pris sa retraite il y a deux ans.

— Et ce nouveau supermarché ? A-t-il nui aux petits commerces ?

Clay haussa les épaules.

— Je ne crois pas. Les gens sont loyaux par ici.

Tamara hocha la tête d'un air songeur. Quelques instants plus tard, Clay trouva une place disponible devant le bureau du shérif et coupa le moteur.

Lorsque Tamara avait téléphoné à son laboratoire plus tôt dans la matinée, Eric s'était montré évasif, lui disant de ne pas s'inquiéter des affaires en cours pendant qu'elle était en congé. Elle envisagea d'aller demander à Jericho s'il y avait du nouveau, mais elle huma l'odeur appétissante qui embaumait le trottoir devant chez Sue, et son estomac se mit à gronder. La visite à Jericho attendrait.

Clay l'escortait, une main protectrice au creux de son dos. Comme par le passé. Mais cette époque-là était révolue, se souvint-elle. Et elle n'avait plus d'excuse pour retarder son départ. Une bouffée de nostalgie l'envahit à cette pensée. Dire qu'adolescente elle avait rêvé de quitter cette petite ville ! Maintenant, de retour à Esperanza, revoir tous les visages familiers lui donnait l'impression qu'elle retrouvait son foyer.

Clay ouvrit la porte, déclenchant le tintement de la cloche, et s'effaça pour la laisser passer. Elle le précéda dans la salle bondée qui sentait bon le pain chaud et le café tout frais et s'assit à la seule table disponible. Après avoir serré la main d'un vieil homme qu'elle ne reconnut pas, Clay s'installa en face d'elle et posa son Stetson sur la chaise à côté de lui.

Consciente des regards curieux qu'elle attirait, Tamara se pencha vers Clay comme pour lui confier un secret.

— Je crois savoir qui va être au centre des commérages cet après-midi, murmura-t-elle. "Vous savez que Clay Colton était chez Sue à midi avec son ex-femme ? Pas gênés le moins du monde. J'ai entendu dire qu'elle était chez lui depuis jeudi ! Qu'est-ce que ça veut dire, à votre avis ?"

Elle lui adressa un sourire espiègle, et il lui sourit en retour. Il enveloppa sa main dans la sienne, et une vague de chaleur monta en elle.

— On pourrait rendre les rumeurs plus intéressantes encore si tu m'embrassais, suggéra-t-il en inclinant légèrement la tête, une lueur de défi dans les yeux.

Le cœur de Tamara battit plus vite. La tentation était

immense, mais elle n'osait compliquer encore la situation. Ses sentiments étaient déjà si confus…

Becky French arriva à leur table et déposa deux verres d'eau glacée devant eux, lui évitant de répondre.

— Eh bien, Clay Colton. Que fais-tu ici en pleine journée ? On ne te voit pas avant le soir d'habitude !

Résidente d'Esperanza depuis plus de soixante ans, Becky ressemblait à la Mère Noël. Petite, ronde, les cheveux gris, les yeux d'un bleu vif, elle débordait de personnalité.

Clay sourit et haussa les épaules.

— Tamara avait envie de tarte aux noix de pécan. Qui suis-je pour refuser pareille requête à une jolie femme ?

Becky se retourna vivement.

— Oh, Tamara ! J'avais entendu dire que tu étais en ville !

Elle allait faire le tour de la table pour venir l'étreindre quand elle hésita soudain.

— Attends une seconde. Billy Akers m'a dit que tu avais les côtes cassées ? Ça va ?

— Seulement contusionnées. Mais je te ferai un câlin une autre fois d'accord ?

Becky sourit.

— Bien sûr ! Quel plaisir de te voir !

Becky prit leur commande, promit à Tamara de lui garder une grosse part de tarte et retourna en hâte aux cuisines. Tamara étudia le décor familier. Rien n'avait changé depuis l'époque où la mère de Clay tenait l'établissement, pas même les rideaux. Le mobilier était hétéroclite, et des photos encadrées de la ville étaient accrochées aux murs. Une nouvelle bouffée de nostalgie la saisit tandis qu'elle pensait aux soirées qu'elle avait passées ici, d'abord avec sa propre famille et puis avec Clay.

— Oncle Clay !

Le cri ravi d'une petite fille tira Tamara de sa rêverie. L'enfant se jeta dans les bras de Clay et noua les bras autour de son cou.

— Salut, bout de chou, dit-il avec un sourire affectueux. Comment ça va ?

— Comme sur des roulettes ! rétorqua la petite rousse aux yeux verts.

Clay se mit à rire.

— Où as-tu entendu cette expression ?

Elle haussa les épaules.

— C'est une amie de maman qui l'a dit, expliqua-t-elle en lançant à Tamara un coup d'œil inquisiteur.

Tamara n'avait pas besoin de présentation pour reconnaître la fille de Georgie Colton. Comme l'avait dit Clay, elle était tout le portrait de sa mère.

— Tu dois être Emmie, fit Tamara avec un grand sourire.

— Comment tu le sais ? demanda la petite fille vêtue d'un jean et de bottes de cow-boy.

— Parce que tu ressembles à ta maman.

Emmie leva les yeux au ciel.

— Tout le monde dit ça !

Clay lui pinça le nez pour rire.

— Parce que c'est vrai.

Georgie arriva à son tour, accompagnée d'un homme brun et séduisant.

— Emmie, je t'ai demandé de ne pas…

Elle s'arrêta net, et demeura bouche bée.

— Tamara ?

— Georgie !

Tamara se leva et étreignit son ex-belle-sœur, ignorant la douleur. Après l'avoir présentée à Nick Sheffield, son ami, Georgie alla chercher des chaises et ils se joignirent à eux pour déjeuner. Clay résuma brièvement les événements qui avaient conduit au retour de Tamara.

— Combien de temps comptez-vous rester en ville ? demanda Nick.

— Pas longtemps. Je me sens déjà beaucoup mieux, et il faut que je reprenne mon travail.

Clay émit un petit grognement réprobateur.

— Ton supérieur t'a mise en congé, souviens-toi.

— Oui, mais je…

Tamara se tut, ravalant sa protestation. Elle jugea bon de changer de sujet.

— Clay m'a dit que tu as eu des soucis toi-même récemment, dit-elle à Georgie.

Celle-ci frissonna.

— Je suis tellement contente que ce cauchemar soit terminé.

Nick l'entoura d'un bras protecteur.

— L'important, c'est qu'Emmie et toi soyez en sécurité maintenant. La coupable a été arrêtée.

— As-tu vu d'anciens amis en ville depuis que tu es ici ? s'enquit Georgie. A part Jericho, je veux dire.

Tamara posa les coudes sur la table et réfléchit.

— Eh bien, Quinn est venu au ranch ce matin, mais nous ne nous sommes guère parlé.

Elle rencontra le regard peiné de Clay, et comprit qu'il savait qu'elle en voulait toujours à son ami.

— Le vétérinaire ? demanda Nick.

Se souvenant que l'ex-agent secret était un nouveau venu à Esperanza, Tamara hocha la tête.

— Quinn Logan, confirma Georgie. Je ne comprends pas pourquoi il est toujours célibataire. Peut-être pourrais-je le présenter à…

— Laisse-le tranquille, petite sœur, coupa Clay d'un ton amusé.

— Oh, j'ai aussi vu Billy Akers à la clinique du Dr Mason après ma chute, reprit Tamara en souriant. Mon frère et lui m'en ont fait voir de toutes les couleurs quand j'étais petite !

Georgie sourit, puis redevint grave.

— J'ai entendu dire que sa mère était très malade. As-tu de ses nouvelles ?

Tamara hocha la tête, et jeta un coup d'œil vers Clay.

— Elle ne va pas bien du tout. J'aimerais beaucoup aller lui rendre visite avant de quitter la ville. Elle est si gentille.

— Je t'emmènerai la voir quand tu voudras, assura Clay.

— A propos, je pensais que le Dr Mason était absent en ce moment ? intervint Georgie.

— J'ai été examinée par le Dr O'Neal.

— Le Dr O'Neal ? répéta Becky en apportant leur commande. Il est sympathique, mais il a besoin de prendre quelques kilos, si vous voulez mon avis. Il est venu l'autre jour, et il a commandé une salade ! Pas étonnant qu'il soit tout maigrichon. En tout cas, j'ai entendu dire qu'il espère succéder au Dr Mason quand celui-ci va partir en retraite.

— *S'il* part en retraite un jour, observa Georgie avec un sourire. Il adore son travail.

Clay fronça les sourcils.

— Justement, cela me semble bizarre qu'il soit parti en vacances aussi brusquement. D'après le Dr O'Neal, l'Arizona lui plaît tellement qu'il envisage de s'y installer définitivement.

— Moi, je suis allée en Arizona, intervint Emmie. N'est-ce pas, maman ? Avec le rodéo.

— C'est vrai, mon chou.

Becky secoua la tête.

— Ça m'étonnerait que Doc s'installe en Arizona. Tous ses amis sont ici. Pourquoi irait-il dans un endroit où il ne connaît personne ?

Clay haussa les épaules, et Tamara lut l'inquiétude dans ses yeux. L'absence du vieux médecin troublait Clay, et elle avait hâte d'être seule avec lui pour discuter de ses soupçons.

— A propos, fit Becky, tu ne connais pas mes petits-enfants ! Regarde, Tamara, je viens de recevoir des photos.

Tamara prit le paquet qu'elle lui tendait, et regarda un à un les clichés représentant un bébé souriant. Une vague de tristesse l'envahit. Si Clay et elle n'avaient pas divorcé, auraient-ils un enfant maintenant ? Aurait-il eu les yeux de Clay ou bien les siens ?

Elle secoua la tête, refoulant ces pensées qui ne menaient à rien.

— C'est si mignon quand c'est petit, poursuivit Becky avec un soupir. C'est à l'adolescence que les problèmes commencent. Prenez le jeune Ward, par exemple. L'autre jour, Jericho l'a arrêté pour excès de vitesse. Macy s'arrache les cheveux. Le petit se rebelle constamment.

Comme elle repartait vers la cuisine, Clay baissa les yeux.

— Je comprends Macy. Ryder était pareil après la mort de notre mère. J'espère qu'elle aura plus de succès que moi. Si j'avais mieux su m'y prendre, Ryder n'aurait pas échoué en prison.

— Clay…, commença Tamara, mais Georgie la devança.

— Attends une minute ! s'exclama-t-elle avec indignation. Ce n'est pas à cause de toi que Ryder est en prison, mais parce qu'il a manqué de bon sens et de discipline. Tu as fait tout ce que tu as pu.

— Et ça n'a pas suffi, rétorqua-t-il. Mais n'en parlons plus. Nous n'allons pas gâcher le déjeuner en parlant de mes échecs.

Georgie se pencha par-dessus la table.

— Pas avant qu'une chose soit claire, Clay. Tu as été formidable avec nous après la mort de maman. Personne n'aurait pu se donner plus de mal. C'est grâce à toi que j'ai bien tourné, alors cesse de parler d'échecs.

Tamara retint son souffle pendant que le frère et la sœur s'affrontaient du regard.

— Ta manche traîne dans mon ketchup, marmonna-t-il au bout d'un moment.

Georgie retira son bras et inspecta les dégâts.

— Oh, ce n'est pas grave. Ça partira au lavage, intervint Emmie en tapotant le dos de sa mère.

Les adultes réprimèrent un sourire amusé.

— As-tu dit à Clay que tante Meredith venait ? demanda Nick.

Clay inclina la tête.

— Elle va nous rendre visite ?

— Vendredi, confirma Georgie. Je crois qu'elle veut surtout voir comment va Jewel, mais j'espérais que nous pourrions tous déjeuner ensemble. Tu as des projets pour ce week-end ?

Clay jeta un coup d'œil vers Tamara, haussant un sourcil interrogateur.

— Ne me regarde pas, murmura-t-elle. Je serai de retour à San Antonio d'ici là.

— Oh, fit Emmie d'un ton déçu.

— Pourquoi es-tu si pressée de rentrer ? fit Clay. Ton patron t'a donné un congé, et je sais que Meredith serait ravie de te voir. Et puis, tu ne voudrais pas décevoir ma nièce ?

Emmie sourit et hocha la tête.

— Si vous veniez tous au ranch ? reprit-il. Je ferai du bœuf au barbecue et je demanderai à Marie de préparer un grand plat de salade de pommes de terre.

— Youpi ! s'écria Emmie en s'agitant sur sa chaise. On peut, maman ?

Georgie consulta Nick du regard. Il acquiesça en souriant.

— Entendu. Tamara, vas-tu rester pour le barbecue ? C'est seulement dans deux jours, et il y a si longtemps que nous n'avons pas eu l'occasion de bavarder !

Les yeux de Tamara rencontrèrent ceux de Clay, qui la fixaient avec intensité.

— Oh… eh bien… d'accord.

Emmie poussa un cri de joie, mais Tamara sentit un nœud se former au creux de son estomac. Pour autant qu'elle apprécie cette invitation, elle n'était plus un membre de la famille. Faire semblant rendrait son départ plus douloureux encore.

Clay se pencha vers sa nièce et lui chuchota quelque chose à l'oreille. L'enfant gloussa, et il l'enveloppa d'un regard affectueux.

La gorge de Tamara se serra. Pourquoi Clay n'avait-il pu l'aimer avec la même dévotion ? Si elle donnait une seconde chance à son mariage, si elle faisait plus d'efforts…

Elle se secoua, laissant cette pensée en suspens.

Elle avait une nouvelle vie, une carrière, elle était devenuc quelqu'un d'autre. Elle s'était donné du mal pour en arriver là. Comment pourrait-elle renoncer à son travail pour revenir au Bar None ? Certes, elle comprenait à présent qu'elle n'avait pas apprécié suffisamment sa vie, sa famille, ses amis, à l'époque où elle vivait à Esperanza, et elle mourait d'envie de retrouver tout cela. Mais possédait-elle le courage de poursuivre ce rêve comme elle avait eu celui de poursuivre sa carrière des années plus tôt ? Pouvait-elle prendre le risque de souffrir de nouveau ?

Elle soupira et se réprimanda intérieurement. Une invitation à un barbecue ne signifiait pas forcément que Clay désire donner une seconde chance à leur couple.

Loin de là.

Becky revint, et déposa une grosse part de tarte devant elle. Tamara la remercia d'un sourire et regarda le somptueux dessert, le cœur lourd.

Son séjour au Bar None et les précieux moments qu'elle avait passés avec Clay tiraient à leur fin.

10

Comme ils quittaient le bar-restaurant, les pensées de Clay se reportèrent sur le Dr Mason. Il avait du mal à croire que celui-ci projette réellement d'aller s'installer en Arizona. Il connaissait le médecin depuis toujours, et ce dernier n'avait jamais évoqué pareille possibilité. Il adorait Esperanza, et y avait une foule d'amis.

Il démarra, jetant un coup d'œil vers Tamara. Elle avait appuyé la tête contre le dossier et fermait les yeux.

— Tee, tu ne te sens pas bien ?

— Si. J'ai seulement envie de dormir. J'ai trop mangé, avoua-t-elle en étouffant un bâillement.

D'un geste tendre, il replaça une mèche derrière son oreille. Elle ouvrit brusquement les yeux, plantant son regard dans le sien.

— Te sens-tu assez en forme pour faire une halte sur le chemin du retour ?

Elle haussa les épaules.

— Qu'as-tu en tête ?

— J'aimerais m'arrêter à la clinique du Dr Mason et parler à l'infirmière. Peut-être pourra-t-elle nous dire pourquoi il a changé ses projets.

Elle fronça les sourcils.

— Cette histoire te préoccupe vraiment, n'est-ce pas ?

Il serra les dents et se détourna, gêné d'avouer que l'intention du médecin l'emplissait à la fois d'inquiétude et de déception.

Mais c'était Tamara. Partager ses soucis avec elle semblait naturel. Malgré les cinq années qui avaient passé depuis leur divorce.

— Tu sais que le Dr Mason m'emmenait souvent à la pêche quand j'étais petit ?

Elle hocha la tête.

— Il nous rendait aussi de petits services. Peut-être parce que nous n'avions pas de père, peut-être tout simplement par gentillesse. J'ai toujours eu beaucoup d'affection pour lui — même maintenant que je sais que Graham Colton est mon vrai père.

Le regard de Tamara s'adoucit.

— Je m'en doutais un peu.

Encouragé par sa réponse, Clay poursuivit :

— Doc Mason a été une sorte de père pour moi, bien plus que Graham Colton. Et c'est toujours un ami très cher. C'est pourquoi… cette rumeur à propos de sa retraite ne tient pas debout.

Tamara lui adressa un sourire compréhensif.

— Allons voir l'infirmière.

Ils redescendirent du pick-up et parcoururent à pied la courte distance qui les séparait du cabinet.

Assise à la réception, Ellen Hamilton les accueillit cordialement.

— Bonjour. Quel bon vent vous amène ? Je croyais que le Dr O'Neal vous avait rendu visite ce matin.

— Il l'a fait, répondit Tamara, et j'apprécie cette attention.

— A vrai dire, nous venons pour une autre raison, expliqua Clay en enfonçant les mains dans les poches. Je voudrais vous poser des questions concernant le Dr Mason et son projet de retraite.

Le sourire d'Ellen Hamilton s'effaça, laissant place à une expression méfiante.

— Quel genre de questions ?

— Eh bien, pour commencer, qu'a-t-il dit au juste lorsqu'il a téléphoné ?

— Je ne sais pas. Je ne lui ai pas parlé.

— Qui l'a fait ? s'enquit Tamara.

Ellen hésita et les regarda tour à tour, visiblement perturbée.

— Notre… messagerie.

Clay la dévisagea, intrigué.

— Vous employez quelqu'un en ville ?

— Non. Nous utilisons une société basée à San Antonio. Le message figurait dans un courrier électronique avec une liste des appels reçus.

Retirant son chapeau, Clay passa une main dans ses cheveux.

— Que disait précisément le message ?

Ellen fronça les sourcils et recula d'un pas.

— Si vous avez d'autres questions, je préfère avertir le Dr O'Neal.

Sur quoi elle s'engouffra dans le couloir, pendant que Clay et Tamara échangeaient un regard perplexe.

— Qu'en penses-tu ? souffla-t-il.

Elle se mordilla la lèvre.

— Je trouve son attitude louche. Elle a l'air terriblement nerveuse.

— Tu crois qu'ils mentent ?

— Pas nécessairement. Mais on ne nous a peut-être pas dit toute la vérité non plus.

Le Dr O'Neal apparut, l'air mécontent.

— Que se passe-t-il, Colton ? Pourquoi harcelez-vous mon infirmière ?

Surpris par l'accusation, Clay arqua les sourcils, et regarda Ellen qui revenait à son tour.

— Nous cherchons simplement à savoir pourquoi le Dr Mason a changé ses plans de manière si soudaine.

Le médecin croisa les bras.

— Rien ne prouve qu'il n'envisageait pas de partir depuis un certain temps, dit-il sèchement. D'ailleurs, je ne vois pas en quoi cela vous concerne.

L'attitude belliqueuse de l'homme ne faisait que renforcer les soupçons de Clay, mais il parvint à garder une voix calme.

— Le Dr Mason est mon ami depuis très longtemps, et je suis inquiet à son sujet.

— Il n'y a aucune inquiétude à avoir. Il est en vacances. Il n'y a pas de mal à ça.

Le ton était de plus en plus hostile.

— Où est-il allé ? A-t-il laissé le nom de l'hôtel où il devait séjourner au cas où vous auriez besoin de le joindre ?

— Bien sûr.

Ellen tira une feuille de papier d'un tiroir et l'agita.

— Il est ici, lança-t-elle d'un ton triomphant, comme si elle venait de remporter une victoire.

— Puis-je le voir ?

Rapide comme l'éclair, Clay glissa une main dans le tiroir avant qu'elle ait eu le temps de le refermer et s'empara de la feuille.

Ellen la lui arracha.

— Vous... vous n'avez pas le droit ! Si le Dr Mason avait voulu vous dire où il allait, il l'aurait fait.

Le médecin s'avança vers Clay d'un air menaçant.

— Je pense que vous devriez partir à présent. Nous n'avons pas le temps de répondre à vos questions.

Clay lança un regard sceptique sur la salle d'attente déserte, mais s'abstint de tout commentaire.

— Très bien, mais si le Dr Mason rappelle, dites-lui que j'aimerais lui parler. Il connaît mon numéro.

— Je lui ferai la commission, répondit le médecin, hochant la tête avec raideur.

Clay effleura le bord de son chapeau et adressa à Ellen un sourire froid.

— Au revoir, madame.

Tamara le précéda à l'extérieur, poussant un soupir quand la porte se referma sur eux.

— Eh bien ! Le moins que l'on puisse dire est qu'ils se conduisent étrangement. Pourquoi sont-ils si nerveux ? Nous ne les avons accusés de rien.

— As-tu un stylo sur toi ?

— Hhhmm, sans doute.

Tamara fouilla dans son sac et lui en tendit un.

— Merci, dit-il en griffonnant quelque chose sur le dos de sa main. J'ai eu le temps de voir le nom et le numéro de l'hôtel où séjourne Doc. Je vais l'appeler moi-même pour voir ce qui se passe.

Elle hocha la tête, esquissant un sourire.

— Bonne idée. Je me demandais si tu avais réussi à avoir l'information.

Ils retournèrent à la voiture en silence. Clay allait entourer de ses bras les épaules de Tamara quand il se ravisa, laissant son geste en suspens.

Tamara n'était plus sa femme.

Ces derniers jours avaient semblé si familiers, si naturels, qu'il devait constamment se rappeler que sa présence était temporaire. Que le divorce n'était pas qu'un affreux cauchemar.

« Nous ne pouvons pas repasser par là. Je vais partir dans quelques jours… »

Une bouffée de déception l'envahit, et il enfonça les mains dans ses poches avec un soupir. Il était à la fois ravi et furieux que les circonstances aient ramené Tamara dans sa vie. Pendant les cinq années écoulées, il était parvenu à mener un semblant de vie normale. Il s'était fabriqué une sorte de carapace. Il avait enfoui tout au fond de lui les souvenirs de ce qu'il avait perdu. Mais le retour de Tamara au ranch était comme un lever de soleil éclatant après une longue nuit, comme une brise fraîche un jour étouffant. Il avait recommencé à vivre. A éprouver de la joie, de la douleur. Des espoirs et des regrets. Tout un mélange d'émotions qu'il avait refoulées ces cinq dernières années.

« A quoi bon compliquer la situation ? »

Il crispa les doigts autour de ses clés, au point que le métal mordit dans sa paume.

— S'ils s'étaient trouvés sur une scène de crime, reprit

Tamara en plissant le nez, et qu'ils m'avaient parlé de cette façon, je les aurais automatiquement classés parmi les suspects.

— Mais nous ne les soupçonnons d'aucun crime. Pourquoi sont-ils si nerveux ?

— Aucune idée.

Elle se mordilla la lèvre et jeta un coup d'œil furtif vers lui tandis qu'ils descendaient la rue principale.

— Mon labo devrait avoir le résultat de l'analyse du sang trouvé dans le tunnel. J'aimerais passer voir Jericho pour lui demander s'il a du nouveau.

— Bonne idée.

Dans le bureau du shérif, Adam Rawlings mangeait avec appétit un énorme sandwich.

— Je peux vous aider ? marmonna-t-il, la bouche pleine.

Avant que Clay ait pu répondre, Tamara fit un pas en avant et prit la situation en main.

— Jericho est ici ? Nous espérions avoir les résultats au sujet du sang retrouvé dans le tunnel.

Clay observait Tamara, impressionné par son attitude déterminée et professionnelle. Une bouffée de fierté l'envahit. Il décelait chez elle une assurance et une fermeté nouvelles. Sa jeune épouse avait gagné en maturité.

— Il est ici, répondit Rawlings. En fait, il vient de recevoir un appel à ce sujet.

Un bruit de pas résonna dans le couloir, annonçant l'arrivée de Jericho. Son visage s'éclaira à leur vue.

— Bonjour, vous deux. Que faites-vous en ville ?

Clay serra la main de son ami.

— Au départ, nous avons été attirés par la tarte aux noix de pécan.

Tamara sourit.

— Et maintenant que Sue a satisfait mon appétit, je voulais te demander si tu as eu les résultats du labo.

L'expression de Jericho s'assombrit.

— Venez par là, dit-il en désignant son bureau. Je les ai reçus tout à l'heure.

Tamara s'assit avec précaution sur une chaise, prenant soin de garder le dos bien droit.

Clay fronça les sourcils. Cette sortie avait-elle été trop fatigante pour elle ? Si elle avait mal, pourquoi ne lui avait-elle rien dit ?

— Je ne sais pas si tu veux examiner les données en détail, commença Jericho, mais de toute façon, le sang retrouvé dans le tunnel, autrement dit celui du corps, est identique à celui prélevé dans la voiture.

Il fit glisser le dossier vers Tamara.

— Avez-vous appris quelque chose la concernant ?

Le shérif soupira.

— C'est une impasse. La caméra de surveillance de l'agence était en panne depuis plusieurs semaines le soir du vol.

— Et l'argent ? s'enquit Clay. Pas de piste de ce côté-là ?

— Aucune. J'ai contacté toutes les banques de la région, en vain.

— Une autre impasse ? murmura Tamara, serrant les lèvres d'un air mécontent.

La frustration se lisait sur les traits tendus de Jericho.

— J'en ai peur. J'aimerais pouvoir te dire autre chose.

L'idée que nous avons un vol de voiture non résolu et un possible meurtre — mais pas de corps — ne me plaît pas plus qu'à toi.

L'estomac de Clay se noua brusquement à la mention du cadavre disparu. Tamara avait vu le corps peu de temps après le départ en vacances du Dr Mason. La coïncidence s'immisça dans son esprit, glaçante.

Il croisa les bras et considéra son ami.

— Jericho, tu sais que le Dr Mason est absent ?

— Oui, je l'ai entendu dire.

— Tamara et moi sommes passés à la clinique. Ils ont reçu un message de Doc disant qu'il prolonge ses vacances et qu'il envisage de prendre sa retraite en Arizona. Mais personne ne lui a parlé de vive voix et… enfin, son absence me paraît bizarre. Il n'est pas du genre à partir longtemps. Il ne l'a jamais fait avant. Pourquoi maintenant ?

Jericho se balança sur sa chaise, l'air songeur.

— J'avoue qu'avec tout ce qui s'est passé je n'avais pas pensé à lui. Mais, maintenant que tu en parles, c'est vrai que son départ paraît curieux.

— Et il y a ce corps que Tamara a vu…

Clay expira lentement, se refusant à formuler le reste de cette épouvantable pensée.

Tamara étouffa un cri.

— Oh, mon Dieu ! Tu ne penses pas que… ?

— Rawlings, appela Jericho. Va faire un tour chez le Dr Mason. Je veux savoir s'il y a le moindre signe suspect, d'accord ?

— Entendu, chef.

Rawlings sortit aussitôt. Clay jeta un coup d'œil aux chiffres griffonnés sur sa main.

— Puis-je téléphoner d'ici ? Nous pourrions au moins régler la question de savoir s'il se trouve bel et bien à l'hôtel où il est censé être.

Jericho hocha la tête.

— Vas-y.

Clay composa le numéro et pressa la touche du haut-parleur.

— Centre de désintoxication de Desert Palms, j'écoute…

Clay fronça les sourcils.

— Excusez-moi, j'avais cru comprendre que Desert Palms était une résidence hôtelière. Je cherche à contacter un certain Mason, qui devait s'y trouver.

— Un patient ?

— Eh bien… je ne sais pas.

Déconcerté, Clay se frotta le menton.

— Il est censé être en vacances. Mais il est médecin. Par conséquent, je suppose qu'il pourrait être venu participer à un séminaire ou…

— Non, monsieur. Nous n'organisons pas de séminaires, et nous n'avons aucun médecin du nom de Mason. Par ailleurs, la loi m'interdit de vous donner des informations confidentielles concernant nos patients.

— Madame, coupa Jericho en se penchant vers l'appareil, ici le shérif Jericho Yates, d'Esperanza, au Texas. Nous pouvons vous faire parvenir un mandat officiel si vous le souhaitez, mais, pour l'instant, nous voudrions seulement la confirmation que le Dr Mason se trouve bien à Desert Palms. Il fait l'objet d'une enquête de personne disparue et il est possible qu'il soit mêlé à une affaire de meurtre.

— Meurtre ? s'étrangla la standardiste à l'autre bout du fil.

— Je peux vous donner mes coordonnées ou parler avec votre supérieur si nécessaire, reprit Jericho, mais si vous nous confirmiez que Mason est bien là, cela nous évitera des recherches inutiles.

— Monsieur, je…

La femme hésita, puis soupira.

— Nous avions une réservation pour un Dr John Mason il y a deux semaines, mais… il ne s'est jamais présenté.

Le sang se figea dans les veines de Clay.

— A-t-il appelé pour annuler la réservation ?

— Non. Il n'est jamais arrivé. Nous n'avons pas eu de nouvelles de sa part, et aucune demande de remboursement des arrhes qu'il avait versées. C'est tout ce que je peux vous dire.

— Merci pour votre coopération, madame.

Après avoir fourni ses coordonnées et son numéro de plaque à l'employée, Jericho mit fin à la communication.

Un silence pesant tomba sur la pièce, brusquement rompu par l'irruption de Bea Hooper.

— Shérif ! Si vous ne faites rien au sujet des chiens de Walter Sims, je vous jure que je vais prendre les choses en main ! Combien de fois faut-il que je me plaigne pour qu'on m'écoute ?

Les épaules de Jericho se tassèrent légèrement, et il se massa la nuque d'un geste las.

— Clay, Tamara, je vous tiens au courant dès que j'ai du nouveau. Pour l'instant, je voudrais que tout ceci reste entre nous. Entendu ?

Clay acquiesça.

— Pas de problème.

Quelques instants plus tard, Clay et Tamara remontaient la rue en silence. Une fois dans la voiture, Tamara se tourna vers son ex-mari, exprimant tout haut les pensées qui le tourmentaient.

— Nous avons besoin d'un échantillon d'ADN du Dr Mason pour vérifier si le sang trouvé est le sien, murmura-t-elle. Si nous rappelions Jericho ? Il pourrait charger Rawlings de faire un prélèvement à la maison.

— Pas la peine, répondit Clay. Je sais où en trouver un.

11

Tamara fronça les sourcils.

— Tu sais où trouver un échantillon de l'ADN du médecin ?

Il hocha la tête.

— Doc et moi sommes allés à la pêche pendant le week-end férié. Il s'est coupé en vidant un poisson avec mon couteau.

— Et tu ne l'as pas nettoyé ? demanda-t-elle avec surprise.

— On l'a essuyé un peu, mais c'est un couteau de pêche, Tee. On se souciait davantage de désinfecter la plaie et de faire un pansement en attendant qu'il puisse retourner à son cabinet. A vrai dire, j'avais complètement oublié cet incident jusqu'à maintenant. Mais il y a sûrement assez de sang sur le couteau pour que tu puisses faire un test.

— Bien. Nous pourrons aller au laboratoire tout de suite.

Les mains de Clay se crispèrent sur le volant. L'idée que son ami puisse être mort était difficile à accepter.

— Tamara, tu as vu le corps. Crois-tu que ç'ait pu être

lui ? As-tu remarqué la couleur de ses cheveux ou quoi que ce soit ?

Tamara secoua la tête, lui lançant un regard d'excuse.

— Pas vraiment. J'étais tellement choquée… et puis il faisait trop sombre pour remarquer les détails, et le corps était recouvert de terre. Je n'ai pas regardé de près.

— C'est compréhensible, vu les circonstances, soupira-t-il.

— Clay ?

Tamara marqua une pause, un pli soucieux sur le front.

— Tu savais… le soupçonnais-tu de se droguer ?

— Nous ne sommes pas certains que ce soit le cas, protesta-t-il, sur la défensive.

Il prit une profonde inspiration, s'efforçant de parler plus calmement.

— Ne tirons pas de conclusions hâtives avant d'avoir tous les faits.

— Il a réservé une place — et versé des arrhes — dans un centre de désintoxication en Arizona, répondit Tamara doucement. Ce n'étaient pas des vacances. Il essayait de vaincre une dépendance. Quelle autre explication pourrait-il y avoir ?

Un nœud de frustration se forma dans la poitrine de Clay. Il abattit violemment le poing sur le volant.

— Bon sang, j'aurais dû le savoir ! J'aurais dû m'en rendre compte !

Tamara eut un petit rire incrédule.

— Ne va pas te rendre responsable de ça aussi ! Comment l'aurais-tu su ? Tu le voyais souvent ?

— Pas très souvent. Mais je suis allé à la pêche avec lui il y a seulement quelques semaines !

— Comment t'a-t-il semblé ?

Il poussa un soupir.

— J'ai eu l'impression que quelque chose n'allait pas, qu'il n'était pas vraiment lui-même… mais je n'ai rien dit.

Brusquement, certains détails lui revenaient à l'esprit.

— Ses mains tremblaient quand il nettoyait le poisson. C'est sans doute pour ça qu'il s'est coupé. Mais… une dépendance à la drogue ? Doc Mason ?

Il secoua la tête.

— C'est absurde. Il n'aurait jamais…

Il expira lentement. Nier l'évidence ne changerait rien au fait que le médecin avait fait une réservation au centre de Desert Palms.

Tamara se tourna vers la vitre et se laissa aller contre le siège.

— Sais-tu si Doc a des ennemis ? Quelqu'un qui voudrait nuire à sa réputation ou… lui faire du mal ?

— Des ennemis ? répéta Clay en lui lançant un regard surpris. Doc Mason est un des hommes les plus gentils que je connaisse. Il n'aurait pas fait de mal à une mouche. Il aimait tout le monde.

— Je sais que tu l'aimes comme un père, Clay, mais il faut que je te demande de réfléchir à la question de la manière la plus objective possible. A-t-il dit qu'il avait des ennuis avec un de ses patients le jour où vous êtes allés à la pêche ?

Clay se pinça l'arête du nez, s'efforçant de se souvenir des conversations qu'il avait eues avec Doc ce jour-là.

— Non. Il n'a rien dit de ce genre.

En s'engageant dans le chemin creusé d'ornières qui menait au ranch, il vit que Tamara avait fermé les yeux et qu'elle se tenait le côté.

— Tu peux… trouver ce couteau sans difficulté ? demanda-t-elle entre les cahots.

— Oui. Il est dans ma musette.

— Bien. Va le chercher, mets-le dans un sachet en plastique et emportons-le au labo.

Malgré son désir d'obtenir des réponses, Clay hésita. Il était évident que son ex-femme avait besoin de repos avant de se rendre à San Antonio.

— Si tu allais d'abord faire la sieste ? Nous pourrons y aller ce soir ou demain matin.

Elle cilla, surprise.

— Demain ? Je pensais que tu avais hâte de savoir ce qu'il en est.

— C'est vrai, mais tu dois te reposer. Je t'ai vu mettre la main sur le côté. Je sais que tu as mal.

L'expression de Tamara s'adoucit.

— Peut-être un peu, mais cela n'a pas d'importance. Je vais prendre un comprimé et ça ira mieux.

Comme il secouait la tête, elle pressa une main sur sa joue et sourit. Clay retint son souffle, envahi par une cascade de sensations.

— Je vais bien, Clay. Pour l'instant, il nous faut trouver des réponses. Va chercher le couteau, d'accord ?

La douce requête qu'il lisait dans le regard bleu de Tamara eut raison de lui. Ne savait-elle pas qu'il avait toujours été prêt à se plier à sa volonté ? Les rares fois où il avait dû lui opposer un refus l'avaient marqué. Surtout le soir où Quinn avait dû sacrifier Lone Star. Il n'oublierait jamais les pleurs de Tamara, ses prières, le chagrin qui s'était emparé d'elle.

Repoussant ces pénibles souvenirs, il entoura sa main de la sienne.

— Très bien. Mais si je soupçonne que tu abuses de tes forces, nous revenons droit ici pour que tu puisses te reposer. Entendu ?

— Entendu. Tu es gentil de t'inquiéter pour moi.

Elle porta les doigts de Clay à ses lèvres, et la douce caresse de sa bouche lui fit l'effet d'un coup de poing dans le ventre.

Serrant les dents, il réprima l'envie de la prendre dans ses bras et de l'embrasser comme il brûlait de le faire. Comme il l'avait embrassée, dans ce même pick-up, des centaines de fois par le passé. Savoir qu'elle n'était plus sienne le déchirait.

Il déglutit avec peine, refoulant la bile amère qui montait dans sa gorge. Les muscles tendus par la frustration, il recula et ouvrit la portière.

— Je reviens tout de suite.

Il se dirigea vers l'écurie. La chaleur humide de cette journée d'été semblait emplir l'air, reflétant le désir qui gonflait ses veines. Clay retira son Stetson et s'essuya le front d'un revers de main. Le sexe n'avait pas suffi à sauver son mariage avec Tamara. Reprendre des relations sexuelles avec son ex-femme ne ferait que compliquer la situation, et réveiller des émotions que ni l'un ni l'autre n'étaient prêts à affronter pour le moment.

Doc Mason avait disparu. Peut-être était-il mort.

Il devait écarter de ses pensées le corps sensuel et les

caresses de Tamara, et se concentrer sur ce qui était arrivé à son ami.

Il tendit la main vers l'étagère, descendit sa musette et prit le couteau, tenant délicatement le manche entre deux doigts. Les taches de sang étaient encore clairement visibles sur la lame.

Son estomac se noua. Doc avait-il été assassiné à moins de deux kilomètres de chez lui ? Sur ses propres terres ?

Tamara préleva avec un soin méticuleux un échantillon de sang sur la lame, ses bras nus frissonnant dans l'air climatisé du laboratoire. Le fait d'être personnellement mêlée à l'affaire donnait à sa tâche un enjeu différent. Les émotions qu'elle mettait de côté d'ordinaire la troublaient, suscitant chez elle une tension inhabituelle.

A moins que la présence de Clay ne soit la cause de ses mains tremblantes. Elle transféra le sang sur une petite plaque de verre, sentant son regard sur elle.

Plus tôt, dans le pick-up, lorsqu'elle avait effleuré ses doigts d'un baiser, le désir qu'elle avait lu dans ses yeux lui avait coupé le souffle. Il mourait d'envie de la posséder, là, sur-le-champ. Et une partie rebelle d'elle-même voulait la même chose. Désespérément.

Pourtant, Clay s'était maîtrisé. Il était descendu du véhicule sans même tenter de l'embrasser. La voix de la raison, ou le souvenir d'anciennes blessures, avait triomphé, éteignant sa passion.

Le côté pragmatique de Tamara s'en félicitait. Faire l'amour avec Clay n'aboutirait qu'à d'autres souffrances, raviverait son chagrin. Elle s'était trop abandonnée aux regrets ces derniers jours. Etre de retour dans son laboratoire, dans l'environnement où elle devait se comporter avec détachement, l'aiderait à repousser d'éventuelles faiblesses.

Elle retira ses gants en caoutchouc, et se frotta les bras. D'habitude, elle portait une blouse, mais elle avait laissé celle-ci chez elle le jour où elle s'était rendue au Bar None pour effectuer de nouvelles recherches. Et elle n'était pas retournée à son appartement depuis.

Elle griffonna quelques notes dans le dossier, puis se massa les tempes, songeuse.

Puisqu'elle était à San Antonio, elle devrait peut-être rentrer chez elle. Définitivement. Puis elle se souvint du barbecue que Clay organisait pour sa famille le samedi suivant, et son cœur se serra. Elle ne voulait pas manquer cette occasion de revoir les membres du clan Colton… même si la sagesse lui dictait précisément de le faire.

La tentation de passer du temps avec Clay, de renouer avec lui, avec sa famille et ses amis d'Esperanza, était immense. Cependant, sa vie était ailleurs, à présent. Elle avait fait son choix cinq ans plus tôt, et il était trop tard pour faire marche arrière.

Elle avait une carrière qui lui plaisait et… Tamara fronça les sourcils. Quoi d'autre ? Au fond, elle n'avait que son travail. Pas de petit ami. Pas de famille proche à proximité. Peu d'amis en dehors du service. Pas même d'animal de compagnie.

Elle avait quitté Clay pour réaliser son rêve, et puis elle s'était consacrée à sa carrière.

Son travail était toute sa vie.

Les oreilles bourdonnantes, elle laissa échapper son stylo et se laissa tomber sur un tabouret tout proche.

Elle avait sacrifié son mariage à sa carrière parce qu'elle se sentait insatisfaite, déboussolée, et qu'elle avait l'impression d'étouffer au ranch. Mais, en poursuivant un rêve, elle avait renoncé au foyer, à la famille et à l'amour.

Pas étonnant qu'elle ait apprécié ces quelques jours au Bar None. Pas étonnant que voir les animaux, sentir l'odeur du foin et respirer l'air pur lui aient apporté un tel soulagement et un tel plaisir.

— Et maintenant ?

La question de Clay l'arracha au tumulte de ses pensées, et il lui fallut quelques secondes pour comprendre qu'il lui demandait en quoi consistait l'étape suivante de l'analyse, et non ce qu'elle comptait faire du reste de sa vie.

Troublée, elle lissa ses cheveux d'une main incertaine et resserra sa queue-de-cheval.

— Oh… euh… je reviens tout de suite.

— Tee, qu'y a-t-il ?

Elle sentit le regard inquiet de Clay la suivre tandis qu'elle sortait en hâte du laboratoire pour gagner les toilettes des femmes. Elle s'aspergea le visage d'eau fraîche, se força à prendre une profonde inspiration, puis s'épongea à l'aide de serviettes en papier.

Levant les yeux vers la glace, elle fixa la femme au teint livide qui lui faisait face.

Sa vie manquait toujours d'équilibre. Elle avait vécu une existence clinique, dépourvue d'émotion, centrée sur sa carrière. Elle avait feint de ne pas reconnaître sa douleur parce que l'admettre aurait ouvert la voie aux souvenirs de l'homme qu'elle avait aimé et quitté.

— « Et maintenant ? » répéta-t-elle tout haut, avec un petit rire sans joie.

Aucune réponse ne lui vint. Elle ne pouvait changer le passé, et maintenant il y avait trop de blessures, trop de distance, trop d'obstacles entre Clay et elle pour aller de l'avant. N'est-ce pas ? Elle avait mal à la tête, signe avant-coureur d'une migraine. Elle ne devait plus penser à tout cela.

En regagnant le labo, elle termina ses notes, et trouva enfin le courage d'affronter le regard curieux de Clay.

— L'analyse va prendre un certain temps. Tu pourrais… aller boire un café ou grignoter quelque chose dans un endroit plus confortable. Je te passerai un coup de fil quand ce sera fini.

Clay croisa les bras, inclina la tête vers elle et la dévisagea avec attention.

— Je te gêne ?

Tamara cilla.

— Euh… non.

— En ce cas, je reste. J'attendrai avec toi.

Tamara fronça les sourcils. Travailler alors que Clay l'observait — surtout maintenant qu'elle avait un début de migraine — ne faisait qu'ajouter à sa tension.

— Tu es sûr que tu ne préfères pas aller boire un café ou flâner dans une librairie ?

— Non, répondit-il sans la quitter des yeux. J'aime mieux rester.

Elle haussa les épaules, étouffant un soupir.

— Comme tu voudras, marmonna-t-elle avant de reprendre sa place.

L'estomac noué, elle se remit au travail, troublée à la

perspective de passer plusieurs heures au laboratoire — seule avec Clay.

— Bien. Maintenant, nous devons attendre que l'ordinateur nous livre ses résultats avant de continuer.

Tamara recula sa chaise, et se frotta les yeux. Clay ne savait pas ce qui l'avait bouleversée plus tôt, mais elle s'était ressaisie et acquittée de sa tâche avec professionnalisme.

Fasciné, il l'avait regardée manipuler échantillons, solutions chimiques et matériel technique avec précision. Elle semblait totalement à sa place dans ce laboratoire, où brillaient son énergie et sa compétence. Elle n'était pas faite pour travailler dans un ranch.

Sa poitrine se gonfla de regret. S'il avait douté de la sagesse du choix qu'il avait fait cinq ans plus tôt en la laissant suivre sa voie, il savait à présent qu'il avait eu raison. Tout comme il savait qu'il avait eu tort de nourrir l'espoir que quelques jours passés au ranch pourraient amener Tamara à envisager une réconciliation.

Il fronça les sourcils. A quel moment, au juste, avait-il envisagé cette idée lui-même ? Il s'était bercé d'illusions, et il serait bien avisé de se reprendre. La douleur qui le rongeait à présent le prouvait.

Au bout d'un long moment, il se leva et étira son dos courbaturé. S'il était raide à ce point, il ne pouvait qu'imaginer l'inconfort qui devait être celui de Tamara. Depuis une heure, elle gardait un bras enroulé autour du ventre, et il l'avait vue à plusieurs reprises réprimer une grimace de douleur.

Inquiet pour elle, il jeta un coup d'œil à l'horloge. Il

était plus de 22 heures, et Tamara travaillait depuis une bonne demi-journée. Et cela après avoir passé la matinée à Esperanza.

Elle allait s'épuiser à la tâche.

Il regarda autour de lui, cherchant un prétexte pour la persuader de faire une pause.

— Puis-je t'acheter quelque chose au distributeur ? J'ai une faim de loup.

Elle secoua la tête.

— Non, merci. Il est interdit de manger dans le laboratoire. Mais nous avons une salle de repos à côté. Méfie-toi, le café est imbuvable.

— Tu ne viens pas ? Je croyais que nous devions attendre que l'ordinateur en ait terminé.

Elle pencha la tête d'un côté puis de l'autre, et se massa la nuque.

— Je vais en profiter pour rattraper un peu du retard que j'ai pris. Tu peux y aller sans moi.

Clay mit les mains sur les hanches et serra les dents.

— Pas question.

Elle leva vers lui des yeux voilés par la fatigue.

— Comment ?

Il s'avança vers sa chaise et mit une main sur son bras.

— Tu as fini pour aujourd'hui. Je te ramène à la maison.

— Je n'ai pas fini ! protesta Tamara, tentant en vain de se dégager.

— Quelqu'un d'autre pourra prendre la relève et nous donner les résultats par téléphone.

— Si nous voulons savoir le plus vite possible, je…

— Nous ne sommes pas à quelques heures près. Ta santé est plus importante. Viens, tu as l'air exténuée.

Elle hésita, soutenant son regard comme si elle passait en revue ses options.

— Laisse-moi juste terminer quelque chose, et je laisserai le reste pour Eric demain matin.

Il l'enveloppa d'un regard sceptique.

— Tu en as pour combien de temps ?

— Vingt minutes. Une demi-heure maximum.

Avec un soupir résigné, il la lâcha.

— Bon. Vingt minutes. Pas davantage.

Tamara ouvrit un dossier et se mit à rédiger quelques notes pendant que Clay reprenait sa place sur le tabouret derrière elle. Il gardait l'œil sur l'horloge. Dans vingt minutes au plus tard, ils seraient sortis d'ici.

Ensuite, Tamara téléphona à son supérieur pour le mettre au courant. Eric promit de terminer l'analyse dès son arrivée au labo, après quoi il la réprimanda sévèrement pour avoir désobéi à ses ordres.

Clay sourit. Eric lui semblait de plus en plus sympathique.

Enfin, Tamara passa une main lasse sur son visage et se tourna vers lui.

— Je suis prête.

Clay ramassa son Stetson, tendit son sac à Tamara et la guida à l'extérieur. Une fois dans l'ascenseur, elle s'adossa à la paroi et ferma les yeux.

— Nous avons manqué le dîner.

— Je t'ai proposé de t'emmener manger quelque chose, répondit Clay.

— Je sais, merci. Mais je ne pouvais pas tout laisser en plan.

Elle étouffa un bâillement.

— Tu aurais pu y aller sans moi.

— Quel intérêt ?

Elle sourit et effleura sa joue de la main.

— Tu dois être affamé.

— Je vais survivre. Nous pouvons toujours acheter un sandwich quelque part.

Les portes de l'ascenseur s'ouvrirent. Il la suivit dans l'air humide de la nuit.

— Tu as une préférence ? demanda-t-il alors qu'ils descendaient l'escalier en béton.

Il se rendit compte qu'elle était à la traîne et se retourna.

— Ce que tu…

Elle manqua une marche et eut un geste affolé, cherchant vainement quelque chose après quoi s'agripper.

Le cœur de Clay bondit dans sa poitrine. Il se rua en avant, et la rattrapa au moment où elle basculait. Tamara s'effondra violemment contre lui, laissant échapper un cri de douleur.

— Tamara, ça va ? demanda Clay, bouleversé.

Elle se cramponnait à ses bras, s'efforçant de reprendre son souffle. Il sentait son cœur tambouriner dans sa poitrine, au même rythme effréné que le sien.

Elle leva vers lui des yeux écarquillés.

— Je ne sais pas ce qui s'est passé. J'ai eu une sorte de vertige et…

— Tu as fait trop d'efforts aujourd'hui, gronda-t-il, fronçant les sourcils. J'aurais dû te ramener plus tôt.

— Cesse de te faire des reproches. Tu n'es pas responsable de moi, soupira-t-elle. Peut-être devrais-je rentrer directement. Tu veux me ramener à mon appartement ?

Un pincement aigu de déception transperça la poitrine de Clay à la pensée qu'elle préférait retourner chez elle plutôt qu'au ranch. Pourtant, il s'efforça de mettre sa déconvenue de côté. Il devait penser à l'intérêt de Tamara avant tout. Et, ce soir, elle avait besoin d'être au ranch.

Il prit son visage entre les mains et la força à le regarder.

— Je te ramène au Bar None. Tu es épuisée, et je veux m'assurer que tu te reposes demain.

— Clay…

Son expression reflétait son désaccord, mais aussi sa réticence à discuter. Il enfouit une main dans ses cheveux, libérant les mèches de l'élastique qu'elle avait mis pour travailler. Ses yeux brillaient comme des saphirs.

Le cœur de Clay était gonflé à éclater. Pourquoi l'avait-il laissée s'en aller ? C'était seulement après qu'elle avait disparu de sa vie qu'il avait compris à quel point elle comptait à ses yeux. Et maintenant, il était trop tard. Elle avait une nouvelle vie, une nouvelle carrière qui la rendait plus heureuse qu'il n'avait jamais pu le faire.

Il lui caressa doucement le menton et soupira.

— Tu as été incroyable aujourd'hui. Ce métier te convient parfaitement. Je suis content que tu aies pu réaliser ton rêve.

Elle cilla, apparemment stupéfiée par ce compliment.

— Je… merci, Clay.

— Tu es à ta place ici, reprit-il. C'est évident quand

on te regarde travailler. Je suppose que tout finit pour le mieux, n'est-ce pas ?

Ses yeux s'emplirent de larmes, et son visage s'assombrit, comme si son jugement l'avait déçue.

A moins qu'il n'essaye de s'en convaincre. Il aurait tout donné pour l'entendre protester, affirmer qu'elle voulait retourner au ranch — à sa vie avec lui — pour de bon. Mais il ne pouvait lui demander de sacrifier ses rêves pour lui.

Elle hocha la tête.

— Je suppose.

Les secondes s'étirèrent, et pourtant il la garda près de lui, redoutant déjà le vide qui l'envahirait lorsqu'elle sortirait de ses bras. Sa Tee était si forte, si adorable, malgré les cernes de fatigue autour de ses yeux. Elle avait gagné en assurance, en maturité, elle était plus belle encore que lorsqu'elle avait capturé son attention au lycée.

Un nœud de remords se forma dans l'estomac de Clay. Il ne pouvait saper l'indépendance qu'elle s'était forgée. Cette fois, c'était lui qui devait trouver le courage de s'éloigner d'elle. Mais pas avant d'avoir emporté un dernier souvenir. Il avait peut-être saisi la vérité sur la nouvelle vie de Tamara, mais, à cet instant, rien n'aurait pu l'empêcher d'embrasser la femme qui régnait toujours sur son cœur.

Plaçant tendrement la main sur sa nuque, il l'attira à lui et prit possession de ses lèvres. Son exclamation étouffée se mua en soupir de bien-être tandis qu'elle se laissait aller entre ses bras. La caresse de ses lèvres enflamma Clay. Sa bouche avait le goût du chèvrefeuille qu'il dégustait enfant. Douce, délicieuse.

Son baiser se fit plus pressant, plus intime, et Tamara le lui rendit avec ardeur, glissant les mains sous sa chemise.

Un gémissement naquit dans la gorge de Clay, et elle répondit par son propre ronronnement de plaisir. Le son rauque résonna en lui. Tout son corps vibrait de désir, prêt à exploser.

Des images défilaient dans sa mémoire, souvenirs d'autres baisers, d'autres étreintes. Aucun n'avait éveillé en lui un déferlement d'émotions aussi intenses. L'espace d'un instant, il s'efforça d'oublier qu'il avait perdu Tamara.

Il déposa une pluie de baisers sur son menton et derrière son oreille, à l'endroit qu'il savait sensible. Elle gémit de plaisir, et il faillit perdre tout contrôle de lui-même.

Un coup de Klaxon les fit tressaillir, et Clay se raidit brusquement. Ce n'était ni le moment ni le lieu de s'abandonner à la passion.

Après quelques derniers baisers sur son menton et sa joue, Tamara se détacha de lui. Elle enfouit le visage dans sa poitrine, tremblant malgré l'air chaud du soir.

— Nous devrions partir.

— Oui, marmonna Clay, luttant pour se ressaisir.

Ce goût fugitif de Tamara était loin d'être suffisant.

Mais il avait déjà pris plus qu'il n'aurait dû.

A quoi bon compliquer la situation ?

Trop tard. Ses sentiments pour son ex-femme étaient déjà compliqués. Il se sentait déchiré. Il la voulait désespérément, tout en sachant qu'elle avait besoin d'autre chose. Elle n'était pas à sa place au ranch. Et jamais il ne ferait passer ses propres désirs avant l'intérêt de Tamara. Il ne l'avait pas fait lors de leur séparation, et il n'allait pas commencer à présent. Après l'avoir observée dans son laboratoire, il se rendait compte que le divorce, pour douloureux qu'il ait été, avait été le meilleur cadeau qu'il ait pu lui offrir.

Il déposa un baiser sur sa tête, inspirant le parfum délicat de son shampooing.

— Je peux aller chercher le pick-up si…

— Non, coupa-t-elle en lui pressant la main. Ça va. Je vais marcher.

Gardant sa main dans la sienne, prêt à la soutenir en cas de besoin, Clay la conduisit vers le parking. Ses propres jambes étaient légèrement chancelantes, mais il n'allait certainement pas lui montrer de signes de faiblesse. Il était déjà assez coupable. Quoi qu'elle en dise, il avait eu tort de la laisser rester au laboratoire si longtemps alors qu'elle était blessée et fatiguée.

Comme ils approchaient du véhicule, ses pensées retournèrent à la raison pour laquelle ils étaient venus. La disparition de Doc Mason. La possibilité que son ami ait été assassiné.

— As-tu pu tirer des conclusions de l'analyse jusqu'ici ? demanda-t-il. Quand saurons-nous si le sang du tunnel est celui de Doc ?

Elle lui pressa les doigts et haussa les épaules.

— Je n'ai rien pu établir de certain. Eric a promis de s'en occuper demain matin, mais nous avons aussi d'autres analyses en cours.

Clay acquiesça.

— Je sais. C'est seulement que l'incertitude est difficile à supporter.

Tamara s'arrêta, hésitante.

— Clay…

Saisi par l'appréhension, il plongea son regard dans le sien.

— Oui ?

— Je sais à quel point tu aimes Doc Mason… mais je crois que tu devrais te préparer au pire.

12

Le lendemain soir, après avoir nourri les chevaux et terminé sa ronde quotidienne, Clay alla jeter un coup d'œil à Lucy. La jument ne semblait pas encore prête à pouliner.

Préoccupé, il fronça les sourcils. Quinn lui avait dit que si le poulain n'était pas né avant le week-end, il faudrait envisager une césarienne.

Lorsqu'il entra dans la maison, il fut accueilli par l'odeur appétissante du pop-corn. Tamara était installée sur un des canapés du petit salon, un grand saladier sur les genoux.

— Hmm, ça sent bon, dit-il. Je meurs de faim.

Il accrocha son chapeau à côté de la porte et s'approcha pour grignoter une poignée de pop-corn, savourant le plaisir de voir Tamara les joues roses, les yeux brillants. C'était surtout d'elle qu'il avait faim…

Elle tapota le coussin à côté d'elle.

— Viens t'asseoir. Marie m'a prêté un DVD. J'étais sur le point de commencer à le regarder.

Clay désigna sa chemise moite de sueur.

— J'ai besoin de prendre une douche. Tu peux attendre dix minutes ?

— Bien sûr. Je vais faire réchauffer le ragoût que Marie a laissé, pendant que tu es dans la salle de bains.

Tamara se leva avec précaution, et gagna la cuisine.

— Marie est fantastique. Comment l'as-tu rencontrée ?

— Oh, son mari est un de mes employés. Leur fils unique vient de partir à l'université, et elle était contente d'avoir une occupation.

L'estomac de Clay gronda, et il prit une nouvelle poignée de pop-corn avant de grimper l'escalier quatre à quatre. Une fois dans sa chambre, il se dévêtit en hâte, ne voulant pas perdre une seconde. Peu lui importait le type de film tant qu'il pouvait tenir Tamara contre lui comme autrefois, sentir ses jambes lisses caresser les siennes, respirer le parfum de son shampoing, savourer sa chaleur.

Sous la douche, alors que le jet massait ses muscles fatigués, des souvenirs l'assaillirent. Il revit le corps mince et dénudé de Tamara tandis qu'elle se haussait sur la pointe des pieds pour l'embrasser. Une bouffée de désir déferla en lui.

Depuis leur baiser de la veille, devant le laboratoire, les pensées de Clay l'entraînaient sur un terrain dangereux. Il avait passé toute la journée à refouler les images érotiques qui s'immisçaient dans son esprit, sans grand succès. L'effort physique n'avait pas réussi à apaiser le feu qui brûlait en lui.

Quelques minutes plus tard, douché et rasé de près, il descendait les marches pour aller rejoindre la séduisante créature qui partageait sa maison.

Tamara leva les yeux en l'entendant arriver. La chatte fit de même. La jeune femme caressa le dos de Miss Catastrophe, qui émit un ronronnement de satisfaction.

Clay s'arrêta sur le seuil de la pièce, son sourire cédant la place à une expression perplexe.

— Que fait la chatte ici ?

Ignorant son ton bourru, Tamara esquissa un sourire taquin.

— Elle est venue se faire caresser, je pense.

Clay arqua les sourcils.

— Elle a sûrement des puces, avertit-il.

Tamara continua à flatter les oreilles de la chatte.

— Peut-être, mais... je me sentais seule après le départ de Marie et... Je suppose que j'aurais dû te demander d'abord, mais j'ai pensé que tu n'y verrais pas d'inconvénient.

Clay ouvrit la bouche et la referma. Il traversa la pièce et s'assit à côté de Tamara, puis donna à Miss Catastrophe une caresse pour la forme.

— Je n'ai rien contre, mais elle devrait être traitée contre les puces avant que tu en fasses une habitude.

Tamara rencontra le regard de Clay et retint son souffle. « Une habitude » signifiait qu'elle serait au ranch assez souvent à l'avenir pour y avoir une routine. Voulait-il dire qu'il avait envie qu'elle reste ?

Comme s'il devinait les conclusions qu'elle avait tirées de cette remarque, Clay fit marche arrière.

— Je veux dire...

Il soupira.

— Bon sang, Tee, il faut qu'on cesse de tourner autour du pot, tu ne crois pas ?

Tamara enfouit les doigts dans le pelage de la chatte, le cœur battant à toute allure.

Il se tourna pour lui faire face.

— T'avoir ici a été génial. Et je crois qu'il est évident que nous avons encore des sentiments l'un pour l'autre, mais…

Il secoua la tête. *Mais.*

A lui seul, ce petit mot anéantissait toutes les illusions qu'elle avait pu avoir concernant leur avenir.

— Mais nous sommes toujours divorcés, nous n'avons pas résolu les questions qui ont mené à notre rupture, nous avons toujours des vies différentes, des buts différents, des carrières prenantes ? acheva-t-elle à sa place.

Ses yeux s'assombrirent, et un muscle tressauta dans sa mâchoire.

— Plus ou moins.

Sa réponse eut raison de la dernière lueur d'espoir de Tamara. Comment avait-elle pu se persuader que, cette fois, avec le recul pour les guider, ils pourraient repartir à zéro, avoir une seconde chance ? Le chagrin et la déception la transpercèrent, plus vifs encore que la première fois qu'elle l'avait quitté.

Elle se força à esquisser un semblant de sourire.

— Eh bien, nous avons au moins eu l'occasion d'éclaircir quelques malentendus et de renouer notre amitié. Peut-être que, cette fois, nous pourrions rester en contact ?

Il hésita un moment avant de répondre, et finit par hausser les épaules.

— Peut-être. En attendant, si nous profitions simplement de ce soir, sans laisser les regrets et les récriminations gâcher cette occasion… d'être ensemble ?

A l'entendre, c'était simple. Comme si elle pouvait couper le fil des souvenirs qui l'entouraient, ignorer l'affection et le désir qui l'envahissaient chaque fois qu'elle se trouvait en sa présence !

En tout cas, une chose était claire. Les sentiments qu'elle éprouvait pour Clay n'importaient guère aux yeux de ce dernier. Il venait de dire que les moments qu'ils vivaient ensemble allaient bientôt prendre fin, rejetant d'emblée toute possibilité de réconciliation. Il ne se souciait pas de son opinion. Pas plus que lors de leur mariage.

Rien n'avait changé. Elle se le répétait depuis qu'elle était arrivée, mais quelques baisers avaient suffi à réveiller ses illusions, à lui faire croire qu'elle comptait pour Clay, et qu'ils avaient une chance…

Elle fit descendre la chatte de ses genoux et épousseta son short.

— Je vais t'apporter du ragoût pendant que tu mets le disque.

Pourvu que Clay n'entende pas le tremblement dans sa voix. Elle devait être forte, ne pas lui montrer à quel point elle souffrait à l'idée de quitter le ranch de nouveau.

Au prix d'un effort, elle ravala ses larmes. Ce soir, elle ferait de son mieux pour savourer la compagnie de Clay sans penser au lendemain. Elle verrait cet instant comme un cadeau. Un moment volé auprès d'un homme qu'elle chérissait, mais qui était allé de l'avant.

En retournant dans la cuisine, elle donna une dernière caresse à Miss Catastrophe, puis la fit sortir.

Clay mangea pendant que le film commençait. Tamara essaya de se concentrer sur l'intrigue, mais l'odeur du savon de Clay l'enveloppait, la rendant très sensible à sa présence.

Elle ne pouvait s'empêcher de penser aux paroles qu'il avait prononcées. Après les baisers qu'ils avaient échangés, elle mourait d'envie de faire l'amour avec son cow-boy. Parfois, lorsque Clay la regardait, les yeux brûlants de désir, elle se prenait à espérer que leur attirance réciproque soit le premier pas vers la réconciliation.

De plus, la manière dont ils avaient coopéré pour trouver des réponses à l'énigme de la disparition de Doc Mason l'avait conduite à penser qu'ils pourraient faire preuve de la même détermination pour venir à bout de leurs différences.

Elle s'était bercée d'illusions.

Clay rapporta son assiette dans la cuisine et revint s'asseoir sur le canapé. Puis il s'allongea, guidant Tamara pour qu'elle repose contre lui.

Son cœur s'emballa, et toutes les émotions qu'elle avait tenté de refouler revinrent au galop.

Que faisait-il ?

— Clay…

Elle hésita, déchirée entre l'envie de protester et celle de se blottir contre Clay et d'oublier tout le reste.

— Hhmm ? fit-il en les recouvrant du plaid.

— Tu as assez mangé ? demanda-t-elle, ravalant les mots qui lui brûlaient les lèvres.

Comment peux-tu dire que notre couple n'a pas d'avenir et me tenir ainsi contre toi ?

— Oui, merci.

Il déposa un baiser sur sa tempe, puis l'entoura tendrement de ses bras. Tamara se détendit contre lui. Elle se sentait bien. Au chaud. A l'abri. Elle aurait aimé rester là pour toujours.

Des larmes lui picotèrent les yeux.

Si seulement Clay avait désiré la même chose.

13

Le lendemain matin, Tamara s'éveilla avec un mal de tête qui se transforma bientôt en migraine. Quand midi arriva, elle était recroquevillée dans son lit, dans le noir. Elle avait pris un des calmants prescrits par le Dr O'Neal, et le médicament l'avait plongée dans un sommeil fébrile. Marie et Clay vinrent jeter un coup d'œil sur elle de temps en temps, mais la journée fut gâchée.

Le surlendemain, elle se sentait nettement mieux, même si elle avait encore la tête lourde. Elle avait hâte de rattraper le temps perdu avec Clay et descendit de bonne heure, au moment où il rentrait de l'écurie.

— Tu n'as plus mal ? demanda-t-il avec sollicitude, en la voyant assise à la table de cuisine.

— Ça va beaucoup mieux. Quoi de neuf depuis avant-hier ?

— Lucy a eu son poulain.

Tamara se redressa.

— Tout s'est bien passé ?

— Ils vont bien tous les deux, grâce à Quinn. Il a fait des miracles pour mettre Linus au monde.

Elle exhala lentement, à la fois soulagée que les chevaux

se portent bien, et déçue d'avoir manqué l'événement. Elle but une nouvelle gorgée de café avant d'absorber totalement les paroles de Clay.

— Linus ?

— J'ai pensé que ça allait bien avec Lucy.

— Oui, je… tu lui as donné un nom !

Son cœur se gonfla de joie, et elle regarda Clay avec étonnement.

— Qu'est-ce qui t'a fait changer d'avis ?

Clay hésita.

— Excuse-moi. Tu voulais le faire ?

— Non, ce n'est pas ça… c'est juste que c'est la première fois que tu le fais ! s'écria-t-elle d'un ton amusé en lui donnant une tape espiègle sur le bras.

Il eut un sourire penaud, baissa la tête et se massa la nuque.

— Eh bien, comme sa mère a un nom, je me suis dit que…

Il haussa les épaules, comme pour minimiser le sens de son acte. Mais Tamara ne put s'empêcher d'éprouver un élan d'émotion. Nommer le poulain était une petite chose, mais cela témoignait du fait que Clay était prêt à évoluer, à changer. L'espoir qui avait disparu deux soirs plus tôt se réveilla, bouleversant une fois de plus ses pensées et perceptions concernant son ex-mari.

Avant qu'elle ait eu le temps de le questionner davantage, la sonnerie du téléphone retentit, et Clay se hâta d'aller décrocher.

— Bar None.

Son regard se porta sur Tamara, et il fronça les sourcils.

— Oui, elle est ici.

Il lui tendit l'appareil.

— C'est ton labo. Ils ont les résultats.

Le pouls de Tamara s'accéléra. Elle porta le récepteur à son oreille, redoutant la nouvelle.

— Salut. Qu'as-tu appris ? Que disent les tests ?

Clay soutint son regard, la mine sombre. Un muscle tressautait dans sa mâchoire, trahissant son appréhension.

— Voyons…

Eric s'éclaircit la gorge, et elle entendit des froissements de papiers.

— Nous y voilà. Il semble que les deux échantillons soient identiques, en effet.

Clay dut lire la vérité sur son visage.

Doc Mason, l'homme qui avait été comme un père pour lui, était mort.

Il porta une main à la bouche, ferma les yeux et tourna le dos à Tamara. Ses épaules s'affaissèrent.

Tamara lutta contre sa propre peine. Elle devait rester forte pour Clay, écouter les explications de son supérieur.

— En revanche, le cheveu n'appartient pas à la même personne. En bref, nous avons peut-être identifié le corps, mais pas celui qui l'a déposé là. Tu veux que j'appelle le shérif pour lui donner ces informations ?

Tamara prit une longue inspiration.

— Non, merci. Je vais m'en charger.

Elle mit fin à la communication et s'approcha de Clay qui, les mains sur le plan de travail, gardait la tête baissée. Elle souffrait pour lui. Il avait déjà perdu tant de gens qu'il aimait. Sa mère, Ryder… sa femme.

Tamara se redressa.

Non. Il ne l'avait pas perdue, elle.

Ils n'étaient peut-être plus mariés, mais elle l'aimait profondément, et elle se promit de le soutenir durant cette épreuve. Sans rien dire, elle l'entoura de ses bras, reposant la tête contre son dos.

Il se retourna et l'étreignit, prenant de profondes inspirations alors qu'il luttait contre le chagrin. Ses yeux étaient secs, mais son visage était ravagé par la douleur.

— Qui a pu faire une chose pareille ? Qui pouvait lui vouloir du mal ?

Elle lui caressa le dos, ne sachant que répondre.

— Je ne sais pas, mon chéri.

— Quelqu'un a déplacé son corps, reprit Clay d'une voix tremblante de colère, le corps tendu. Quelqu'un a téléphoné au service de messagerie en se faisant passer pour lui.

Il plissa les yeux.

— Et cet argent, continua-t-il. Cette histoire n'a pas de sens. Qui aurait laissé une somme pareille ? A quoi cet argent était-il destiné ?

Tamara secoua la tête, regrettant de ne pas avoir de réponses à lui offrir.

— Jericho est un bon shérif. Il finira par découvrir ce qui s'est passé.

— Ce genre de choses n'arrive pas à Esperanza. Qui pourrait... ?

Clay s'interrompit, comme si une idée subite lui était venue à l'esprit.

— Qu'y a-t-il ?

— Le Dr O'Neal. Il n'est pas d'ici. Il a remplacé Doc Mason, et il s'est conduit de manière bizarre l'autre jour.

Tamara se raidit, tandis qu'un autre détail s'imposait à sa mémoire.

— Clay… je n'ai rien dit avant parce que, franchement, je ne croyais pas que ça ait la moindre importance, mais…

— Oui ?

— Le jour où tu m'as emmenée faire des radios, j'ai entendu des bribes de conversation entre le médecin et l'infirmière.

Clay recula d'un pas, la regardant avec attention.

— Que disaient-ils ?

Elle secoua la tête, s'efforçant de rassembler ses souvenirs.

— Je n'ai saisi que des fragments, mais je me souviens qu'il s'agissait de narcotiques. Je crois que quelque chose manquait. Il me semble qu'il lui reprochait de ne pas avoir tenu de registre…

Elle hésita, soudant son regard à celui de Clay.

— Elle a répondu que Doc Mason s'en occupait. Peut-être qu'il gardait ces registres dans son bureau ? Doc aurait-il pu être assassiné parce qu'il avait surpris quelqu'un en train de voler des narcotiques ?

Clay cilla en entendant le mot « assassiné ». Le spectre de la douleur, temporairement écarté alors qu'ils se penchaient sur l'énigme entourant sa mort, revint brutalement.

— Il faut qu'on parle à Jericho.

— On y va tout de suite, dit-elle en lui caressant la joue, avant de le serrer étroitement contre elle, sans se soucier de ses côtes meurtries.

Au bout d'un moment, il se détacha d'elle, et passa une main lasse dans ses cheveux noirs.

— Nous n'avons même pas de corps, soupira-t-il. Doc

a consacré sa vie à prendre soin des autres, et nous ne pouvons pas même lui offrir des obsèques décentes.

— Nous le trouverons, Clay, je te le jure. Et nous arrêterons le coupable. Je sais que Jericho ne renoncera pas.

Elle captura sa main dans la sienne.

— Et moi non plus.

Un élan de tendresse jaillit dans ses yeux bruns. Il hocha la tête d'un geste bref, puis décrocha le téléphone et composa le numéro de Jericho. Il le mit brièvement au courant, puis laissa Tamara expliquer ce qu'elle avait entendu dans le cabinet.

— Je ne sais pas si ça a un rapport avec la mort de Doc, conclut-elle, mais tout cet argent… enfin, j'ai pensé que tu voudrais peut-être explorer cette piste.

— Et comment. Je vais m'en occuper, promit Jericho.

— Qu'allons-nous faire maintenant ? s'impatienta Clay. Comment pouvons-nous arrêter le misérable qui l'a tué ?

— Du calme, Clay, répondit Jericho posément. Nous n'avons pas encore la preuve qu'il s'agit d'un meurtre.

Clay abattit son poing sur le plan de travail.

— Eh bien, ça ne fait aucun doute pour moi !

— Mais Jericho et moi devons nous baser sur des faits, Clay, dit Tamara doucement. Pas sur des apparences ou des hypothèses.

— Clay, reprit Jericho, tu sais que je fais tout ce qui est en mon pouvoir pour éclaircir cette affaire. Mais j'ai besoin de temps. Comme l'autre jour, il faut que je vous demande à tous les deux de ne révéler à personne ce que nous savons.

Le ton de Jericho suggérait qu'il s'agissait d'un ordre plutôt que d'une requête.

— Si le bruit se répand que Doc est mort et que son corps a disparu, nous risquons d'alerter le coupable et de lui donner le temps de faire disparaître des preuves.

Clay croisa les bras et s'adossa au placard.

— Ou bien il pourrait paniquer, suggéra-t-il. Et commettre des erreurs qui nous permettraient de l'épingler.

Tamara se mordilla la lèvre, sachant que c'était à Jericho de diriger l'enquête à sa guise.

— Clay, je comprends ta frustration, mais nous allons procéder comme je l'entends pour le moment, surtout en attendant les obsèques. Les rumeurs se répandent comme une traînée de poudre quand toute la ville est rassemblée au même endroit.

Tamara fronça les sourcils.

— Les obsèques ? demanda-t-elle avec appréhension. De quoi parles-tu, Jericho ?

— Vous n'êtes pas au courant ? Je suis désolé. Je pensais qu'on t'aurait prévenue…

Il soupira et sa voix s'adoucit.

— Mon chou, Tess Akers est morte. L'enterrement aura lieu jeudi.

Tamara retint un cri, submergée par le choc et le chagrin. Ses yeux s'emplirent de larmes, et son regard chercha celui de Clay. Il lui tendit les bras et elle s'y blottit instinctivement. Serrés l'un contre l'autre, ils restèrent un long moment silencieux, pleurant ceux qu'ils avaient aimés.

Partager leur détresse semblait aussi naturel que de respirer. Personne n'aurait pu la comprendre ou la réconforter mieux que Clay. Des années durant, il avait été son amant, son meilleur ami, son confident. Il y avait entre eux un lien que même le divorce ne pouvait rompre. Elle le savait.

Dans les bras de Clay, elle pleura sans bruit l'amie qu'elle avait perdue, et son mariage aussi. En quittant Clay cinq ans plus tôt, seule, blessée et désorientée, elle s'était séparée de son âme sœur.

Toute la ville d'Esperanza assista aux obsèques. Ancien professeur au lycée, Tess Akers avait longtemps été présidente du rodéo et venait régulièrement déjeuner chez Sue le samedi. C'était une femme chaleureuse, toujours prête à aider les autres. Comme elle avait aidé Tamara.

Pendant que Clay et Quinn Logan parlaient à Jack Akers, Tamara entra dans la maison, essayant de se persuader qu'elle n'était pas en train d'éviter Quinn. Son ressentiment semblait si trivial face au chagrin de Jack et de Billy aujourd'hui…

Elle s'arrêta devant des photos de la femme qui lui avait ouvert les portes de son foyer après la mort de sa propre mère, et qui l'avait encouragée à poursuivre ses rêves.

Le cœur serré, Tamara se reprocha une fois de plus de ne pas être venue rendre visite à Tess Akers dès qu'elle avait appris que celle-ci était souffrante. Absorbée par ses sentiments pour Clay et préoccupée par la disparition de Doc Mason, elle avait cru à tort qu'elle avait du temps devant elle.

— Tu étais sa préférée, dit une voix derrière elle.

Billy Akers s'approcha. Les cheveux en bataille, la cravate de travers, il tenait un verre à la main, et Tamara comprit que ce n'était pas son premier.

— Je suis vraiment désolée, Billy.

La douleur se lut dans les yeux de son ami, et il but une nouvelle gorgée de whisky.

— Merci, Tamara, dit-il d'une voix pâteuse.

Une bouffée de compassion envahit Tamara. Elle comprenait qu'il veuille oublier son chagrin. En même temps, elle voulait lui épargner la honte d'être ivre en public lors des obsèques de sa mère.

— Puis-je t'apporter autre chose ? Peut-être un thé glacé ?

Billy regarda son verre vide et fronça les sourcils.

— Si tu veux.

Il la suivit dans la cuisine où Becky French et Jewel Mayfair disposaient des sandwichs sur un plateau. Elles levèrent les yeux à leur entrée.

— Oh, Billy, s'écria Becky. Je disais justement à Jewel que Doc Mason sera désolé d'avoir manqué les obsèques. Je sais que ta mère et lui étaient bons amis.

L'estomac soudain retourné, Tamara baissa les yeux et servit à Billy une tasse de thé, espérant ne pas trahir son émotion.

— J'ai fait sa connaissance quand il est venu à Hopechest il y a quelques mois, ajouta Jewel. Il a l'air très gentil.

— Il va être bouleversé en apprenant la nouvelle, reprit Becky.

Billy tituba un peu et s'adossa mollement à l'encadrement de la porte.

— Oui, je suppose qu'il l'aurait été. Maman et lui se connaissaient depuis très longtemps.

— Tiens, Billy, prends un sandwich, conseilla Becky. Tu n'as rien mangé de la journée.

Il écarta la suggestion d'un geste indifférent.

— Je n'ai pas faim, merci. Je vais aller fumer une cigarette dehors.

Becky le suivit des yeux et soupira.

— Le pauvre. Il était si proche de sa mère.

Jewel acquiesça.

— Le chagrin nous affecte tous à notre manière, observa-t-elle. Au moins, il exprime ses émotions, ce qui est une bonne chose.

— C'est vrai, commenta Becky. Et ici, on se serre les coudes quand quelqu'un a besoin de soutien. Tout le monde va prendre soin de Jack et de Billy dans les semaines qui viennent. Nous allons les aider à surmonter cette épreuve.

Tamara jeta un coup d'œil dehors, et décida d'accorder à Billy quelques instants de solitude. Sans doute était-il las d'être l'objet de l'attention de tous. Elle partit à la recherche de Clay et le trouva qui bavardait avec Nick et Georgie près du buffet.

Au bout de quelques minutes, Jack Akers se joignit à eux. Contrairement à Billy, il ne semblait pas avoir bu, mais faisait preuve d'une jovialité forcée, difficile à supporter. Tamara fit discrètement signe à Clay, désignant la porte des yeux.

— Excusez-nous un instant, marmonna-t-il, avant de prendre Tamara par le bras pour l'entraîner à l'écart. Tu es prête à partir ?

— Pas tout à fait. Je voudrais juste m'assurer que Billy va bien.

Elle soupira et replaça une mèche de cheveux derrière l'oreille.

— C'est terrible de ne pas pouvoir dire la vérité à

propos de Doc. J'ai l'impression de mentir à tout le monde. Je déteste ça.

Il hocha la tête, puis lui caressa le menton.

— Je sais. Mais ce n'est pas pour longtemps. Il faut juste qu'on donne un peu de temps à Jericho.

Billy était adossé à une des voitures garées dans la rue, visiblement effondré.

— Billy était comme un frère pour moi quand j'étais petite, murmura Tamara avec émotion. Et maintenant qu'il souffre, je ne sais pas quoi dire ni quoi faire.

— Je crois que ta présence signifie déjà beaucoup pour lui.

Il la poussa doucement vers la porte.

— Vas-y. Je t'accompagne.

Billy leva la tête en entendant grincer la moustiquaire. Il jeta un coup d'œil coupable à la cigarette qu'il tenait entre les mains.

— Je sais, je sais. Avant que tu me dises quoi que ce soit, laisse-moi t'expliquer que j'essaie d'arrêter.

Elle sourit.

— Ai-je ouvert la bouche ?

— Ce n'était pas la peine. Je l'ai lu dans ton regard, répondit Billy en laissant tomber la cigarette à demi fumée sur le macadam, avant de l'écraser du bout du pied.

— Quel regard ? demanda Tamara, les mains sur les hanches.

— Celui de Doc Mason quand il me faisait la leçon. Il détestait me voir fumer.

— Plutôt normal pour un docteur, non ? plaisanta Tamara en s'adossant à la même voiture que lui. Je dirais plutôt que tu as quelque chose sur la conscience.

Billy émit un petit bruit dédaigneux et croisa les bras.

— Il pouvait parler ! Une dépendance est une dépendance. Il n'est pas facile d'arrêter de fumer. Et j'ai diminué… enfin… j'avais diminué…

Sa voix devint presque inaudible.

— Avant que maman tombe malade.

Tamara posa une main sur son bras, et s'efforça de changer de sujet.

— Hé, je parlais justement à Clay du costume bleu que tu portais l'année où tu m'as invitée au bal du lycée. Tu t'en souviens ?

Billy leva la tête et esquissa une grimace.

— Oh, flûte. Surtout ne va pas me dire que tu as des photos.

Clay sourit.

— Parce qu'il y a des photos ?

— J'espère bien que non !

Tamara tapota le bras de Billy avec affection.

— C'était gentil de m'inviter. Ça m'a beaucoup touchée.

Billy lança un regard rapide à Clay avant de se détourner.

— Oui, mais ne va pas le raconter partout. J'ai une réputation à tenir !

Un silence s'ensuivit, puis Billy s'adressa à Clay.

— Alors, quelles nouvelles ? Une réconciliation s'annonce ?

Clay eut un petit rire crispé et haussa les épaules, tandis que Tamara retenait son souffle. Billy se tourna vers elle.

— Qu'en dis-tu, Tamara la Peste ? Tu retournes à ton vieux cow-boy ou quoi ?

S'il n'avait pas été ivre, Billy n'aurait jamais insisté

aussi lourdement. Elle chercha en vain à éluder la question, comme Clay l'avait fait, priant pour que ni l'un ni l'autre ne remarquent sa gêne et son désarroi.

— Je…, commença-t-elle, la bouche soudain sèche. Je suppose… que l'avenir nous le dira.

Clay souda son regard au sien, le visage impénétrable.

— Georgie me le dira, reprit Billy en se redressant. Je crois que je vais aller chercher un autre whisky. Clay, je t'en offre un ?

Clay secoua la tête.

— Merci. Je conduis.

Billy sourit et agita le doigt d'un geste incertain.

— Moi pas, dit-il en s'éloignant.

Tamara ouvrit la bouche pour intervenir, mais Clay posa une main sur son bras.

— Ne t'inquiète pas pour lui. Il aura sûrement mal à la tête demain, c'est tout.

Elle suivit des yeux Billy qui disparaissait à l'intérieur, puis offrit son visage au soleil radieux, songeant à leur conversation. Elle avait une vague sensation de malaise, un étrange pressentiment.

— Qu'est-ce qui m'échappe ? demanda-t-elle tout haut.

— Pardon ?

Clay tressaillit légèrement, comme s'il était arraché à ses pensées.

— Quelque chose chez Billy m'a paru un peu… bizarre.

Elle se mordilla la lèvre, fixant le sol en essayant de réfléchir.

— Tu veux dire en dehors du fait qu'il était ivre ?

Clay s'approcha et lui massa légèrement la nuque. La chaleur de sa main, et la sensation troublante qu'elle éveillait en elle, l'empêchait de se concentrer. Au prix d'un effort, elle se dégagea.

Il fronça les sourcils.

— Il faut que je réfléchisse, dit-elle avec un sourire d'excuse, et tu détournais mon attention.

— Que tu réfléchisses à quoi ?

Tamara repassa dans sa tête les brèves conversations qu'elle avait entendues autour d'elle. Son regard se posa sur le mégot que Billy avait laissé tomber.

« Quel regard ? »

« Celui de Doc Mason quand il me faisait la leçon. Il détestait me voir fumer. »

Son cerveau se mit brusquement à fonctionner à toute allure.

— Il a parlé au passé, marmonna-t-elle.

— Comment ?

— Chaque fois que Billy a mentionné Doc Mason, il a parlé de lui au passé, répéta-t-elle, l'estomac noué. Mais Jericho, toi et moi sommes les seuls censés savoir qu'il est mort.

Clay pâlit.

— Jericho m'a dit un jour que les meurtriers se trahissent souvent en parlant de leur victime au passé avant que leur mort soit officiellement confirmée.

Tamara leva une main, alors même que la panique la gagnait.

— Attends une minute, Clay. Souviens-toi que Billy est ivre, et que le bruit a circulé en ville que Doc était parti en retraite. Peut-être n'y a-t-il rien de suspect.

Malgré ces paroles raisonnables, son expérience au sein de l'identité judiciaire la portait à envisager des hypothèses plus sinistres. Les tempes bourdonnantes, l'estomac envahi par la nausée, elle se mit à marcher de long en large, secouant la tête.

— Billy ne peut pas être mêlé à ça. Doc Mason était l'ami de ses parents.

— Tamara.

Elle se tourna pour faire face à Clay, refoulant ses larmes, la poitrine comprimée par l'émotion. Clay serrait les lèvres, mais ses yeux étaient pleins de compassion.

— Billy est mon ami, dit-elle d'une voix étranglée.

— Et Doc était le mien.

Elle se frotta les bras, soudain parcourue de frissons en dépit de la chaleur.

Elle devait prouver l'innocence de Billy. Pour sa propre tranquillité d'esprit.

Le cerveau en ébullition, elle promena un regard autour d'elle et vit la cigarette à ses pieds.

— J'ai besoin d'un sac plastique. Propre. Et d'une cuillère.

— Pourquoi ?

Elle fixa Clay avec détermination.

— Je peux obtenir l'ADN de Billy et ses empreintes sur cette cigarette. Nous l'avons tous les deux vu la fumer. Nous avons un cheveu et des empreintes non identifiés qui proviennent du coffre de la voiture volée. Avec quelques tests sur ce mégot, je peux innocenter Billy.

Ou prouver sa culpabilité.

14

Après avoir ramassé le mégot et pris congé des Akers, Clay et Tamara partirent pour San Antonio. Dans l'ascenseur qui menait au laboratoire, Clay décocha à Tamara un regard sévère.

— Nous ne faisons que déposer la cigarette pour ton équipe. Tu es encore en congé, et tu ne restes pas.

Il se souvenait de la manière dont elle avait présumé de ses forces lors de leur dernière visite, et ne pouvait s'empêcher d'être inquiet pour elle. Certes, elle allait mieux, mais il n'allait pas la laisser mettre sa santé en péril une fois de plus.

Tamara le toisa, la détermination était évidente dans ses yeux bleus.

— Tu plaisantes ! Billy est mon ami, et je lui dois d'effectuer ces tests moi-même. J'ai déjà assez l'impression de me conduire en traîtresse en le soupçonnant d'être mêlé à une affaire aussi affreuse.

Les portes de l'ascenseur s'ouvrirent, et Tamara sortit. Serrant les dents, Clay la suivit dans le laboratoire.

— Si j'avais su que tu allais insister pour faire les analyses toi-même, je ne t'aurais pas emmenée, grogna-t-il.

Elle lui lança un regard exaspéré, et se mit au travail sans répondre.

A moins de la soulever et de la jeter par-dessus son épaule pour la faire sortir du bâtiment, Clay ne voyait guère comment la contraindre à laisser cette tâche à ses collègues.

Il s'approcha du bureau, baissant les yeux sur le téléphone. Plusieurs touches avaient été étiquetées avec le nom de contacts importants. Il parcourut la liste. La troisième touche correspondait à Eric. Clay décrocha.

— Identité judiciaire, ici Eric.

— Bonjour, Eric. Ici Clay Colton, l'ex de Tamara.

Tamara fit volte-face, atterrée.

— Nous venons d'apporter des éléments liés à l'affaire d'Esperanza dont vous vous occupez tous, continua Clay. Tamara a commencé les analyses, mais…

— Elle est ici ? Elle travaille ? coupa Eric avec un soupir las. Je lui ai donné l'ordre de ne pas revenir au labo avant la fin de son congé maladie. S'il y a des indices à examiner, ses collègues s'en chargeront…

Il s'interrompit et poussa un grognement de frustration.

— Dites-lui que je descends.

Clay adressa à Tamara un sourire taquin.

— Ce sera fait, Eric.

Elle serra les lèvres, furieuse.

— Espèce de traître ! Tu essaies de me faire renvoyer ?

— Non. J'essaie de faire en sorte que tu te rétablisses le plus vite possible. D'ailleurs, ta relation avec Billy signifie que tu as un intérêt personnel dans le résultat.

Elle le foudroya du regard.

— Veux-tu insinuer que je permettrais à mes émotions d'influer sur mon travail ? Les sentiments n'affectent pas les données scientifiques…

— Tamara, que fais-tu ici ? coupa Eric en faisant irruption dans la salle.

Elle menaça Clay du doigt.

— Nous en reparlerons plus tard, dit-elle avant de se retourner pour affronter son supérieur. Je vais bien, Eric. Je peux commencer ces tests et…

— Pas question. Tu es en congé jusqu'à lundi.

Eric prit le flacon de produit qu'elle avait à la main et alla le remettre à sa place.

— Tu peux laisser les indices à analyser, mais pas t'en charger toi-même.

— Eric, ces tests sont importants. Un vieil ami à moi…

— Tous les tests que nous effectuons sont importants, Tamara. Chaque victime, chaque criminel, chaque témoin est l'enfant, l'époux ou l'ami de quelqu'un.

Une lueur de contrition traversa le visage de Tamara, et la poitrine de Clay se comprima. Comment Tamara, qui avait le cœur si tendre, pouvait-elle effectuer ce travail chaque jour, sachant que des vies seraient bouleversées par le résultat de ses analyses ?

Eric mit une main sur l'épaule de Tamara et la poussa vers la porte.

— Et je ne veux pas te revoir ici avant lundi.

Tamara les enveloppa l'un et l'autre d'un regard noir.

— Très bien. Mais tu m'appelles dès que tu sais quelque chose. Si tu fais passer cette analyse en priorité…

— … nous serons encore plus en retard pour celles qui attendent déjà, acheva Eric en croisant les bras. Tamara, nous avons une tonne de travail à rattraper. Si tu me promets de retourner à la maison et de te reposer, je ferai en sorte de compléter cette analyse ce week-end.

— Ce week-end ?

La voix de Tamara vibrait d'impatience.

— Je ne peux pas te promettre davantage. L'affaire d'Esperanza n'est pas la seule qui reste à élucider.

Elle ouvrit la bouche, visiblement prête à insister, mais Clay la prit par le coude.

— Ce week-end ira très bien. Merci.

Avec un soupir, Tamara se laissa entraîner à l'extérieur. Après avoir observé un mutisme obstiné pendant les vingt premières minutes du trajet de retour, elle lui adressa un regard froid.

— Tu n'as pas changé. Parfois, tu es si autoritaire et si dominateur que j'ai envie de hurler. Tu te mêles de choses qui ne te regardent même pas !

Il se frotta le menton, pesant sa réponse. Elle semblait chercher dispute, et il n'avait pas l'intention de se quereller avec elle ce soir.

— Si je dépasse parfois les bornes, dit-il calmement, c'est seulement parce qu'il a fallu que je prenne des décisions par le passé. En tant qu'aîné, j'ai dû assumer la charge de ma famille quand ma mère est morte, sinon mes frère et sœur auraient été placés dans des familles d'accueil. Et le Bar None étant mon ranch, je suis le chef. Je suppose que c'est une habitude. Je suis comme ça.

— Mais un mariage est censé être un partenariat ! objecta Tamara avec force.

— Un mariage ? répéta Clay, stupéfait. Tu parles de notre divorce ? Je pensais que tu étais seulement en colère parce que j'avais appelé Eric au labo.

Elle prit une profonde inspiration.

— Je le suis, mais c'est seulement un exemple de plus de la manière dont tu ignorais mes opinions quand nous étions mariés. Tu tenais tellement à tout diriger que je n'avais jamais voix au chapitre !

— Ce n'est pas vrai !

Les doigts de Clay se crispèrent sur le volant.

Au temps pour la querelle.

— C'est pourtant l'impression que tu me donnais. Quand tu prenais les décisions sans me consulter, j'avais le sentiment de ne pas compter pour toi.

Elle avait baissé le ton, mais la passion qui vibrait dans sa voix laissa Clay pantois.

— C'est ridicule, grommela-t-il. J'ai toujours fait tout ce que j'ai pu pour te rendre heureuse.

Elle pointa un doigt accusateur vers lui.

— Tu es en train de le faire maintenant. Je t'explique ce que je ressentais, et tu me dis que c'est ridicule. Mais c'est ce que je ressentais, Clay ! Pourquoi ne peux-tu entendre ce que je te dis ? Pourquoi ne peux-tu comprendre ?

— Je n'ai pas dit que…

Il ravala les paroles furieuses qui lui venaient à l'esprit et s'efforça de se maîtriser. Il ne voulait pas que cette conversation tourne à l'affrontement. Lorsqu'il se tourna vers elle, la blessure qu'il lut dans son regard lui coupa le souffle.

— Quand le tracteur est tombé en panne, l'été d'avant mon départ, reprit Tamara d'une voix plus calme, plus douce, tu as dépensé toutes nos économies pour le faire réparer. Sans me consulter.

— Mais je te l'ai dit, protesta-t-il.

— Tu m'as mise devant le fait accompli. Nuance.

— Il fallait qu'on ait un tracteur en état de marche au ranch.

Les épaules de Tamara s'affaissèrent, révélant sa frustration. Conscient d'avoir été sur la défensive, Clay se tut et soupira.

— Pardon. Termine, je t'en prie.

Ils avaient atteint le Bar None, et il s'engagea dans l'allée.

Le regard fixé sur la vitre, Tamara recommença à parler, d'un ton las, vaincu.

— Nous avions économisé cet argent pour acheter une nouvelle cuisinière. Il n'y avait qu'un seul brûleur en état de marche sur l'ancienne, et préparer les repas prenait une éternité. Je comptais sur une neuve.

Il coupa le moteur et se laissa aller contre le siège.

— Je suis désolé qu'on n'ait pas eu assez d'argent pour les deux, Tee. Mais j'ai pensé que le tracteur était plus important.

— Et c'était sans doute le cas. Mais il s'agissait de notre argent. J'avais travaillé dur au ranch avec toi, et cela m'a blessée que tu dépenses nos économies sans m'en parler. La cuisinière pouvait attendre, oui. C'est ce que j'aurais dit. Mais quand tu ne m'as pas demandé mon opinion…

L'estomac de Clay se serra douloureusement.

— Je t'ai fait souffrir.

Elle le considéra avec tristesse et hocha la tête.

— C'est seulement un exemple.

Il regarda le pare-brise, absorbant ses paroles.

— Le soir où tu es partie, quand Lone Star…

Elle termina la phrase qu'il avait laissée en suspens.

— Je t'ai suppliée de m'écouter, mais tu es parti. Tu as dit que Quinn était le vétérinaire, qu'il savait ce qu'il faisait.

— Le cheval souffrait, Tee. C'était la seule chose humaine à faire. La maladie avait progressé au point que Quinn pouvait seulement traiter les symptômes. Lone Star n'aurait jamais guéri et il aurait pu contaminer les autres chevaux.

— Pourquoi n'était-il pas vacciné ? Si Quinn avait fait son travail correctement dès le départ, Lone Star ne serait pas tombé malade !

— Il était vacciné. Le vaccin n'est pas efficace à cent pour cent. Quand l'adénite est décelée trop tard, l'issue est presque toujours fatale. Si tu veux blâmer quelqu'un, c'est moi que tu dois blâmer. Quinn a fait son travail.

Tamara fronça les sourcils.

— Que veux-tu dire ?

— Que Lone Star n'aurait pas survécu.

Elle le dévisagea, bouche bée.

— Pourquoi ne me l'as-tu jamais dit ? J'aurais compris.

— J'ai essayé, mais nous étions l'un et l'autre si bouleversés ce soir-là… et après ton départ, je me suis dit que les détails n'avaient pas d'importance.

— Sauf que, depuis des années, j'en veux à Quinn alors qu'il est innocent.

Elle mordilla sa lèvre, digérant l'information.

— Quand tu n'as pas voulu m'écouter, j'ai eu l'impression que mon travail et mes efforts ne comptaient pas à tes yeux. Et si tel était le cas, à quoi bon rester ? Je voulais que ma vie ait de l'importance pour quelqu'un. C'est pourquoi je suis partie.

Dans la lumière ambrée du contre-jour, les cheveux de Tamara brillaient comme des fils d'or. Elle avait le teint légèrement hâlé après quelques jours au grand air. Elle était superbe.

Le désir déferla en lui, décuplé par sa perception nouvelle de la femme qui avait été son épouse. Il avait toujours su qu'elle était intelligente, mais la voir à l'œuvre au laboratoire avait éveillé chez lui un respect accru. La maturité et le recul apportés par ces cinq dernières années leur permettaient enfin de commencer à résoudre les problèmes qui les avaient déchirés. Et la présence de Tamara au ranch avait ravivé l'attraction physique qu'il avait éprouvée dès le début pour elle. En même temps que le désir, un sentiment plus profond renaissait en lui.

Etait-il en train de retomber amoureux de son ex-femme ? Avait-il jamais cessé de l'aimer ?

— Clay, tu crois qu'il est trop tard pour des excuses ?

Troublé par le jeu des rayons du soleil sur ses cheveux, il inclina la tête, cherchant à se souvenir de leurs dernières paroles.

— A Quinn, ajouta-t-elle.

Il haussa les épaules.

— Je crois qu'il n'est jamais trop tard pour réparer ses erreurs.

Tamara écarquilla les yeux, puis changea de position et

regarda ses mains. Elle ouvrit la bouche pour répondre, puis se ravisa et tendit la main vers la poignée.

— J'espère que tu as raison.

Ce soir-là, au dîner, Tamara mangea du bout des lèvres, ruminant les événements de la journée. Les obsèques. La possible implication de Billy dans la mort de Doc. Sa dispute avec Clay.

Pas étonnant qu'elle manque d'appétit. La journée avait été rude.

— Ça va ? s'enquit Clay tout en piquant dans un morceau de jambon.

— Hmm, oui. Je réfléchissais, c'est tout.

— A propos de ?

— Beaucoup de choses. Je pensais aux Akers, par exemple. J'aimerais pouvoir les aider. Je sais que c'est dur de perdre quelqu'un qu'on aime.

Elle posa sa fourchette.

— Et qu'est-ce que je fais ? Je jette le doute sur un de mes plus vieux amis.

— Non. Billy a fait ça tout seul. Les faits parleront d'eux-mêmes. Tu ne dois pas te sentir coupable parce que tu as fait ton travail.

Clay fronça les sourcils.

— A propos, l'attitude de Jack ne t'a pas semblé bizarre ?

— Tu veux dire sa gaieté forcée ?

— Exactement. Sa femme vient de mourir et pourtant il racontait des blagues comme si on était réunis là pour un match de coupe au lieu d'un enterrement. C'était affreux. Pathétique.

— Je suis d'accord avec toi. Mais Jewel disait aujourd'hui que tout le monde réagit au chagrin à sa manière. Il appartient à une génération d'hommes qui devaient toujours se montrer durs et forts. Ne jamais pleurer.

— Peut-être. Mais si ç'avait été ma femme…

Clay posa brusquement les yeux sur elle, le visage altéré, comme s'il venait de réaliser la portée de ses paroles. Il devint livide.

— Je… oublie ce que j'ai dit.

— Non, termine. Si ç'avait été moi ?

Il secoua la tête, posa sa fourchette et repoussa son assiette.

— Je ne veux même pas y penser.

Tamara essaya de s'imaginer à la place de Jack, si Clay était mort. L'assaut de chagrin fut si violent qu'elle en eut les larmes aux yeux.

— Oh, Clay, murmura-t-elle d'une voix étranglée… je serais anéantie s'il t'arrivait quelque chose.

Il leva vers elle un regard stupéfait. La compassion se lut sur ses traits, et ses yeux se soudèrent aux siens avec une telle intensité que Tamara en eut le souffle coupé. La peur, le chagrin et le désespoir qu'elle y lisait reflétaient l'angoisse qui lui serrait le cœur.

— Je voudrais mourir, souffla-t-elle, la gorge nouée par l'émotion. Je ne peux pas imaginer ce monde sans toi. Je serais… je serais…

Elle se tut, les épaules secouées par les sanglots.

Clay se leva, renversant sa chaise. Une seconde plus

tard, il l'entourait de ses bras, enfouissant le visage dans ses cheveux.

Tamara pleurait si fort que ses côtes lui faisaient mal. Elle avait beau essayer de refouler les larmes, c'était comme si des vannes s'étaient ouvertes et qu'elle se libérait de toutes les émotions de ces derniers jours.

Entre les bras de Clay, elle se sentait plus en sécurité qu'elle ne l'avait été depuis des années. Blottie contre lui, elle savourait son odeur familière, bien plus sexy qu'aucune eau de toilette. Il sentait bon l'air frais, la paille et le cuir.

Resserrant son étreinte autour d'elle, il déposa un baiser sur sa tête et lui murmura des mots de réconfort à l'oreille. Un délicieux frisson envahit Tamara. Elle se pressa contre son torse puissant, écoutant le battement régulier de son cœur. Après l'horrible pensée de la mort de Clay, ce son était comme une musique, un tango séduisant. Le moment des excuses et des faux-semblants était passé. Comment pouvait-elle continuer à nier la profondeur des sentiments qu'il lui inspirait ?

Un désir désespéré s'empara d'elle, un besoin de retrouver le lien physique qui les avait unis autrefois. Elle l'attira plus près. Il continuait à lui donner des baisers sur la tempe en prononçant des paroles rassurantes, du même timbre grave qu'il aurait utilisé avec un poulain effrayé. Elle redressa le menton, rencontra son regard et s'y perdit, sous le charme.

Il entoura son visage de ses mains calleuses, la dévorant de ses yeux sombres.

— Tu m'as manqué, Tee, murmura-t-il d'une voix rauque, caressante, qui aviva encore son désir de lui.

Il déposa de légers baisers sur ses paupières et elle se

laissa aller contre lui. Ses lèvres chaudes effleurèrent la joue de Tamara, le creux de sa gorge, son menton.

— Fais-moi l'amour, Clay, murmura Tamara d'une voix à peine audible.

Elle se hissa sur la pointe des pieds pour sceller l'invitation d'un baiser.

Clay prit aussitôt possession de sa bouche. Il enfouit les doigts dans ses cheveux, et la fit reculer, la plaquant contre le mur. Tamara promena les mains sur les muscles puissants de ses épaules, savourant le baiser, le rendant plus intime encore. Lorsqu'ils étaient mariés, elle avait embrassé Clay des milliers de fois. Pourtant, ce soir, ses lèvres avaient un goût neuf, magique, comme si elle les redécouvrait.

Clay releva la tête, les yeux assombris par la passion. Il lui caressa la joue et les cheveux d'un geste fébrile.

— Je ne veux pas te faire mal.

Le cœur de Tamara manqua un battement. Faisait-il allusion à une douleur physique ? S'inquiétait-il pour ses côtes ?

Ou parlait-il de l'inévitable attachement émotionnel qui ne manquerait pas de s'ensuivre ?

Quoi qu'il en soit, le jeu en valait la chandelle. Elle avait besoin de sentir Clay contre elle, sa peau brûlante contre la sienne, elle avait besoin du lien spirituel qu'elle avait toujours éprouvé quand ils faisaient l'amour. Il y avait trop longtemps qu'elle était loin de lui, et elle voulait emmagasiner de nouveaux souvenirs pour les années solitaires à venir.

— Ne t'inquiète pas, répondit-elle, priant pour ne pas se tromper.

Pourrait-elle vraiment faire l'amour de nouveau avec Clay et repartir sans être marquée par l'expérience ?

Soudant son regard au sien, Clay la souleva dans ses bras et la porta jusqu'au premier étage. Une fois dans la chambre, il la déposa doucement sur le lit et s'allongea à côté d'elle.

— Tu es si belle, Tee. Encore plus belle maintenant qu'à l'époque où nous nous sommes mariés.

Il traça le contour de sa mâchoire du bout du doigt, et un frisson sensuel la parcourut des pieds à la tête.

— Quand tu me regardes ainsi, murmura-t-elle, je me sens belle. Je me sens en sécurité. Je me sens…

Aimée.

Elle ravala le mot qui lui brûlait les lèvres. Etait-ce de l'amour qu'elle lisait dans les yeux de Clay, ou bien le reflet de ses propres illusions ? Clay l'avait souvent dévorée de ce même regard durant leur mariage, mais elle n'avait guère eu la preuve de ses sentiments en dehors de la chambre. Jusqu'à présent, il n'avait rien dit qui suggère qu'il éprouve autre chose que de l'affection à son égard.

Il commença à défaire les boutons de son chemisier et Tamara refoula un pincement de regret. Ce soir, elle voulait simplement savourer le plaisir d'être avec cet homme qui possédait encore une partie de son cœur…

Tout en lui retirant adroitement chemisier et soutien-gorge, il captura de nouveau ses lèvres dans un baiser passionné. Chaque caresse, chaque soupir, chaque regard intensifiait l'excitation de Tamara. Submergée par les sensations, elle s'abandonna, languide, haletante.

Clay se souvenait de tous les endroits sensibles de son corps, comme si cinq ans ne s'étaient pas écoulés depuis leur dernière étreinte. Du bout de la langue, il titilla les lobes de ses oreilles, la pointe de ses seins, l'arrière de ses genoux.

Des mois de solitude et de douleur s'évanouirent.

Tamara lui rendit ses attentions, mordillant son menton, se frottant contre lui, caressant chaque centimètre carré de sa peau ferme et lisse. Renouvelant la passion qui avait caractérisé leur mariage, ils entremêlèrent leurs membres.

Lorsque enfin Clay prit appui au-dessus d'elle, prêt à unir leurs corps, Tamara n'était plus que désir.

Soulevant les hanches, elle l'entoura de ses jambes, le pressant de venir en elle. Il la pénétra d'une longue et lente poussée.

— Clay ! cria-t-elle, en proie à une explosion de sensations.

Il prit ses lèvres, gémissant de plaisir. Ses bras frémissaient, et elle comprit qu'il se retenait pour ne pas lui faire mal.

— Serre-moi plus fort, Clay, supplia-t-elle en nouant les bras autour de son cou. Je t'en prie, serre-moi plus fort.

Il s'exécuta, et s'enfonça plus profondément en elle. Leurs corps s'épousèrent, et elle entendit battre son cœur contre le sien. Là, dans les bras de Clay, elle savoura le sentiment de plénitude, de sécurité et de bien-être qui lui avait manqué ces cinq dernières années. Une paix et une sérénité qu'elle n'avait connues qu'avec Clay.

Alors même qu'elle atteignait l'extase, Tamara sentit ses yeux s'emplir de larmes. Elle était en train de tomber amoureuse de lui de nouveau. Peut-être n'avait-elle jamais cessé de l'aimer.

Mais elle ne pourrait jamais l'aimer assez pour compenser

l'insuffisance des sentiments qu'il lui portait. Elle savait qu'il la désirait, elle était sûre qu'il avait de l'affection pour elle. Mais, sans l'amour inconditionnel dont elle avait besoin, ils en étaient exactement au même point que le jour où elle l'avait quitté. Elle avait besoin de savoir qu'elle était importante à ses yeux, d'en être certaine. Elle voulait être une partenaire à part entière, pas seulement sur le plan sexuel.

Au bout de longues minutes, Clay relâcha son étreinte et se détacha lentement d'elle, déposant une pluie de baisers sur ses joues et son menton. Elle rencontra son regard et lui sourit.

Il replaça une mèche de ses cheveux, le visage grave.

— Tu as toujours été quelqu'un de spécial pour moi, Tee, dit-il d'une voix rauque.

Le cœur de Tamara fit un petit saut dans sa poitrine.

Quelqu'un de spécial ? Ce n'était pas exactement la déclaration d'amour éternel qu'elle avait espérée.

La douleur sourde qu'elle avait connue lors des derniers jours de leur mariage revint avec force. Peut-être n'était-elle que « quelqu'un de spécial » aux yeux de Clay. Plus tôt elle accepterait ce fait, plus vite elle irait de l'avant.

Mais, pour ce soir, elle voulait chérir les moments précieux qu'il lui restait avec Clay. Elle se blottit contre lui.

— Dors avec moi, souffla-t-elle. Je veux savoir que tu es là.

Il déposa un baiser sur ses cheveux.

— Rien au monde ne pourrait m'en empêcher.

Elle poussa un soupir et ferma les yeux.

Le lendemain, elle devrait affronter la vérité.

15

Le lendemain, Tamara se leva de bonne heure avec Clay et l'accompagna à l'écurie. La tâche à accomplir en ce lieu lui était familière et pourtant curieusement étrangère. Elle fit mine de donner du foin aux juments, mais Clay l'arrêta d'un geste.

— Tu es censée te reposer.

— Je suis fatiguée de me reposer. D'ailleurs, le travail du ranch est reposant à sa manière.

Il fronça un sourcil.

— Je croyais que tu détestais ce genre de corvées.

— Je n'ai jamais dit une chose pareille. Cela m'a fait du bien de revenir ici. Le Bar None m'avait manqué.

Il s'appuya sur la fourche qu'il avait utilisée pour nettoyer les box et inclina la tête.

— On finit par avoir ça dans la peau, hein ?

— Tu ne peux pas dire autre chose, répliqua-t-elle avec une moue. C'est ta carrière.

L'expression de Clay devint songeuse.

— Non, c'est plus qu'une carrière pour moi. J'adore ça. J'adore le travail, le grand air, les chevaux.

Il posa l'outil contre le mur et s'avança vers elle.

— J'ai réfléchi à la conversation que nous avons eue. A propos de Lone Star.

Elle leva une main pour l'interrompre.

— N'en parlons plus.

Il prit ses doigts et les embrassa.

— Je ne veux pas d'une querelle. Mais je veux que tu comprennes.

— Que je comprenne quoi ? demanda-t-elle d'un air méfiant.

— Si je t'ai exclue ce soir-là, c'était surtout parce que je ne savais pas comment gérer mon propre chagrin. Voir ta douleur ne rendait ma tâche que plus difficile. Le cheval souffrait. Quinn n'aurait pas pu le sauver…

Elle hocha la tête.

— Je le sais à présent.

— J'avais mal aussi, Tamara. La perte de mon meilleur étalon était un coup dur pour le ranch. Je n'étais pas sûr qu'on puisse s'en remettre financièrement.

— Tu y es parvenu.

Il ferma les yeux.

— Oui. Mais ce que je voulais dire, c'est que je ne souffrais pas pour ça. Je souffrais parce que j'avais perdu Lone Star. Je l'avais élevé depuis sa naissance. J'avais passé des heures avec lui, à le soigner et à le dresser. Je sais que je t'avais dit de ne pas t'attacher aux animaux, mais je ne ferais pas ce métier si je n'aimais pas les chevaux. Je pleurais Lone Star, exactement comme toi.

Tamara regarda Clay. Les yeux pleins de larmes, le cœur gonflé de tendresse, elle s'approcha et noua les bras autour de son cou.

— Merci de me l'avoir dit.

— Je sais que cela ne change rien à ce qui s'est passé ce soir-là, soupira-t-il en effleurant ses lèvres d'un baiser. Mais je voulais te le dire.

Il mit les mains sur ses hanches, et se détacha d'elle.

— Maintenant, cesse de me distraire, sinon je serai encore en train de curer les box quand ma famille va arriver pour le barbecue.

— Laisse-moi t'aider.

Elle tendit la main vers la fourche, mais Clay la lui retira fermement.

— Tu as fait trop d'efforts hier, et j'ai vu que tu avais mal. N'essaie pas de le nier.

— Je n'étais pas trop fatiguée pour faire l'amour, et j'ai eu plusieurs heures de sommeil la nuit dernière.

Tel un éclair qui déchire le ciel bleu, sa remarque changea du tout au tout l'atmosphère dans l'écurie. L'air sembla aussitôt se charger d'électricité. Clay se raidit brusquement.

Un muscle tressauta dans sa mâchoire, et une lueur de désir jaillit dans son regard. Tamara frémit d'excitation tandis qu'un léger vertige la gagnait. D'un pas lent, Clay s'avança et lui caressa la joue. Elle se sentit rougir.

— Tu as une longue journée devant toi, murmura-t-il. Nos invités seront là dans deux heures. Tu veux retourner au lit quelques instants ?

La bouche sèche, Tamara s'efforça d'adopter un ton léger.

— Ça dépend. Tu vas venir avec moi ?

Clay prit une profonde inspiration, et ses yeux se fixèrent sur sa bouche.

— C'est une offre tentante, mais ces corvées ne vont pas se terminer toutes seules.

Il enroula une main autour de sa nuque et déposa un baiser sur sa tempe.

— Plus tard, d'accord ?

Tamara ouvrit la bouche pour acquiescer, puis se tut. Son pouls s'emballa. Après le barbecue, quelle excuse avait-elle pour rester chez Clay ? Le fait qu'elle avait été assez en forme pour faire l'amour prouvait qu'elle était rétablie, et capable de reprendre son travail le lundi suivant.

D'être seule dans son appartement.

Son cœur se serra. Après ces quelques jours passés dans le ranch accueillant, entourée de Clay, de sa famille et de ses amis, l'idée de rentrer dans son appartement solitaire lui était insupportable.

Elle lui sourit tristement.

— D'accord.

Elle garderait cette promesse, ne fût-ce que pour conserver quelques précieux souvenirs supplémentaires de Clay. Après lui avoir donné un baiser sur la joue, elle se dirigea vers la porte.

— Je vais voir si Marie a besoin d'aide dans la cuisine.

Les heures suivantes filèrent à toute allure, remplies par les préparatifs du barbecue.

Jewel et Meredith arrivèrent les premières. Comme Clay les étreignait, Tamara fut frappée par la ressemblance entre Jewel et la sœur jumelle de sa mère. L'une et l'autre possédaient la même démarche gracieuse, le même port altier.

Tamara lissa gauchement sa queue-de-cheval avant de s'avancer pour saluer Meredith.

— Tamara, ma chérie ! Quel plaisir de te voir ! dit celle-ci en effleurant ses joues d'un baiser.

— Dire que je pourrais être en train d'embrasser la future première dame du pays ! plaisanta Tamara.

— Espérons-le ! répondit Meredith en croisant les doigts.

Emmie fit à son tour irruption dans la pièce.

— On est là !

Les adultes se mirent à rire en voyant la petite tornade se ruer vers eux.

Clay la souleva dans ses bras.

— Salut, mon chou. C'est toi qui as amené ta maman et Nick ?

Emmie leva les yeux au ciel.

— Je n'ai pas encore le permis de conduire.

Tamara porta sur eux un regard attendri. Combien de fois au cours de leur mariage avait-elle imaginé Clay, un enfant sur les genoux ?

Emmie se dégagea en gloussant et s'approcha.

— Bonjour, tante Tamara.

Tante Tamara. Le cœur de Tamara se gonfla d'émotion. Si seulement…

Georgie et Nick entrèrent à leur tour, après avoir frappé légèrement à la porte.

— Vous n'avez pas vu une petite fille entrer ici ? Cinq ans. Rousse. Qui ne sait pas ce que sont les bonnes manières ? fit Georgie en haussant les sourcils à l'intention d'Emmie. Tu n'as pas frappé, et tu as laissé la porte grande ouverte. C'est à se demander où tu as été élevée !

Emmie lui renvoya un sourire espiègle.

— Au rodéo !

Clay inclina la tête.

— Ce n'est pas faux.

— J'ai entendu dire que le poulain était né ? intervint Nick en échangeant une poignée de main avec Clay.

— En effet, répondit Clay avec un sourire empreint de fierté. Il est superbe. Je suis allé jeter un coup d'œil sur lui et sur sa mère tout à l'heure. Ils se portent à merveille.

— C'est une excellente nouvelle, commenta Jewel.

Son sourire semblait sincère, pourtant Tamara crut détecter une lueur de tristesse dans ses yeux.

— Maman, je peux aller voir le nouveau poulain ? demanda Emmie en prenant le bras de sa mère. S'il te plaît ?

— Je vais t'emmener, proposa Jewel avant d'adresser un regard hésitant à Georgie. Si tu es d'accord ?

— Pas de problème.

Elle se tourna vers Emmie.

— N'oublie pas que tu dois être calme et ne pas faire de bruit, avertit-elle. Il ne faut pas stresser le bébé ni la mère.

Emmie soupira.

— Je sais. Je sais.

Tamara les regarda sortir, luttant contre un pincement de regret. Elle aurait aimé voir grandir la nièce de Clay. Cependant, malgré tout ce que Clay et elle avaient partagé ces derniers jours, rien n'avait été dit concernant l'avenir. Dès lundi, elle serait de retour à San Antonio, dans son petit appartement solitaire, et elle se consacrerait à son travail pour oublier son chagrin.

— Monsieur Clay, appela Marie. Il nous faut une grande nappe pour la table du jardin. Vous en avez une ?

Il fixa Marie d'un air perplexe.

— Aucune idée. Il est possible qu'il y en ait une dans le placard de l'arrière-cuisine, si vous voulez vérifier.

— Je vais aller voir, offrit Tamara, contente d'avoir une tâche à remplir au lieu de ressasser des regrets.

— J'aurais aussi besoin d'un grand plat à viande, ajouta Marie.

Clay désigna le couloir d'un geste.

— Si j'en ai un, il sera au même endroit. Moi, hormis un bol et le four à micro-ondes…

Georgie émit un petit rire dédaigneux.

— Sans blague. Je me souviens de tes efforts culinaires avant que je prenne la relève pour nous sauver de la famine !

Elle glissa son bras sous celui de Tamara.

— Viens. Je vais t'aider.

Elles gagnèrent la vaste pièce qui servait de réserve à l'arrière de la maison, et Tamara alluma la lumière.

— Je me souviens d'avoir reçu une grande nappe à carreaux comme cadeau de mariage, dit-elle. J'imagine qu'elle est ici, quelque part.

A supposer que Clay ne s'en soit pas débarrassé, comme il s'était débarrassé de tous les objets qui lui rappelaient son mariage. Un soupçon de ressentiment traversa Tamara. Cette version masculine et austère du Bar None était bien différente du foyer chaleureux qui illustrait autrefois l'union de leurs personnalités.

— Ciel ! s'écria Georgie avec un rire en parcourant du

regard la pièce encombrée. Si on touche à quelque chose, il va y avoir une avalanche !

Arrachée à ses pensées moroses, Tamara cilla en voyant les étagères surchargées et les cartons posés à même le sol.

— Seigneur ! Comment allons-nous trouver quoi que ce soit ? D'où vient tout ce fatras ?

— Hum. C'est bizarre. Clay n'a jamais été du genre à accumuler.

Tamara promena les yeux autour d'elle, se demandant par où commencer. Soudain, le motif d'un tissu attira son regard. Elle retint un cri.

— Qu'y a-t-il ? demanda Georgie avec un mouvement de recul. Tu as vu une araignée ? Un cafard ?

— Mes rideaux, murmura Tamara en levant la main vers l'étagère, ignorant la douleur qui la traversait.

Elle promena une main sur les rideaux poussiéreux, puis les pressa contre sa poitrine. Son cœur battait à se rompre, et mille pensées se bousculaient dans son esprit. Elle tourna vers Georgie des yeux stupéfaits, remplis de larmes.

— Il les a gardés.

Georgie inclina la tête et regarda le tissu.

— Je m'en souviens. Ils étaient dans la cuisine, n'est-ce pas ? Tu les avais faits toi-même au lycée, dans la classe de Mme Akers, non ?

Tamara acquiesça, encore sous le choc. Une inspection plus attentive des lieux révéla d'autres surprises encore. Dans un coin se trouvaient les lithographies qu'elle avait achetées pour le salon et divers bibelots dont elle avait remarqué l'absence. Et, sur l'étagère du bas, soigneusement rangés dans un carton, elle vit ses bouquets de fleurs séchées.

Tamara continua à regarder autour d'elle, reconnaissant des cadeaux de mariage, des souvenirs du lycée, des objets achetés au début de leur mariage.

Clay avait tout conservé.

Les larmes qu'elle retenait depuis le matin jaillirent sur ses joues. Avec un sanglot étouffé, elle se laissa tomber sur le sol.

Georgie s'agenouilla à côté d'elle, le front plissé par l'inquiétude. D'un geste doux, elle lui caressa les cheveux.

— Tamara ? Qu'y a-t-il ?

— Il a tout gardé. Tout. Je pensais qu'il m'avait éliminée de sa vie, mais il a conservé tout ce qui était à moi.

Elle cilla, refoulant les larmes.

— Pourquoi a-t-il fait ça ?

Georgie se mit à rire.

— Je dirais que c'est évident. Tous ceux qui ont vu le changement qui s'est produit chez Clay ces derniers jours n'ont pas à se poser la question.

Tamara écarquilla les yeux.

— Quel changement ?

— Eh bien, pour commencer, il sourit de nouveau. Même l'autre jour, pendant les obsèques, il semblait plus… heureux. Chaque fois qu'il te regardait, il y avait une lueur dans ses yeux qui n'avait pas été là depuis cinq ans. Et, aujourd'hui, son sourire est carrément contagieux.

Tamara fronça les sourcils, sceptique.

— C'est parce que sa famille est ici. Il adore sa famille.

Georgie haussa les épaules.

— Non. C'est parce que tu es ici, toi. Il t'aime, Tamara.

Le souffle coupé, Tamara demeura un instant sans voix.

— Mais si c'est vrai…, murmura-t-elle enfin, sans pouvoir achever sa phrase.

Elle chercha en vain à mettre de l'ordre dans ses pensées. Elle mourait d'envie de croire que Clay l'aimait, mais il n'avait rien dit concernant ses sentiments pour elle. Même après qu'ils avaient fait l'amour.

— Il ne m'a pas donné de raison de croire qu'il veut que les choses changent entre nous. S'il voulait que je reste…

Elle hésita. Que ferait-elle si Clay lui demandait de rester, de donner à leur couple une seconde chance ?

Georgie tira sur les rideaux que Tamara tenait toujours de ses doigts crispés.

— Voici ta preuve, ma petite. Clay ne garde que les choses qui comptent pour lui. Penses-tu vraiment qu'il a conservé ces rideaux à cause du motif ? Non. Il les a gardés parce que c'est toi qui les as confectionnés. Parce que tu es importante pour lui.

L'espoir jaillit en Tamara, malgré le côté logique de son esprit qui lui disait qu'elle avait besoin de preuves. Son cœur battait fort, partagé entre la joie et l'incrédulité.

— Peut-être avait-il l'intention d'en faire don à une bonne œuvre, ou de me les rendre, objecta-t-elle. Je suis partie si vite ce soir-là, et je ne lui ai jamais demandé de m'envoyer quoi que ce soit. Je voulais repartir de zéro. C'était plus facile sans être entourée de souvenirs douloureux.

— Et pourquoi étaient-ils douloureux ? insista Georgie, qui poursuivit avant que Tamara ait eu le temps de répondre. Parce que tu aimais Clay, n'est-ce pas ?

Après une brève hésitation, Tamara hocha la tête.

— Pourquoi Clay serait-il différent de toi ? Il a éloigné ces objets parce que les voir lui faisait trop de peine.

L'argument de Georgie était logique, mais Tamara avait du mal à l'accepter. Car il jetait le doute sur toutes les théories qu'elle avait échafaudées sur l'attitude de Clay envers elle à la fin de leur mariage, sur la froideur dont il avait fait preuve lors de l'époque terrible de leur divorce.

Georgie tira un mouchoir en papier de sa poche et lui essuya doucement la joue avant de le lui donner. Tamara se moucha, cherchant à rassembler ses pensées.

— Que dois-je faire ?

— Je crois que la seule véritable question est celle de savoir si tu éprouves encore quelque chose pour Clay et si tu es prête à lui donner une seconde chance.

Georgie lui pressa la main, la regardant avec attention.

— Aimes-tu mon frère ? Vas-tu rester, ou le quitter de nouveau ?

Tamara prit une inspiration tremblante.

— Ce n'est pas si simple. J'ai un travail que j'aime à San Antonio.

— Et alors ? Nick adorait son travail dans les services secrets, mais pas autant qu'il nous aimait, Emmie et moi. Il a démissionné pour être auprès de nous. Toi, tu n'es pas obligée de faire cela. San Antonio est à quoi ? Une demi-heure, quarante-cinq minutes de route. Tu pourrais vivre ici et continuer à travailler. C'est faisable.

Des possibilités que Tamara ne s'était pas autorisée à envisager lui apparaissaient soudain, ravivant ses espoirs.

— Georgie ? Tamara ?

Un bruit de pas s'éleva dans le couloir, accompagnant la voix de Meredith.

— Vous vous êtes perdues ? Clay a peur que la réserve ne vous ait englouties !

Tamara eut juste le temps de sécher ses yeux et de plaquer un sourire sur son visage avant que Meredith franchisse le seuil. Celle-ci ne s'y trompa point.

— Oh, tu as pleuré, mon petit ! Que se passe-t-il ?

— Tout va bien, affirma Georgie en se relevant. On parlait entre filles.

Tamara se moucha de nouveau, et vit Georgie adresser un message silencieux à Meredith. Elle lui expliquerait la situation plus tard. Tamara ne lui en voulait pas. Les familles partageaient la peine comme elles partageaient l'amour. Après cinq années de solitude, elle retrouvait sa place dans le cercle affectueux des Colton…

Les larmes jaillirent de nouveau, mais Tamara les refoula. Comme sur une scène de crime, elle reprit le contrôle de ses émotions. La découverte des rideaux et sa conversation avec Georgie lui avaient donné matière à réflexion.

La perspective d'une seconde chance avec Clay la ravissait et l'effrayait en même temps.

Quels étaient les sentiments de Clay envers elle à présent ? Voulait-il donner une autre chance à leur couple ? Il n'avait pas dit qu'il l'aimait et, cette fois, Tamara ne voulait pas courir le risque de se baser sur des suppositions. Elle avait besoin de preuves, pas de on-dit.

Comme elle se levait, elle aperçut le tissu rouge et blanc de la nappe qu'elles étaient venues chercher, au fond de l'étagère inférieure.

— La voici ! Je ne l'aurais sûrement pas vue si je n'avais pas regardé d'ici.

Georgie lui lança un regard entendu.

— C'est étonnant ce qu'on découvre, quand on regarde les choses sous un angle nouveau, n'est-ce pas ?

Muni d'une longue spatule, Clay remua les morceaux de charbon de bois et ajouta une autre poignée de copeaux de mesquite, savourant l'odeur boisée de la fumée du barbecue.

— Oh, ça sent bon ! s'écria Meredith en s'approchant. Joe va être désolé d'avoir manqué la fête. A propos, les filles ont trouvé la nappe. Tu peux m'aider à la mettre ?

— Bien sûr.

Il s'essuya les mains sur son jean et la suivit jusqu'à la table de pique-nique que Tamara et lui avaient installée le matin même. La mention de son oncle Joe lui rappela les ennuis récents qu'avaient eus Georgie.

— Comment va-t-il ? Il n'a pas reçu de nouvelles menaces, j'espère ?

Meredith déplia la nappe et lui en lança un coin.

— Joe est en Californie, et, grâce au ciel, il n'y a pas eu d'autre incident. Je suis tellement soulagée. C'était affreux de penser que quelqu'un essayait de saboter sa campagne — ou, pire encore, de lui faire du mal.

Clay acquiesça.

— Nous avons tous eu peur, surtout Georgie.

— La pauvre, murmura Meredith en fronçant les sourcils.

Ensemble, ils secouèrent la nappe et lissèrent les plis.

— Naturellement, je suis ravie de vous voir, Georgie et toi — et ce barbecue est une idée merveilleuse —, mais je suppose que tu connais la véritable raison de ma présence à Esperanza.

Il jeta un rapide coup d'œil à l'enclos où Jewel et Emmie regardaient les chevaux.

— Je m'en doute.

— Comment va-t-elle ?

— J'ai gardé l'œil sur elle comme je te l'avais promis.

Sa tante sourit.

— Je savais que je pouvais compter sur toi. Jewel s'habitue au Texas ? Paraît-elle heureuse ?

Clay se gratta le menton, cherchant un moyen de dire la vérité sans alarmer sa tante.

— Elle semble… sereine. Elle dit toujours qu'elle va bien. De temps en temps, elle amène des filles pour des séances d'équitation. Il est clair que leurs progrès lui donnent des satisfactions. Mais…

Le regard de Meredith s'assombrit.

— Mais ?

— Eh bien, j'ai peur qu'elle ne travaille trop dur. Elle a souvent l'air fatiguée, comme si elle ne dormait pas bien ou pas assez.

— As-tu abordé ce sujet avec elle ?

— Non.

Il haussa les épaules.

— D'ailleurs, je ne suis pas sûr qu'elle se confierait à moi.

Les sourcils froncés, Meredith mit le sel et le poivre sur la table.

— La pauvre a tellement souffert. Je ne peux pas m'empêcher de me faire du souci.

La poitrine de Clay se comprima. Il ne se souvenait que trop bien de la conversation qu'il avait eue avec Tamara à propos de la mort. Il n'osait imaginer la douleur de Jewel qui avait perdu l'homme de sa vie et le bébé qu'elle portait.

Il regarda de nouveau en direction de l'enclos. Emmie s'était hissée sur la pointe des pieds, et Jewel lui souriait d'un air mélancolique. Il espéra avec ferveur qu'elle trouverait un jour le genre de bonheur que Tamara lui apportait.

Son cœur cessa de battre.

Retenant son souffle, Clay revint sur cette pensée. Tamara le rendait heureux. Elle donnait un sens à sa vie. Un nœud d'angoisse se forma au creux de son ventre. Le lendemain matin, Tamara retournerait à San Antonio, et le laisserait seul de nouveau.

Comme pour refléter ses sombres réflexions, un nuage passa devant le soleil, plongeant le ranch tout entier dans l'ombre.

— Clay, tu m'as entendu ? demanda Meredith en posant une main sur son bras.

— Euh… non. Pardon. Tu disais ?

— Je te demandais comment va Ryder. As-tu des nouvelles de lui ? Lui as-tu écrit ?

Submergé par le remords, Clay se sentit plus morose encore. Il fit mine de s'affairer à dresser le couvert.

— Non. Je n'ai pas de nouvelles de Ryder depuis qu'il est en prison.

— Aucune ? insista Meredith, visiblement atterrée.

Incapable d'affronter son regard, il secoua la tête.

— J'ai renoncé à me faire entendre de lui la dernière

fois qu'il a été arrêté. J'ai dû accepter que j'avais échoué avec mon frère, et que je ne pouvais plus rien pour lui à présent.

— Clay Colton !

Le ton sévère de Meredith lui fit lever les yeux. Sa tante le fixait avec réprobation.

— Je ne t'aurais jamais pris pour quelqu'un qui abandonne. Tu n'as pas réussi à construire ce ranch en renonçant quand les choses allaient mal. Tu as lutté, au contraire. Parfois, les relations avec sa famille exigent le même effort, le même sacrifice. Si tu aimes ton frère, il mérite mieux de ta part.

Clay se laissa tomber sur le banc, piqué au vif par les remarques de sa tante.

— Je ne sais pas ce que je peux faire pour lui.

— Tu peux l'aimer. Lui faire comprendre que tu es là pour lui, répondit-elle en venant s'asseoir en face de lui.

Elle prit la main de Clay dans la sienne.

— N'oublie pas que j'ai eu une sœur qui m'a blessée et déçue. A présent, je regrette de ne pas avoir fait plus d'efforts avant qu'il ne soit trop tard. Mais il n'est pas trop tard pour Ryder et pour toi. Une famille ne mérite-t-elle pas qu'on se batte ?

La question de Meredith fit à Clay l'effet d'une gifle.

Il se redressa, tandis qu'une intuition nouvelle se faisait jour en lui.

— Bien sûr que si.

Pas étonnant qu'il se sente aussi coupable. Pour un homme qui détestait l'échec et qui avait travaillé avec acharnement pour faire de son ranch un succès, sa décision d'abandonner

Ryder, de cesser de lutter pour sauver le frère qu'il aimait allait à l'encontre de toutes ses convictions.

— Il n'est pas trop tard, Clay, répéta sa tante. Et le regret est un triste compagnon.

Meredith pressa ses doigts avec affection, puis se leva et se dirigea vers l'enclos.

Une résolution nouvelle s'empara de Clay. Il devait renouer avec Ryder.

Pourquoi avait-il renoncé si vite ? Détestait-il à ce point le goût de l'échec qu'il avait choisi d'abandonner son frère plutôt que de persévérer dans des efforts qu'il imaginait vains ? En réalité, c'était en renonçant qu'il avait échoué.

Clay retira son chapeau et se passa une main tremblante dans les cheveux, laissant échapper un long soupir.

— Ça va ?

Il tressaillit, et vit Tamara à quelques pas de lui, un saladier à la main.

— Oui. Je viens de… d'avoir une conversation avec Meredith. Elle m'a donné à réfléchir.

Tamara pâlit.

— A quel propos ?

— Oncle Clay, cria Emmie en se ruant vers lui. On mange bientôt ? Je meurs de faim !

Clay lui ébouriffa les cheveux.

— En ce cas, mangeons. Je crois que tout le monde est prêt. Tu veux m'aider à rassembler les troupes ?

— Ouiii ! répondit Emmie, trépignant d'excitation.

— Nous parlerons plus tard, dit Clay à Tamara, avant que sa nièce l'entraîne vers la maison.

Elle hocha la tête, les yeux fouillant les siens avec intensité.

— On fait la course ! lança Emmie en se mettant à courir.

Clay la suivit, l'esprit soudain envahi par une pensée troublante.

Avait-il aussi renoncé trop facilement à son mariage et à Tamara ?

Cette question le tourmentait toujours lorsqu'ils prirent place à table. Il chercha le regard de Tamara. Ses yeux semblaient légèrement rougis, comme si elle avait pleuré.

Il fronça les sourcils.

— Ça va ? articula-t-il silencieusement.

Elle lui répondit d'un sourire forcé, hochant la tête au moment où Nick prenait la parole.

— Puisque nous sommes tous ensemble, Georgie et moi avons décidé que ce serait un moment idéal pour vous annoncer une nouvelle.

Aussitôt, tous les regards convergèrent vers l'ancien agent secret.

— Il y a quelques jours, Georgie et moi…

— Vous allez vous marier ! s'exclama Emmie avec excitation.

Georgie adressa à sa fille un regard amusé.

— Em, on ne coupe pas la parole aux gens !

— Mais elle a raison ? s'enquit Clay.

Le visage radieux, Georgie jeta un coup d'œil vers l'homme assis à côté d'elle et posa la main sur la sienne. Nick se pencha et l'embrassa.

— Oui, nous allons nous marier.

Des exclamations de joie fusèrent autour de la table.

— Quand ? demanda Meredith. Je veux être sûre que Joe et moi pourrons venir.

— En juillet, répondit Nick, portant sur Georgie un regard plein d'amour.

Emmie agita brusquement les mains.

— Une minute ! s'écria-t-elle, l'air soudain horrifié.

Tous se turent.

— Qu'y a-t-il, Emmie ?

— Au mariage, dit Emmie, plissant le nez avec dégoût, il faudra que je porte… une robe ?

Les rires jaillirent de toutes parts.

Georgie secoua la tête.

— Seulement si tu en as envie, mon chou.

16

Le dimanche matin, après avoir pris un déjeuner tardif avec Clay, Tamara se tourna vers lui.

— Je voudrais aller voir les Akers cet après-midi, annonça-t-elle. Je suis inquiète à leur sujet.

Clay l'enveloppa d'un regard impénétrable, puis hocha la tête.

— Entendu. Je vais aller jeter un coup d'œil au poulain et laisser quelques instructions à mon contremaître, et je t'y conduirai.

Tamara le remercia d'un sourire, et prit son téléphone portable dans son sac, impatiente de voir si elle avait des messages.

Rien.

— J'espérais avoir des nouvelles d'Eric, soupira-t-elle. Je sais qu'il a dit être occupé, mais…

— Que feras-tu si le cheveu retrouvé par ton équipe est celui de Billy ?

Elle se détourna, fixant la fenêtre.

— Je ne me suis pas encore permis de penser à ça, avoua-t-elle. J'espère trop me tromper. Mais… si tel est le cas, j'imagine que je devrai en parler à Jericho. Je n'aurai pas le choix.

— Nous aurions peut-être déjà dû le faire.

Elle secoua la tête.

— Pas avant d'avoir des preuves. J'ai pu mal interpréter les paroles de Billy. Après tout, il était ivre.

Clay se pencha et lui pressa l'épaule.

— Espérons que tu as raison.

Quelques instants plus tard, Tamara était dans la cuisine, occupée à emballer des plats préparés pour le barbecue de la veille et restés intacts, lorsque Clay revint des écuries.

— Tu es prête ?

Dans la voiture, Tamara ne put s'empêcher de vérifier ses messages de nouveau.

Toujours rien.

Clay lui lança un regard amusé tandis qu'elle rangeait l'appareil en fronçant les sourcils.

— « Tout vient à point à qui sait attendre », plaisanta-t-il.

— Je sais. Mais je me sentirais mieux si je savais que Billy a été mis hors de cause.

Comme ils s'arrêtaient devant la maison, Tamara ouvrit de grands yeux. Un panneau *A vendre* était planté dans le jardin. Elle échangea un regard avec Clay.

— Ils t'ont dit qu'ils mettaient la maison en vente ?

— Non, répondit-il en ouvrant la portière.

A cet instant, Billy sortit, chargé d'un grand carton.

— Tu veux un coup de main ? proposa Clay en s'avançant vers lui.

— Non, merci. Qu'est-ce qui vous amène, tous les deux ?

demanda Billy en déposant son chargement sur le sol de la véranda, avant de s'éponger le front.

— Eh bien, nous sommes venus prendre de vos nouvelles et vous apporter quelques provisions, intervint Tamara en lui montrant la tarte. Je l'ai faite moi-même.

Billy arqua un sourcil.

— Dis donc, elle m'a l'air appétissante. Merci.

— De rien. Où dois-je la mettre ?

— Où tu trouveras une place. Entrez, je vais ranger ça dans la voiture. Je reviens tout de suite.

Clay tint la porte pour Tamara. Elle entra dans le couloir, se frayant tant bien que mal un chemin parmi les cartons, les piles de vêtements et le désordre ambiant. Non seulement les Akers vendaient leur maison, mais ils faisaient leurs bagages, et, apparemment, leur départ était imminent.

Un malaise diffus s'empara de Tamara. Pourquoi s'en allaient-ils aussi brusquement ? Où allaient-ils ? Elle avait l'impression que la réponse ne lui plairait guère.

Clay arqua un sourcil, partageant visiblement son point de vue.

— C'est louche, murmura-t-il.

Elle se mordilla la lèvre inférieure, puis entra dans la cuisine. Debout devant l'évier, Jack Akers enveloppait des verres dans du papier journal. Il décocha à Tamara un regard stupéfait.

— Oh ! Tamara… bonjour.

— J'espère que vous aimez la tarte aux pommes, lança-t-elle d'une voix qu'elle espérait enjouée. Et Clay a apporté du bœuf pour le barbecue.

Jack cilla et mit de côté le verre qu'il tenait.

— J'adore la tarte aux pommes, mon petit. Merci.

Clay posa son plat sur le plan de travail et lui tendit la main. Après une courte hésitation, Jack Akers la serra.

Tamara désigna les cartons.

— Qu'est-ce que c'est que tout cela, monsieur Akers ? demanda-t-elle, s'efforçant de parler d'un ton curieux et non accusateur.

L'homme hésita, cillant de nouveau avant de leur tourner le dos.

— C'est… euh… ce sont des affaires qui appartenaient à Tess. Nous voulons en faire don à une bonne œuvre.

Discrètement, Clay attira l'attention de Tamara sur la caisse qui se trouvait à ses pieds. Elle était pleine de trophées et d'articles de pêche et de chasse.

— Mme Akers ne chassait pas, si ? insista-t-elle en soulevant un moulinet pour l'examiner.

Jack se retourna vers eux d'un air perplexe.

— Non, pourquoi… ?

Il s'interrompit à la vue de l'objet qu'elle tenait à la main, et son visage se colora.

— Oh… c'est…

Billy entra à son tour, et vit l'expression effrayée de son père.

— Que se passe-t-il ? Papa ?

Jack s'éclaircit la gorge.

— J'expliquais juste à Tamara et à Clay que nous sommes en train de préparer des cartons pour en faire don à une bonne œuvre.

Fronçant les sourcils, Billy enveloppa Tamara d'un regard soupçonneux.

— C'est exact. Et nous sommes plutôt occupés, alors…

Elle fit un pas en avant et posa une main sur son bras.

— Billy, nous avons vu le panneau *A vendre* dans le jardin, dit-elle. Pourquoi déménager ? Vous avez toujours vécu à Esperanza.

Il haussa les épaules.

— Maintenant que maman n'est plus là, papa et moi avons décidé de partir. De voir du pays.

— Mais pourquoi ne pas attendre un peu ? Ta mère vient tout juste de mourir, et vous êtes encore sous le choc.

Billy se dégagea brusquement et traversa la pièce à grands pas, puis se mit à jeter les livres de cuisine de sa mère dans un nouveau carton.

— Inutile d'en discuter. Nous avons réfléchi. Nous voulons prendre un nouveau départ. Pourquoi pas maintenant ?

Tamara et Clay échangèrent un regard inquiet. De toute évidence, les Akers avaient l'intention de s'en aller dans quelques jours, voire dans quelques heures. Tant de précipitation n'augurait rien de bon.

— Apparemment, le Dr Mason pense que l'Arizona est un endroit magnifique. Vous pourriez peut-être vous installer là-bas, intervint Clay d'un ton désinvolte.

Tamara se raidit.

Billy se figea momentanément, regardant tour à tour son père et Clay.

Il y eut un bref silence gêné, puis Jack eut un rire dédaigneux et donna une tape dans le dos de Clay.

— Non, j'en ai assez de la chaleur. J'ai envie d'étés plus frais et de Noëls sous la neige. Je pensais au Missouri, peut-être au Nebraska.

Billy se remit à ranger les livres, mais ses gestes étaient

nerveux, saccadés. Tout en travaillant, il gardait un œil méfiant sur Clay.

— Vous allez nous manquer, murmura Tamara. J'espère que vous nous donnerez de vos nouvelles.

Elle lissa les mains sur son jean, cherchant un moyen de détendre l'atmosphère. Etait-ce un effet de son imagination, ou l'air était-il chargé de tension ?

La sonnerie de son téléphone portable résonna dans le silence qui s'ensuivit. Elle tressaillit, surprise par le son strident. Les mains tremblantes et le cœur battant, elle fouilla dans son sac à la recherche de l'appareil, les yeux des trois hommes rivés à elle.

Comme elle se dirigeait vers le couloir pour répondre, elle ouvrit l'appareil afin de faire taire la sonnerie.

— Tamara, j'ai les résultats des tests ADN sur la cigarette, annonça la voix sonore d'Eric avant même qu'elle ait eu le temps de le saluer.

Elle étouffa un gémissement, priant pour qu'il n'ait pas été entendu.

— Bonjour, Eric, dit-elle à voix basse, espérant l'inciter à l'imiter. Je peux te r… ?

— C'est le même que celui du cheveu retrouvé dans la voiture, poursuivit Eric.

Tamara retint un cri. Malgré elle, son regard se posa sur Billy.

Il se raidit et plissa les yeux.

Trop tard, elle se rendit compte que son geste venait de la trahir. En une fraction de seconde, le mal avait été fait. Elle chercha désespérément à adopter un air impassible, espérant pouvoir encore couvrir sa réaction. Les pensées se bousculaient dans son esprit.

— Ce n'est pas tout. Les empreintes relevées sur la cigarette correspondent à celle retrouvée sur le coffre de la voiture abandonnée, reprit Eric, l'obligeant à reporter son attention sur l'appel.

— Oh, quel soulagement ! s'écria-t-elle, feignant un sourire. Je suis tellement contente que personne n'ait été blessé !

La mâchoire de Clay se crispa, et un muscle tressauta dans sa joue. Billy serrait et desserrait les poings, l'observant avec intensité. Jack baissait la tête, tassé sur lui-même.

— Tamara ? De quoi parles-tu ? demanda Eric. Tu as entendu ce que j'ai dit ?

— Oui, bien sûr. Il s'en est fallu de peu !

A présent, Eric avait baissé la voix.

— Il y a quelqu'un avec toi ?

— Oui, oui.

— J'ai déjà appelé le bureau du shérif Yates, continua son supérieur sur le même ton. J'ai pensé qu'il devait être mis au courant au plus vite.

— Bien. Merci.

— Je te verrai au labo demain matin, n'est-ce pas ?

— Entendu.

Remarquant l'expression soupçonneuse de Billy, elle ajouta :

— Dis à Brenda de ne pas se faire de reproches. Un accident peut arriver à n'importe qui. A bientôt.

Elle coupa la communication avant qu'Eric ait eu le temps de répondre, puis esquissa un sourire forcé.

— C'était mon chef. Sa femme et lui ont eu un accrochage. Personne n'a été blessé, mais il m'a demandé d'aller les chercher.

Elle chercha le regard de Clay, éprouvant le besoin d'être rassurée par son sang-froid. Avec une profonde inspiration, elle alla reprendre son sac à main, qu'elle avait laissé sur le plan de travail.

— Désolée, il faut que nous partions.

Billy fit un pas rapide en avant, lui barrant le chemin. En un éclair, il lui saisit le poignet et la fit pivoter vers lui.

— Pas si vite. Qui était au téléphone ? Qu'est-ce qu'il t'a raconté ?

— Lâche-la, gronda Clay en s'avançant d'un air menaçant.

Mais Billy avait déjà ouvert un tiroir de cuisine. Du coin de l'œil, Tamara vit un éclair métallique.

— Recule, cria Billy. Si tu fais un geste, je te jure que je la tue !

Un objet froid pressa la tempe de Tamara.

Un revolver.

Ses genoux se dérobèrent sous elle. Son ami d'enfance ne pouvait pas la menacer d'un revolver. Pas Billy. C'était impossible…

Mais la terreur qu'elle lisait dans les yeux de Clay ne laissait aucun doute.

Elle ravala la bile qui lui montait à la gorge, refoulant le goût de la peur.

Clay leva les mains en l'air.

— OK. Du calme.

— Billy ! cria Jack. Pour l'amour du ciel, pose ce revolver ! Tu ne feras qu'aggraver les choses si tu lui fais du mal.

— Non, papa. Je ne vais pas les laisser me jeter en prison. C'était un accident !

Billy resserra sa prise sur son poignet, lui tordant douloureusement le bras.

— Un accident ! répéta-t-il.

— Qu… qu'est-ce qui était un accident ? demanda Tamara doucement.

D'un regard, elle avertit Clay de reculer. Il avait pâli, et un mélange de rage et d'angoisse se lisait sur ses traits.

Billy eut un rire méprisant.

— Je sais que tu as compris, Tamara. Je m'en suis douté dès que Colton a parlé de l'Arizona.

— Je n'ai pas…

— Boucle-la !

Le canon du revolver s'enfonça dans la tempe de Tamara. Le cœur battant à se rompre, la bouche sèche, elle vit Clay porter une main à la hanche. Avait-il une arme dissimulée sous sa chemise ?

— Je pense que nous savons tous que Doc n'est jamais arrivé en Arizona. J'ai entendu votre copain au téléphone. Vous avez trouvé mon ADN quelque part, hein ?

— Billy, je…

Tamara envisagea de mentir, mais se ravisa. Inutile de le mettre plus en colère encore.

D'après Eric, Jericho était au courant. Sans doute était-il déjà en route. Si seulement elle pouvait gagner du temps…

— N'est-ce pas ? insista Billy, pressant le canon plus fort contre sa tempe.

— Billy ! Ne fais pas de bêtises, intervint Clay en avançant de nouveau. Tu as dit que c'était un accident. Je suis sûr que si tu expliques ce qui s'est passé à la police…

— Je ne veux pas parler aux flics ! S'ils ont la preuve

que je l'ai fait, ils m'enverront en prison. Ou même à la chaise électrique.

Une peur intense émanait de Billy. Tamara l'entendait dans sa voix, la sentait dans le tremblement de ses mains.

Les criminels effrayés réagissaient souvent comme des animaux pris au piège. Ils pouvaient céder à un accès de panique. Se conduire de manière imprévisible. Devenir dangereux en un clin d'œil.

— Dis-moi ce qui s'est passé, Billy. Peut-être pourrons-nous trouver une solution pour t'aider, dit-elle, s'exhortant à rester calme.

— C'était ma faute, se lamenta Jack, visiblement ému. J'ai demandé à Doc d'aider Tess. De mettre fin à ses souffrances.

Clay fronça les sourcils.

— Un suicide assisté ?

Jack ferma les yeux, et de grosses larmes roulèrent sur ses joues.

— Oui. Je ne pouvais plus supporter de voir Tess détruite à petit feu par cette horrible maladie.

Incrédule, Clay secoua la tête.

— Doc n'aurait jamais…

— Non. Il a dit non, intervint Billy avec un dégoût mêlé d'amertume. Jusqu'au moment où nous lui avons offert de l'argent.

Tamara étouffa un cri de surprise, songeant à la somme retrouvée dans le coffre de la voiture.

— Cent mille dollars, souffla-t-elle.

— C'est exact. Quand nous lui avons proposé cet argent, il nous a écoutés avec attention, pour sûr. Il a dit qu'il en aurait bien besoin pour se payer une place dans une clinique

Billy ! Mon fils n'est pas un criminel. C'était seulement un tragique accident !

— Pourquoi n'as-tu pas appelé la police ? s'enquit Tamara. Tu aurais pu dire la vérité.

— Quelle vérité ? Tu voulais que je dise qu'on avait essayé de soudoyer Doc pour qu'il aide ma mère à mourir ? Que j'avais apporté un couteau pour le contraindre à nous rendre l'argent ? Je n'allais sûrement pas admettre ça !

— Ç'aurait été préférable à être accusé de meurtre, coupa Clay.

Billy se raidit et dirigea son arme vers lui.

Le sang de Tamara se glaça. Elle prit une grande inspiration.

— Non ! Billy, pose ton revolver. Je t'en prie ! N'aggrave pas ta situation.

— Elle est déjà désespérée, ricana-t-il en replaçant le canon sur sa tempe. Grâce à toi. Je t'ai vue ramasser le mégot de ma cigarette l'autre jour. Je savais que tu manigançais quelque chose. C'est pour ça que papa et moi voulions quitter la ville. Je me doutais que c'était seulement une question de temps.

Il enfonça le canon dans sa chair.

— Si je dois être condamné pour meurtre, autant que je l'aie mérité. Qu'en dis-tu, la peste ?

— Billy ! Arrête. Lâche-la, supplia Jack.

— J'avais pris des précautions, reprit Billy d'une voix rauque, comme s'il n'avait pas entendu son père. J'avais caché le corps dans un tunnel, effacé les empreintes sur la voiture, et même laissé un message sur son répondeur pour donner l'impression qu'il avait quitté la ville. Tout était en ordre…

Il émit un grognement et lui serra violemment le poignet, provoquant un éclair de douleur qui remonta tout au long de son bras. Elle réprima un cri.

— Si c'était l'argent que tu voulais, pourquoi l'avoir laissé dans le coffre ? demanda Clay en avançant d'un pas.

Tamara retint son souffle. Comment faire comprendre à Clay de ne pas prendre de risques inutiles ? Où était donc Jericho ?

— Pendant que je mettais le corps de Doc dans le tunnel, j'ai entendu du bruit. Et des voix.

Clay hocha la tête.

— J'ai cru que j'avais été découvert, et je me suis affolé. Je n'avais plus qu'une idée, c'était de m'enfuir. J'étais déjà de retour à la maison quand je me suis rappelé que j'avais laissé l'argent. Je voulais y retourner le lendemain à la nuit tombée, mais les flics étaient déjà là, et ils l'avaient trouvé.

Billy marqua une brève pause.

— C'est ce jour-là que je t'ai vue au cabinet du Dr Mason, et que tu as dit que tu étais tombée dans un trou sur les terres de Clay. J'ai compris qu'il fallait que je déplace le corps…

Jack s'essuya le visage d'un revers de manche.

— Quand il m'a tout dit… je ne savais pas quoi faire. Billy est mon fils. Je l'aime. Il fallait que je le protège. C'est… tout est ma faute. C'est moi qui ai déclenché toute cette histoire en demandant à Doc d'aider Tess à mourir.

Il renifla et se détourna. Billy prit une profonde inspiration et laissa échapper un juron.

— Je suis désolé, papa. J'ai perdu le contrôle de la situation…

Un coup frappé à la porte résonna à travers la maison. Billy tressaillit, le corps tendu à craquer.

Puis la voix de Jericho s'éleva, claire et forte.

— Police ! Ouvre, Akers !

17

Avant que Clay ait eu le temps de réagir, les événements se précipitèrent. Le visage écarlate, les traits déformés par la rage, Billy paniqua.

— Non ! Je ne vais pas aller en prison pour ça ! C'était un accident !

Tirant Tamara devant lui, un bras coincé sous sa gorge et le revolver sur sa tempe, il recula vers la porte du jardin.

Une terreur glacée s'empara de Clay. Il avait besoin du shérif et de son arme — maintenant !

— Jericho ! cria-t-il. Dans la cuisine ! Il est armé !

— Salaud, siffla Billy, les yeux étrécis comme ceux d'un serpent.

Il fit un nouveau pas en arrière, entraînant Tamara à sa suite. Les yeux écarquillés, à demi étranglée, la jeune femme suffoquait, enfonçant ses ongles dans la chair de Billy pour l'inciter à desserrer sa prise.

Son regard trouva celui de Clay, et la prière qu'il y lut lui déchira le cœur. Jusqu'à cet instant, il avait résisté à la tentation de se jeter sur Billy à cause du revolver et des signaux que lui avait adressés Tamara. Mais la situation avait changé.

Au diable la prudence.

Il n'allait pas rester les bras ballants pendant qu'Akers faisait du mal à sa femme. Il avait perdu Tamara une fois, parce qu'il avait été assez stupide pour la laisser partir. Le jour où il avait cédé à ce qu'il croyait être son désir, il avait perdu tout ce qui comptait dans sa vie. Mais, cette fois, il ferait ce qu'il avait à faire. Il prendrait tous les risques nécessaires pour sauver la femme qu'il aimait. Plutôt mourir que de laisser Billy se servir de Tamara comme d'un bouclier humain.

Derrière lui, il entendit les policiers faire irruption à l'intérieur.

Billy fonça vers la porte du jardin, tirant Tamara.

— Laissez-moi partir, sinon je la tue !

Il n'y avait plus de temps à perdre.

L'espace d'une fraction de seconde, Billy se détourna pour trouver la poignée de la porte.

Clay s'élança.

Il saisit le canon du revolver et le dirigea vers le plafond. Emporté par son élan, il percuta Billy et Tamara, et tous les trois tombèrent ensemble. Une détonation retentit. Tamara hurla. L'adrénaline déferla dans les veines de Clay. Une seule pensée occupait son esprit : protéger sa femme.

De toutes ses forces, il lutta avec Billy pour lui arracher son arme. La vie de Tamara était en jeu. Il ne pouvait échouer. Il ne pouvait la perdre…

Quelques secondes plus tard, un autre corps le plaqua au sol. Une troisième paire de mains surgit dans son champ de vision, luttant aussi pour le contrôle du revolver. Clay encaissa un coup de coude dans la mâchoire, un coup de genou dans le ventre, mais ne lâcha pas prise. Des années de rodéo lui avaient appris à supporter la douleur sans broncher.

— Lâche ton arme ! Allonge-toi sur le ventre, les mains derrière la tête ! ordonna la voix de Jericho.

— C'était un accident ! hurla Billy.

— C'est fini, Billy. Tu es en état d'arrestation, reprit le shérif.

— Billy, arrête, je t'en prie, supplia Jack. Ne va pas te faire tuer. Il est trop tard pour changer quoi que ce soit, à présent.

Billy cessa de se débattre.

L'instant d'après, les hommes de Jericho lui passaient les menottes.

Clay roula sur lui-même, étouffant un gémissement. Tous les muscles de son corps étaient douloureux.

Levant la tête, il parcourut fébrilement la pièce des yeux.

— Tee ?

Elle était assise dans l'arrière-cuisine, à quelques pas de lui. Des larmes roulaient sur ses joues.

Il se traîna tant bien que mal à sa rencontre, et elle se jeta dans ses bras.

— Clay ! Oh, j'ai eu si peur que tu… je pensais que…

— Tout va bien, murmura-t-il en la pressant contre lui.

Puis il se tourna vers Jericho, qui aidait Billy à se relever.

— Tu as tout entendu ?

Le shérif tapota le téléphone portable accroché à sa ceinture.

— Tout.

Une bouffée de soulagement envahit Clay, et il pressa un baiser sur la tempe de Tamara.

Grâce au ciel, elle était saine et sauve. Il la serra plus fort. Il n'avait pas l'intention de la laisser partir. Jamais.

Plusieurs heures plus tard, ils se trouvaient dans le bureau du shérif.

— Dès que vous aurez signé vos dépositions, vous serez libre de rentrer, leur dit Jericho.

Tamara frissonna. Elle se sentait glacée, mais cela n'avait rien à voir avec la fraîcheur de l'air conditionné.

A côté d'elle, Clay griffonna son nom au bas de la page.

— Que va-t-il arriver à Billy maintenant ?

Tamara signa à son tour avec un soupir. L'avenir de son ami d'enfance était sombre. Il y aurait un procès. Un jury. Presque certainement une peine de prison. Pour Jack aussi, car son silence faisait de lui un complice aux yeux de la loi.

Jericho haussa les épaules et lissa sa moustache.

— Ils ont un bon avocat. Mais ce sera au tribunal de décider.

— Je me demandais… Pourquoi Doc conduisait-il une voiture volée ce soir-là ?

Jericho émit un grognement et croisa les bras.

— Bonne question. Nous n'en aurons peut-être jamais le cœur net, mais il semble qu'il avait déjà décidé de partir pour l'Arizona avec l'argent des Akers. J'imagine qu'il pensait que la voiture volée lui donnerait une longueur d'avance si les Akers décidaient de déposer plainte. Cela dit, s'il était drogué… comment savoir quel raisonnement il a pu tenir ?

Clay changea de position sur son siège, secouant la tête.

— J'aurais dû deviner que son comportement bizarre n'était pas dû qu'à la fatigue, murmura-t-il. Si j'avais été plus attentif…

— Clay, il a caché son addiction à tout le monde, rétorqua Jericho. D'après le Dr O'Neal et l'infirmière, ils n'ont découvert la vérité que récemment, quand ils se sont rendu compte que certains médicaments disparaissaient dans la réserve.

— C'est de cela qu'ils parlaient l'autre jour au cabinet, intervint Tamara.

Le policier hocha la tête.

— Sans doute. O'Neal m'a dit qu'il n'avait pas parlé de ses soupçons pour ne pas nuire à la réputation de Doc.

Clay repoussa son Stetson sur la nuque.

— C'est pourquoi ils étaient si nerveux quand nous avons commencé à leur poser des questions sur lui.

— En effet. Ils croyaient vraiment que Doc était allé se faire soigner en Arizona.

Clay se leva et lui serra la main.

— Merci pour tout. Je n'ose pas imaginer ce qui se serait passé si vous n'étiez pas arrivés à temps.

— A vrai dire, nous étions déjà en chemin puisque le collègue de Tamara nous avait téléphoné pour nous communiquer les résultats de l'analyse. Mais, grâce à toi, nous avons pu suivre minute par minute le déroulement de la situation, si bien que nous savions à quel point le temps pressait.

Tamara fronça les sourcils.

— Que veux-tu dire ?

Jericho sourit et s'éloigna.

— Je vais laisser Clay t'expliquer.

Elle interrogea son ex-mari du regard.

— Jericho était la dernière personne à qui j'avais parlé avant d'aller chez les Akers, dit-il. Quand j'ai vu que les choses tournaient mal avec Billy, j'ai appuyé sur la touche de rappel et laissé la ligne ouverte. Jericho a entendu tout ce qui se passait dans la cuisine des Akers.

Tamara esquissa un sourire.

— J'ai toujours su que tu étais brillant.

Il toucha le bord de son chapeau.

— Merci, dit-il en lui rendant son sourire. On rentre à la maison ?

La maison.

Un nœud douloureux se forma dans l'estomac de Tamara, et son sourire s'effaça. Elle aurait tant aimé pouvoir considérer le Bar None comme tel. Pourtant, elle devait se rendre à l'évidence. Elle n'était plus à sa place au ranch. Clay et elle avaient fait l'amour, mais il ne lui avait jamais dit qu'il l'aimait.

Elle baissa la tête et fixa ses mains fébriles.

— Je devrais rentrer à la maison. Chez moi, à San Antonio.

Clay ne bougea pas. N'esquissa pas un geste.

Au bout d'un moment, elle puisa le courage d'affronter son regard sombre.

— Je suis rétablie à présent, et Eric voudrait que je

retourne au bureau demain. Et maintenant que l'affaire de Doc Mason est résolue, je n'ai plus de raison de rester.

Clay hocha la tête avec froideur.

— Bien. Je comprends.

— J'ai quelques affaires à prendre au ranch avant de repartir…

— Allons-y.

Les épaules bien droites, la démarche raide, il se leva et gagna la porte.

Tamara fronça les sourcils. Il semblait fâché, comme s'il lui en voulait de partir. Pourtant, il avait toujours su qu'elle finirait par rentrer chez elle. Ce week-end même, ils avaient parlé du fait qu'elle allait reprendre le travail dès le lendemain…

Elle le suivit jusqu'au pick-up, le cœur lourd. Après les moments merveilleux qu'ils avaient partagés ces derniers jours, elle ne voulait pas qu'ils se séparent en mauvais termes. Cette pensée la tourmenta tout le long du trajet et pendant qu'elle rassemblait ses affaires.

Quand elle descendit au rez-de-chaussée, Clay était assis à son bureau, un stylo à la main. La douleur se lisait sur ses traits.

— Clay ? Ça va ?

Il tressaillit et releva la tête, son regard se posant d'abord sur le sac qu'elle portait avant de se souder au sien.

— Tu as fait tes bagages ?

— Oui. Je voulais te dire merci et…

Elle tritura nerveusement l'anse du sac.

— … au revoir.

Une veine palpita dans le cou de Clay, et il se leva.

— Eh bien… prends soin de toi, et…

Il soupira, et passa une main sur sa barbe naissante.

— Bon sang, Tee, je ne... je ne suis pas doué pour ce genre de choses.

Elle posa le sac sur le sol.

— Que veux-tu dire ?

Il se détourna, faisant mine de contempler le couchant par la fenêtre de son bureau. Comme il restait silencieux, elle s'approcha.

— Qu'étais-tu en train de faire ?

D'un geste embarrassé, Clay désigna le bloc-notes et le stylo.

— J'écrivais une lettre. A Ryder, acheva-t-il après avoir marqué une pause.

Tamara eut une brève inspiration haletante.

— Clay... je suis si contente. Qu'est-ce qui t'a fait changer d'avis ?

— Eh bien... c'est toi qui as commencé à me faire réfléchir quand tu m'as dit que je m'étais éloigné de ceux que j'aimais.

Le cœur serré, Tamara se souvint avec regret des paroles dures qu'elle avait adressées à Clay au cours de la semaine passée.

— Et puis, hier, Meredith et moi avons parlé de Ryder et...

Son visage se colora légèrement.

— ... d'autres choses. Elle m'a fait voir certains événements sous un angle différent. Avec Ryder, par exemple. Je pensais avoir échoué auprès de lui, alors j'ai renoncé. Mais mon échec est là, au contraire, dans le fait d'avoir renoncé.

Un pli se forma sur son front.

— Tu comprends ce que je veux dire ?

A mesure qu'il parlait, l'émotion s'emparait de Tamara.

— Oui, murmura-t-elle en mordillant sa lèvre inférieure, se demandant si elle n'était pas coupable du même péché.

Avait-elle renoncé trop vite à son mariage, à l'amour de Clay ?

— Enfin..., reprit Clay dans un soupir, j'espère qu'il n'est pas trop tard pour réparer le mal fait avec Ryder. Même s'il m'a déçu, c'est mon frère, et je ne peux pas le laisser tomber.

Tamara esquissa un sourire mélancolique.

— L'autre jour, tu m'as dit qu'il n'était jamais trop tard pour réparer ses erreurs. Je suis sûre que Ryder et toi allez vous réconcilier. J'ai foi... en vous deux.

Le regard de Clay se souda au sien.

— Merci, Tee. Ce que tu viens de dire me touche beaucoup.

Elle s'attarda encore un moment, réticente à rompre le contact, détestant la gêne qui accompagnait leur séparation. Lorsque l'horloge sonna l'heure dans le couloir, elle se tourna enfin et ramassa son sac.

— Eh bien, je devrais te laisser. Merci encore pour tout, Clay. J'apprécie...

— Tee, je...

Elle retint son souffle, tandis qu'une lueur d'espoir naissait au fond d'elle.

Clay se balança d'un pied sur l'autre, cherchant visiblement ses mots.

— Ça m'a fait plaisir de te revoir. Sois prudente sur la route.

L'espoir disparut. Même alors qu'elle partait, il était incapable de prononcer les paroles qu'elle avait besoin d'entendre. Elle hocha la tête et recula vers la porte, songeant soudain à ce que Georgie lui avait dit la veille.

Elle s'arrêta. Elle ne pouvait pas s'en aller sans avoir eu la réponse à ses interrogations.

— Clay…

Son visage s'éclaira quelque peu.

— Oui ?

Elle rassembla son courage.

— Samedi, en cherchant la nappe avec Georgie, j'ai trouvé les rideaux que j'avais cousus pour la cuisine et les tableaux que j'avais achetés pour le salon.

Il fronça les sourcils, perplexe.

— Oui ?

Le cœur battant, elle redressa les épaules.

— Pourquoi les as-tu gardés ?

Clay parut bouleversé. Il se laissa tomber sur son siège, posant sur elle un regard traqué.

— Je… euh…

Il cilla, baissa la tête et fixa la lettre posée devant lui, s'efforçant visiblement de recouvrer la maîtrise de lui-même.

Tamara attendait, l'estomac noué par l'angoisse. Pourquoi attacher tant d'importance à sa réponse ? Elle n'aurait pas dû aborder ce sujet. Elle aurait dû partir pour San Antonio en emportant les doux souvenirs de sa semaine au Bar None.

— Parce que je souffrais de t'avoir laissée partir. Je ne

pouvais pas supporter ces souvenirs de notre vie ensemble puisque je n'avais plus qu'eux.

De nouveau, l'espoir jaillit en Tamara.

Clay soupira, la détresse se lisant sur son visage.

— Comme je te l'ai dit l'autre jour, ils me rappelaient tout ce que j'avais perdu. Je savais que j'avais échoué auprès de toi, que je ne pouvais pas être le mari dont tu avais besoin. J'ai souffert comme un fou, mais je savais que je devais te laisser partir. Je voulais que tu sois heureuse.

— Tu crois que notre divorce m'a rendue heureuse ? répondit-elle d'une voix étranglée par l'émotion. Clay, partir a été la pire épreuve de ma vie. Cela m'a déchirée.

Elle se tut un instant, s'efforçant de ravaler le nœud qui montait dans sa gorge.

— Mais si je n'avais pas d'importance pour toi, si tu ne m'aimais pas assez pour faire des compromis, je me suis dit que notre mariage était déjà mort.

Il fronça les sourcils et une lueur jaillit de ses yeux sombres.

— Si je ne t'aimais pas… ? Comment peux-tu… Tamara, je n'ai *jamais* cessé de t'aimer !

Elle eut l'impression d'avoir reçu un coup de poing dans le ventre. Ses genoux se dérobèrent sous elle, et elle dut s'appuyer au dossier d'un fauteuil voisin.

— C… Comment ?

Il secoua la tête et posa sur elle un regard stupéfait.

— Tu parais surprise. Après tout ce qui s'est passé la semaine dernière, je pensais que tu avais compris.

Il s'interrompit brusquement, et laissa échapper un léger soupir.

— Mais comment aurais-tu pu le savoir puisque je ne l'ai moi-même vraiment compris qu'aujourd'hui ?

Les doigts de Tamara s'enfoncèrent dans le tissu du fauteuil.

— Que veux-tu dire ?

Clay traversa la pièce pour venir jusqu'à elle. Il lui souleva le menton pour la regarder dans les yeux.

— Quand Billy a pointé ce revolver sur toi, mon cœur a cessé de battre. J'ai su que tu étais toute ma vie. J'ai compris à quel point je t'aimais.

Des larmes picotèrent les yeux de Tamara, et elle cilla pour les refouler.

— Tu ne l'as compris qu'aujourd'hui ?

Il grogna et secoua la tête.

— Je pense que je l'ai toujours su, mais que je ne pouvais pas l'admettre. J'avais peur.

Le souffle coupé, Tamara le fixa. « Peur n'était pas un mot qu'elle eût jamais associé à Clay. C'était l'homme le plus fort, le plus courageux qu'elle connaisse.

— Pourquoi avais-tu peur ?

Il l'entoura de ses bras, et l'attira sur ses genoux tout en s'installant dans le fauteuil.

— Pendant notre mariage, je me rendais compte que tu étais insatisfaite, que tu voulais poursuivre ta propre carrière. Le ranch était à peine rentable, et je savais que je risquais de faire faillite, de ne pas pouvoir t'offrir la vie que tu méritais.

Elle ouvrit la bouche pour protester, mais il posa un doigt sur ses lèvres.

— Je pensais qu'un jour le ranch et moi nous ne te

suffirions plus. Que tu voudrais davantage. C'est pourquoi j'avais peur. Je me suis éloigné de toi pour me protéger.

Elle émit un soupir de frustration.

— Et tu m'as donné l'impression que je ne comptais pas. Tu as arrêté de me dire que tu m'aimais, de me demander mon avis, de partager tes pensées avec moi. Je me sentais seule, perdue. Qu'étais-je censée penser sinon que tu ne m'aimais plus ? Surtout lorsque tu n'as rien fait pour t'opposer au divorce.

La mâchoire de Clay se crispa.

— Ne pas me battre pour te garder a été la plus grande erreur de ma vie. Comme avec Ryder, je n'ai pas lutté, parce que je croyais t'avoir déjà perdue.

Il enfouit les doigts dans les cheveux de Tamara, et son regard sombre fouilla le sien.

— Mais mon véritable échec a été de te laisser partir sans t'avoir dit combien je voulais que tu restes. Je t'aimais, Tee, mais j'avais peur que mon amour ne te suffise pas.

Le cœur de Tamara s'arrêta.

— Clay…

Il attira son visage vers le sien.

— Rien n'est plus important que toi à mes yeux, dit-il d'une voix rauque.

Son haleine chaude caressait les lèvres de Tamara, éveillant un frisson de désir au fond d'elle.

— Ces derniers jours, murmura Clay, j'ai appris qu'on peut parfois faire des choix difficiles, voire des sacrifices, pour de bonnes raisons, dans l'intérêt de ceux qu'on aime, et qu'on peut pourtant se tromper. Avec les meilleures intentions du monde.

Elle ferma les yeux et soupira.

— Comme les Akers. Ils voulaient épargner Tess, mais ils s'y sont mal pris. Et la situation a tourné au cauchemar pour eux.

— Tamara, dis-moi qu'il n'est pas trop tard pour nous deux. Pardonne-moi de ne pas m'être battu pour te garder. Je ferai tout pour te reconquérir.

De nouvelles larmes roulèrent sur les joues de Tamara, et elle pressa ses lèvres contre les siennes.

— Tu n'as pas besoin de me reconquérir, Clay. Je suis à toi. Je l'ai toujours été.

— Et ton travail ? Je ne veux pas que tu renonces à ta carrière.

— Mon travail est important, mais moins important que toi. Je t'aime, Clay Colton. Je t'aime de tout mon cœur. Je renoncerais à ma carrière pour être avec toi.

Clay fronça les sourcils.

— Non, Tee.

Elle lui imposa silence d'un baiser.

— Je ne vais pas le faire ! s'empressa-t-elle de dire. Je dis seulement que je serais prête à le faire. Pour toi.

Elle lui sourit et enfouit les doigts dans ses cheveux.

— Comme me l'a fait remarquer ta sœur, San Antonio est assez proche d'ici pour que je puisse faire la navette entre le ranch et le laboratoire.

Un sourire illumina le visage de Clay.

— Alors, tu vas rester ?

— J'ai seulement besoin de savoir que tu m'aimes et que tu veux que je reprenne ma place dans ta vie.

Il ouvrit la bouche et la referma. Puis, sans crier gare, il se leva et se mit à genoux devant elle.

— Tamara Brown, je t'aime depuis le lycée, et mon

amour pour toi est plus profond aujourd'hui que jamais. J'ai commis des erreurs. Je t'ai fait souffrir et je t'en demande pardon. Je te promets de ne plus jamais laisser passer une journée sans te dire que je t'aime, sans te montrer combien tu es importante pour moi.

Le bonheur envahit Tamara. Si elle avait encore eu le moindre doute, la passion et la sincérité qui brillaient dans les yeux de Clay auraient suffi à les dissiper. Cependant, il n'en avait pas terminé.

— Les cinq dernières années ont été les plus sombres de mon existence, Tee, et je ne désire rien plus ardemment au monde que de t'avoir près de moi de nouveau. Je veux avoir des enfants avec toi, vieillir auprès de toi. Veux-tu m'épouser… une fois de plus ?

Pensait-il vraiment qu'elle puisse refuser pareille demande ?

— Eh bien…

Elle lui décocha un sourire timide.

— Crois-tu qu'il y ait une place dans ce ranch si masculin pour des bouquets de fleurs séchées et des rideaux à fleurs ?

Il prit sa main et y déposa un baiser.

— Absolument, et pour toujours.

— En ce cas, j'accepte de t'épouser… encore une fois, répondit-elle en lui tendant ses lèvres.

Les yeux débordants d'émotion, Clay l'attira dans ses bras.

— Bienvenue à la maison, Tee.

Le mois prochain, retrouvez la famille Colton
dans le Black Rose n° 103.

Le 1er novembre

BLACK ROSE

Black Rose n°103

L'inconnue d'Esperanza - Linda Conrad

Le jour même de son mariage, le shérif Jericho Yates voit avec stupeur une jeune femme blessée se précipiter sur le parvis de l'église et se jeter dans ses bras en l'implorant de l'aider. Terrorisée, celle-ci se prétend amnésique et affirme être poursuivie par de mystérieux criminels cherchant à la réduire au silence...

Les secrets de l'ombre- Caridad Piñeiro

Jamais Macy Ward ne pensait revoir un jour Fisher Yates. Aussi, quand il revient à Esperanza après des années d'absence, est-elle bouleversée. Car malgré ses tentatives pour l'oublier, elle sait que ses sentiments pour lui sont restés intacts. Pourtant, elle met tout en œuvre pour l'éviter : Fisher ne doit pas découvrir que T.J., le fils de dix-sept ans de Macy, est également le sien...

Black Rose n°104

Pour l'amour d'un innocent - Suzanne Brockmann

William Hawken ne peut être coupable du crime dont on l'accuse, Nells Burns en a l'intime conviction. Cet homme qui lui a passionnément fait l'amour et lui a ouvert son cœur avant de s'éloigner d'elle, en affirmant mener une vie trop dangereuse, ne peut avoir abattu un homme de sang-froid. Aussi décide-t-elle de lui rendre visite en prison...

Disparition suspecte - Allison Leigh

Le jour où elle retrouve son amie Harriet assassinée chez elle, Molly Brewster sent une peur indicible la gagner. Qui, dans ce paisible petit village du Montana, peut avoir commis un crime aussi atroce ? Et, surtout, son amie n'a-t-elle pas été tuée à sa place ? Une peur à laquelle s'ajoute un terrible sentiment de malaise quand elle apprend que Holt Tanner, le shérif adjoint, la croit coupable du meurtre...

Black Rose n°105

L'enfant du chantage - Marie Ferrarella

Son bébé...enlevé ! En découvrant le lit vide de Vinny, son fils de deux ans, Dakota voit ses pires craintes se réaliser : les hommes qu'elle s'efforce de semer depuis des mois ont retrouvé sa trace... Aussi, quand son voisin du dessus, alerté par ses cris, se précipite chez elle et lui propose son aide, se tient-elle immédiatement sur ses gardes. Qui est réellement cet homme trop séduisant, qui affirme être détective privé ?

Les promesses de Noël - Jan Hambright

Alors qu'elle se rend chez Baylor McCullough pour l'interroger sur la mystérieuse disparition du procureur James Endicott, l'agent Mariah Ellis frôle la mort en se retrouvant ensevelie sous une coulée de neige. Sauvée in extremis par l'homme même sur lequel elle enquête, elle ne sait comment réagir. Car Baylor se montre si prévenant envers elle qu'elle a bien du mal à garder son objectivité dans cette affaire...

Best-Sellers n°392 • roman

Des roses pour Rebecca - Margaret Kaine

Lorsque Ian et Rebecca s'étaient rencontrés, tout les séparait. Pourtant, entre eux, le coup de foudre avait été immédiat. Rebecca aimait à se rappeler comment il lui avait fait découvrir la sensualité et le plaisir d'être femme, un plaisir duquel un enfant allait naître. Et voilà qu'aujourd'hui, alors qu'elle venait lui annoncer cette merveilleuse nouvelle, tout s'écroulait autour d'elle : disparu dans un accident, Ian ne verrait jamais grandir la petite fille qu'elle portait en elle. Désormais seule au monde, Rebecca va devoir réapprendre le goût de la vie et de l'amour…

Best-Sellers n°393 • suspense

Visions - Lisa Jackson

Terrorisée par le cauchemar d'une scène de meurtre si réaliste que son sang se glace, Olivia Benchet est certaine que le crime qu'elle a vu est réel. Une certitude qui l'incite à aller trouver le célèbre inspecteur Rick Bentz, un homme solitaire et secret dont elle gagne peu à peu la confiance. Mais malgré l'aide et la protection de Bentz, Olivia doit affronter seule les visions qui continuent de la terrifier, tout en lui révélant peu à peu des indices sur l'assassin.

Best-Sellers n°394 • thriller

Mort sur la ville - Alex Kava

Piégés par l'auteur d'une mystérieuse missive, le profileur Maggie O'Dell et son patron Cunningham, tous deux agents du FBI, se retrouvent en contact avec une fillette de 4 ans et sa mère en proie à une violente fièvre hémorragique. Au même moment, des enveloppes sont adressées à des personnes apparemment sans lien entre elles et qui développent par la suite des symptômes alarmants. Une véritable course contre la montre s'engage pour Maggie et son équipier Tully, afin d'enrayer la propagation fulgurante d'une arme de mort incontrôlable.

Best-Sellers n°395 • suspense

L'héritage maudit - Heather Graham

A peine arrivé à La Nouvelle-Orléans dans la plantation dont il a hérité, le détective privé Aidan Flynn trouve des ossements humains. Des crimes récents, selon Aidan. Rien de bien intéressant, selon la police. Décidé à percer seul ce mystère, il fait appel à Kendall Montgomery, une jeune femme qui affirme non seulement être dotée de visions prémonitoires, mais aussi être en contact avec les fantômes qui hantent la propriété. Car Aidan soupçonne qu'en plus de cette demeure, il a également hérité d'un sombre secret de famille.

Best-Sellers n°396 • roman

Le temps des promesses - Emilie Richards

Rongée par le remords d'avoir jadis abandonné Kendra, sa sœur aînée, Jamie se rend au cœur de Shenandoah Valley pour offrir à sa sœur ce qu'elle estime lui devoir depuis longtemps. Grâce à ses talents d'architecte, elle dessine à Kendra la maison que celle-ci a toujours voulue. Mais ce n'est pas seulement pour l'aider à bâtir ce rêve que Jamie est revenue. C'est aussi pour offrir à Kendra un cadeau inestimable : celui d'un enfant. L'enfant que Kendra et son mari Isaac désirent de tout leur cœur mais ne peuvent concevoir.

Best-Sellers n°397 • historique

Un palais sous la neige - Rosemary Rogers

Angleterre et Russie, 1820

Pour échapper à un beau-père qui veut la mettre dans son lit, Brianna Quinn espère l'aide du duc de Huntley, son tuteur et ami d'enfance. Mais, à la place de ce dernier, c'est son jumeau, Edmond Summerville, qui lui offre sa protection… Brianna accepte bien malgré elle, car Edmond est tout l'opposé de son frère : débauché et séducteur. On raconte même qu'il est un homme de main du Tsar. Aussi, lorsqu'il décide de l'emmener en Russie avec lui, Brianna est-elle soudain prise d'angoisse : auprès d'un tel homme, sa vertu et sa vie sont plus que jamais en danger…

BestSellers

Best-Sellers n°398 • suspense

L'ultime refuge - Nora Roberts

Depuis qu'un inconnu lui envoie des photos inquiétantes sur lesquelles elle croit se reconnaître, Jo Hathaway vit en permanence dans la terreur. Une terreur qui monte encore d'un cran le jour où elle s'aperçoit que l'un des clichés ne la représente pas elle, mais sa mère, Annabelle, disparue vingt ans plus tôt sans laisser de traces… Peu après, la photo est subtilisée dans son appartement. Sans preuve à fournir à la police, et épuisée par la tension et la peur, Jo se réfugie alors dans la maison familiale, sur une île au large de la Géorgie. Là, espère-t-elle, elle sera en sécurité. Mais Jo pourrait bien avoir trouvé là son dernier refuge…

Composé et édité par les
éditions Harlequin
Achevé d'imprimer en France (Malesherbes)
par Maury-Imprimeur
en septembre 2009

Dépôt légal en octobre 2009
N° d'imprimeur : 148612 — N° d'éditeur : 14548